MAYA BANKS

Sous ta protection

SLOW BURN - Saison 2

Ce livre est une fiction. Toute référence à des événements historiques, des personnages ou des lieux réels serait utilisée de façon fictive. Les autres noms, personnages, lieux et événements sont issus de l'imagination de l'auteur, et toute ressemblance avec des personnages vivants ou ayant existé serait totalement fortuite.

HarperCollins Publishers, 195 Broadway, New York, NY 10007

38, rue la Condamine
75017 Paris
www.hugoetcie.fr

Ouvrage dirigé par Bénita Rolland
Traduit par Robyn Stella Bligh
Couverture : Marion Rosière
Photo de couverture : ©Plainpicture

ISBN : 9782755617818
Dépôt légal : octobre 2015
Imprimé en France par Corlet
N° imprimeur : 175004

NEW ROMANCE

MAYA BANKS

Sous ta protection

SLOW BURN - Saison 2

Traduit de l'américain par Robyn Stella Bligh

Hugo Roman

1

Debout dans l'embrasure de la porte de son salon, Gavin Rochester observait en silence sa femme, à genoux devant l'immense sapin, baignant dans la lumière rose de la guirlande. Elle inspectait une boule de Noël qu'elle remit dans sa boîte puis dans la caisse en plastique où ils rangeaient les décorations.

Sa tristesse lui était si intolérable qu'il se massa la poitrine, essayant en vain d'apaiser la douleur que cette scène faisait naître en lui. C'était une douleur quotidienne qui ne guérirait jamais. Il ne supportait pas de la voir souffrir car il ne pouvait rien faire pour l'aider. Ni son réseau, ni son argent, ni son pouvoir ne pouvaient arranger cela. Tout cela ne servait à rien s'il ne pouvait exaucer le vœu le plus cher de sa femme adorée. Il ressentait la peine de celle qu'il aimait comme si c'était la sienne. Or *c'était* la sienne, car pour qu'elle ne soit plus malheureuse, il aurait pu déplacer des montagnes.

Elle l'avait transformé, elle avait fait de lui un homme meilleur. Un homme qu'il n'avait jamais envisagé d'être car il n'en avait jamais eu envie. Mais elle avait tout changé : son monde, ainsi que la place qu'il y occupait. Soudain, il avait eu envie d'être un homme bien. Pour elle, car elle le méritait, et il ne voulait pas que ses affaires la mettent en danger. Tout cela était nouveau pour lui ; mener une vie saine et au grand jour, avoir quelqu'un qui lui donnait envie de se sentir… bon.

Elle tourna la tête et son visage s'illumina lorsqu'elle le vit. Il s'émerveillait toujours que chacun de ses sourires lui coupe le souffle. Cela ne disparaîtrait jamais. Son amour pour sa femme était une expérience entièrement nouvelle. À faire tourner la tête. Quelque chose qui lui réchauffait le sang, comme les flammes dans la cheminée. Sans faille, sans réserve, sans compromis.

C'était *lui* qu'elle aimait, et le savoir lui donnait des frissons.

– C'était la dernière, dit-elle tandis que son regard se posait de nouveau sur l'unique boule qu'elle n'avait pas accrochée à l'arbre.

Un voile de tristesse chassa brièvement la chaleur de son regard, puis elle parut se ressaisir et la peine qui assombrissait ses traits disparut. Mais il l'avait vue et il savait qu'elle serait toujours présente, malgré ses efforts pour la dissimuler.

Il traversa le salon, ne supportant plus la distance entre eux. Il la prit dans ses bras et passa sa main dans ses longs cheveux puis embrassa ses boucles brunes en respirant son parfum.

– On réessaiera, chuchota-t-il en faisant de son mieux pour adopter un ton confiant.

Mais il savait qu'il avait échoué et que sa voix avait trahi sa tristesse. Or il n'était pas triste que sa femme ne lui donne pas d'enfant, car il serait parfaitement heureux de vivre le restant de ses jours avec elle, et elle seule. Il était triste car c'était lui qui avait échoué. Il était incapable de lui donner l'enfant qu'elle voulait plus que tout.

Elle voulait une famille. Elle voulait que leur maison soit chaleureuse, pleine d'amour et de rires. C'était quelque chose qu'il n'avait pas connu avant elle. Elle savait la vie qu'il avait menée avant de la rencontrer, et elle était déterminée à lui donner le foyer qui lui manquait. Il avait une belle maison, mais elle voulait lui offrir le foyer, la famille, l'amour sans condition. Il était impuissant face à elle. Son amour pour elle n'avait aucune limite. Il était conscient qu'il n'aimerait jamais aucun autre être humain comme il aimait sa femme.

Elle secoua sa tête contre lui, et il l'écarta délicatement, désespéré de voir les larmes qui brillaient dans ses beaux yeux marron. Même lorsqu'elle était triste, elle restait la plus belle femme du monde. Il n'arrivait pas à se rappeler ce qu'était sa vie avant de l'avoir rencontrée.

Il tenait entre ses mains la chose la plus précieuse qui ait jamais existé, et il était incapable de lui donner ce qu'elle désirait plus que tout au monde.

–Non, ça suffit, Gavin, dit-elle la gorge serrée, comme s'il lui était difficile de prononcer ces mots. Je ne supporterai pas une nouvelle fausse couche. Je n'en peux plus.

Le ton de sa voix, rempli de désespoir, lui était insupportable. Il était à deux doigts de perdre le contrôle de ses propres émotions. Seule sa promesse d'être le roc et le soutien inconditionnel de sa femme le faisait tenir.

Elle avait besoin de sa force. Le comble était qu'il n'avait qu'un seul point faible : Ginger. Sa femme, sa maîtresse, son âme sœur.

Avant de la rencontrer, l'idée même que des âmes sœurs puissent exister le faisait éclater rire. Un jour, son professeur de ressources humaines avait expliqué que la théorie selon laquelle il n'y avait qu'une seule personne qui soit compatible avec une autre était totalement fausse. Que l'on pouvait tomber amoureux et aimer plusieurs personnes au cours de sa vie.

Et Gavin en était persuadé, jusqu'à ce qu'un jour, une magnifique jeune femme, adorablement timide, aux cheveux bruns et aux yeux noisette, fasse irruption dans sa vie et en change le cours à jamais. Il l'avait su dès l'instant où elle avait accepté de dîner avec lui, et il était déjà si entiché d'elle qu'il savait qu'il ne l'oublierait jamais. Et il n'en avait aucune envie.

Gavin était quelqu'un qui prenait ses décisions sans tergiverser pendant des heures, et qui pouvait faire face à toutes les situations. Il était tout ce dont rêvent les femmes. Du moins, c'était ce qu'elles lui disaient.

Il était beau, charismatique, ténébreux et riche.

Mais il n'était pas naïf: il savait que son dernier attribut était le plus attirant. Les femmes avec lesquelles il était sorti n'avaient probablement pas vu au-delà de l'étiquette qui était fixée sur son front: milliardaire.

L'ironie du sort avait voulu que la première fois qu'il avait vu Ginger, il était en train de dîner avec une autre femme. Le déroulement de la soirée était planifié du début à la fin. Il allait offrir à son rendez-vous, dont il avait oublié le nom, un dîner intime dans un bon restaurant, il la draguerait un peu, puis il la ramènerait chez elle, coucherait avec elle et rentrerait dormir chez lui.

Il ne permettait à personne de venir chez lui et d'envahir son intimité. Il couchait toujours avec les femmes chez elles, ou bien à l'hôtel. Aux yeux de certaines d'entre elles, cela faisait de lui un Don Juan insensible, mais il n'était pas assez hypocrite pour leur promettre un câlin post-coït alors qu'il avait été parfaitement clair quant au fait qu'il n'y aurait aucune attache émotionnelle entre lui et elles.

Cependant, le soir où il avait rencontré Ginger, il n'était pas rentré avec la jeune femme, ce qui l'avait profondément blessée. Il avait été bien trop occupé par la charmante serveuse au joli sourire et aux grands yeux noisette qui avait rougi lorsqu'il l'avait fixée un peu trop longtemps.

C'était la première fois qu'il avait été aussi peu doué socialement, aussi maladroit ; mais elle l'avait envoûté dès qu'il l'avait aperçue. Le lendemain soir, il était retourné dîner dans le même restaurant, seul. Il s'était assis dans sa section, et il avait fait en sorte d'être le client le plus exigeant de la salle, attirant son attention toutes les cinq minutes, inventant les excuses les plus bêtes.

Il lui avait fallu trois semaines –les trois semaines les plus longues de sa vie– pour la persuader de dîner avec lui. Trois semaines de célibat imposé mais qui ne l'avaient pas gêné, car il savait déjà qu'elle serait la dernière femme à partager son lit.

Il lui avait fallu six mois de rendez-vous pour qu'il ose entreprendre davantage que des baisers torrides, et les câlins tendres.

Ce furent les six mois les plus beaux de sa vie.

Le soir où elle était devenue sienne, il l'avait demandée en mariage et elle avait fondu en larmes dans ses bras.

Au bout de trois mois, alors qu'elle vivait pratiquement chez lui, elle accepta sa demande en mariage. Cependant, une fois qu'elle l'eut acceptée, la patience de Gavin s'était évanouie et il l'avait emmenée devant le maire à la première occasion.

Après une année, une merveilleuse année où il n'avait eu à partager Ginger avec personne, ce qu'il n'aimait pas envisager, elle avait commencé à parler d'avoir un enfant. Il pensait ne pas pouvoir être plus heureux qu'il ne l'était déjà ; mais il avait commencé à imaginer d'adorables petites filles qui ressembleraient à leur maman, et il avait décidé de remplir leur maison d'une douzaine d'enfants si c'était ce qu'elle souhaitait.

Cependant, c'était là qu'ils avaient rencontré un problème.

Elle était tombée enceinte immédiatement, à leur plus grande joie. Mais elle avait fait une fausse couche quelques semaines plus tard. C'est alors que leur cauchemar avait commencé. Le pire avait été lorsqu'elle était tombée enceinte au début de l'année, après quatre fausses couches. Elle l'avait gardé plus longtemps que les précédents, et ils s'étaient laissé prendre à espérer qu'ils allaient enfin avoir un enfant.

Au bout de cinq mois, après avoir appris qu'ils attendaient une petite fille et avoir commencé à sentir un lien avec leur bébé, l'avoir senti bouger et commencé à décorer sa chambre, le destin avait frappé de nouveau et elle avait fait une nouvelle fausse couche. Le pire était qu'elle avait dû accoucher du bébé : une petite fille parfaitement formée.

Ginger s'était éteinte, et il ne s'était jamais senti aussi impuissant. Il l'aimait tant, il aurait voulu pouvoir endosser sa souffrance, mais elle avait dû supporter cela seule. Après avoir guéri physiquement, elle n'avait plus jamais reparlé d'avoir un enfant.

Et maintenant qu'il abordait le sujet, elle refusait. Et s'il ne pouvait lui en vouloir, il n'aimait pas se sentir impuissant. Dans son monde à lui, rien n'était impossible. L'argent, s'il ne pouvait tout réparer, facilitait énormément les choses. Mais tout l'argent et tout le pouvoir du monde ne pouvaient exaucer le vœu de sa merveilleuse femme.

Elle parut deviner la tournure sombre que prenaient ses pensées et elle posa sa main sur sa joue, le regardant d'un air tendre et compatissant.

–Tu es tout ce dont j'ai besoin, tout ce que je veux, dit-elle simplement. Promets-moi de ne jamais me quitter pour une femme qui pourra te donner des enfants. Jure-le-moi.

Il n'en revenait pas. Il la dévisagea, bouche bée, et la colère grandit en lui. Ce n'était pas à elle qu'il en voulait, mais à lui-même. Car s'il s'était montré plus rassurant, elle n'aurait jamais dit une telle horreur. Cette pensée, cette peur n'auraient jamais traversé son esprit.

Il prit son superbe visage entre ses mains et se contenta de le tenir, plongeant son regard dans ses yeux noisette.

– Je suis seulement triste de ne pas avoir d'enfant parce que je sais à quel point cela te fait souffrir, dit-il d'une voix rauque. Je serais prêt à tout pour t'épargner ça, Ginger. Je suis tellement désolé de te décevoir.

Elle mit son index sur sa bouche.

– Chhhut, Gavin, tu ne m'as pas déçue. Tu m'as donné un enfant après l'autre. C'est moi qui nous déçois, parce que je ne peux pas les porter et que mon corps les rejette.

Elle ferma les yeux en prononçant les derniers mots, et des larmes coulèrent silencieusement sur ses joues.

– Je ne supporterais pas que tu m'en veuilles pour ça, poursuivit-elle d'une voix tremblante. Je ne veux pas que tu voies en moi ce que je ne peux pas te donner. Quelque chose qu'une autre femme pourrait facilement t'offrir.

Il l'attira tendrement dans ses bras, l'enveloppant jusqu'à ce que leurs corps fusionnent.

– Il n'y aura jamais d'autre femme, grogna-t-il. Jamais je ne voudrai plus que ce que tu peux me donner. Je le jure, Ginger. Je t'appartiens corps et âme. Mon cœur est entre tes mains. *Je* suis entre tes mains. Et j'espère du fond du cœur que tu es entre les miennes.

– Je t'aime, murmura-t-elle. Maintenant, rends-moi service et mets l'ange au sommet du sapin, comme ça il sera terminé.

Seulement, le sapin aurait toujours un vide et ils le savaient tous les deux. Une seule décoration restait dans la boîte ; la cuillère en argent sur laquelle était gravée «*Le Premier Noël de Bébé*».

Si tout s'était bien déroulé, elle aurait été sur le point d'accoucher. Un bébé pour Noël, s'était-elle exclamée lorsque le médecin leur avait donné la date de l'accouchement. Elle aurait dû se sentir lourde, il lui aurait massé les pieds et il l'aurait câlinée, sentant sa fille donner des coups de pied dans le ventre de sa mère.

Ginger recula et enleva le papier bulle de l'ange en porcelaine. Elle prit l'escabeau et Gavin tendit le bras pour positionner la dernière décoration du sapin.

– C'est parfait, chuchota-t-elle, les larmes aux yeux.

Il embrassa chacune de ses larmes puis il l'attira contre lui pour qu'ils puissent admirer l'arbre qu'elle avait pris tant de peine à décorer. Sa femme adorait Noël. Il se souviendrait toujours de leur premier Noël ensemble, car avant elle, Noël était un jour comme les autres. D'ailleurs c'était un jour qui l'agaçait car la plupart des endroits étaient fermés et les gens partaient en famille ou n'étaient pas joignables.

Mais Ginger avait tout changé. Elle l'avait emmené dans sa maison du Connecticut en riant, et l'avait obligé à acheter le plus grand et le plus majestueux des sapins.

Sa maison était immense, entourée de plusieurs hectares de terrain, parfaitement isolée du reste du monde, mais il avait toujours détesté y rester seul. Il passait la plupart de son temps dans son appartement de Manhattan. Jusqu'à ce qu'il rencontre Ginger.

Il était désormais rare qu'il reste dans son duplex, et lorsque c'était le cas, Ginger l'accompagnait. Il n'avait pas passé une seule nuit loin d'elle depuis la première fois qu'ils avaient fait l'amour. Elle avait fait de sa maison dans le Connecticut un… foyer. Chaleureux, accueillant, plein d'amour et de bonheur.

– L'arbre est magnifique, dit-il en toute honnêteté. Tu as fait du bon boulot, comme chaque année.

– Se pourrait-il que le Grinch se soit transformé en Père Noël ? se moqua-t-elle.

Il gloussa.

– À ton avis ? Tu crois que j'aurais passé une journée entière à accrocher des lumières tout autour de la maison, manquant me tuer à plusieurs reprises, si je n'aimais pas Noël ?

– Mais tu *détestes* Noël ! C'est juste que tu m'aimes à la folie, alors tu le fais quand même, dit-elle.

Il rit.

– Je m'améliore. Et je ne déteste rien, du moment que tu es là.

Son expression s'adoucit et ses yeux se remplirent d'amour. Elle tournait la tête et la penchait sur le côté pour recevoir un baiser lorsque quelqu'un sonna à la porte.

Tous les deux froncèrent les sourcils et Ginger recula, regardant vers la porte d'entrée.

Il était presque vingt-trois heures. Qui pouvait sonner à cette heure ? D'ailleurs, qui avait pu passer le portail de sécurité sans qu'ils le sachent ?

Gavin devint soudain sérieux.

– Reste ici. Je vais voir qui c'est.

– Mais… protesta-t-elle.

Il serra son bras et elle se tut, puis il ouvrit le tiroir de la table basse et en sortit son pistolet. Il le tint contre sa cuisse, la regarda une dernière fois pour lui intimer l'ordre de ne pas bouger, puis il se dirigea vers la porte.

Il cligna des yeux en regardant par la petite fenêtre qui était barrée afin d'éviter qu'elle soit ouverte de l'extérieur.

Il n'y avait personne, mais la lumière à infrarouges était allumée, illuminant le sol recouvert de neige.

Il ajusta sa prise sur son revolver et ouvrit lentement la porte. L'air glacé l'enveloppa et la brise siffla dans ses oreilles. La pleine lune éclairait la nuit, seuls le bruit du vent dans les arbres et le craquement de la neige remplissaient le silence.

Il faillit trébucher sur quelque chose. Il recula et baissa la tête, surpris de voir ce qui ressemblait étrangement à… un couffin ?

Il s'agenouilla immédiatement et souleva la couverture. Son souffle en fut coupé.

–Gavin, qu'est-ce que c'est ?

La voix de Ginger porta jusqu'à lui et, avant qu'il puisse lui dire de ne pas s'approcher, le bébé se mit à pleurer.

Sa femme poussa un cri et s'agenouilla à ses côtés, tendant les bras pour prendre le précieux colis.

–Mon Dieu, Gavin ! Quelqu'un a laissé un bébé sur le pas de la porte !

Elle était horrifiée. Quant à lui, il était encore trop choqué pour reprendre ses esprits.

–Rentre le couffin, dit-elle en prenant le bébé dans ses bras.

Il la suivit à l'intérieur, même si quelque chose lui disait qu'il aurait dû partir à la recherche de celui ou celle qui avait abandonné l'enfant. La personne devait encore être dans les parages, il lui faudrait plusieurs minutes pour quitter sa propriété, quelle que soit la direction dans laquelle elle était partie.

Mais il fut hypnotisé par la vue de sa femme, debout devant la cheminée, déshabillant délicatement le bébé tandis qu'elle nichait sa tête dans le creux de son cou, en le berçant pour essayer de le calmer.

–Il y a un mot ? dit-elle, inquiète. Quoi que ce soit qui explique comment quelqu'un peut faire une telle chose ? C'est Noël ! On n'abandonne pas un bébé dans la neige à Noël !

Sa détresse était presque palpable. Il se hâta de fouiller dans le couffin, et en effet une enveloppe tomba par terre, à côté de deux petites peluches en forme d'animaux.

–Lis-le moi, le pria-t-elle.

Son regard ne quittait pas le bébé qu'elle tenait dans ses bras, et pendant un instant il en eut le souffle coupé.

La scène qui se déroulait sous ses yeux était quelque chose qu'ils ne revivraient jamais. Ginger regardait le bébé avec tant de tendresse et d'amour, elle caressait le dos du bébé, essayant de le calmer. D'ailleurs était-ce un garçon ou une fille ?

Il déchira l'enveloppe avec des doigts tremblants et parcourut rapidement le texte, se préparant à épargner à sa femme toute information qui pourrait lui faire du mal. Mais ce qu'il lut le secoua jusqu'à la moelle.

Je ne peux plus prendre soin de mon bébé. Avec moi, elle serait toujours en danger. Il lui faut quelqu'un pour la protéger, et je compte sur vous pour l'élever comme si c'était votre fille, en ne racontant jamais rien à personne de son passé. Vous pensez probablement que seule la pire mère au monde peut abandonner son bébé sur le paillasson d'étrangers, mais c'est justement parce que j'aime ma fille que je dois la laisser entre vos mains et vous demander de l'aimer et de l'élever comme si elle était la vôtre. Elle ne doit jamais savoir qu'elle a été abandonnée. Promettez-moi de garder mon secret. J'en ai le cœur brisé, mais savoir que vous prendrez soin d'elle alors que je ne le peux pas me donne la force de faire ce qu'il y a de mieux pour elle. Nous l'aimons profondément. Je vous en supplie, ne doutez jamais de cela. Je vous demande seulement de l'aimer autant que son père et moi l'aimons.

Lorsque Gavin finit de lire la lettre, sa main tremblait et Ginger s'effondra sur le canapé, tenant le bébé fort contre sa poitrine, en dévisageant son mari d'un air incrédule.

Il s'empressa de s'asseoir à côté d'elle et il soutint le bébé, car Ginger tremblait autant que lui.

Elle baissa la couverture pour exposer le visage du bébé, et le cœur de Gavin fondit. Une magnifique petite fille plongea son regard dans le sien tandis que Ginger caressait sa joue du revers de l'index.

Aussi vite que son cœur avait fondu, il prit une décision. Une décision qui allait changer le cours de sa vie et de celle de Ginger à jamais. Une vague de calme l'enveloppa quand il se mit à réfléchir à toute vitesse, évaluant rapidement chacune de leurs options.

– Je veux que tu prépares un sac de voyage, dit-il alors que l'incertitude dans sa voix faisait place à une détermination sans faille. On va quitter le pays et partir pendant un bon moment.

Sa femme écarquilla les yeux.

– Qu'est-ce qu'on va faire, Gavin ?

Il la regarda et il n'y avait pas la moindre trace de doute dans ses yeux. Il posa sa main sur son genou et le serra, ne voulant pas enlever son autre main du dos du bébé.

– On va faire ce qu'on attend de nous, on va l'élever comme si c'était notre fille.

2

QUATRE MOIS PLUS TARD…

Gavin avait toujours été conscient de ce que l'argent et le pouvoir pouvaient accomplir, mais ce ne fut que lorsqu'Arial entra dans leur vie –c'est ainsi qu'ils avaient prénommé leur magnifique petite fille– qu'il apprécia vraiment l'utilité de la richesse qu'il avait accumulée, comme s'il s'était préparé toute sa vie pour quelque chose d'aussi important. Dès l'instant où cette âme innocente était apparue sur le pas de leur porte, il avait su que sa fortune allait enfin servir à quelque chose de plus grand.

Il s'agissait désormais de ce qu'il pouvait offrir à sa femme et à sa fille.

Ari était la leur. Il avait fait en sorte que tout soit documenté : la grossesse de sa femme, le fait qu'après tant de fausses couches il l'avait emmenée à l'étranger pour l'isoler et l'éloigner du stress afin qu'elle donne naissance à leur fille.

Un certificat de naissance établissait la date de naissance de leur fille, stipulait que lui et Ginger en étaient les parents, et indiquait l'adresse de la petite clinique où elle était «née», clinique qu'il avait financée lui-même.

Désormais, ils revenaient aux États-Unis avec leur fille, certains que le passé d'Ari ne soulèverait aucune question. Tout avait été méticuleusement étudié. Tout ce qui leur restait à faire, c'était de reprendre le cours de leur vie. Cependant, Gavin n'était pas assez bête pour baisser sa garde. Leur vie ne serait plus jamais la même, et il n'en éprouvait pas le moindre regret. Il possédait tout ce dont un homme pouvait rêver. Tout cela était enfin à lui, et il en était reconnaissant chaque jour depuis la nuit de Noël où Ari était entrée dans leur vie.

Il avait pris le soin d'expliquer à Ginger tous les changements que cela allait entraîner, qu'il leur faudrait toujours être sur leurs gardes. Il avait eu peur que Ginger se sente emprisonnée et qu'elle se lasse de vivre de façon aussi recluse, mais il aurait dû se douter que sa femme, tout comme lui, ferait tout pour protéger leur fille.

Un lien impossible à briser s'était formé la nuit où ils avaient trouvé Ari. Et ce lien s'était fortifié à tel point que ni lui ni Ginger n'étaient capables de se souvenir de ce qu'étaient leurs vies avant.

La première chose que Gavin avait faite pour préparer leur retour aux États-Unis avait été de vendre leur maison dans le Connecticut, discrètement, car il voulait effacer toute trace de leur passé avant Ari. Il ne voulait pas que la mère biologique d'Ari puisse venir frapper à leur porte pour récupérer sa fille.

Pendant leur séjour à l'étranger, il avait fait en sorte de disparaître du monde des affaires. Il avait vendu ses entreprises et investi les bénéfices afin que sa famille ne manque jamais de rien.

Il avait acheté une maison immense sous le nom d'une entreprise fictive et s'était arrangé pour que le nom de Gavin Rochester n'apparaisse sur aucun document. Il en avait fait un lieu ultra-sécurisé. Puis l'avait fait décorer afin qu'elle devienne la maison dont avait toujours rêvé Ginger. Aucun sacrifice n'était trop grand quand il s'agissait de la rendre heureuse.

Voir sa famille heureuse avait donné à Gavin une force et une détermination qu'il pensait impossibles. Après tant de malheur, la femme qu'il aimait était rayonnante de joie, d'amour, de vie. Chaque jour, elle s'émerveillait de découvrir quelque chose de nouveau au sujet de la maternité et de leur magnifique petite fille.

Gavin savait au plus profond de lui-même qu'il ne reculerait devant rien pour protéger les deux femmes de sa vie. Aucune somme ne serait trop élevée. Certes, tout n'avait peut-être pas été fait de façon légale ; il aurait dû informer la police et les services sociaux afin d'adopter Ari par la voie normale.

Mais il lui avait suffi de plonger son regard dans les yeux de sa femme pour savoir qu'il n'était pas prêt à risquer de perdre leur fille en passant par la voie légale. D'ailleurs, du moment que Ginger était heureuse, cela ne pèserait jamais sur sa conscience. Il braverait les flammes de l'enfer et le diable lui-même plutôt que de rendre sa femme malheureuse.

Elle le regardait comme s'il était un héros – son héros – alors qu'il avait enfreint tant de lois qu'il passerait des années en prison si quelqu'un découvrait ce qu'il avait fait. Mais il avait fait en sorte que Ginger ne soit pas liée à ses décisions, afin qu'elle et Ari soient libres quoi qu'il arrive.

Ginger lui prit la main et la serra fort tandis qu'elle ajustait la couverture dans laquelle Ari était enveloppée, plaquée contre la poitrine de sa mère. Ils descendirent du jet privé et Gavin soutint Ginger afin qu'elle ne trébuche pas en se précipitant vers la voiture qui les attendait.

Lorsqu'il se glissa sur le siège arrière à côté d'elle, elle se tourna pour le regarder et elle fronça les sourcils.

–Je ne sais pas pourquoi je suis si angoissée, dit-elle d'une voix tremblante. Je te fais confiance, Gavin, ne crois pas que ce n'est pas le cas. C'est juste que ces cinq derniers mois, on a mené une vie paisible, loin de la réalité. C'est comme si on avait eu notre propre petite bulle dans laquelle le temps s'était arrêté et qu'on était seuls au monde. Et maintenant que l'on revient au monde réel, je suis terrifiée. J'ai peur que tout ça ne soit qu'un rêve et que demain matin, Ari disparaisse.

Gavin passa son bras autour des épaules de Ginger et l'attira contre lui, déposant un baiser sur sa tête. Il n'aimait pas qu'elle s'inquiète, qu'elle ait peur de l'inconnu ; cependant, il la comprenait. Il savait qu'il lui était impossible de faire disparaître toutes les peurs de Ginger. Ni les siennes, d'ailleurs.

Ils auraient toujours peur d'être découverts et que leur enfant leur soit enlevé. Peut-être s'inquiéteraient-ils de moins en moins au fil des années, mais pour l'instant il était temps qu'ils reprennent le cours de leur vie.

–Ça n'arrivera jamais, dit-il d'un ton ferme.

Il regarda par la fenêtre de la voiture qu'il avait choisie pour venir les chercher sur la piste de l'aéroport privé.

–Tu penses que tu pourras être heureuse ici ? demanda-t-il, avouant ses peurs.

Le bonheur de sa femme prenait le pas sur tout le reste.

Il avait cédé toutes ses entreprises, ne gardant qu'une compagnie pétrolière basée à Houston dans le Texas, une ville qu'il connaissait déjà. Par le passé, il avait fait des « affaires » avec Franklin Devereaux et il avait même prévu de le contacter de nouveau, car Franklin menait encore la vie qui avait été la sienne avant de rencontrer

Ginger, et il pourrait peut-être l'aider à garder l'anonymat et à prendre un nouveau départ.

Cette décision avait été difficile à prendre, car en contactant Franklin, il risquait de créer une brèche dans la sécurité qu'il s'était efforcé de mettre en place autour d'eux. Cependant, Franklin avait des contacts que Gavin n'avait plus, alors il avait jugé que le risque en valait la peine.

Franklin avait ce que lui et Ginger voulaient le plus au monde. Ou plutôt, ce qu'ils *avaient voulu* par le passé. Une famille. Mais Gavin n'éprouvait plus de jalousie en pensant aux Devereaux, car Ari les avait comblés et avait solidifié leur relation, transformant le couple qu'ils étaient en une famille.

Ari se réveilla de sa sieste et souleva sa tête, offrant à son père un sourire édenté qui ne manquait jamais de le faire fondre.

– Eh bien, bonjour ma chérie, dit Ginger en tendant l'index pour qu'Ari le saisisse.

Comme tout ce qui se trouvait dans la main d'Ari, l'index de sa mère se dirigea immédiatement dans sa bouche, elle sourit et gazouilla tout en suçant le doigt de sa mère.

– On y sera dans combien de temps ? demanda Ginger. Il faut changer sa couche et elle va avoir faim maintenant qu'elle est réveillée.

– Dix minutes, tout au plus, répondit Gavin.

– Alors ça ira, dit Ginger en regardant sa fille avant de lui sourire.

Puis elle posa sur Gavin un regard plein d'amour.

– Nous sommes enfin une famille, chuchota-t-elle, émerveillée. Tout ça est bien *réel*.

Gavin lui sourit et se pencha pour embrasser les boucles d'Ari, respirant son parfum sucré de bébé.

Puis il saisit la bouche de sa femme et l'embrassa, savourant ce moment d'intimité avec sa femme et sa fille.

– Oui, mon cœur. C'est notre nouvelle vie et elle est bien réelle. Et personne ne va nous l'enlever.

Il se promit en silence que rien ni personne ne lui prendrait jamais ce qui lui appartenait. Et que toute son existence, il protègerait sa femme et sa fille des dures réalités de la vie. Quel qu'en soit le coût.

3

QUATRE MOIS PLUS TARD

Les pneus de Gavin crissèrent devant sa maison et il bondit hors de sa Mercedes blindée avant même que son chauffeur se soit tout à fait arrêté. Il tenait son revolver dans sa main gauche et il sentait les battements de son cœur dans ses tempes. Au téléphone, Ginger était hystérique, lui disant de rentrer immédiatement car quelque chose n'allait pas.

Il lui fallut se maîtriser pour se retenir d'enfoncer la porte et de tirer sur ce qui menaçait sa femme et sa fille. Au lieu de cela, il s'accroupit contre le mur à côté de la porte et la poussa sans bruit, l'ouvrant entièrement afin qu'il puisse voir tout le salon.

Ginger y faisait les cent pas et son angoisse était presque palpable. Elle leva la tête et regarda en direction de la porte.

– Gav ? C'est toi ? Tu es rentré ?

Gavin se détendit et sa peur s'évanouit lentement. Il parvint à lever une main tremblante pour signifier aux gardes du corps qu'il avait appelés et qui étaient désormais rassemblés derrière lui de baisser leur arme. Même son chauffeur était prêt à l'attaque, pistolet en main.

Gavin prit son temps et rangea son revolver dans son harnais, puis il se releva lentement.

Les quinze dernières minutes avaient été les plus stressantes de toute sa vie.

Gavin ne laissait pas souvent Ginger et Ari seules, mais une fois par semaine il devait se rendre à Houston pour ses affaires. Aujourd'hui, il se demandait s'il serait de nouveau capable de les abandonner.

La porte s'ouvrit davantage sur Ginger, debout devant lui, les yeux écarquillés de peur, le visage pâle, tremblant de la tête aux pieds. Si Ginger ne paraissait pas blessée, que leur fille allait bien, alors qu'est-ce qui avait pu faire aussi peur à sa femme ?

– Gavin, viens !

Elle sembla alors remarquer les gardes du corps et Gavin vit qu'elle réalisait ce qu'il venait d'endurer. Mais elle ne sembla pas vouloir s'excuser. Sa main froide se posa sur la sienne et elle le tira à l'intérieur, refermant la porte sur eux.

– Quelqu'un ou quelque chose est rentré dans la chambre d'Ari, dit Ginger en poussant un petit cri tandis qu'elle montait les escaliers en courant, tirant Gavin derrière elle.

Il se raidit et sortit son revolver de son harnais.

– Il n'y a plus personne maintenant, Gavin, chuchota-t-elle. Elle dort. Range ce pistolet !

Il rangea de nouveau son arme, à regret, et dès qu'ils furent dans la chambre de leur fille et qu'il la vit, suçant son pouce, sur le ventre, avec ses jambes repliées sous elle et ses petites fesses en l'air, il put enfin respirer.

– Qu'est-ce qui se passe, Ginger ? demanda-t-il d'un ton sec.

Elle grimaça et eut l'air surprise par sa colère.

–Je viens de prendre quinze ans en quelques instants. Ne refais plus *jamais* ça.

–Mais quelqu'un est entré dans sa chambre, reprit Ginger. Je ne suis pas folle, Gav. Les deux premières fois, j'ai pensé que c'était moi qui oubliais. Que je ne me rappelais pas avoir laissé ses peluches dans son lit. Alors j'ai commencé à faire très attention à l'endroit où je les laissais lorsque je la couchais.

Gavin fronça les sourcils, car Ginger ne laissait jamais quoi que ce soit avec lequel Ari pouvait s'étouffer dans son lit. Il ne croyait pas du tout qu'elle ait pu oublier d'enlever ses peluches préférées.

Ginger se pencha au-dessus du lit et fourra son poing dans sa bouche pour s'empêcher de crier. Elle tendit une main tremblante et pointa du doigt.

–Regarde, Gavin, je les ai sorties il y a un quart d'heure. Quand je t'ai appelé. Je les ai posées sur la commode. Et elles sont revenues. Quelqu'un est encore entré ici !

Gavin prit Ginger dans ses bras et l'embrassa sur le front.

–Chhhut, ma puce. Je vais m'en occuper tout de suite. C'est très simple, en fait. Dorénavant, on va mettre son lit dans notre chambre et quand elle fera la sieste, on la mettra dans son couffin et tu la prendras avec toi. On va venir à bout de ce mystère. Je vais regarder la vidéo de surveillance, et si quelqu'un est entré dans sa chambre, je le saurai.

Gavin visionnait encore une fois la vidéo de surveillance de la chambre de sa fille, n'arrivant toujours pas à comprendre ce dont il était témoin. C'était impossible. Or il avait la preuve du contraire. Il n'y avait pas *quelqu'un* dans la chambre de sa fille, mais *quelque chose*.

Il avait beau regarder la vidéo en boucle, cela ne changeait rien. Les deux zouzous, c'est ainsi que Ginger appelait les doudous de sa fille, les seuls souvenirs du soir où Ari était entrée dans leur vie ainsi qu'un hommage à la femme qui avait abandonné son bébé sur leur paillasson, bougeaient de l'endroit où Ginger les avait posés, traversaient la pièce en flottant dans l'air et atterrissaient dans le lit d'Ari.

Gavin était un être fondamentalement logique. Son cerveau ne pouvait accepter quelque chose d'aussi absurde.

Or le fait que cette affaire ne puisse être expliquée pas un raisonnement logique lui glaçait le sang. Y avait-il quelque chose de maléfique qui suivait leur fille ? Il n'avait jamais cru aux esprits ni aux fantômes, sa vision carrée et bien ordonnée du monde ne pouvait l'accepter. Cependant, il y avait bien *quelque chose* qui faisait bouger ces jouets et leur faisait traverser la pièce pour retrouver Ari.

Que diable était-il censé dire à Ginger sans lui faire encore plus peur ? Il était prêt à tout pour protéger sa femme et sa fille, et s'il était question de lui éviter d'avoir peur et de souffrir, il ferait le nécessaire sans éprouver de remords.

Il donna discrètement l'ordre à son chef de la sécurité de déplacer le lit d'Ari dans leur chambre, mais lui dit de laisser tout le reste à sa place.

◆◆◆

Gavin se réveilla dès qu'il entendit le cri de surprise de sa femme. Il bondit du lit et retrouva Ginger devant le lit d'Ari où elle se tenait, bouche bée.

Les deux zouzous étaient dans le lit de leur fille qui était réveillée, une des peluches dans sa petite main potelée, elle lui mordillait l'oreille. Elle sourit à ses parents et se mit à donner des coups de pied et à s'agiter, comme pour leur dire qu'elle était bien réveillée et qu'elle était prête à sortir du lit.

Gavin regarda la porte de leur chambre, qu'il avait pris soin de fermer à clé avant de se coucher. Elle était désormais entrouverte et les zouzous qui avaient été laissés dans la chambre d'Ari étaient dans son lit, pour le plus grand bonheur de leur fille.

Il sut alors qu'il ne pouvait plus cacher à Ginger ce qu'il avait vu sur la vidéo. Il se passait quelque chose de vraiment tordu.

Ginger se baissa pour prendre Ari, et le zouzou retomba, suscitant immédiatement un cri de détresse qui ne prit fin que lorsque Ginger le ramassa et le rendit à Ari.

Des larmes de peur voilèrent les yeux de sa femme, elle le regardait d'un air désespéré, lui demandant en silence de lui promettre que tout allait bien. De mettre fin à cette situation. Et il n'avait pas la moindre idée de ce qu'il était censé faire. Il n'avait jamais manqué d'offrir à sa femme et sa fille ce dont elles avaient besoin. Son unique but dans la vie était de protéger sa famille et de garantir leur bonheur et leur bien-être. Mais il ne pouvait expliquer l'inexplicable.

– Change-la et donne-lui un biberon, puis retrouve-moi dans la salle de vidéosurveillance, dit-il à voix basse, parlant d'un ton calme afin qu'Ari ne ressente pas l'angoisse de ses parents.

– Qu'est-ce qui se passe, Gav ? chuchota Ginger.

– Je ne sais pas, dit-il en toute honnêteté. Mais j'ai l'intention de le découvrir. Occupe-toi d'Ari et on va mettre un terme cette histoire.

Ginger sortit calmement de la chambre, mais son angoisse était évidente. Il détestait la voir aussi effrayée.

Bon sang, lui aussi, il avait peur. Rien ne l'avait préparé à cela. Comment se défendait-on de l'invisible ?

Il n'était pas quelqu'un de spirituel, mais il se surprit à prier en silence que Dieu les protège du mal qui avait envahi leur maison.

Gavin marcha jusqu'à la porte après le départ de Ginger. Il inspecta la serrure, cherchant une trace d'infraction. Mais il ne put rien déceler. Il n'y avait pas de rayure, aucune trace sur la peinture, ni rien sur la serrure ou la poignée de la porte. Comment la porte avait-elle pu être ouverte et comment les peluches s'étaient-elles retrouvées dans le lit de sa fille sans qu'il ne voie quoi que ce soit ?

Il avait le sommeil léger. Cela avait toujours été ainsi. Mais depuis Ari, son sommeil l'était davantage encore ; il entendait le moindre bruit, le moindre cri, le moindre signe que quelque chose n'allait pas. Or il avait dormi toute la nuit, tenant sa femme dans ses bras pendant qu'Ari dormait dans son lit, à un mètre à peine du leur. Il avait pris soin de placer le berceau contre le mur du fond, afin que leur lit soit entre Ari et la porte.

Il secoua la tête et descendit les escaliers où il trouva Ari dans sa chaise haute, gazouillant joyeusement, tenant un des zouzous dans sa main tandis que Ginger préparait son biberon. Il l'embrassa sur la tête et fut récompensé d'un sourire qui le fit fondre.

Qu'avaient été leurs vies avant qu'Ari y fasse irruption, au moment même où ils pensaient qu'ils n'auraient jamais d'enfant ? Ginger et lui avaient été heureux. Il avait à ses côtés une femme qu'il aimait plus que tout au monde, et il s'était cru comblé.

Jusqu'à ce qu'Ari apparaisse.

Ari était un cadeau du Ciel. Elle lui avait fait croire en la magie de Noël. Et avec son arrivée, la tristesse de Ginger avait disparu. Elle ne doutait plus que Gavin puisse la quitter pour une femme qui pourrait lui donner quelque chose dont il ne voulait même pas si ce n'était pas Ginger qui le lui donnait.

Ginger finit de préparer le biberon d'Ari, mais elle le posa sur le plan de travail lorsque Gavin la prit dans ses bras et l'embrassa. Il ne se lasserait jamais de ses baisers. Ils restaient toujours magiques, lui faisant oublier le monde qui l'entourait.

Ari, impatiente, laissa tomber son zouzou et frappa le plateau de sa chaise haute en s'écriant « maman, maman ! », exigeant d'être nourrie.

Ginger rit doucement en éloignant son visage de celui de Gavin.

– Je crois que notre fille a faim. Je vais lui donner le biberon dans la salle de surveillance. Tu as dit que tu voulais me montrer quelque chose ?

Il avait horreur du ton inquiet de sa voix, malgré sa tentative de paraître calme, car il savait pertinemment qu'elle était morte de peur.

– Gavin, siffla-t-elle. Regarde !

À leur grande surprise, le biberon flottait dans les airs, se dirigeant lentement à travers la cuisine, pour atterrir tout droit dans la main tendue d'Ari.

Ni l'un ni l'autre n'osait bouger ou respirer. Ils dévisageaient Ari, incrédules, regardant leur fille prendre le biberon dans ses deux mains, essayant pour pouvoir téter.

– T'as vu ce que j'ai vu ? chuchota-t-elle, tremblant de tout son corps contre Gavin.

Il était si bouleversé qu'il ne parvint pas à répondre. D'abord les peluches qui s'étaient retrouvées dans le berceau d'Ari malgré une porte fermée à clé. Et maintenant ça ?

Pour la première fois, il commença à soupçonner Ari d'être à la source de ces bizarreries. Mais ce n'était qu'une enfant, un bébé ! Penser qu'elle était capable de déplacer les objets était surréaliste.

Ginger sortit soudain de sa torpeur, se précipita vers la chaise haute et attrapa le biberon de sa fille. Ari cria et Gavin fut étonné que Ginger soit obligée de tirer aussi fort pour récupérer le biberon.

Gavin courut à ses côtés et recula le plateau pour prendre Ari et la calmer. Dès que Ginger lui tendit le biberon, Ari s'apaisa et commença à le boire tranquillement dans les bras de son père.

Il leva les yeux vers Ginger qui était pâle comme un linge.

– Qu'est-ce qui se passe, Gav ? demanda-t-elle, angoissée. Tu crois que c'est *elle* qui déplace les peluches ? On ne peut pas nier ce qu'on vient de voir, même si ça n'a aucun sens. On ne l'a pas inventé. Comment aurait-on pu ?

Gavin passa son bras libre autour de sa femme et l'attira contre lui.

– Il semblerait que notre fille ait des pouvoirs tout à fait uniques, murmura-t-il.

– Qu'est-ce qu'on va faire ? La dernière chose dont on ait besoin, c'est que quelqu'un l'apprenne. Et si ses parents biologiques venaient la réclamer dès l'instant où le monde apprendra qu'elle a... ?

Elle ferma les yeux un moment et appuya sa tête contre le torse de Gavin, tout près du front d'Ari.

– Qu'est-ce qu'elle *a*, d'ailleurs, Gavin ? Je ne comprends pas, je ne sais pas comment s'appelle son pouvoir.

– Je pense que c'est de la télékinésie, mais elle est tellement jeune, c'est juste un bébé. C'est peut-être à peine le début de ses pouvoirs. On doit se préparer à toutes les éventualités. Il est plus important que jamais de ne pas l'exposer au public. Elle ne pourra pas aller à l'école. Du moins, pas tant qu'on ne connaîtra pas l'étendue de ses pouvoirs et qu'elle n'aura pas appris à les contrôler.

–Ce n'est pas la vie que je souhaitais pour elle, dit-Ginger d'une voix tremblante.

Gavin sentit ses larmes chaudes à travers son t-shirt et sa gorge se noua. Il la serra contre lui et l'embrassa.

–Elle aura une belle vie, dit-il. (C'était une promesse, et il s'y tiendrait jusqu'à sa mort.) Elle ne pourra peut-être pas faire tout ce que les enfants de son âge font, mais elle aura une vie riche et heureuse. On fera tout pour s'en assurer. Quand elle sera assez grande pour comprendre quelles peuvent être les conséquences de ses pouvoirs, on lui expliquera qu'elle ne doit rien faire pour attirer l'attention sur elle.

Ginger recula et lui offrit un sourire tremblant.

–J'ai toujours su qu'elle était spéciale. Un cadeau de Dieu quand j'en avais le plus besoin. Peut-être est-ce dans l'ordre des choses ? On a les moyens de la protéger, de lui apporter l'éducation et les outils dont elle aura besoin en grandissant, et de la guider jusqu'à ce qu'elle soit adulte.

Elle hésita un moment et se mordit la lèvre, consternée.

–Je suppose que ma plus grande peur, dès l'instant où elle a fait son apparition dans nos vies, c'était que quelqu'un vienne la chercher pour la reprendre.

Gavin enleva le biberon de la bouche d'Ari et la rehaussa sur son épaule pour lui faire faire son rot. Il regarda fixement Ginger car il voulait qu'elle comprenne que ses propos étaient des plus sérieux.

–Rien ni personne ne nous prendra *jamais* notre fille. Aux yeux du monde entier, on a tout simplement disparu. J'ai fait savoir à tout le monde que l'on était partis en Europe et que l'on y vivait. Personne ne peut savoir que cette maison est à moi, et mes entreprises sont toutes au nom d'un conglomérat fictif que je détiens. Il faudrait vraiment creuser et avoir beaucoup de chance pour me relier à quoi que ce soit aux États-Unis.

–Je crois en toi, Gavin. Ne pense pas le contraire, ni que je n'ai pas confiance en toi. Mais j'ai toujours eu peur qu'on nous l'enlève. Peut-être qu'avec le temps cette peur diminuera. Peut-être qu'un jour je me détendrai pour de bon, mais je suis consciente que je m'inquièterai pour mon bébé tout au long de ma vie, quel que soit son âge.

La réponse de Gavin était parfaitement sincère.

–Moi aussi, ma chérie.

Cette fois-ci, ils ne furent pas surpris lorsque le zouzou d'Ari flotta du sol jusqu'au visage d'Ari. Gavin le prit et le tendit à sa fille.

–Apparemment elle est prête pour sa sieste, dit Ginger. Et je suppose qu'il ne sert à rien de la séparer de ses zouzous.

Gavin imagina leur avenir et il en fut presque amusé.

–Je crois, ma chérie, qu'élever notre fille va être une sacrée aventure.

4

VINGT-DEUX ANS PLUS TARD

Arial Rochester soupira en passant le portail du lycée privé où elle enseignait l'anglais, nostalgique comme à chaque fin d'année scolaire.

Cependant elle mit de côté sa tristesse, car elle serait bientôt chez ses parents avec qui elle passerait l'été.

Elle sourit en pensant à ses parents, toujours aussi amoureux après tant d'années de mariage. Son père était extrêmement protecteur avec sa mère, et ses deux parents étaient extrêmement protecteurs avec leur fille.

Non sans raison.

Ne dis jamais rien. Personne ne peut savoir. N'utilise jamais tes pouvoirs.

C'était le mantra que son père lui avait fait répéter dès son plus jeune âge. Elle avait été couvée, protégée et coupée du monde.

Ses parents avaient fait tout ce qu'ils pouvaient pour qu'elle se sente normale. Or cela était impossible, car Ari n'était tout simplement pas normale. Elle était une anomalie de la nature. Un être tout droit sorti des films de science-fiction. Les gens comme elle n'existaient pas. Sauf que… elle, *si*. Et il n'y avait aucune explication logique.

Son père était l'incarnation même de la logique. Son esprit d'analyse était brillant, or même lui n'avait pas été capable de comprendre ses pouvoirs. Sa plus grande peur était que quelqu'un les découvre. Alors ils avaient engagé des professeurs et elle avait fait sa scolarité à la maison. Ils avaient aussi engagé une équipe de sécurité.

Cependant elle était désormais adulte, diplômée d'une petite université privée, et elle avait quitté le château fort érigé par son père et sa mère.

Cela ne leur avait pas plu, ni à l'un ni à l'autre. Mais, Dieu soit loué, ils comprenaient. Son père lui avait seulement demandé de ne jamais laisser entrevoir qu'elle était différente de n'importe quelle jeune femme.

C'était une promesse qu'elle n'avait aucun mal à tenir puisque la seule chose qu'elle voulait, désespérément, c'était être normale. Elle ne voulait pas être ce monstre de la nature. Ses parents l'avaient élevée dans l'angoisse permanente d'être découverte. Du moins jusqu'à ce qu'elle soit assez grande pour comprendre qu'elle ne devait pas utiliser ses pouvoirs ni les montrer au reste du monde. Ce ne fut qu'à ce moment-là qu'ils s'étaient un peu détendus et qu'ils avaient cessé de vivre dans la peur qu'Ari révèle ce dont elle était capable.

Ses parents avaient fait d'énormes sacrifices pour elle. Leur vie tournait autour de sa protection, et Ari le regrettait de tout son cœur, car à cause d'elle, aucun membre de sa famille ne pouvait mener une vie normale.

Elle fouilla dans son sac pour trouver ses clés, marchant d'un pas rapide dans la rue très fréquentée dans laquelle se trouvait son lycée. L'immeuble en briques rouges était entouré d'un grillage, et le portail était fermé dès le début des cours le matin pour n'ouvrir qu'à la fin des classes l'après-midi. Les professeurs se garaient cinquante mètres plus loin dans la rue, et à en juger par le parking, elle était la dernière à partir.

Au moment où elle s'apprêtait à passer la grille du parking pour aller à sa voiture, Ari fut poussée violemment et elle tomba par terre, s'écorchant les genoux et les paumes des mains en voulant se rattraper.

Une douleur vive remonta le long de sa colonne vertébrale alors qu'elle essayait de comprendre ce qui venait de se passer.

– Espèce de connasse ! Tu crois que tu vas partir tranquillement après m'avoir collé un huit sur vingt ? À cause de toi, je ne vais pas aller à la fac en octobre. Tu sais ce que mes parents vont me faire quand ils verront mon bulletin ?

Elle reconnut la voix de son élève. Derek Cambridge. Il venait d'une famille très riche et il pensait que tout lui était acquis. Il était arrogant et égoïste, mais elle n'avait jamais imaginé qu'il pourrait l'agresser à cause d'une note !

Elle avait tout fait pour l'aider. Elle aurait adoré lui mettre la moyenne, mais il avait continué à ne rien faire. Peut-être pensait-il que la fortune de ses parents et leur rang social lui permettraient de se la couler douce à l'école comme dans la vie.

Lorsqu'elle leva la tête, son sang se glaça, car il n'était pas seul. Deux garçons étaient à ses côtés, et ils avaient l'air aussi en colère que Derek. Ils étaient fous ? Agresser une femme en plein jour dans une rue fréquentée, devant un lycée ?

Elle regarda autour d'elle, désespérée, cherchant quelqu'un pour l'aider.

Elle reçut alors un coup de pied dans les côtes et elle se retrouva sur le dos, sur son sac à main, le souffle coupé.

Elle croisa le regard furieux de Derek et elle comprit qu'il n'avait pas l'intention de simplement la secouer pour se défouler. Elle lut une envie de meurtre dans son regard. *Son* meurtre. Et ses amis ne feraient rien pour la sauver. Ils souriaient tous les deux en coin, comme s'ils étaient persuadés qu'elle n'avait que ce qu'elle méritait.

Un rayon de soleil se refléta sur un objet en métal. Un poignard.

Derek le tenait fermement dans sa main, lame vers le bas, et elle sut qu'il allait la tuer là, au milieu du parking.

Bien qu'elle n'ait pas utilisé ses pouvoirs depuis longtemps, bien qu'elle ait tout fait pour les réprimer, ils surgirent soudain, son instinct d'autodéfense prenant le pas sur tout le reste.

C'était instinctif. Elle n'eut pas même à se forcer pour se concentrer. Une avalanche de gravier se précipita soudain sur son agresseur, le faisant reculer en se débattant, une main devant son visage pour se protéger tandis que l'autre s'accrochait toujours au poignard.

Un vent semblable à celui précédant un cyclone se leva. Il y avait désormais suffisamment d'espace entre elle et l'adolescent armé, et elle balaya le parking du regard, cherchant de quoi se défendre.

Son regard se posa sur un arbre planté sur le trottoir. Une lourde branche craqua avec le bruit d'un coup de feu, puis elle se dirigea sur le trio qui la menaçait.

– C'est quoi ce bordel, mec ? cria un des amis de Derek.

Ari ne reconnaissait pas les deux autres garçons. Elle était presque certaine qu'ils n'étaient pas de ce lycée, et elle connaissait les visages et les noms de presque tous ceux qui fréquentaient la Grover Academy.

– Tenez-moi cette petite garce, je vais l'étriper comme un porc, cracha Derek.

Ses efforts n'avaient pas été vains. Derek saignait du nez, et il ne prit pas la peine de s'essuyer. Ses yeux étaient noirs, brillants, et Ari comprit qu'il n'était pas seulement fou de rage à cause de la note qu'elle lui avait mise. Il était aussi complètement drogué.

La situation était sur le point de prendre une sale tournure.

Profitant de leur hésitation, elle se dépêcha de se relever.. Il lui fallait des munitions, et elle allait devoir utiliser ce qu'elle avait sous la main.

Les jardinières en brique qui longeaient la grille du lycée et dans lesquelles poussaient de jolis arbustes bien taillés se mirent à bouger comme sous l'effet d'un tremblement de terre. Les garçons le sentirent aussi car elle vit leur expression de panique. Cependant, Derek était trop défoncé à Dieu sait quelle drogue pour oublier son envie de vengeance.

Les briques se délogèrent, quittant une à une leur rangée et, tout à coup, Derek fut frappé à l'arrière de la tête par l'une d'entre elles.

Il s'affaissa sur le sol et le poignard tomba par terre.

Ses deux amis regardaient stupéfaits d'autres briques voler dans les airs, tournoyer et changer de direction lorsque les adolescents reculèrent.

–Merde ! s'exclama l'un des deux. C'est une putain de sorcière. Je parie qu'elle est sataniste !

Le poignard était désormais à quelques mètres de Derek. Elle le fixa et il se mit à flotter dans les airs jusqu'à sa main, le manche froid vint se nicher dans sa paume.

–Déguerpissez ! cria-t-elle.

Elle se fichait de ce qu'ils pensaient d'elle. S'ils voulaient croire qu'elle était une sorcière, alors qu'ils le croient.

Les briques volèrent vers eux, s'arrêtant à quelques centimètres de leurs visages. Leurs mains étaient déjà levées pour se protéger et ils grimaçaient, les yeux fermés, prêts pour l'impact. Comme il ne se passait rien, ils ouvrirent les yeux, paniqués.

Ils reculèrent et les briques les suivirent. Décidant de laisser leur ami à son triste sort, ils tournèrent les talons et s'enfuirent en courant, comme si des chiens enragés étaient à leur trousse.

Les briques tombèrent sur le goudron et l'une d'entre elles se fissura. Ari resta debout, tremblante, réalisant qu'elle venait de frôler la mort.

C'est alors qu'elle prit conscience de ce qu'elle avait fait. Elle avait commis l'irréparable. Elle avait beau avoir agi pour se sauver, la triste vérité était qu'elle avait utilisé ses pouvoirs devant des témoins. Cependant les témoins n'étaient pas sa plus grande préoccupation. S'ils allaient voir la police pour raconter une telle histoire, ils ne seraient jamais pris au sérieux. Le problème était que le parking, comme chaque coin du lycée, était équipé de caméras de surveillance.

Il y aurait une *preuve* de ses pouvoirs.

Elle se mit à trembler de plus belle et lâcha le poignard. Ignorant le sang sur ses genoux et ses mains ainsi que sa douleur aux côtes, elle ouvrit son sac et y chercha son téléphone.

Il lui fallut trois tentatives avant de parvenir à appuyer sur la bonne touche et appeler son père.

–Ari, répondit son père sur un ton affectueux. Comment s'est passée ta dernière journée ?

–P-pa-papa, bégaya-t-elle. J'ai un problème.

Le ton de son père changea instantanément. Elle sentait la tension à travers le téléphone aussi bien que s'il s'était trouvé devant elle.

–Dis-moi tout, cracha-t-il. Tu vas bien ? Tu es blessée ? Tu es où ?

Elle prit une profonde inspiration avant de raconter ce qui venait de se passer de façon concise, consciente que chaque seconde comptait. Puis une pensée horrible lui vint, car Derek était toujours inconscient sur le sol devant elle. L'avait-elle tué ?

Son téléphone dans une main, elle s'accroupit, gémissant de douleur, et appuya deux doigts sur son cou, cherchant son pouls. Elle fut soulagé de sentir un pouls fort et régulier.

– Monte dans ta voiture et enferme-toi. J'arrive dans cinq minutes, dit son père sur un ton autoritaire. Si quelqu'un, qui que ce soit, vient te voir ou que tu te sens menacée, même un tout petit peu, tu déguerpis.

– D'accord, chuchota-t-elle. Mais papa, qu'est-ce qu'on fait pour Derek ? J'appelle une ambulance ? Je ne peux pas le laisser là, même si c'était de la légitime défense. Je ne peux pas le laisser mourir là.

La voix de son père était sans équivoque.

– Fais ce que je t'ai dit. J'arrive dans cinq minutes et je vais m'occuper de tout.

Il raccrocha et Ari regarda autour d'elle pour s'assurer que personne ne l'observait. Heureusement pour elle, Derek était caché des passants mais Ari, elle, pouvait être vue par tous.

Son père avait raison. Elle devait monter dans sa voiture avant que quelqu'un ne la voie debout et ensanglantée et vienne lui demander ce qui se passait.

Il avait beau avoir essayé de la tuer, elle était pleine de remords après ce qu'elle venait de faire. C'était contre son propre code de conduite de le laisser là. Et s'il avait un traumatisme crânien ? Et s'il mourait parce que personne ne l'emmenait aux urgences ? Même s'il avait voulu lui faire mal, il ne méritait pas de mourir abandonné par ses amis sur un parking.

Elle avait confiance en la capacité de son père à s'occuper de la situation comme il le lui avait dit, alors elle appela le SAMU et se présenta comme un professeur de la Grover Academy, les informant qu'un étudiant avait perdu connaissance sur le parking des professeurs.

Quatre minutes plus tard, le quatre-quatre de son père déboula dans le parking et il s'arrêta à côté de la voiture d'Ari dans un crissement de pneus. Il en sortit et fit le tour jusqu'à la portière conducteur avant-même qu'elle n'ait eu le temps de l'ouvrir.

Lorsqu'elle en sortit, elle ne put se retenir de grimacer de douleur, le regard de son père s'assombrit et sa mâchoire se contracta.

–J'ai appelé le SAMU, dit-elle à voix basse, consciente que cela ne plairait pas à son père. Je ne pouvais pas le laisser là.

–Ce petit con a de la chance d'être encore inconscient, dit son père d'une voix glaciale. Sinon je l'aurais tué de mes propres mains.

Puis il posa délicatement sa main sur l'épaule d'Ari et la serra d'un geste réconfortant.

–Tu vas bien ? Tu as mal ?

–Oui, admit-elle. J'ai quelques écorchures, mais j'ai surtout mal aux côtes, à l'endroit où il m'a mis un coup de pied.

Son père regarda Derek d'un air meurtrier, mais il se retint de parler.

–Monte dans ta voiture et suis-moi. Le SAMU ne va pas tarder à arriver et la police aussi, probablement. Je veux que tu sois aussi loin que possible lorsqu'ils arriveront.

–Papa, l'école a des caméras de surveillance, dit-elle d'une voix tremblante.

Il se pencha et l'embrassa sur le front.

–Je suis déjà dessus, ma puce. Monte dans ta voiture et ne t'inquiète pas. On s'en va.

Elle poussa un soupir de soulagement, maintenant que son père lui avait confirmé qu'il s'occupait de tout. Il la protégerait, comme il l'avait toujours fait. Elle se tourna et se dépêcha de remonter dans sa voiture, ignorant les protestations de son corps. Ils n'avaient que quelques minutes avant que les secours débarquent.

Il y aurait une enquête. Après tout, elle avait appelé le SAMU et elle était partie. La plupart des gens seraient restés pour aider ou garantir la protection de la victime jusqu'à ce que les secours arrivent. Elle allait devoir répondre à ces questions.

Cependant, elle avait fermement confiance en son père. Il n'avait jamais manqué de l'aider.

Elle démarra en trombe et suivit la voiture de son père qui quittait le parking.

Son père roula à vive allure et elle se rendit compte qu'ils se dirigeaient vers la maison ; du moins une de leurs maisons, celle où ils vivaient le plus souvent pendant l'année, lorsqu'elle enseignait.

Ils passèrent le portail de sécurité qui se referma rapidement derrière eux. Dès qu'elle se gara dans le garage, sa mère apparut dans l'encadrement de la porte et elle courut pour ouvrir la portière d'Ari, morte de peur.

– Fais attention ma chérie, dit son père à sa mère. Elle est blessée.

– Oh, Ari, qu'est-ce qui s'est passé, ma puce ? Il faut t'emmener à l'hôpital ?

Elle se tourna vers son mari, l'air inquiète.

– Tu n'aurais pas dû l'emmener directement aux urgences ?

Gavin Rochester posa une main rassurante sur l'épaule de sa femme avant de se pencher pour aider Ari à sortir de la voiture. Cette fois-ci, Ari fit preuve de courage et ne montra pas sa douleur car elle ne voulait pas augmenter la panique de sa mère.

–On n'avait pas le temps, Ginger. On a d'autres problèmes à régler. J'ai déjà appelé le docteur Winstead et il est en route pour la maison. S'il pense qu'Ari doit être hospitalisée ou qu'elle est gravement blessée, nous irons discrètement à sa clinique privée.

Ginger passa son bras autour de l'épaule de sa fille et Ari la sentit trembler de peur et d'agitation. Elle glissa le sien autour de la taille de sa mère et l'attira contre elle, aussi fort que sa douleur aux côtes le lui permit.

–Je vais bien maman. Nous avons des problèmes plus urgents que mes blessures. J'ai enfreint la règle.

Tout en parlant, elle regardait son père, l'air désolée. Elle regrettait profondément d'avoir utilisé ses pouvoirs pour se défendre.

Son père eut l'air furieux. Il prit son visage entre ses mains, l'obligeant à le regarder.

–Je ne veux *jamais* que tu t'excuses ou que tu penses que tu nous as déçus, ta mère et moi, alors que tu as fait ce qu'il fallait pour te protéger. Tu aurais pu mourir aujourd'hui, Ari. Si tu n'avais pas agi ainsi, ta mère et moi serions en train d'organiser tes obsèques. Je remercie Dieu de t'avoir donné tes pouvoirs et, pour la première fois, je me dis qu'il y a une raison s'il t'a donné un tel don. Aujourd'hui, ce don a sauvé la vie d'un être qui m'est cher.

Ari sentit les larmes monter, émue par la sincérité de son père.

–Allez, rentre, dit-il en la poussant délicatement vers la porte. J'ai quelques coups de fil à passer et le docteur va bientôt arriver. Et puis on va laisser ta mère te chouchouter parce qu'elle en meurt d'envie. Ne t'inquiète pour rien, ma puce. Je te le promets, je m'occupe de tout.

–Je sais papa, dit-elle à voix basse.

5

Ari s'allongea en soupirant dans la chambre que ses parents gardaient encore pour elle, même si elle ne vivait plus chez eux. Bien évidemment, son appartement était dans un des immeubles dont son père était propriétaire. Ses parents avaient eu beaucoup de mal à la laisser partir, et la tolérance de son père avait ses limites. Il avait insisté pour qu'elle emménage dans un de ses appartements de luxe, près du lycée où elle travaillait, car le complexe était très bien surveillé et qu'elle y serait en sécurité.

Elle n'aurait pas été surprise que son père ait également attribué des logements à ses gardes du corps afin qu'ils soient dans les parages en cas de besoin.

Sa mère était restée pendant que le médecin auscultait Ari, comme si elle avait eu peur qu'il passe à côté de quelque chose. Mais à part de petites égratignures sur les mains et sur les genoux, elle n'avait que quelques bleus aux côtes. Rien de cassé.

Il lui avait dit qu'elle aurait des courbatures pendant quelques jours et il lui avait conseillé de se reposer et de ne pas faire d'efforts, ce à quoi sa mère avait répondu que ce ne serait *absolument pas* un problème. Puis il lui avait prescrit des antidouleurs et des relaxants musculaires que sa mère s'était empressée de se faire livrer.

Ils n'avaient même pas abordé le sujet de là où ils partiraient en vacances. Son père avait passé l'après-midi au téléphone, parlant à voix basse. Et elle n'avait pas voulu écouter, parce qu'elle ne voulait pas savoir ce qu'il disait. Elle se sentait encore coupable, car elle n'était pas une personne violente. C'était contre sa nature de faire du mal à quelqu'un volontairement.

Son père s'était toujours inquiété qu'elle soit trop douce, comme sa mère. Cependant, c'était ce qui l'avait attiré chez elle dès le départ, alors il ne pouvait pas trop s'en plaindre. Son père était un homme dur et sans concession. Lorsqu'il était en colère, il était effrayant, or avec sa mère, il était complètement différent.

L'idée que sa mère, une femme douce, tendre et au grand cœur, ait pu apprivoiser le bad boy qu'était son père avait toujours amusé Ari. Il disait souvent qu'il remerciait Dieu qu'Ari n'ait pas hérité de ses qualités à *lui*. Il ne pensait pas être un homme bon alors qu'il était en vérité le meilleur des hommes.

Mais Ginger faisait ressortir ce qu'il y avait de meilleur en lui, et qui pouvait lui en vouloir de faire son maximum pour protéger sa femme et sa fille ?

Sa mère avait parfois laissé sous-entendre que son père n'avait pas toujours respecté la loi, mais qu'après l'avoir rencontrée, il avait promis de changer. Il voulait être meilleur, pour elle. Il voulait montrer qu'il la méritait.

Ari trouvait cela terriblement romantique. Cependant, le mariage de ses parents ruinait pour elle 99% de la population masculine, car elle voulait ce qu'avait sa mère. Un homme qui irait chercher la lune pour elle. Qui remuerait ciel et terre pour la rendre heureuse. Qui mettrait ses besoins et désirs à *elle* au-dessus des siens, et anéantirait tout ce qui pouvait menacer son bien-être.

D'ailleurs, cela expliquait sa vie sociale quasi inexistante. Elle pouvait compter ses rencards sur les doigts d'une main. Deux d'entre eux n'avaient pas passé le test lorsque son père avait mené une enquête détaillée, révélant qu'ils n'étaient pas des hommes fréquentables. Quant aux autres… il n'y avait pas eu d'étincelle ; celle qu'elle voyait dans les yeux de son père chaque fois qu'il regardait sa mère. Celle qui adoucissait son visage, révélant tant d'amour que c'en était presque insupportable.

C'était cela qu'elle voulait. Et elle refusait de se contenter de moins que ça, même si cela signifiait qu'elle risquait de finir seule. Et puis c'était sans compter qu'il était dur d'imaginer qu'un homme se montre compréhensif et tolérant au sujet de ses pouvoirs. Il partira probablement en courant aussi loin que possible en faisant le signe de croix.

À qui pouvait-elle confier ses secrets ? Elle refusait d'avoir une relation basée sur des secrets et des mensonges, même sur des mensonges par omission. Si elle se mariait, son mari saurait la vérité sur elle et il devrait l'accepter sans réserve. Ce qui lui laissait peu d'options.

N'ayant pas envie de déprimer davantage, elle alluma la télévision et se nicha plus confortablement dans son lit, sentant les médicaments faire effet et détendre peu à peu ses muscles.

Cependant, trente secondes plus tard, elle regretta de ne pas s'être simplement endormie lorsqu'elle vit l'information principale sur la chaîne d'infos locale qui serait très probablement relayée très bientôt par les plus grandes chaînes avant de finir sur CNN et Fox News.

Horrifiée, elle regarda la vidéo, filmée avec un téléphone, qui montrait tout ce qui s'était déroulé sur le parking du lycée. Un passant avait dû s'arrêter pour filmer la scène du début jusqu'à la fin.

Le présentateur parlait d'une voix exagérément enthousiaste, relatant le caractère exceptionnel des événements. Il racontait qu'une jeune femme, professeur à la Grover Academy, et il donnait même son prénom et son nom, avait réussi à se défendre de trois agresseurs sur le parking de l'école.

Son père lui avait dit qu'il s'était arrangé pour que la vidéo de surveillance de l'école soit piratée afin qu'il n'y ait aucun doute quant au fait qu'Ari avait agi en légitime défense, mais que la vidéo avait été coupée à cause d'un « problème technique » lorsque les pouvoirs d'Ari apparaissaient à l'image.

Celui qui avait filmé sur son portable avait tout enregistré, du début à la fin.

Elle paniqua. Son pouls accéléra et sa gorge se resserra tandis que l'angoisse s'emparait d'elle. Les médicaments qui l'apaisaient ne furent soudain plus efficaces du tout et la douleur revint avec encore plus de force.

Ce que dit le présentateur ensuite lui glaça le sang. La vidéo était devenue virale : déjà un million de vues sur YouTube et autant de partages sur Facebook. L'American Press venait de s'en emparer pour la diffuser aux journaux nationaux. Des millions de gens l'avaient vue.

Tout ce que ses parents avaient fait durant vingt-quatre ans pour garder le secret avait été anéanti en cinq minutes d'inattention. Elle était exposée et vulnérable. Sa vie serait changée à jamais parce qu'un connard qui se croyait supérieur à tous pensait que l'argent et le statut social de ses parents lui permettaient de ne jamais faire face aux conséquences de ses actes.

Elle se dépêcha de sortir du lit, ignorant la sensation de vertige provoquée par les médicaments et la douleur qui déchira ses côtes. Elle courut dans le couloir et frappa doucement à la porte de la chambre de ses parents. Lorsqu'elle entendit son père lui dire d'entrer, elle ouvrit la porte en tremblant, pâle comme un linge, et sa peur dut se lire sur son visage car sa mère bondit du lit et vint la prendre dans ses bras.

–Papa, il faut que tu viennes voir, dit-elle en gesticulant, nerveuse. Faut que je te montre. Je ne sais pas ce qu'on va faire.

–On a vu, dit son père calmement. Nous allons partir dès que nos valises seront prêtes. Ce soir. Nous irons dans une autre de nos maisons, par précaution, vu que le docteur Windstead est venu ici tout à l'heure. On ne peut pas risquer de commettre une erreur en se dépêchant, mais je ne veux pas t'exposer aux médias, ce qui est sûr d'arriver. Ils ont donné ton nom : les employés de l'école, les étudiants, même les anciens élèves, vont être harcelés de questions et de demandes d'interviews, que ce soit par les médias ou la police. L'administration ne va pas être ravie et, ma puce, tu dois te préparer pour le pire.

–Ils vont me virer, chuchota Ari. J'ai merdé. Je suis tellement désolée, Papa. Pour toi aussi, Maman. Nos vacances tombent à l'eau. Nos vies vont être changées à jamais.

Les yeux de sa mère lui renvoyèrent tant d'amour qu'Ari dut ravaler le nœud qui se formait dans sa gorge. Puis sa mère passa son bras autour d'elle et attira sa tête contre sa poitrine, lui caressant les cheveux comme elle le faisait quand Ari était petite.

–Mon bébé, tu es toute notre vie. Tu as toujours été la chose la plus importante pour nous. Depuis le jour où tu es entrée dans notre vie. Ne sois jamais désolée pour qui tu es. Tu as fait ce que tu avais à faire. Si j'avais été là, ce petit con serait mort plutôt qu'au lit avec une migraine, murmura-t-elle.

Son père essaya de réprimer un sourire en regardant sa femme et sa fille. Puis il dit à sa femme :

– Chérie, va préparer sa valise. Elle n'est pas en état de le faire. Elle tremble comme une feuille et elle a pris ses médicaments il y a peu de temps. Il faut qu'on parte. Je vais faire notre valise à tous les deux. Ari va rester assise ici pendant que tu rassembles ses affaires.

Son père attendit que sa mère ait quitté la pièce puis se leva et enfila le t-shirt qu'il avait jeté au pied du lit en se couchant. Ensuite, il s'assit à côté d'Ari au bord du lit et la prit dans ses bras.

– Je sais que tu as peur, mon bébé, mais il faut que tu comprennes une chose, c'est que ta mère et toi êtes les personnes les plus importantes de ma vie. Les seules personnes qui vivent dans mon monde, et je ne reculerai devant rien, *rien*, pour vous protéger l'une et l'autre.

Il souleva son menton pour qu'elle le regarde dans les yeux et qu'elle puisse voir à quel point il était sincère.

– On a toujours su que cela pouvait arriver. On a essayé de te protéger de ce moment toute notre vie, mais c'était inévitable, car tu es qui tu es. Je ne peux qu'imaginer à quel point cela a dû être difficile pour toi de réprimer quelque chose d'aussi inhérent à ta personnalité, et cela par peur d'être découverte et de nous décevoir ta mère et moi. Mais que quelque chose soit clair avant qu'on aille plus loin. On ne pourrait pas être plus fiers de toi et de la personne que tu es. Et il n'y a rien que tu puisses faire qui nous décevra ou qui fera que l'on t'aimera moins. Tu es notre fille unique. Tu es un cadeau du Ciel arrivé au moment où l'on avait laissé tomber l'idée d'avoir un enfant. Et on n'avait jamais rêvé d'avoir une fille aussi spéciale, aussi belle à l'intérieur comme à l'extérieur. Alors, crois-moi quand je te dis que je vais faire ce qu'il y a de mieux pour toi, pour ta mère et pour moi. Parce que vous êtes toujours mes priorités. Toujours. Et cela ne changera jamais.

– Je t'aime, Papa, chuchota-t-elle.

Il l'embrassa sur la tête et la serra délicatement contre lui.

– Moi aussi je t'aime, mon bébé. Laisse-moi préparer un petit sac pour ta mère et moi. On pourra toujours acheter le reste plus tard.

6

Beau Devereaux appuya sur «pause» après avoir repassé la vidéo diffusée aux informations pour que Caleb, son frère, ainsi que d'autres spécialistes de leur équipe la voient.

Ils avaient perdu plusieurs hommes à cause d'un fou qui avait fait traverser un enfer à Caleb et Ramie, désormais mari et femme, et ils s'étaient rendu compte qu'ils devaient être encore meilleurs. Après un sérieux processus de recrutement, ils avaient engagé de nouvelles recrues qui avaient été formées par Dane Elliot, leur chef de sécurité. C'était un ancien Navy SEAL[1] et un combattant hors pair. Sa partenaire était Eliza Cummings, sa rivale en techniques de combat. Tous deux avaient joué un rôle crucial dans la traque du malade mental qui avait torturé Ramie, même si c'était Caleb qui avait fini par lui mettre une balle dans la tête.

Zach était probablement leur recrue la plus intéressante. Beau avait été attiré par lui parce qu'ils avaient

1 Membres de la marine américaine formés pour combattre en milieu hostile, sur terre, dans les airs et en mer.

de nombreux points communs. Il était calme, cynique, et pouvait observer une scène en silence, s'imprégnant des environs, les étudiant calmement pour glaner des informations. Et aucun des deux ne cherchait la gloire. Ils voulaient simplement faire leur travail.

Cependant, il était une recrue atypique. La plupart de leurs hommes étaient d'anciens militaires ou d'anciens membres du FBI, de la DEA[2] ou d'autres organismes gouvernementaux dont la plupart, officiellement, n'existaient pas. Lorsqu'ils remettaient leur entreprise sur pied pendant l'année qui suivit l'enlèvement et la sauvetage de leur sœur, lui et Caleb avait fait de leur mieux pour engager de bons experts en matière de sécurité. Ils n'avaient reculé devant aucune somme d'argent pour engager les meilleurs. Et seulement les meilleurs. Si les résultats étaient à la mesure de leur investissement, alors ils devaient avoir les meilleurs hommes au monde, car ils les payaient une sacré fortune.

Zach, cependant, avait une histoire différente. C'était une superstar du football américain universitaire. Il avait était recruté par la NFL dès le premier essai. Mais au bout de deux ans à peine, une blessure lui avait fait raccrocher ses crampons. Pour la plupart des gens, cela aurait été une catastrophe dont ils ne se seraient jamais remis. Mais Zach avait fait sa rééducation, puis il avait suivi les traces de son père et il était devenu policier, gravissant rapidement les échelons et brillant par son mérite.

Un chasseur de têtes du gouvernement lui avait vite fait une proposition alléchante, mais Beau s'était dépêché de lui en faire une meilleure, son instinct lui disant que c'était la bonne décision à prendre. Il y avait chez Zach une ombre et une dureté que Beau ressentait, même

---

2 Brigade de lutte contre le trafic de stupéfiants.

s'il ne la voyait pas. Il ne ratait rien, calculant le moindre détail, prenant tout en note et prenant les bonnes décisions à la vitesse de l'éclair. Certains se seraient méfiés de lui, pensant que c'était justement une raison de ne pas l'embaucher. Mais Beau avait vu la différence entre Zach et les autres lorsqu'il s'agissait du traitement des victimes et des gens qu'ils pourchassaient.

Il était infiniment doux et compatissant avec les victimes, mais sans pitié lorsqu'il s'agissait de mettre hors de nuire les monstres qui les tourmentaient. Il était la recrue parfaite pour l'entreprise Devereaux.

Caleb se pencha en arrière, l'air intrigué en s'adressant à son frère.

–Alors explique-nous, pourquoi on regarde cette vidéo en fait ?

Les autres eurent l'air de se poser la même question. Cependant, le regard de Zach était glacial. Beau sentait que la même rage qui bouillait dans ses veines parcourait celles de Zach.

–Ça ne te fait rien qu'une pauvre femme sans défense ait failli se faire tuer ? demanda Beau d'un ton sec.

Tout en parlant, son regard se posa de nouveau sur l'écran, arrêté sur l'image montrant les traits délicats et terrifiés d'Arial Rochester. Il ne pouvait expliquer pourquoi cette agression le perturbait davantage que les autres. C'était pourtant leur métier et ils en avaient vu des pires.

–Je suis plus intéressé par la tornade bizarre qui fait voler les briques, murmura Eliza. Depuis que la vidéo a été postée sur YouTube, elle a obtenu dix millions de vues en vingt-quatre heures. Les chaînes d'info de tout le pays l'ont diffusée. Il y a tout un tas de spéculations quant à la façon dont elle a réussi à se défendre face à trois agresseurs sans se servir d'une arme.

–On a vu plus bizarre, dit Dane de sa voix calme.

Eliza hocha la tête, car ce que disait Dane était vrai. Après ce qui était arrivé à Caleb et Ramie, cette histoire était un conte de fées.

Beau continua à étudier les grands yeux écarquillés de la jeune femme. Elle serrait ses bras autour d'elle et il était évident qu'elle était paniquée. Or c'était *après* que la menace avait disparu.

N'aurait-elle pas dû être soulagée ? Elle aurait pu fondre en larmes. En fait, n'importe quelle réaction aurait été normale après avoir frôlé la mort. Au lieu de cela, elle avait l'air encore *plus* terrorisée que lorsqu'elle avait affronté ces petits cons.

Il y avait quelque chose qui clochait dans cette histoire, mais il n'arrivait pas à savoir quoi. Il ne supportait qu'une femme à l'air si vulnérable se fasse attaquer. D'habitude, il restait objectif lorsqu'il s'agissait du travail, il ne laissait pas ses émotions entrer en jeu. Son métier ne laissait aucune place à l'erreur. Pas une seule. Les émotions pouvaient entraîner des décisions stupides qui, prises à la hâte, risquaient d'entraîner la mort de quelqu'un.

–Alors, tu crois qu'elle a des pouvoirs surnaturels ? demanda Caleb, abordant le sujet que tout le monde évitait.

Beau haussa les épaules.

–Peut-être. C'est possible. En tout cas, elle a déclenché un sacré raz-de-marée médiatique et les preuves sont formelles. Cela dit, c'était peut-être une coïncidence qui lui a foutu la trouille parce que même elle ne comprenait pas ce qui se passait.

–Ou peut-être qu'elle a eu peur que quelqu'un découvre ses pouvoirs, dit Zach en parlant pour la première fois de sa voix grave.

Beau avait pensé à la même chose.

– Eh bien, si c'est ça qui l'inquiète, je dirais qu'elle doit être encore plus inquiète maintenant, dit Eliza d'un ton lugubre.

Les Devereaux connaissaient parfaitement bien cette peur. Leur petite sœur, Tori, avait elle-même des pouvoirs et ils l'avaient cachée du monde extérieur toute sa vie. La femme de Caleb avait, elle aussi, des pouvoirs, même si les siens relevaient davantage de la malédiction que du don. Par ailleurs, bien que les pouvoirs de Ramie soient connus, Caleb faisait tout pour l'éloigner du public, et il s'assurait que toutes les requêtes pour obtenir l'aide de Ramie étaient filtrées par l'entreprise avant de lui parvenir.

Ramie ne s'était toujours pas complètement remise d'avoir échappé à la mort. Caleb non plus, d'ailleurs. Beau n'était pas certain qu'elle puisse de nouveau se servir de ses pouvoirs. Elle avait déjà vu beaucoup trop de morts et enduré trop de souffrance, et elle avait failli en devenir folle. Caleb en était parfaitement conscient, et il ferait tout son possible pour s'assurer que sa femme ne soit plus jamais en danger.

– On doit se concentrer sur nos affaires, dit Caleb sèchement. C'est vrai que c'est un sujet intéressant, mais rien de plus. On n'est pas sur l'affaire. Nous avons des clients qui méritent notre plus grande attention.

Et sur ces mots, la réunion se recentra sur leurs clients et leurs missions. Leurs plannings à tous, les décisions qui restaient à prendre et l'étude des nouvelles demandes qui leur étaient faites.

Cependant, sans qu'il sache pourquoi, Beau ne parvenait à oublier les images qu'il venait de voir. Quelque chose le gênait. Énormément.

7

Arial savait qu'elle ne pouvait attendre plus longtemps. La peur et l'angoisse la faisaient frissonner et glaçaient son sang, l'empêchant de mettre de l'ordre dans toutes les pensées chaotiques qui encombraient son esprit.

On en a pour une heure, deux tout au plus, ma puce.

C'était ce que son père lui avait dit juste avant d'accompagner sa mère à la voiture qu'il avait garée de façon stratégique, accessible facilement depuis trois des portes de leur grande maison.

Son père n'avait pas été ravi que sa mère insiste pour partir avec lui. Il voulait que les deux femmes de sa vie soient sous protection permanente. Mais sa mère ne voulait pas que son père achète seul ce dont Ari avait besoin, et aucun de ses parents ne voulait qu'Ari s'expose au public.

Ari avait des traits remarquables et elle serait probablement reconnue immédiatement, car les médias locaux et ceux du pays entier étaient encore focalisés sur la vidéo anonyme. Ce ne fut que lorsque sa mère menaça d'aller faire les courses toute seule que son père avait capitulé à contrecœur, car il était hors de question qu'il laisse sa femme ou sa fille aller où que ce soit sans lui.

Bizarrement, sa mère n'avait aucun problème à laisser son mari choisir *ses* vêtements à elle. Elle avait dit plus d'une fois que son mari savait mieux qu'elle ce qui lui allait, et ce dernier adorait gâter sa femme. Porter les vêtements qu'il avait choisis pour elle semblait représenter une preuve tangible du lien qui les unissait.

Mais lorsqu'il s'agissait d'Ari, sa mère insistait pour que ce soit *elle* qui habille son bébé. C'était quelque chose de spécial qu'elle aimait faire pour sa fille. Et c'était sa façon à elle de pouvoir la gâter puisque son mari les gâtait toutes les deux sans limites.

Mais pourquoi donc n'étaient-ils pas encore rentrés ? Pourquoi n'avait-elle eu aucune nouvelle ? Au fond, elle savait qu'il avait dû leur arriver quelque chose d'horrible pour qu'ils partent aussi longtemps sans lui donner de nouvelles. Elle était malade d'angoisse, passant en revue toutes les raisons pour lesquelles ils n'étaient pas encore revenus, et chacune d'entre elles était une véritable torture.

Cela faisait des heures que les magasins étaient fermés, et elle savait que son père avait dû presser sa mère, inquiet à l'idée d'avoir laissé Ari toute seule trop longtemps.

Ni son père ni sa mère ne feraient jamais rien pour l'inquiéter, et ils n'auraient pas voulu la laisser seule aussi longtemps. Surtout son père, puisqu'il ne pouvait se détendre vraiment que lorsqu'il pouvait voir « ses filles » et être sûr qu'elles étaient en sécurité.

Quelque chose d'horrible avait forcément dû arriver. C'était la seule explication plausible et Ari était paralysée par la peur. Elle ne pouvait pas les perdre. C'était impossible. Ils étaient sa ligne de vie. Son soutien infaillible. Son ancre. Tout.

Peut-être était-ce ridicule qu'une femme de vingt-quatre ans dépende encore autant de ses parents, mais c'était ce qu'ils souhaitaient. Ce qu'*elle* souhaitait. Dans son monde si fragile où elle craignait chaque jour que ses pouvoirs soient découverts, ses parents étaient son havre de paix.

Oui, elle avait pris son envol et avait quitté le nid après avoir obtenu son diplôme de professeur, et elle avait même son propre appartement. Elle faisait ses courses elle-même, elle allait manger dans ses restaurants préférés et, en apparence, elle menait une vie tout à fait normale.

Ari était particulièrement intelligente et elle avait excellé dans ses études. Elle avait une mémoire visuelle exceptionnelle et pouvait enregistrer autant d'informations qu'un ordinateur. Cependant, avec son intelligence supérieure et les pouvoirs de télékinésie dont elle n'avait jamais vraiment testé la puissance, elle était encore fragile et vulnérable. Elle le savait, et elle le détestait. Or elle l'acceptait, car elle était ainsi et elle ne pouvait rien y changer, même si elle le souhaitait.

Elle aurait voulu être forte. Elle voulait vivre sans jamais regarder par-dessus son épaule ou réprimer la personne qu'elle était vraiment. Ce n'était pas une vie, même si ses parents la couvraient d'amour, la protégeant sans cesse. Il arriverait un moment où il lui faudrait sortir de l'ombre de ses parents et prendre le contrôle de sa vie.

Elle soupira, fermant les yeux après avoir regardé sa montre pour la centième fois.

Les deux heures que son père lui avait annoncées étaient devenues trois, puis quatre, puis cinq, et chaque minute lui semblait désormais durer une éternité. Ari ne s'était pas inquiétée tout de suite, car son père savait se défendre et il était incroyablement protecteur vis-à-vis de sa mère. Il ne laisserait jamais rien arriver à sa femme ou sa fille.

Il avait laissé une équipe de gardes du corps avec Ari, autour de la maison. Elle ne pouvait pas les voir, mais elle sentait leur présence. Cela aurait dû la rassurer, mais plus le temps passait, plus son angoisse augmentait, et désormais elle tremblait de peur.

Elle était épuisée et elle n'arrivait pas à dormir en l'absence de ses parents parce qu'elle ne savait s'ils étaient vivants ou morts. Le jour se levait désormais, baignant sa chambre d'une lueur mauve. Elle avait essayé de les appeler, mais à chaque fois elle tombait directement sur leur répondeur.

Elle savait qu'elle devait faire quelque chose, mais quoi ? Elle ne savait même pas dans quel magasin ils s'étaient rendus, donc partir à leur recherche était impossible.

Et s'ils avaient eu un accident ? Quelqu'un n'aurait-il pas regardé leurs téléphones, vus les appels manqués, et rappelé afin de l'informer qu'ils étaient à l'hôpital ? Ou… qu'ils étaient morts ?

Son sang se glaça et sa poitrine se serra, si fort qu'elle eut du mal à respirer.

Ils ne pouvaient pas être morts. Et s'ils avaient eu un accident, l'un d'entre eux l'aurait appelée. À moins qu'ils ne soient pas en mesure de l'appeler. Qu'ils soient inconscients ou en train de lutter pour survivre.

Elle fourra son poing dans sa bouche et le mordit. Mon Dieu. Elle ne pouvait imaginer un monde sans ses parents. Ils devaient forcément aller bien. Forcément.

Elle ne pouvait attendre plus longtemps. Elle allait trouver un des gardes du corps, car ne seraient-ils pas au courant s'il était arrivé quelque chose à ses parents ? Son père avait emmené deux hommes avec lui. Mais s'ils savaient quelque chose, pourquoi ne lui avaient-ils rien dit et pourquoi ne l'avaient-ils pas emmenée retrouver ses parents ?

Elle s'habilla à la hâte et prépara un sac léger au cas où elle devrait se rendre au chevet de ses parents. Elle ne prit que le strict nécessaire et jeta le tout dans un grand sac en toile qu'elle passa sur son épaule.

Puis elle se dirigea vers la porte principale de la maison.

Ari sortit sur le perron et ferma la porte derrière elle. Elle tint son sac contre elle, regardant partout autour d'elle en avançant dans l'allée vers une des voitures de son père. Heureusement, son père avait toujours donné à Ari un double des clés de chacune de ses voitures au cas où elle en aurait besoin.

Son regard balaya l'horizon, cherchant les hommes qui surveillaient le périmètre. Le vent soufflait, faisant voler ses cheveux, elle leva la main pour les repousser de son visage et les mettre derrière son oreille.

–Y a quelqu'un? cria-t-elle. Je sais que vous êtes là, j'ai besoin de votre aide. S'il vous plaît!

Elle n'eut pour réponse que le silence. Personne ne sortit d'un buisson pour venir la trouver. Peut-être avaient-ils été appelés aux côtés de ses parents?

Elle essaya une nouvelle fois, plus fort cette fois-ci. Une fois de plus, pas de réponse. Elle soupira, désespérée, et avança plus loin dans l'allée, résignée à l'idée qu'elle devrait se débrouiller toute seule.

Elle emprunta le petit chemin qui menait aux autres voitures, agacée car, bien qu'elle ait plusieurs clés, elle ne savait pas laquelle appartenait à quelle voiture.

Elle s'arrêta, baissant l'anse de son sac pour en tirer le lourd trousseau qui était dans une des poches. Lorsqu'elle releva la tête, elle poussa un cri de surprise et fit un pas en arrière.

Un homme en treillis et en tee-shirt blanc se tenait devant elle. Il était grand, musclé, ses cheveux étaient rasés de près et il portait des Rangers aux pieds. Ses yeux étaient masqués par des lunettes de soleil, mais elle sentait son regard pénétrant.

Quelque chose chez lui la rendait particulièrement nerveuse ; cela dit, elle était déjà si angoissée qu'il n'était probablement pas fautif. Ce devait être un des gardes du corps de son père. Peut-être savait-il où étaient ses parents ou avait-il eu des nouvelles de l'un des hommes qui les avaient accompagnés. Quelqu'un avait fini par répondre à ses appels.

– Vous avez eu des nouvelles de mes parents ? demanda-t-elle d'une voix tremblante tout en gardant ses distances. Ça fait des heures qu'ils auraient dû rentrer.

– Tout va très bien, dit-il calmement.

Son visage ne trahissait pas la moindre émotion.

Une vague de soulagement la fit vaciller. Ses genoux tremblèrent et elle expira longuement.

Mais avant qu'elle puisse réagir ou demander comment il savait que ses parents allaient bien, son visage explosa sous la douleur et elle vola en arrière, atterrissant lourdement au sol. Ses côtes déjà douloureuses protestèrent et tout son visage s'engourdit. Ce connard venait de la frapper !

Elle sentit du sang dans sa bouche mais elle l'ignora, se concentrant plutôt sur l'homme qui s'approchait d'elle. Elle aperçut un reflet dans sa main gauche et ce fut assez pour la faire réagir. Elle se précipita sur ses pieds, prête à se battre.

Dieu merci, son père lui avait appris à se défendre quand elle était petite, non seulement parce qu'elle était sa fille unique et qu'il la vénérait mais aussi parce qu'il voulait qu'elle ne se trouve jamais dans une situation où elle serait vulnérable et incapable de se défendre.

L'agression sur le parking de l'école l'avait prise au dépourvu et son premier réflexe avait été d'utiliser ses pouvoirs.

Mais son estomac se noua lorsqu'elle comprit que cet homme avait l'intention de la droguer pour qu'elle ne puisse justement pas se servir de ses pouvoirs.

Cela signifiait que non seulement son père avait un traître dans son équipe mais qu'en plus il n'était peut-être pas le seul. Étaient-ils tous mauvais ? Sa mère et son père avaient disparu alors qu'ils avaient pris des gardes du corps, qui devaient les protéger quel que soit le danger.

À moins que… Peut-être avaient-ils drogué ses parents comme ils avaient l'intention de la droguer, elle.

Un millier de questions envahissaient son esprit, mais elle les réprima pour se concentrer sur son agresseur qui était désormais à quelques pas d'elle et ne faisait rien pour cacher la seringue qu'il tenait à la main.

Elle évalua rapidement la situation et se rendit compte qu'il lui était impossible de se battre contre lui. Il savait se défendre, c'était probablement un ancien militaire. Il en portait encore la tenue avec une aisance qui lui indiqua qu'il avait sans doute quitté l'armée depuis peu.

Sa détermination était visible sur son visage, et elle l'effrayait davantage encore que sa force physique. Il avait une mission, et il l'accomplirait quel qu'en soit le coût.

Cependant, il ne l'avait pas tuée immédiatement alors qu'il aurait pu le faire, il devait avoir reçu l'ordre de la ramener vivante.

Elle se concentra, et le reste du monde disparut. Des perles de sueur se formèrent sur son front pendant qu'elle dirigeait toute son attention sur la seringue. Le bras de l'homme se leva comme celui d'une marionnette, tressaillant tandis qu'il luttait contre elle.

Il plongea vers elle, voulant la saisir avec sa main libre, et elle l'esquiva, rompant momentanément sa concentration. Il lui fallait atteindre une des voitures, et le seul moyen d'y parvenir était de le mettre hors d'état de nuire pendant suffisamment de temps. Elle doutait qu'il soit seul, mais peut-être avait-il supposé qu'elle resterait cachée dans sa chambre comme une gamine sans défense jusqu'à ce qu'il décide de venir la chercher.

Elle dirigea toute son énergie mentale sur cette seringue jusqu'à ce que celle-ci prenne vie, se libérant de la main qui la détenait, vrombissant dans les airs comme une guêpe enragée. L'homme jura et se baissa, faisant tomber ses lunettes, esquivant la seringue qui se propulsait sur lui. Tout en se débattant contre la seringue, il s'avançait vers Ari, mais elle l'évita à chaque fois sans jamais quitter la seringue des yeux.

Si la dose était assez grande pour endormir Ari, elle devrait avoir le même effet sur lui.

Elle se sentit perdre patience. Des choses qu'elle avait eu l'habitude de faire avec tant de facilité lui demandaient désormais énormément d'efforts. Elle s'était habituée à ne pas se servir de ses pouvoirs et ils lui paraissaient étrangers, comme s'ils ne faisaient pas vraiment partie d'elle.

Il lui fallut faire appel à toute la discipline que son père lui avait inculquée pour mettre de côté la panique qui menaçait de prendre le dessus. Elle commença à détecter la technique avec laquelle l'homme évitait l'aiguille.

Elle plongea la seringue vers lui, mais, au dernier moment, elle la fit reculer et plonger de nouveau sur le côté, là où elle avait anticipé qu'il se dirigerait.

La seringue se planta dans sa gorge et elle appuya mentalement sur le poussoir, déversant son contenu dans les veines de l'homme.

Il la dévisagea d'un air meurtrier tout en saisissant la seringue pour l'enlever avant de la jeter violemment par terre. Cependant, son regard se voilait déjà et ses mouvements ralentirent. Il tituba puis tomba à genoux.

Dans un dernier effort, il leva la tête et la regarda d'un air à la fois plein de dédain mais aussi de… respect?

– C'est pas fini, dit-il en bafouillant, sa langue lourde. On reviendra. Tu n'es en sécurité nulle part. On te retrouvera où que tu sois. Je t'ai sous-estimée cette fois-ci, mais je ne referai plus la même erreur. Et si tu veux revoir ton papa et ta maman en vie, tu feras ce qu'on te dira de faire. Même s'ils ne sont pas tes vrais parents.

Les derniers mots lui échappèrent de façon quasi inintelligible alors qu'un sourire béat, complètement inapproprié étant donné la situation, apparaissait sur son visage. Il y avait un air de triomphe dans son regard; puis le sédatif fit effet et il tomba sur le côté, sa tête frappa le sol dans un bruit sourd.

– Quoi? demanda-t-elle. Qu'est-ce que t'as dit?

Elle courut vers lui et lui mit un coup de pied dans les côtes, essayant de le réveiller, même si elle savait qu'il ne reprendrait pas conscience avant un bon moment. C'était justement ce qu'il voulait. Connard.

Avait-elle bien entendu?

Elle secoua la tête et tourna les talons, énervée d'avoir gâché du temps en s'inquiétant d'une remarque débile de son agresseur alors qu'il était drogué. Tout cela était complètement fou, et elle avait beau ne pas être certaine de grand-chose, elle ne pouvait douter ne serait-ce qu'une seconde que ses parents l'aimaient. Elle était leur fille unique. Elle avait vu son certificat de naissance et elle avait la double nationalité puisqu'elle était née en dehors des États-Unis.

Elle n'allait même pas réagir à ce qu'il avait dit, parce que c'était justement ce qu'il voulait. Il voulait qu'elle se mette à douter. Il voulait lui faire peur. Eh bien, il avait réussi, car il était évident qu'il savait où étaient ses parents. Et elle savait désormais que c'était *elle* qu'il voulait.

Elle trifouilla son jeu de clés et elle chercha le symbole identique à celui de la plus grosse voiture.

Elle savait que l'armature de l'énorme quatre-quatre était renforcée, que l'extérieur ainsi que les vitres étaient pare-balles, et qu'il était capable d'encaisser les chocs. En cas d'accident avec un autre véhicule, elle en sortirait gagnante à moins que le véhicule soit un bus, et encore, elle aurait des chances de gagner.

Elle déverrouilla le quatre-quatre, s'installa derrière le volant et alluma vite le moteur, laissant des traces de pneus sur les pavés, mettant autant de distance que possible entre elle et les gens qui lui voulaient du mal.

8

En serrant son énorme sac à main contre elle, Ari marchait d'un pas rapide vers l'entrée de l'immeuble où se trouvaient les Services de Sécurité Devereaux. Elle était habillée de manière élégante, luxueuse même. Des vêtements haute couture, des boucles d'oreilles en diamant et des lunettes de soleil de marque, rehaussés d'un foulard Hermès enveloppant sa tête comme pour se protéger du vent, alors que le tout servait à cacher ses cheveux et ses yeux remarquables, sans oublier que son visage était boursouflé et couvert de bleus.

La voiture qu'elle avait garée le long du trottoir, de façon à n'être bloquée par aucune autre, était une BMW M6 décapotable qui allait parfaitement avec l'image qu'elle voulait renvoyer. De plus, la voiture était rapide. Cinq cent soixante chevaux. Elle se souvenait de tous les détails que son père lui avait donnés sur chacune des voitures qu'il possédait. La BMW était plus rapide et puissante qu'une Mustang, qu'une Camaro et qu'une Corvette, même si pour la dernière, la course serait serrée.

Son père lui avait appris l'importance de prévoir et d'avoir toujours un coup d'avance sur les autres.

Elle avait étudié chacune des options qui se présentaient à elle lorsqu'elle était allée vider le contenu du coffre-fort que son père possédait dans une des banques de la ville. Il l'avait mis en place afin qu'elle puisse avoir accès à une énorme somme d'argent en liquide ainsi qu'à une nouvelle identité en cas de besoin. Elle avait trois jeux de permis de conduire et de passeports.

Elle n'avait jamais demandé à son père pourquoi elle aurait besoin de ces choses. Elle savait à quel point il était protecteur, alors elle avait simplement supposé qu'il se montrait paranoïaque et *sur*protecteur. Cependant, peut-être avait-il eu raison de la préparer au pire, car c'était désormais ce à quoi elle était confrontée, et elle lui était reconnaissante d'avoir été aussi prévoyant.

Les gens qui étaient à sa poursuite s'attendraient probablement à ce qu'elle fasse justement l'inverse de ce qu'elle avait fait. Ils s'attendraient à ce qu'elle s'habille simplement, qu'elle essaie justement de ne pas ressembler à la fille d'un milliardaire, au lieu de sortir en public avec une voiture et une tenue qui attiraient l'attention. De fait, Ari se cachait en plein jour, espérant qu'elle ne se trompait pas. Et s'ils l'observaient, ce qu'elle supposait, ou s'ils avaient fait des recherches sur elle, ils sauraient qu'elle avait l'habitude de s'habiller de façon décontractée, préférant un jean et un t-shirt à des vêtements haute couture, plus à l'aise en tongs que chaussée de talons aiguilles comme elle l'était à présent. Et après tout, elle n'aurait aucun scrupule à jeter les talons pour courir pieds nus si c'était nécessaire.

Elle marchait d'un pas assuré et rapide, la tête haute afin d'avoir un œil sur les environs. Elle prit note de tout, à l'affût de la moindre menace. Cependant, elle ne savait pas vraiment comment repérer un danger imminent. Si les agresseurs portaient un panneau indiquant leurs intentions, personne ne serait jamais pris par surprise, donc l'idée qu'elle pouvait repérer une menace dans la foule était ridicule.

Elle soupira de soulagement en passant la porte de l'immeuble, heureuse de ne plus être dans la rue où ses agresseurs pouvaient la voir. Elle inscrivit son nom, ou plutôt un de ses faux noms, sur le registre à l'accueil, s'assurant de ne pas trahir sa nervosité et son agitation. On lui donna un badge lui permettant de passer les portiques pour accéder aux ascenseurs et elle se dépêcha d'y entrer.

Son père lui avait dit à plusieurs reprises que si quelque chose lui arrivait, elle devait aller voir Caleb ou Beau Devereaux, de préférence Caleb car il était l'aîné. Il n'avait jamais expliqué comment il les connaissait, mais il avait insisté pour qu'elle ne fasse confiance à personne d'autre. Et, de la même façon qu'elle n'avait jamais demandé pourquoi elle aurait besoin du contenu du coffre-fort, elle n'avait pas demandé quelle relation il entretenait avec les Devereaux.

Elle priait simplement pour que son père ait eu raison. Ils avaient déjà été trahis par des hommes en qui il avait confiance. Et si c'était la même chose avec les Devereaux ? Cependant, avait-elle d'autres choix ?

Non. Aucun. Elle adopta un air sérieux lorsqu'elle sortit de l'ascenseur à l'étage où se trouvait les Services de Sécurité Devereaux.

Beau leva la tête des papiers sur son bureau lorsque l'alarme silencieuse interrompit son travail, indiquant que quelqu'un venait d'arriver à l'accueil. Son bureau était situé de façon stratégique, derrière un miroir sans tain lui permettant d'observer et de se faire une impression d'un potentiel client. Les gens se dévoilaient souvent lorsqu'ils croyaient que personne ne pouvait les voir ou les entendre.

Une petite femme avança d'un pas hésitant vers Anita, la réceptionniste, et, d'où il était, il pouvait voir que ses mains tremblaient, même si elle essayait vaillamment de le dissimuler. Il se fit attentif, prenant note du fait qu'elle n'enlevait ni ses lunettes de soleil ni son foulard. Un déguisement, sans doute.

Curieux, il appuya sur l'intercom lui permettant d'écouter la conversation entre elle et Anita. Il se trouva en train de se rapprocher de la vitre, comme si cela lui permettait de mieux voir.

Soudain, la femme, qui n'avait toujours rien dit, tourna la tête et son regard se posa sur le miroir. Il ne pouvait voir ses yeux et deviner ce qu'elle pensait ni si elle se doutait que quelqu'un l'observait. Il eut l'impression qu'elle savait précisément à quoi servait le miroir.

–Mademoiselle ? demanda Anita. Puis-je vous aider ? Avez-vous un rendez-vous ?

–Non, répondit la femme d'une voix douce et tremblante. Enfin, oui.

Elle soupira et laissa retomber ses épaules, comme si elle rassemblait tout son courage pour expliquer pourquoi elle était venue.

–Je veux dire, je n'ai pas de rendez-vous, reprit-elle plus calmement. Mais oui, vous pouvez m'aider. Mon Dieu, j'espère que vous pouvez m'aider. J'ai besoin de parler à Caleb ou Beau Devereaux, de préférence Caleb s'il est disponible. C'est… important, ajouta-t-elle d'une voix nouée.

Beau haussa immédiatement les sourcils. Il était certain de ne jamais avoir rencontré cette femme, mais la façon dont elle avait prononcé leurs prénoms laissait entendre qu'elle avait entendu parler d'eux.

Dane était le visage de SSD. Lorsqu'il fallait donner des interviews, lorsqu'il fallait collaborer avec la police, Dane s'en occupait pendant que Beau et Caleb restaient dans l'ombre. Cependant, depuis son mariage avec Ramie, son frère laissait davantage de responsabilités à Beau et à leur plus jeune frère, Quinn.

Quinn était chargé de tout ce qui avait trait à la comptabilité ainsi que de faire des recherches sur les futurs employés et les clients potentiels. Des choses pour lesquelles Beau n'avait aucune patience. Beau s'entretenait avec Dane au sujet des clients qu'ils acceptaient d'aider et ceux qu'ils renverraient vers une autre entreprise. En effet, beaucoup de leurs prétendus clients voulaient simplement atteindre Ramie et ses pouvoirs. Et il faudrait passer sur le corps de Caleb avant que cela n'arrive.

Beau appuya sur un bouton à côté de l'interphone pour envoyer un signal que seule Anita pouvait voir. Il n'y avait que deux couleurs lorsque la lumière clignotait. Rouge et vert. Rouge indiquait à Anita de dire au client potentiel que personne n'était disponible pour les recevoir et les remercier de leur visite. Vert lui disait d'accompagner la personne vers un des bureaux. En l'occurrence, le sien.

Anita ne laissait jamais deviner qu'une lumière avait décidé de sa réaction.

–Je suis désolée de vous dire que Caleb n'est pas disponible.

Avant qu'Anita n'ait pu finir sa phrase, la femme leva la main vers sa bouche et forma un poing contre ses lèvres. Beau put presque sentir la panique qui émanait d'elle.

–Cependant, Beau est là et va vous recevoir tout de suite, se hâta d'ajouter Anita.

Elle aussi avait détecté l'angoisse de la femme et s'était dépêchée de la rassurer.

Tout le corps de la femme se détendit, et Beau eut peur que ses genoux cèdent. Il craignit qu'elle ne soit pas capable de marcher jusqu'à son bureau tant elle tremblait.

Il était déjà debout et ouvrait la porte à peine une seconde plus tard. Il avança vers le hall, espérant que sa présence apaise cette femme.

Elle se tourna, sursautant légèrement en le voyant aussi près d'elle. Ce fut à ce moment-là qu'il vit ce qu'elle avait essayé de masquer, et qu'il n'aurait pas vu si la lumière du plafonnier ne l'avait pas éclairée d'une certaine façon. Il y avait un bleu sur le côté de sa mâchoire et il vit une coupure au coin de sa bouche. Apparemment, quelqu'un l'avait frappée.

Il y avait un millier de raisons pouvant expliquer les bleus de cette femme, mais il avait déjà vu le pire que la vie avait à offrir ainsi que le mal que les gens étaient capables d'infliger, et son premier réflexe fut d'envisager le pire. Par ailleurs, si le bleu était le résultat d'un accident, pourquoi faire autant d'efforts pour le cacher ?

Elle fit un minuscule pas en arrière et il s'arrêta. Il resta planté là, la laissant l'observer sans l'interrompre. Il était évident qu'elle se forgeait une première opinion de lui. Peut-être était-elle en train de décider si elle pouvait lui faire confiance.

–Vous vouliez me voir ? demanda Beau.

Elle joignit ses mains sur son ventre et suça sa lèvre inférieure avant de grimacer, comme si elle avait oublié qu'elle était blessée. Elle commença à lever sa main vers sa lèvre, puis elle s'arrêta, se rendant compte qu'elle attirerait davantage l'attention sur ses bleus.

–Oui, dit-elle en hochant la tête. J'ai besoin de votre aide.

Beau regarda Anita, qui lui fit un discret hochement de tête, sachant ce qu'il voulait. Elle ne lui transférerait aucun appel afin qu'il ne soit pas dérangé pendant qu'il écoutait la jeune femme.

Beau lui fit signe d'entrer dans son bureau, mais elle hésita. Lentement, il posa délicatement sa main sur son avant-bras, ne voulant faire aucun geste qui puisse l'alarmer.

–Venez, dit-il en l'emmenant vers son bureau.

Elle se tint droite et regarda droit devant elle, comme si elle se débarrassait de ses doutes. Puis, passant devant lui elle entra dans le bureau. Il ferma la porte et il se tourna vers cette femme mystérieuse qui avait demandé à le voir.

Son regard se posa sur le miroir sans tain.

–Je vous sentais en train de m'observer, dit-elle d'un ton accusateur.

–Non pas que ça m'ait beaucoup aidé, répondit-il.

Il alla s'assoir derrière son bureau afin de ne pas paraître inquiétant. Il était habitué à reconnaître les victimes de violence. Dieu sait qu'il en avait vu plus d'une. Ainsi, il savait que sa taille et son langage corporel pouvaient sembler menaçants aux yeux d'une femme qui était déjà effrayée par les hommes.

De plus, il était brutal et il arrivait souvent que les gens soient mal à l'aise face à sa manière parfois trop directe de parler. Mais c'était sa façon d'être, et il savait qu'il ne changerait jamais. Il ne pouvait se comporter différemment dans cette situation, même si plus de délicatesse eut été préférable.

–Avant que vous m'expliquiez ce qui vous terrorise, enlevez votre foulard et vos lunettes.

Elle se raidit et le dévisagea. Il sentit son regard sur lui, qui l'étudiait, et il se sentit légèrement mal à l'aise.

–Voulez-vous cacher vos bleus? Ou bien votre identité?

Sa main se dirigea vers son visage, mais elle ne toucha pas le bleu sur le côté de sa mâchoire, la posant plutôt sur un des verres des lunettes. Il ne put s'empêcher de grimacer en comprenant qu'il n'y avait pas qu'un seul bleu. Dès qu'elle vit sa réaction, elle tourna les talons et se dirigea vers la porte.

–Vous êtes en sécurité ici, dit Beau d'une voix douce. Mais j'ai besoin de tout savoir si je veux vous aider, alors il faut que vous enleviez vos lunettes et votre foulard et que vous me racontiez vos soucis.

Elle devait retenir sa respiration, car elle était si immobile qu'il ne voyait même pas sa poitrine se soulever. Puis elle expira tout l'air qu'elle retenait dans ses poumons, lentement, vacillant légèrement, posant sa main sur le dossier d'une des chaises placées devant le bureau de Beau.

Elle commença à défaire le foulard qui retenait ses cheveux, une cascade de cheveux tomba sur ses épaules et ses bras. Leur couleur était unique. Il comprenait pourquoi elle avait pris tant de soin à les cacher. Ils étaient à la fois blonds et argentés, parsemés de mèches brunes. Au moins six couleurs se reflétaient sous la lumière.

D'une main tremblante, elle enleva ses lunettes de soleil, baissant la tête afin qu'il ne la voie pas tout de suite. Lorsqu'elle la releva et que leurs regards se croisèrent, il écarquilla les yeux. Comme ses cheveux, ses yeux étaient incroyables. Il fut fasciné par la manière dont ils semblaient changer de couleur lorsqu'elle bougeait même presque imperceptiblement et que la lumière y faisait naître des éclats turquoise et or. Si quelqu'un le lui avait demandé, il n'aurait pas su dire de quelle couleur étaient ses yeux. Comment expliquer un tel mélange, de l'océan, du soleil et des joyaux les plus précieux ?

Comme il s'y était attendu, le visage de la jeune femme arborait d'autres bleus. Un de ses yeux était gonflé et pourpre, et seule une petite fente laissait entrevoir sa pupille.

Mais même avec un œil gonflé, il y avait quelque chose d'électrique dans son regard. Il se demanda si elle avait des pouvoirs surnaturels, et soudain des dizaines de questions lui vinrent en tête, mais il se retint car ses bleus n'étaient pas le cadeau des trois petits cons qui l'avaient agressée la veille, puisqu'ils n'avaient jamais touché son visage. Quelqu'un d'autre lui avait fait du mal, ce qui le rendit fou de rage. Et puis elle était ici, dans son bureau, l'avait demandé par son nom, et elle était clairement morte de peur. Une peur qui ne pouvait être feinte à moins d'être une comédienne extraordinaire, et il ne voyait aucune raison pour qu'elle lui mente.

Cependant, ses questions attendraient. Pour l'instant, il se concentra sur la menace qui l'avait menée jusqu'à lui et Caleb. Il voulait qu'elle se sente en sécurité afin qu'elle se confie à lui, ce qui requérait de la patience. Or la patience ne faisait pas partie de ses qualités. Toutefois, il réprima son envie de tout savoir tout de suite et il la laissa se détendre.

–Vous êtes la femme des infos, murmura-t-il. Celle dont tout le monde parle.

Elle hocha la tête puis elle ferma les yeux tandis qu'un voile de tristesse et de souffrance enveloppait son visage.

–J'ai été idiote, dit-elle d'une voix rauque. Et maintenant mes parents vont en payer le prix. J'ai besoin de votre aide, Monsieur Devereaux. Je suis terrorisée à l'idée de ce qui a pu leur arriver. Mon père m'a dit que si jamais j'étais menacée, si j'avais besoin d'aide et qu'il n'était pas là, je devais venir ici. Venir, voir, votre frère et vous.

Beau haussa les sourcils.

–Et qui est votre père ?

–Gavin Rochester. Je suis Arial, sa fille. Vous le connaissez ?

La mine de Beau se renfrogna. Ce nom lui disait quelque chose. Cela remontait à loin, lorsque ses parents étaient encore en vie, mais il était presque certain que Gavin Rochester avait été un ami ou un collaborateur de son père. Mais étant donné que ses parents étaient morts dans des circonstances douteuses, il était mal à l'aise à l'idée que quelqu'un qui était associé à son père ait envoyé sa fille les voir, Caleb et lui.

Caleb avait rompu les liens avec tous ceux qui gravitaient autour de leurs parents, que ce soit leurs amis ou leurs collègues – tout le monde. Ils ne savaient pas à qui ils pouvaient faire confiance, alors ils étaient repartis de zéro. Un nouveau départ. Quand ils étaient en vie, ses parents avaient profité de leur richesse et l'avaient étalée aux yeux de tous. Caleb avait fait l'inverse, ne voulant pas que ses frères et sœur mènent la même vie que leurs parents, une vie qui leur avait été fatale.

– Non, je ne le connais pas, dit-il en tout honnêteté. Peut-être connaissait-il mon père, mais mes parents sont morts il y a longtemps. C'est peut-être pour ça qu'il vous a dit de venir nous voir si vous étiez en danger.

– J'aimerais tellement faire marche arrière, dit-elle d'une voix tremblante, pleine de remords. J'ai commis une erreur. Grave. Je n'aurais jamais dû montrer ce dont je suis capable comme je l'ai fait hier, mais c'était un réflexe. Je savais qu'il allait me tuer, je le voyais dans son regard. Mon père m'a appris à me battre, mais petite comme je suis, je n'aurais jamais gagné contre trois hommes.

– Qu'est-ce que vous avez fait exactement ? demanda Beau calmement.

Elle ne répondit pas et mordilla sa lèvre inférieure. Il savait qu'elle hésitait, se demandant si elle devait tout lui dire.

– Ari. Vous préférez Ari ou Arial ?

–Ari, dit-elle d'une voix grave. Tout le monde m'appelle Ari.

–Très bien, Ari. Vous êtes venue me voir parce que vous saviez que si votre père nous faisait confiance, alors vous le pouviez aussi. Et si je veux pouvoir vous aider, je dois tout savoir. Vous ne devez rien me cacher parce que j'ai besoin de savoir à qui j'ai affaire. Si c'est la confidentialité qui vous inquiète, sachez que notre politique est très stricte : on ne garde aucune copie papier de nos entretiens, et notre système informatique est impénétrable. Nos employés sont les meilleurs du marché, et on prend notre métier, ainsi que nos clients, très au sérieux.

–Est-ce que ça veut dire que vous allez m'aider ? demanda-t-elle d'un ton anxieux. Si c'est l'argent qui vous inquiète, je vous assure que j'ai ce qu'il faut.

Tout en parlant, elle sortit de son sac à main des liasses de dollars et les posa sur le bureau, visiblement agitée.

–Dites-moi combien il vous faut, j'ai l'argent. Et si ce n'est pas suffisant, je peux m'en procurer plus.

Beau tendit le bras et prit une de ses petites mains dans la sienne, l'empêchant de replonger dans son sac à main. Il frotta son pouce sur sa peau satinée, essayant de la calmer.

–On abordera les questions d'argent plus tard, dit-il doucement. Dans l'immédiat, j'ai besoin que vous me racontiez tout pour que je sache ce qui nous attend et qu'on puisse se mettre au travail. Vous avez dit que vos parents avaient disparu ? Ou qu'ils étaient en danger ?

Ses yeux électriques s'embuèrent, les rendant plus brillants encore. Ils étaient presque luminescents et paraissaient encore plus grands au milieu de son petit visage.

Il posa de nouveau son regard sur son œil gonflé et il grinça des dents à l'idée que quelqu'un ait frappé une si petite femme, assez fort pour laisser un tel hématome.

Elle avait de la chance que rien ne soit cassé. Cela dit, était-il sûr que ce n'était pas le cas ? Ce n'était pas comme si elle pouvait simplement rentrer dans le premier centre de radiographie.

Il décida de faire venir un médecin pour l'ausculter dès qu'il l'aurait mise en lieu sûr.

Elle joignit les mains et tritura ses doigts, puis elle les appuya sur ses tempes, comme pour soulager la douleur et la tension. Il dut faire appel à toute sa volonté pour s'empêcher de prendre le relais avec ses propres mains et rester derrière son bureau, impartial. Elle était venue faire appel à ses services, après tout. Pas pour des massages.

–Et si vous me laissiez plutôt vous poser des questions, dit-il. Ce sera peut-être plus facile pour vous de vous concentrer si vous devez simplement me répondre.

Elle eut soudain l'air coupable, ce qui lui confirma qu'elle hésitait à lui faire confiance. Puis ses lèvres se pincèrent et elle le regarda droit dans les yeux comme si elle prenait sa décision.

–Mon père avait confiance en vous, dit-elle doucement. Alors, moi aussi. Il ne m'aurait pas dit de venir vous voir s'il n'avait pas été certain que vous étiez bon et que vous pourriez m'aider. Vous êtes mon seul espoir, Monsieur Devereaux, je n'ai pas le choix, de toute façon. Je ne suis pas en position de faire la difficile. Surtout quand il s'agit de la survie de mes parents.

–Je vous en prie, appelez-moi Beau. Monsieur Devereaux me donne l'impression d'être un vieux chnoque et j'espère bien que ce n'est pas ce dont j'ai l'air.

Son visage s'empourpra et un minuscule sourire apparut sur ses lèvres. Il fut surpris par le changement de couleur de ses yeux pendant ce bref instant où elle baissa sa garde. Il fut émerveillé par le kaléidoscope de couleurs vibrantes qui illumina son visage.

–Vous êtes loin d'être un vieux chnoque, alors je veux bien vous appeler Beau, dit-elle sur un ton léger.

Il la sentit se détendre un tout petit peu.

–Voulez-vous un café ou un thé ? Peut-être un soda ?

Elle secoua la tête et regarda sa montre.

–J'ai déjà perdu trop de temps. C'est peut-être déjà trop tard pour les sauver.

Elle eut de nouveau l'air paralysée par l'angoisse et la peur, et une ombre recouvrit ses traits.

–Quand ont-ils disparu ? demanda Beau, décidant de prendre le taureau par les cornes.

–Hier. Hier après-midi, dit-elle en expirant bruyamment. Je sais que ça peut paraître stupide de m'inquiéter alors que ça fait moins de vingt-quatre heures qu'ils ont disparu, mais il faut que vous compreniez. Après ce qui s'est passé, ils ne m'auraient jamais laissée seule aussi longtemps. Ils étaient partis faire quelques achats. On partait dans une des maisons secrètes de mon père pour que je sois à l'abri des médias et des tarés qui pourraient avoir envie de venir à ma recherche.

Beau haussa les sourcils lorsqu'elle mentionna la maison secrète de son père, mais étant donné les vêtements haute couture que portait Ari et les liasses de dollars qu'elle avait tirées de son sac, sa famille devait être extrêmement riche. Il se promit de demander à Quinn de faire des recherches pour en savoir le maximum sur Gavin Rochester.

Ce nom le perturbait, car il était certain qu'il y avait un lien avec ses parents, et lui et ses frères étaient soucieux de toute personne ayant été associée de près ou de loin à leurs parents avant leur mort soudaine.

Peut-être Caleb, qui était le plus âgé, se souviendrait-il de ce nom ou l'avait-il rencontré lorsqu'ils étaient petits. Leurs parents étaient entourés de gens fortunés qui étalaient aux yeux de tous leur richesse et leur pouvoir. Leur père n'avait rien fait pour séparer sa vie professionnelle de sa vie privée et Caleb avait dit à Beau qu'il avait souvent invité ses collaborateurs dans leur maison, les laissant rencontrer les enfants Devereaux, même si Caleb avait toujours fait de son mieux pour épargner Tori, leur plus jeune sœur.

Cela en disait beaucoup sur le fait que Caleb, à un si jeune âge, ne faisait pas confiance à ses parents. Beau n'avait que de vagues souvenirs, rien de précis, et Quinn et Tori n'avaient aucun souvenir de leurs parents.

–Ils ne m'ont pas appelée, poursuivit Ari. Ils ne m'ont pas prévenue pour me dire qu'ils allaient être en retard, et je suis tombée sur leur messagerie chaque fois que je les ai appelés, donc soit leurs téléphones ont été éteints, soit ils n'ont plus de batterie. Ils ont tout simplement disparu et ils ne feraient jamais quoi que ce soit qui me causerait du souci, et ils m'auraient encore moins laissée toute seule sur un coup de tête. Je *sais* que quelque chose leur est arrivé.

–Dites-moi tout ce que vous savez, l'encouragea Beau. N'oubliez rien, même si cela vous paraît insignifiant. Il nous faut toutes les informations que vous avez pour qu'on sache par où commencer.

Elle se figea et retint son souffle. Ses narines tremblaient tandis qu'elle le dévisageait.

–Ça veut dire que vous acceptez de m'aider ?

–J'ai besoin de connaître tous les faits, mais oui, SSD va vous aider.

Elle soupira et la tension quitta ses épaules.

–Dieu merci, chuchota-t-elle. Je ne savais pas quoi faire ni où aller. Les hommes que mon père a embauchés l'ont trahi. J'ai l'impression de ne plus pouvoir faire confiance à personne. Mais il avait confiance en vous et votre frère, alors je vais me fier à son jugement.

–Pourquoi dites-vous que les hommes de votre père l'ont trahi ? demanda-t-il, même s'il avait sa propre idée maintenant que les pièces du puzzle se rassemblaient. Les bleus n'étaient pas apparus par accident.

–Mon père n'a pris que deux gardes du corps avec lui et ma mère. Il est parfaitement capable de se défendre et de protéger ma mère, mais il en a pris deux et il a laissé les autres avec moi à la maison. Lorsque j'ai réalisé que mes parents ne rentreraient pas, je suis sortie de la maison en espérant attirer l'attention des vigiles. Je savais qu'ils étaient là, mais je ne les voyais pas. Ils n'étaient pas à l'intérieur avec moi.

Beau fronça les sourcils. Pourquoi diable son père n'avait-il pas pris garde à ce que la maison soit aussi bien protégée à l'intérieur comme qu'à l'extérieur ?

–Quand je n'ai eu aucune réponse à mes appels à l'aide, j'ai voulu sortir de mon sac les clés d'une des voitures de mon père. Quand j'ai levé la tête, un des hommes était devant moi. Il m'a dit que « tout allait bien » et avant que j'aie pu réagir, il m'a frappée.

Sa main vola vers son visage, mais il douta qu'elle soit consciente de son geste. Son sang bouillait à l'idée que cette jeune femme fragile avait été agressée par un homme qui faisait trois fois sa taille. Qui plus est, un homme qui était censé la protéger.

–Quand j'ai relevé la tête, il venait vers moi avec une seringue à la main. Je savais qu'il avait l'intention de me droguer. Et donc qu'il me voulait en vie, sinon il m'aurait simplement tuée.

Beau hocha la tête, d'accord avec ce jugement, mais il la laissa continuer.

–Il était évident que je n'avais aucune chance de me défendre contre lui. Il faisait trois fois ma taille et c'était clairement un ancien militaire, ça se voit, vous savez ?

Il était froid et méthodique. J'ai tout de suite su que même s'il devait me ramener vivante, ça ne l'empêcherait pas de me faire du mal.

Elle se tut un instant et ses lèvres se pincèrent. Elle avait pâli et sa respiration était plus rapide. Elle le dévisagea et son regard le transperça. Comme si elle était sur le point de prendre une décision cruciale, à savoir laisser de côté certaines informations.

Il attendit en silence. Elle devait prendre seule cette décision, et il ne l'obligerait en rien, car pour l'aider, il lui fallait cent pour cent de sa confiance. Ce qui impliquait qu'elle lui dise tout.

–Vous avez vu la vidéo, dit-elle d'une voix tremblante. Donc vous avez entendu tout ce qui se dit sur moi et vous en avez tiré vos propres conclusions.

–Je préférerais l'entendre de votre bouche, dit-il calmement. Je ne tire jamais de conclusion sans connaître tous les faits.

Elle eut l'air reconnaissante et releva la tête, déterminée.

–J'ai des… pouvoirs, dit-elle d'une voix hésitante. De télékinésie. Je ne sais pas si c'est mon seul pouvoir, parce que toute ma vie, mes parents ont essayé de me cacher, et de cacher mes pouvoirs. Je ne m'en suis jamais servie. Sauf quand j'étais toute petite, et que je ne comprenais pas que ce que je faisais. Je m'en suis servie par pur réflexe quand j'ai été agressée. Je n'ai même pas pensé à me défendre sans m'en servir. Et maintenant, tout le monde est au courant.

Elle le regarda d'un air inquiet, attendant sa réaction et il refusa justement de réagir.

–Je sais que ça paraît fou, dit-elle à voix basse.

–Vous seriez surprise du nombre de choses que je ne trouve pas folles.

Elle se détendit et eut l'air moins inquiète et apeurée.

–J'ai appelé mon père pour lui dire ce que j'avais fait et il m'a dit de monter dans ma voiture et qu'il arrivait aussi vite que possible. Je suis presque sûre qu'il a manipulé la vidéo de surveillance de l'école pour qu'il soit évident que c'était de la légitime défense, tout en évitant de montrer *comment* je me suis défendue. On n'a pas pensé une seule seconde que quelqu'un avait non seulement assisté à l'agression mais en plus l'avait *filmée*. Et maintenant elle est partout.

Elle ferma les yeux et son visage montra soudain toute sa fatigue et son angoisse.

–Je ne sais pas quoi vous dire d'autre qui pourrait être utile. Je n'étais pas impliquée dans les affaires de mon père. Tout ce que je sais, c'est que lui et ma mère sont partis après m'avoir dit qu'ils reviendraient dans deux heures maximum, et que je n'ai pas eu de nouvelles depuis.

–Et votre agresseur vous a dit qu'ils allaient bien.

Elle hocha la tête.

–Comment savoir s'il disait la vérité ?

Elle soupira et se frotta le front d'un air absent.

–J'aurais dû le laisser me prendre. Pourquoi se donner la peine de droguer une personne si vous voulez la tuer ? Il aurait pu me tirer une balle dans la tête. J'aurais dû le laisser me droguer, comme ça il m'aurait peut-être conduite à mes parents, ou il les aurait libérés puisqu'il est évident que c'est moi qu'ils veulent.

Le visage de Beau exprima de la colère.

–Ce n'est absolument pas la solution. S'ils vous veulent tant, ils se serviront de vos parents comme levier parce que s'ils les tuent, ils savent que vous ne coopérerez jamais. Ils essaieront d'entrer en contact avec vous. Ils voudront probablement conclure un deal. Vos parents contre vous.

Elle leva la tête.

– Ça n'arrivera jamais, Ari, dit-il avec autorité.

Elle écarquilla les yeux.

– Mais je n'ai aucun autre choix !

– Si. Vous avez choisi de venir me voir. C'était ça votre choix. Parce qu'au fond, là où la peur ne contrôle pas vos pensées, vous savez que j'ai raison et que si vous vous livrez à eux, vous signerez l'arrêt de mort de vos parents.

9

Ari fixa Beau Devereaux, assis dans le fauteuil de l'autre côté du bureau. Il avait l'air détendu et à l'aise, mais il y avait un je-ne-sais-quoi dans ses yeux de sombre et de féroce. C'était un homme imposant et intimidant. Grand et musclé, avec des traits forts.

Ce n'était pas un joli cœur, loin de là. Rien chez lui n'était raffiné ni délicat, même si elle savait que lui et ses frères étaient riches. Quelque chose chez lui mettait mal à l'aise.

C'était *elle* qui faisait appel à ses services, et ce devrait être *elle* qui détenait le pouvoir. Cependant, il l'intimidait. Il avait l'air… dur. Comme si rien ne le déstabilisait jamais. Peut-être était-ce une bonne chose, puisqu'elle avait besoin de quelqu'un de dur et sans pitié pour retrouver ses parents.

–Vous avez un endroit sûr où aller ? demanda Beau en l'étudiant.

Elle fit de son mieux pour réprimer sa panique, mais celle-ci remonta dans sa nuque et elle sut qu'elle n'avait pas réussi à maîtriser l'expression de son visage.

Elle n'avait jamais été douée pour cacher ses émotions. Son père avait essayé de lui apprendre à être indéchiffrable, mais ses efforts avaient été vains. Ce n'était pas elle. Et à en juger à l'expression de Beau, elle savait qu'elle avait échoué à masquer sa panique.

–Je ne sais pas, admit-elle. Les gardes du corps de mon père connaissent probablement l'emplacement de toutes ses maisons. Même *moi* je ne les connais pas toutes. Il faudra que j'aille dans un hôtel en utilisant un faux nom. Mon père m'a laissé du liquide et des passeports avec différents noms dans un coffre-fort.

Une fois de plus, Beau haussa les sourcils et elle devina aisément ce qu'il pensait. Ce qu'elle disait donnait l'impression que son père était à la tête d'un trafic de drogue parce qu'il s'entourait de secrets et d'une lourde sécurité. Mais, vraiment, elle n'y avait jamais pensé. Pour autant qu'elle s'en souvienne, son père avait toujours été ainsi, alors pour elle c'était normal, et elle ne s'était jamais demandé ce que d'autres pouvaient penser des mesures extrêmes qu'il prenait pour protéger sa famille.

Elle avait toujours supposé que c'était pour la protéger, elle. Pour que ses pouvoirs ne soient jamais découverts. Et elle les avait déçus, lui et sa mère. Toutes les précautions qu'ils avaient prises durant les vingt-quatre dernières années avaient été anéanties en quelques secondes.

–Je comprends que votre premier souci soit la sécurité de vos parents, dit Beau. Mais vous êtes en danger vous aussi. Vous ne pouvez pas penser qu'à eux.

–Dites-moi ce que je dois faire alors, dit-elle, essayant de paraître moins désespérée.

Elle avait beau être adulte, elle dépendait encore émotionnellement de ses parents. Elle détestait ne pas savoir quoi faire, maintenant que son père n'était plus là pour la guider. Elle se sentait honteuse.

– Pour l'instant, vous allez venir avec moi, dit Beau. On manque un peu d'hommes en ce moment, alors comme ça je serai sûr que vous êtes en sécurité jusqu'à ce qu'on décide de la prochaine étape. Vous savez qui est Ramie St. Claire ?

Elle fronça les sourcils, ne comprenant pas le changement soudain de sujet.

– Oui, bien sûr, qui ne la connaît pas ?

Ramie St. Claire avait fait la une des journaux ces dernières années. Ses pouvoirs lui permettaient de localiser avec une précision extraordinaire des victimes de kidnapping.

Ari en eut le souffle coupé. Mais bien sûr ! Pourquoi n'y avait-elle pas pensé plus tôt ? Si Ramie pouvait retrouver les victimes, alors peut-être pouvait-elle retrouver ses parents !

Mais aussi vite que cette idée lui était venue, elle perdit espoir. Comment contacter Ramie St. Claire alors qu'elle avait littéralement disparu ?

– Elle est mariée à Caleb, poursuivit Beau. Je ne peux pas vous promettre qu'elle vous aidera, car Caleb est extrêmement protecteur vis-à-vis d'elle, et son don lui coûte énormément car elle ressent tout ce que traverse la victime. Mais si vous avez quelque chose, un objet préféré de vos parents, ou quelque chose qu'ils utilisaient souvent, peut-être pourra-t-elle les retrouver.

Ari bondit et son cœur se mit à battre la chamade.

– Couvrez vos cheveux et remettez vos lunettes. Je vais appeler mon chauffeur et lui dire de nous retrouver devant. D'habitude je conduis moi-même, mais je ne suis pas garé près de l'immeuble et je ne veux pas vous exposer ou vous laisser seule le temps que j'aille chercher la voiture.

Ari cligna des yeux, se demandant comment ils étaient passés du fait qu'elle voulait l'engager au fait qu'elle aille chez lui. Il avait vraiment pris le contrôle de la situation... Cependant, elle lui obéit malgré ses hésitations et remit son déguisement.

Lorsqu'elle eut fini, Beau prit son téléphone et composa un numéro. Elle l'écouta donner l'ordre à son chauffeur de venir les chercher devant la porte de l'immeuble. Lorsqu'il eut raccroché, il lui demanda comment elle était venue à leurs bureaux, et lorsqu'elle lui expliqua qu'elle avait garé sa BMW le long du trottoir près de l'entrée, il secoua la tête puis il passa un nouveau coup de fil, donnant l'ordre à quelqu'un de récupérer la voiture et de la ramener chez lui.

Elle avait beau avoir espéré qu'il accepterait de l'aider, elle ne s'était pas attendue à ce genre de réaction. C'était comme si sa vie entière avait été chamboulée et qu'elle ne la contrôlait plus.

Ce n'était pas un sentiment agréable. Cela dit, avait-elle *déjà* eu le contrôle absolu de sa vie ?

Pendant que Beau se levait de son fauteuil, elle fit de même, manquant soudain de confiance. Mais elle savait qu'elle n'avait pas d'autre choix. Elle savait qu'elle ne pouvait avoir confiance en aucun des hommes de son père, même si tous n'étaient pas nécessairement des traîtres.

Ainsi, il ne restait plus que les hommes, ou l'homme, auxquels son père lui avait répété de faire appel. Si son père accordait sa confiance et le bien-être de sa fille aux Devereaux, alors elle en ferait de même. Jusque-là, elle n'avait jamais douté du jugement de son père, et elle n'allait pas commencer maintenant.

Elle inspira longuement puis elle laissa Beau la guider hors du bureau et dans le hall où se trouvait la secrétaire.

–Dites à Quinn qu'il est seul au bureau aujourd'hui et dites-lui que je l'appellerai plus tard pour l'informer de notre nouvelle mission.

Anita hocha la tête.

–Bien Monsieur, je vais l'appeler tout de suite.

Ari sursauta lorsque Beau grogna en direction de sa secrétaire en lui lançant un regard meurtrier. Avant qu'elle ait pu se retenir, elle avait mis un coup de coude dans les côtes de Beau et grimacé en le réprimandant.

–Vous venez de lui grogner dessus, là ? chuchota Ari, bouche bée.

Elle fut encore plus surprise de voir Anita éclater de rire et lui sourire au lieu d'avoir l'air en colère ou vexée.

–Ne faites pas attention. Il déteste qu'on l'appelle Monsieur. Il est convaincu que ça fait de lui un vieux chnoque.

Ses yeux pétillaient alors que le regard de Beau s'assombrissait.

–Il est bien élevé, un peu vieux jeu même, poursuivit Anita. Il n'y en a plus beaucoup des comme lui. Moi, j'aime l'appeler Monsieur juste pour l'agacer. Surtout quand il est trop sérieux. C'est-à-dire 90% du temps, dit-elle gaiement, ne prêtant aucune attention à la réaction de Beau.

Ari esquissa un sourire.

–Vous voulez dire que je devrais le titiller en l'appelant Monsieur Devereaux ? se risqua à dire Ari d'une voix innocente.

–Absolument, dit Anita en souriant jusqu'aux oreilles.

Beau saisit Ari par le poignet et l'entraîna vers l'ascenseur.

–Mon père dit toujours que je ne suis pas assez sérieuse, dit Ari alors qu'ils se dirigeaient vers le rez-de-chaussée. Que je suis trop tendre, trop crédule et naïve, et que ça me causera des ennuis. Apparemment, vous êtes à l'autre extrême, alors peut-être qu'on se complétera.

Il lui lança un regard confus en haussant les sourcils et elle rougit, sentant la chaleur atteindre ses oreilles en réalisant ce qu'elle venait d'insinuer.

– Ce n'est pas ce que je voulais dire, s'empressa-t-elle d'ajouter.

Son père lui disait aussi qu'elle mettait toujours les pieds dans le plat.

– Que vouliez-vous dire? dit Beau d'une voix qui ne laissait rien deviner.

Elle fut certaine de rougir davantage encore.

– Qu'on est en couple ou je ne sais quoi. Vous savez, le yin et le yang, ce genre de chose. Pardon, c'était stupide. Mais je parle parfois trop vite.

– Alors, lequel d'entre nous est le yin et lequel est le yang?

Il lui fallut un instant pour comprendre qu'il plaisantait. C'était lui qui se moquait d'elle désormais.

Elle éclata de rire en secouant la tête.

– Et votre secrétaire dit que vous êtes trop sérieux. Peut-être n'a-t-elle jamais vu votre sens de l'humour?

– Je n'ai *pas* de sens de l'humour, marmonna-t-il. Demandez à qui vous voudrez, tout le monde vous dira que je suis le grincheux du clan Devereaux.

– Hmmm, je suppose que je vais devoir attendre et me faire ma propre opinion en la matière. Où va-t-on?

Le changement brutal de sujet laissa Beau perplexe.

Elle soupira.

– Je fais ça aussi. Vous vous en rendrez compte rapidement. J'ai tendance à dire ce qui me passe par la tête. Mes parents ont l'habitude de suivre le cours de mes pensées, mais pour les autres ce n'est pas évident.

Il sourit, ce qui transforma radicalement ses traits, et il eut soudain l'air plus... abordable. Rien à voir avec l'homme intimidant qu'elle avait rencontré dans son bureau.

Les portes de l'ascenseur s'ouvrirent et ils passèrent par l'accueil où Ari rendit son badge.

Beau haussa les sourcils lorsqu'il lut le nom dessus.

–Vous n'exagériez pas lorsque vous avez dit que vous aviez plusieurs identités.

Ari le regarda d'un air très sérieux pour qu'il comprenne qu'elle n'exagérait pas le moins du monde.

–Oui, j'ai trois identités différentes avec des permis de conduire et des passeports pour chacune d'entre elles. Mon père m'a toujours dit que si j'en avais besoin, il valait mieux alterner pour que personne ne puisse me retrouver. À l'époque, ça m'a paru parano et j'ai simplement supposé qu'il se montrait surprotecteur, ce qui n'était pas vraiment nouveau. Mais honnêtement, je n'ai jamais imaginé que j'en aurais besoin. Bien sûr, j'avais tort, et j'aurais dû faire plus attention à toutes les mesures de sécurité que mon père mettait en place. C'est presque comme s'il savait que j'en aurais besoin un jour. Cependant, je ne sais absolument pas pourquoi.

Elle se tut tandis que Beau la guidait vers la porte à tambour. Elle s'assura que son foulard et ses lunettes la couvraient bien. Elle fut contente d'avoir ses lunettes, car le soleil était éblouissant et elle aurait été momentanément aveuglée par la clarté soudaine.

Elle vit la voiture garée devant l'immeuble, qui bloquait une partie de la circulation, et elle sut que ce devait être le véhicule de Beau. Mais alors qu'ils s'en approchaient, quelqu'un tamponna Beau, le déséquilibrant un instant.

Au même moment, la vitre derrière eux éclata et des cris retentirent. Ari se trouva plaquée au sol, le corps de Beau la couvrant complètement.

Elle l'entendit jurer et le sentit chercher quelque chose. Elle tourna la tête, essayant de voir ce qui s'était passé, et elle fut prise de panique lorsqu'elle vit Beau tenir un revolver.

–Ne bougez pas, aboya-t-il. Ne faites pas le moindre geste tant que je ne vous en donne pas l'ordre.

Elle hocha la tête, doutant de sa capacité à parler. Sa gorge était paralysée et sa panique l'empêchait de respirer.

À ce stade, il était difficile pour Ari de faire plus de dégâts que ceux entraînés par la vidéo, alors elle se concentra sur deux poubelles en métal plus loin sur le trottoir.

Elles flottèrent jusqu'à eux et vinrent se poser devant eux, leur offrant un peu de protection. Lorsque Beau réalisa ce qu'elle avait fait, il jura de nouveau.

Cependant, s'il voulut la réprimander, il ne prit pas le temps de le faire. Soudain, elle fut remise sur ses pieds et plaquée entre Beau et quelqu'un qu'elle supposa être son chauffeur, et ils plongèrent en direction de la voiture.

Ari atterrit sur le siège arrière et elle se cogna la tête sur la poignée de la portière opposée. Son corps déjà meurtri encaissa le choc. Elle sentait chacun des bleus sur ses côtes.

– Go, go, go ! aboya Beau. Sors-nous d'ici !

La voiture démarra en trombe, les pneus crissèrent, et elle s'inséra dans la circulation. Ari se redressa pour regarder par la vitre, essayant de comprendre ce qui venait de se passer. Il n'y avait aucun piéton dans la rue. Ils avaient tous couru se mettre à l'abri lorsque le coup de feu avait retenti.

Beau la força brutalement à se baisser afin que sa tête soit en dessous des vitres.

– Restez couchée, bon sang ! Vous essayez de vous faire tuer ou quoi ?

Elle écarquilla les yeux et le dévisagea, ratatiné sur son siège.

– Qu'est-ce qui vient de se passer, Beau ?

– Un sniper, cracha-t-il.

Un mélange de désespoir et d'incompréhension tourbillonna dans sa tête. C'était trop. Trop de choses étaient arrivées en trop peu de temps et son monde était sens dessus dessous. La vie qu'elle avait menée jusqu'à présent avait disparu pour de bon.

–Je ne comprends pas, dit-elle en essayant de se ressaisir. Il m'avait semblé qu'ils ne voulaient justement *pas* me tuer. Ils ont voulu me droguer alors que s'ils l'avaient voulu, ils auraient pu me tuer sur-le-champ. Pourquoi voudraient-ils me tuer maintenant ?

–Ce n'était pas vous qu'ils visaient, dit Beau d'un air sombre.

Elle le regarda d'un air confus, n'y comprenant rien.

–C'était *moi*.

10

Dans la voiture, Ari ne dit pas un mot. Elle était pâle, clairement secouée, et pire que tout, elle semblait se sentir coupable. Beau savait qu'elle s'en voulait de l'avoir mis en danger, et cela le rendait furieux.

Aussi, lorsqu'elle gigota et le regarda, il savait ce qu'elle allait dire avant qu'elle ne parle.

–Je n'aurais pas dû vous impliquer, dit-elle à voix basse. Je ne savais pas que c'était aussi sérieux. Je n'y comprends rien. Mais je ne m'en remettrais pas si quelqu'un mourait parce que je lui ai demandé de l'aide. Je pense que la seule chose à faire est de leur donner ce qu'ils veulent: moi.

–Arrête tout de suite de jouer au martyr, aboya-t-il.

Il savait qu'il était agressif et impoli en la tutoyant, alors qu'il aurait dû se montrer compréhensif et compatissant. Elle était à bout et sur le point de s'effondrer, et il ne faisait rien pour l'aider. Mais cela l'énervait d'imaginer une femme innocente et vulnérable entre les mains d'un connard qui prévoyait de faire Dieu sait quoi avec elle.

Elle grimaça et il se sentit coupable lorsqu'il vit qu'elle était vexée. Elle se hâta de le cacher, mais c'était trop tard.

–Je ne joue pas les martyrs et je n'exagère pas, murmura-t-elle.

Ses traits et ses paroles étaient empreints de tristesse, et son regard en général si vibrant et électrique se voila et s'assombrit.

–Mais je ne sais pas quoi faire. Mes parents sont tout pour moi. Ma seule famille. Ils m'ont tout donné. Mes pouvoirs les ont affectés encore plus que moi. Ce n'est que récemment que j'ai compris les sacrifices qu'ils avaient faits pour moi. Ma mère dit que je suis son petit miracle. Après leur mariage mes parents ont essayé d'avoir un enfant, sans succès. Mais ma mère était jeune et mon père n'était pas pressé. Il aurait été comblé de n'être qu'avec ma mère s'il le fallait. Mais elle voulait désespérément un enfant. Après de nombreuses fausses couches et après que ma mère eut décidé d'arrêter d'essayer parce qu'il lui était trop difficile de supporter tout ces échecs, elle est tombée enceinte. Je suis leur unique enfant. Ma mère n'a jamais pu en avoir d'autre. Je voulais être la fille parfaite, pour compenser le fait que ma mère n'a pu avoir ce qu'elle voulait le plus au monde : une maison remplie d'enfants, de rires, et de bonheur. Ils m'ont toujours, *toujours*, protégée. Ils m'ont caché les dures réalités de la vie. Peut-être qu'ils ne m'ont pas rendu service. Peut-être m'ont-ils trop protégée. Mais je leur serai toujours reconnaissante pour tout ce qu'ils m'ont donné, leur amour et leur volonté de faire n'importe quoi pour que je sois heureuse. Maintenant qu'ils ont besoin de moi, je me sens parfaitement inutile. Je ne sais même pas par où commencer pour les retrouver. Alors quand je dis que ma seule option est de me rendre, qui que soient ces gens, ce n'est pas pour jouer la victime.

Je suis une femme qui aime ses parents plus que tout au monde et je ferai *tout* pour les avoir de nouveau à mes côtés et en sécurité. Même si c'est aux dépens de ma propre vie.

Chacune de ses paroles était sincère. Sa conviction était visible dans chacun de ses traits. Ses yeux brillaient de nouveau, mais cette fois-ci, c'était sa détermination qui les électrisait.

Elle ne méritait pas ses reproches. Il était évident qu'Arial n'avait jamais fait face aux dures réalités de la vie, comme elle venait de le dire. Elle ne pouvait tout simplement pas assumer que ses parents puissent être kidnappés à sa place, et il était évident qu'elle était sincère en disant qu'elle ferait n'importe quoi pour les sauver, au détriment de sa vie.

Ce genre d'altruisme n'existait plus de nos jours. Beau était habitué à voir ce qu'il y avait de pire chez les gens, pas le meilleur. Sa sœur et sa belle-sœur avaient été torturées par des monstres. Le mal était partout. Même chez ceux que l'on soupçonnait le moins. Les gens fondamentalement bons, jusqu'au plus profond de leur âme, étaient rares. La plupart ne se montreraient pas aussi altruistes qu'Ari, et il ne doutait pas une seule seconde de sa sincérité. Elle était tout à fait sérieuse, et cela allait compliquer sa tâche de la garder en sécurité pendant que lui et ses hommes retrouvaient ses parents.

–Je suis désolé, dit Beau, espérant que ses mots paraissent aussi sincères que les siens. Mais ça me rend fou que tu accordes aussi peu d'importance à ta vie, au point de te rendre. On n'est pas obligés d'en arriver là. J'ai besoin que tu me fasses confiance. Ton père nous a fait confiance, à Caleb et moi. Assez pour te dire de faire appel à nous si tu étais en danger et qu'il ne pouvait t'aider lui-même. Alors, crois-moi quand je te dis que non seulement je vais retrouver tes parents, mais que je vais te protéger, toi aussi. Et promets-moi que tu ne feras rien de dangereux, parce que tu dois comprendre que si tu te rendais, tu leur donnerais précisément ce qu'ils veulent et qu'ils n'auraient plus aucune raison de garder tes parents en vie.

Ari pâlit soudain et se mit à trembler.

–Je sais que c'est difficile à entendre, dit-il d'une voix la plus apaisante possible. Mais tu dois faire face à la réalité. Qui que soient ces gens, ils ne font pas semblant et ils n'auront aucun mal à tuer ceux qui se mettront en travers de leur chemin. D'ailleurs un sniper vient d'essayer de me loger une balle dans la tête il y a à peine quelques minutes.

–Tu crois qu'ils sont encore en vie? chuchota-t-elle d'une voix étranglée par l'émotion.

Elle eut l'air si terrorisée que ce fut instinctif pour lui de l'attirer dans ses bras. Il la tint fort contre lui, sentant les battements rapides de son cœur contre son torse. Son souffle était court et aussi rapide que son pouls.

L'ironie de la situation n'échappa pas à Beau. Il n'était pas du genre à faire des câlins ni à réconforter les gens. Lui, c'était l'enfoiré arrogant de la famille, celui qui disait toujours ce que personne ne voulait entendre. Tout comme il allait le faire avec Ari maintenant.

Elle avait besoin de savoir à quoi s'attendre, et il fallait qu'elle comprenne que dès l'instant où elle se rendrait, elle perdrait son pouvoir de négociation, c'est-à-dire elle-même, et que ses parents seraient éliminés.

–Je pense qu'ils sont en vie, dit Beau en grimaçant, espérant qu'il ne lui mentait pas.

D'habitude, on pouvait compter sur lui pour dire la vérité, même si elle était difficile à entendre. Mais il avait envie d'accorder un soupçon d'espoir à

Ari, car si elle pensait que ses parents étaient morts, elle craquerait.

Il fallait qu'elle ait de l'espoir afin de garder les idées claires et d'accepter le plan que Beau et son équipe mettraient au point. La dernière chose dont il avait besoin était qu'Ari décide de partir à la recherche de ses parents en solo. Même avec ses pouvoirs, elle était extrêmement vulnérable.

Et même si ses parents n'étaient pas tués dès l'instant où elle se rendrait, ils seraient probablement maintenus en vie pour la contrôler. Les agresseurs menaceraient de tuer son père pour qu'elle coopère et ils auraient toujours une emprise sur elle parce qu'elle ferait n'importe quoi pour les garder en vie.

–Tant que tu es hors de leur portée, je pense que tes parents seront en sécurité, dit-il en priant pour que ce soit vrai.

A priori cela semblait logique puisqu'ils n'avaient pas tué Ari et semblaient déterminés à la capturer vivante.

–Ils utiliseront tes parents comme élément de négociation, du moins pendant un petit moment. Cela nous donnera du temps pour enquêter et, avec un peu de chance, pour les retrouver avant que leurs kidnappeurs s'impatientent et optent pour des mesures plus sévères pour t'atteindre.

Elle frissonna contre lui tandis que ses paroles donnaient naissance à une image sordide dans sa tête. Il regretta de nouveau ses paroles, cependant elle devait le savoir. Elle devait comprendre. Il se devait de lui exposer la dure réalité de la situation.

L'odeur de son shampoing emplit ses narines et il grimaça, mettant immédiatement une distance entre elle et lui. Lorsqu'il commençait à remarquer des choses à propos d'une femme, mais surtout d'une cliente, comme le parfum de son shampoing, il était temps de prendre du recul.

Il avait déjà enfreint les règles que lui imposait son métier en la prenant dans ses bras, même si c'était pour l'apaiser quelque peu. Le problème était qu'il y avait pris beaucoup trop de plaisir, et ce qui avait commencé comme étant un peu de réconfort avait changé lorsqu'il avait remarqué son parfum, ou la façon dont son corps s'était moulé au sien. Ou encore à quel point elle était petite et fragile. Pire encore, lorsqu'il avait remarqué à quel point sa bouche était désirable.

Mon Dieu. Il était en train de perdre le contrôle, et s'il ne voulait pas déraper, il ferait la chose la plus saine, il la confierait à Dane et Eliza. Il les laisserait faire leur boulot, boulot pour lequel ils étaient plus que compétents.

Cependant, il était impossible que quelqu'un d'autre gère son cas. Son père lui avait dit de faire confiance à Caleb et lui, et à personne d'autre. S'il la laissait entre les mains de Dane et Eliza ou d'un autre employé de SSD, elle prendrait probablement ses jambes à son cou.

Elle était déjà stressée et il deviner qu'il lui était difficile de lui accorder sa confiance. Même si son père le lui avait dit. Sinon, elle n'aurait probablement confiance en personne. D'ailleurs, il ne pouvait pas lui en vouloir. Cependant, l'impression qu'elle lui donnait était celle d'une personne «bien» qui accordait sa confiance facilement et voyait toujours ce qu'il y avait de meilleur chez les gens. S'il avait vu juste, alors ceci était sa première expérience d'une trahison, et c'était la première fois qu'elle voyait comment le monde fonctionnait vraiment.

Il était évident que ses parents l'avaient chouchoutée toute sa vie et ils ne lui avaient pas rendu service en agissant de la sorte. Toutefois, ce n'était pas à lui d'en juger. C'était une cliente et elle lui avait confié deux tâches : retrouver ses parents et la protéger.

– Accrochez-vous, cria le chauffeur. On a des ennuis.

Beau eut à peine le temps de passer son bras autour d'Arial que le véhicule freina brusquement. Ils furent projetés vers l'avant.

– Putain, c'est quoi ce bordel ? hurla Beau.

– On est suivis. Accrochez-vous. Je vais nous sortir de là, dit Brent d'une voix déterminée.

– On est suivis ? murmura Ari.

– Merde !

Beau s'inquiéta d'entendre le juron de Brent. Il en fallait beaucoup pour secouer son chauffeur. Il savait se sortir de toutes les situations. C'était un ancien pilote de Formule 1, et un militaire retraité, mais il avait été embauché surtout pour ses talents de conducteur.

Beau leva la tête pour regarder dehors, à l'avant, et il vit deux voitures conduisant en sens inverse à toute vitesse, fonçant droit sur eux. La collision était inévitable. Ce qui était stupide s'ils avaient l'intention de récupérer Ari en vie. Comment pouvaient-ils être certains qu'elle s'en sortirait indemne ?

À moins qu'ils aient changé d'objectif. Il était impossible de formuler des hypothèses alors qu'il ne savait pas d'où venait la menace. Il avait déjà énormément de retard et ne saurait pas par où commencer avant d'avoir pu questionner Ari et enquêter sur ses parents, surtout sur son père.

Un minuscule gémissement s'échappa de la bouche d'Ari et il vit son regard se voiler. De petits éclats dorés brillèrent dans le bleu de ses yeux tandis qu'elle fixait les deux voitures qui s'approchaient à toute vitesse.

Ses traits se raidirent et elle eut soudain l'air de souffrir. Ses poings se serrèrent et ses phalanges devinrent blanches. Puis son corps fut parcouru de spasmes comme si l'électricité reflétée dans ses yeux coulait désormais dans ses veines.

Il sentait une force émaner d'elle. Il n'avait jamais rien vu de tel. Et ce n'était pas comme s'il n'avait jamais vu de phénomène surnaturel.

C'est alors qu'une des voitures se souleva dans les airs, roula sur le côté et percuta la glissière. Beau était sidéré. Son regard alterna entre les traits tirés d'Ari et la carcasse de la voiture dont ils approchaient.

Ari se mit soudain à saigner du nez puis des oreilles, et son corps trembla comme sous l'emprise d'une chose terrible qui consommait toute son énergie. Soudain, elle fut propulsée en avant et elle se cogna contre lui. Il eut à peine le temps de passer un bras autour d'elle qu'il se retrouva la tête à l'envers. Une douleur aiguë assaillit ses épaules et sa jambe. L'air fut rempli du bruit de métal écrasé et de ferraille traînée sur le bitume. Beau n'était conscient que de la petite femme dans ses bras et d'avoir trahi sa promesse de la protéger.

11

La terrible douleur qu'il ressentait lui dit qu'il était en vie. Précautionneusement, il remua d'abord les bras puis les jambes, soulagé de voir que tout semblait fonctionner, il aurait des bleus mais rien n'était cassé. Du moins il l'espérait, car ils couraient un grave danger.

Il ouvrit les yeux, analysant la situation, et vit qu'Ari était en train d'escalader le siège avant, secouant délicatement Brent pour savoir s'il était conscient.

–Ma jambe est coincée, dit le chauffeur. Mais mes bras sont en état de marche. Prends le pistolet dans ma ceinture et donne-le moi. Il y en a un autre dans la boîte à gants. Garde-le sur toi. Fais attention, il est chargé. N'hésite pas à tirer sur un de ces connards s'ils s'approchent. Les Devereaux feront en sorte que tu ne sois accusée de rien, la police ne saura même pas que tu étais impliquée. Ta priorité est de te protéger. À tout prix.

–Ari, ne bouge pas, cracha Beau d'un ton autoritaire.

Elle tourna la tête pour le regarder et eut l'air soulagée, comme si elle avait eu peur qu'il était grièvement blessé ou tué.

– Ils arrivent, dit-elle à voix basse. J'ai besoin de sortir pour les faire partir. Ils vous tueront, Brent et toi. Tu le sais.

Il lui était étrange de voir qu'elle s'inquiétait autant pour lui. Et il n'aimait pas cela. C'était son boulot à *lui* de la protéger. Pas l'inverse.

Les jurons de Brent se mêlèrent aux siens. Elle ignora ses ordres de rester où elle était et sortit par la fenêtre brisée du siège passager, pistolet en main.

Beau chercha son téléphone qu'il trouva à ses pieds. Il appela Zach, conscient qu'il arriverait plus vite que Dane et Eliza.

– Brent et moi sommes touchés, dit Beau sans préambule. Il faut venir nous chercher. On a une cliente avec nous et elle est vulnérable. Ils la veulent vivante. Par contre, les autres, ils s'en foutent.

– J'arrive, dit Zach avant de raccrocher.

Il n'y avait pas de temps à perdre en donnant à Zach leur position. Tous les véhicules de SSD étaient équipés d'un GPS afin que n'importe quel employé sache à tout moment où ils étaient. Et Zach était solide. On pouvait compter sur lui. Il était vrai que Beau aurait dû appeler Dane, puisqu'il était le chef d'équipe, donc leur interlocuteur à Caleb et lui. Mais Beau avait entièrement confiance en Zach et il savait qu'il ne perdrait pas une seconde à arriver. Par moments, Beau se demandait si Zach était humain. Il semblait agir sans pitié et garder son sang-froid en toute circonstance. Rien ne semblait le perturber. Il abordait chaque situation et la maîtrisait parfaitement, sans effort apparent. Il était précisément le genre de recrue dont SSD avait besoin.

Beau se hissa avec difficulté sur le siège passager, son corps musclé étant plus à l'étroit dans le petit espace laissé par la tôle froissée que celui d'Ari. Mais il était hors de question qu'il la laisse affronter ces enfoirés toute seule.

– C'est grave ? demanda-t-il à Brent.

– Je crois que rien n'est cassé, répondit Brent en serrant les dents.

Beau comprit que s'il ne voulait pas le laisser paraître, il souffrait énormément.

– Je vais te couvrir, répondit Beau. Reste où tu es et ne bouge pas. On ne sait pas si ta colonne vertébrale est touchée, alors attends que l'ambulance arrive.

– Comment tu vas expliquer ça ? Tu as vu comme moi ce qui s'est passé. Je sais que je ne l'ai pas rêvé.

– Non, tu n'as pas rêvé, admit Beau. C'était Ari. Elle a sauvé notre peau et elle essaie encore de nous sauver. Je sors d'ici pour qu'elle ne soit pas toute seule.

Beau grimaça quand il se coupa sur un bout de verre en sortant par la fenêtre. Il chercha tout de suite Ari et la vit à quelques mètres, tenant fermement le pistolet qui paraissait bien trop grand pour sa petite main.

Le véhicule qui les avait percutés avait continué sa course et faisait désormais demi-tour, sans faire attention aux voitures qui évitaient au mieux les débris. La voiture qu'Ari avait retournée avait fait un tonneau et était de nouveau à l'endroit, arrêtée plus loin, les portières avant ouvertes, servant de couverture aux hommes dont les armes étaient pointées sur Beau, Ari et Brent.

Merde, Brent était sans défense.

Ari se tourna et posa sur lui un regard froid et sans pitié. Il sentait sa rage. Elle lui jeta le revolver et il l'attrapa par réflexe.

– Couvre-moi, dit-elle calmement.

Avant qu'il ait pu répondre et lui dire de ne pas bouger, elle se leva, offrant la cible parfaite à leurs assaillants.

– Merde Ari ! Couche-toi !

– Ils me veulent en vie, dit-elle. Ils ne me tireront pas dessus. En revanche, Brent et toi, ils n'en n'ont rien à foutre et je ne vais pas les laisser vous tuer parce que vous me protégiez. Pas quand j'ai le pouvoir de les ralentir, même si je n'arrive pas à les arrêter complètement.

Elle ignora ses protestations et verrouilla son regard droit devant elle. Il vit de nouveau son nez saigner ainsi que ses oreilles tandis que ses poings se fermaient. Tout son corps se raidit, et il put imaginer ce que lui coûtait un tel effort. Elle lui avait dit que jusqu'à aujourd'hui elle n'avait jamais utilisé ses pouvoirs. Qu'elle avait simplement essayé de se fondre dans la masse et d'être normale. Comme si une femme comme elle pouvait se fondre dans la masse. Pas une femme aussi belle.

Le sang continuait à couler le long de son cou alors que les armes entre les mains des agresseurs volaient dans les airs, l'une atterrissant sur le sol à côté de Brent où il pouvait l'atteindre, l'autre devant Beau.

Le véhicule qui avait fait demi-tour continua sa course, prête à foncer sur le leur alors que Brent était coincé à l'intérieur. Beau la regarda sans rien pouvoir faire pour protéger son homme déjà blessé. Les connards qui voulaient Ari ne plaisantaient pas et ils avaient l'intention de tuer n'importe qui se mettrait en travers de leur route.

Chaque veine du bras, du cou et du front d'Ari était dilatée, comme si elle endurait une souffrance atroce en se concentrant sur la voiture lancée à toute vitesse. Ses traits étaient déformés par la douleur et un gémissement lui échappa. Soudain, tout comme la voiture précédente, le second véhicule se souleva et se coucha avant de s'écraser plus loin sur l'autoroute. Il parcourut plusieurs mètres sur le côté avant de s'arrêter à cinq mètres du leur.

Pour s'assurer que personne ne pourrait en sortir, le visage d'Ari se déforma davantage encore et les portières de la voiture furent comprimées vers l'intérieur, désormais impossibles à ouvrir.

Ses pouvoirs étaient incroyables. Beau n'avait jamais rien vu de tel.

Mais cela lui coûtait énormément. Il avait déjà vu des saignements psychiques. Il savait qu'ils étaient dus à un immense effort de concentration. Le sang et la souffrance que révélaient ses traits inquiétaient énormément Beau. Elle pouvait facilement faire un arrêt cardiaque ou une hémorragie cérébrale.

–Ari, dit-il d'une voix douce, levant la main et caressant son bras. Ma belle, il faut que tu te calmes. Respire lentement. Tu saignes. Tu as déjà descendu deux voitures. Je peux m'occuper du reste. Il faut que tu te mettes à l'abri jusqu'à ce que mes hommes arrivent.

Soit elle ne l'entendit pas, soit elle choisit de l'ignorer. Les deux hommes qui étaient cachés derrière les portières de leur voiture se hâtèrent d'y entrer de nouveau avant de faire marche arrière, puis demi-tour, leurs pneus crissèrent tandis qu'ils déguerpissaient à toute vitesse.

Beau soupira, soulagé, puis il prit son bras et la tira vers la voiture où elle aurait une meilleure couverture.

Elle cligna des yeux, l'air confus, puis elle grimaça en regardant les dégâts qui les entouraient. La circulation avait ralenti afin d'éviter les trois véhicules endommagés. Les conducteurs observaient la scène, mais personne ne s'arrêta pour offrir son aide, ce dont Beau leur fut reconnaissant. Il pria pour que Zach arrive vite afin qu'ils puissent mettre Ari en sécurité.

La police voudrait probablement s'en mêler, même si elle ne pourrait tracer le véhicule conduit par Brent. Il doutait que les autorités obtiennent davantage d'informations au sujet des voitures de leurs agresseurs. Mais tout cela n'avait aucune importance du moment qu'Ari n'avait pas à être exposée à nouveau après avoir utilisé ses pouvoirs.

Aucun mouvement n'émana de l'autre voiture, Beau dit à Ari de rester à terre pendant qu'il retournait dans la voiture pour évaluer la blessure de Brent.

–Je vais bien, marmonna-t-il. C'est juste que ma jambe est coincée sous le tableau de bord. Quand Zach arrivera, prends Ari et laisse-moi ici. La police et l'ambulance vont arriver bientôt. Il faudra qu'ils découpent la portière et Ari n'a pas besoin de l'attention des médias. Il vaut mieux pour toi, et pour elle, que vous soyez aussi loin d'ici que possible. Personne ne doutera que c'est nous qui avons été attaqués et je ne pense pas que ces abrutis veuillent parler à la police. J'ai assez de contacts au commissariat central de Houston pour qu'on ne soit pas embêtés.

–Et merde, jura Beau. Tu sais qu'on ne fonctionne pas comme ça. On ne laisse pas seul un homme blessé.

Brent dévisagea Beau.

–Mais tu sais qu'on n'a pas le choix. Toi et Ari ne pouvez pas être mêlés à ça. Tu dois l'emmener loin d'ici avant que les flics et les médias se pointent.

Brent avait raison, mais cela ne plaisait pas à Beau pour autant.

Il allait contester, même s'il savait que ses arguments tomberaient dans l'oreille d'un sourd car Brent, comme la plupart des hommes de SSD, était têtu, ils avaient l'habitude de faire les choses à leur manière. Mais il fut interrompu par le bruit d'une voiture arrivant à toute vitesse et s'arrêtant net derrière la leur.

Zach arriva, l'air furieux, le regard brûlant de rage.

–Dis-moi tout.

Beau lui résuma rapidement la situation alors qu'ils emmenaient Ari à la voiture de Zach. Ils n'avaient pas de temps à perdre.

Soudain, Ari poussa les deux hommes sur le côté, les prenant par surprise, et ils tombèrent au sol. Horrifié,

Beau vit un homme sortir de la voiture retournée et pointer une arme sur eux.

–Non ! hurla-t-il, alors qu'ils se jetaient tous deux sur Ari pour la couvrir.

Un coup de feu retentit et les deux hommes regardèrent bouche bée la balle ralentir et se diriger sur Ari. Mais, même si elle parvint à la freiner et à changer sa trajectoire pour qu'elle ne touche pas Beau et Zach, la balle effleura son flanc et elle tomba à genoux, sa main volant sur sa blessure qui saignait déjà abondamment.

Beau était fou de rage qu'Ari ait pris une balle qui lui était destinée. Furieux qu'elle ait poussé Zach et lui de côté, alors qu'ils étaient censés la protéger.

Ari était recroquevillée et pâle. Elle saignait du nez, de la bouche et des oreilles, et aussi de la taille.

Zach et lui formèrent immédiatement une barrière autour d'elle. Beau la prit dans ses bras et manqua la jeter dans la voiture où plus aucune balle ne pourrait l'atteindre. Il était furieux. Il voulait descendre ces fils de pute ici et maintenant.

Au loin, il entendit les sirènes. Il détestait laisser Brent, mais son chauffeur était armé et capable de se défendre, et ceux qui étaient en état de s'enfuir avaient déjà fui la scène. Avec la police et les secours en route, il doutait que l'abruti qui avait tiré sur Ari risque un nouveau tir. Et quand bien même il essaierait, Brent ne ratait jamais une cible, même coincé dans sa voiture.

Beau installa Ari sur le siège arrière et s'assit à côté d'elle. Il chercha la trousse de secours sous le siège. Il lui fallait nettoyer le sang de son visage et de ses oreilles. Entre les bleus qu'elle avait déjà et le sang frais, on aurait dit qu'elle avait été tabassée. Mais tout d'abord, il lui fallait voir les dégâts causés par la balle. Il espérait que ce n'était qu'une éraflure.

– Qu'est-ce qui s'est passé, putain ? demanda Zach en le regardant dans le rétroviseur. Est-ce qu'il faut l'emmener directement à l'hôpital ? Elle ne saigne pas seulement à cause de la balle, n'est-ce pas ?

Ari secoua la tête avec force. Pour une fois, ils étaient d'accord.

– Saignement psychique. Il faudra la surveiller pour être sûr qu'elle n'a pas d'hémorragie cérébrale.

Zach fronça les sourcils et Ari se rapprocha de Beau comme si Zach lui faisait peur. Beau passa son bras autour d'elle, sans hésiter, de la manière la plus naturelle au monde.

– Saignement psychique ? demanda Zach. Alors elle a des pouvoirs ? C'est ce qui est arrivé aux voitures qui ont essayé de vous faire quitter la route ?

Ari se raidit dans les bras de Beau. Sa respiration était faible, il ne savait pas si c'était dû à la perte de sang, à la peur ou aux deux.

– Tu peux lui faire confiance, dit Beau dans son oreille. Il travaille pour moi et en dehors de mes frères, il n'y personne en qui j'ai autant confiance.

Elle hocha lentement la tête mais regarda néanmoins Zach d'un air inquiet tandis qu'ils roulaient aussi vite que possible sans attirer l'attention ou se faire arrêter par la police.

– Tu vas m'expliquer ce qui s'est passé et qui est notre nouvelle cliente ? dit Zach d'un ton impatient.

Beau esquissa un sourire. C'était tout Zach, ça ; se jeter tête baissée dans une affaire. Il tenait fermement le volant, si fort que ses phalanges en étaient devenues blanches, tout en zigzaguant entre les voitures.

– Plus tard, dit Beau d'un ton sec. Pour l'instant, il faut qu'elle soit en sécurité et que je sois sûr qu'elle va bien. Et il faudra que tu voies qui est disponible pour cette mission. Je sais que Dane et Eliza sont pris en ce moment.

–Je m'en charge, dit Zach, simplement.

–On va où? demanda Ari d'une toute petite voix.

Elle avait l'air sous le choc, et le sang formait un contraste sévère avec son teint pâle. Beau fouilla dans la trousse de secours puis il souleva sa chemise imbibée de sang, lentement, pour ne pas lui faire peur.

En réponse à son air inquiet et inquisiteur, il la calma autant que possible. Il n'était pas du genre affectueux. Il était trop brusque pour savoir rassurer une femme. Surtout une femme dont il était en train d'enlever le t-shirt.

–J'ai besoin de voir ta blessure, dit-il en feignant d'être tout à fait calme.

Au fond, il bouillait, furieux qu'elle ait pris une balle pour eux. C'était son boulot de la protéger. Pas l'inverse, putain. Il était fou de rage qu'elle ait pris un tel risque. Cela ne se reproduirait pas, et dès qu'il serait sûr qu'elle allait bien, ils allaient avoir une sérieuse discussion quant à la façon dont les choses se dérouleraient à l'avenir.

Elle grimaça lorsqu'il tamponna la blessure avec une compresse. Mais ce qui l'agaçait davantage encore étaient les bleus qu'elle avait déjà sur les côtes. Des restes de sa dernière altercation avec ces connards.

–Ce n'est pas trop méchant, marmonna-t-il. Il te faudra des points de suture, mais on s'en occupera quand on sera en sécurité.

Elle haussa les sourcils.

–Quand on a de l'argent, ce qui est le cas de Caleb, les médecins viennent à lui, et pas l'inverse, dit Beau en haussant les épaules.

–Ce n'est pas ton cas? demanda-t-elle. Tu n'as pas une partie de la fortune des Devereaux?

Il haussa de nouveau les épaules, mal à l'aise de parler de sa situation financière. Presque toute la fortune des Devereaux était de l'argent sale. Ils l'avaient héritée de leurs parents, dont les affaires n'étaient pas claires. Du moins était-ce le cas de son père. Il ne savait pas si sa mère avait été au courant de ce que manigançait son père et si elle y était mêlée aussi.

Quant à eux, ils étaient devenus riches en travaillant dur et en faisant de bons investissements. Les gens pensaient probablement que tout leur argent avait été hérité alors qu'en vérité, leurs parents ne leur avaient pas laissé grand-chose, vu l'état de leurs comptes en banque au moment de leur mort.

– On va où ? demanda-t-elle d'une voix plus ferme comme si elle sortait de sa torpeur.

– Dans un lieu sûr, grogna-t-il. Quelque part où tu seras en sécurité et où je n'aurai pas peur que tu partes à la recherche de tes parents toute seule. Tu m'as embauché pour accomplir une mission et c'est ce que j'ai l'intention de faire. Mais tu vas rester là où je te le dis. Pas question que j'aie à m'inquiéter pour toi pendant que j'essaie de retrouver tes parents.

– Je ne te gênerai pas, dit-elle calmement. Si tu penses pouvoir trouver mes parents, alors je coopérerai à cent pour cent.

Satisfait de sa réponse, il commença à enlever délicatement le sang du nez d'Ari, de son visage et de ses oreilles. Il avait coulé le long de son cou jusqu'à ses épaules et même dans son décolleté.

Il fit de son mieux pour respecter sa pudeur et il lui laissa son soutien-gorge même s'il était imbibé de sang. Il ne voulait pas la mettre mal à l'aise.

– Je n'ai jamais saigné auparavant, dit-elle, confuse. Je ne comprends pas. Tu as dit que c'était un saignement psychique. Comment tu sais ça ?

Beau finit de nettoyer le sang de son visage puis il l'ausculta pour savoir si elle avait d'autres blessures.

Il fronça les sourcils lorsqu'il vit que ses mains et ses bras étaient recouverts de minuscules coupures, probablement contractées lorsqu'elle avait rampé par la fenêtre de la voiture.

Il dut les désinfecter avant de les recouvrir de bandages.

– Ce n'est pas la première fois que je rencontre des gens avec des pouvoirs surnaturels. Les saignements semblent avoir lieu lorsque la personne se concentre fort sur un objet ou une pensée. Parfois, cela peut lui faire extrêmement mal.

Elle frissonna et passa ses bras autour de sa poitrine. Il faillit la prendre dans ses bras comme il l'avait fait auparavant, mais il s'obligea à maintenir une distance. Son corps se recouvrit de chair de poule, sûrement à cause de son état de choc, ou pire. Avec le stress qu'elle avait subi, son cerveau pouvait être incapable de réguler la température de son corps. Cela finit de le convaincre d'appeler un médecin pour l'ausculter dès qu'elle serait en lieu sûr. Un médecin en qui il avait confiance et qui avait déjà vu des saignements psychiques.

– Je n'ai jamais utilisé mes pouvoirs comme ça, admit-elle. Je ne savais pas que je pouvais faire de telles choses. Par le passé, je faisais flotter de petits objets. Mes parents m'ont dit que quand j'étais bébé, je faisais venir à moi mes deux peluches préférés. Ma mère était morte de trouille parce qu'elle pensait que quelqu'un était entré dans ma chambre, puis ils ont compris que c'était moi qui le faisais. Ils m'ont dit de ne plus jamais utiliser mes pouvoirs, alors j'ai obéi. Ça fait des années. Jusqu'à l'incident au lycée. Je n'y ai même pas réfléchi, ça m'est venu naturellement. Presque comme un réflexe, comme si je m'étais servi de mes pouvoirs toute ma vie. Et là, tu as vu les voitures se soulever ?

Elle avait posé sa question d'un ton incrédule, comme si elle n'y croyait pas elle-même.

Beau hocha la tête.

–Oui, j'ai vu. Très impressionnant.

–Je ne savais pas. Il faut que je trouve un moyen de me contrôler maintenant que ça me vient aussi naturellement. Je ne veux pas blesser ou tuer quelqu'un en utilisant mes pouvoirs.

Beau glissa sa main sous son menton pour qu'elle le regarde dans les yeux.

–Tu arriveras à les contrôler. Ce que tu as fait aujourd'hui m'a paru parfaitement maîtrisé. Tu n'as rien fait exploser. Tu as juste fait en sorte qu'ils ne soient plus en état de nuire.

Elle grimaça et parut vouloir poser une question. Puis elle le fixa de nouveau de son regard intense.

–Tu crois que je pourrais faire exploser quelque chose ? Enfin, si je le visualise dans ma tête ?

Beau hésitait à répondre. Elle pourrait compliquer la mission de SSD si elle décidait de partir seule, confiante en l'idée que rien ne pouvait arrêter ses pouvoirs. Et peut-être serait-ce le cas. Mais il était hors de question qu'elle aille à la recherche des enfoirés qui détenaient ses parents.

–C'est comme ça que tu as réussi à soulever les voitures et à les faire s'écraser ? Tu y as pensé ?

Elle hocha lentement la tête.

–C'était dur, parce qu'il fallait que je garde l'image en tête et que je fasse le vide autour de moi pour me concentrer uniquement sur l'image. Je ne pouvais pas me laisser distraire, sinon je n'aurais pas réussi. Je ne me suis pas entraînée ni servi de mes pouvoirs depuis que j'étais toute petite, alors je ne sais pas ce dont je suis capable. Mais seulement parce que je n'ai jamais pu évaluer mes pouvoirs dans un environnement neutre.

–Je dirais que tu es sacrément puissante, surtout pour quelqu'un qui ne s'est presque jamais servi de ses pouvoirs. À mon avis, si tu t'entraînais, tu pourrais bien devenir une arme fatale!

Il prononca la dernière phrase en esquissant un léger sourire.

–Tu oublies que c'est moi qui ai sauvé nos fesses.

–Oui, c'est vrai, et je t'en remercie, bien sûr, mais à l'avenir, si tu recommences ce genre de chose, je te colle une fessée et je t'attache à une chaise pour que tu ne puisses aller nulle part. Et je m'assurerai qu'il n'y ait rien dans la pièce dont tu puisses te servir pour te libérer. Compris?

Elle cligna des yeux, surprise.

–Pour quelle raison tu ne voudrais pas que j'utilise mes pouvoirs quand on sauvera mes parents?

Il prit note du fait qu'elle avait dit «quand» et non «si» ils sauvaient ses parents. Il voulait qu'elle garde espoir, certes, mais il ne pensait pas pouvoir supporter sa souffrance si elle découvrait qu'ils étaient déjà morts. Il était évident qu'elle était très proche de ses parents et qu'ils l'aimaient profondément.

–Il n'y a pas de «on», Ari. Pas de «nous». Je ne veux pas que tu sois mêlée à ça. Ton père t'a envoyée me voir pour une raison. Parce qu'on est les meilleurs dans notre domaine. Tu serais un poids pour nous parce qu'on serait obligés de diviser notre attention entre te protéger pour ne pas qu'ils t'attrapent et sauver tes parents. Aie confiance en moi et sois patiente. Nous, je veux dire *mes hommes* et moi, allons les retrouver.

Elle eut l'air profondément soulagée.

–Je te crois, dit-elle avec sincérité. Et oui, je ne me mettrai pas dans vos pattes, à moins que vous mettiez trop de temps à les retrouver, auquel cas on fera les choses à ma manière et je me livrerai à eux en échange.

12

L'adrénaline qui l'animait disparut peu à peu, laissant place à un mal de tête atroce et à une vive douleur là où la balle l'avait éraflée. Elle serra les dents, déterminée à ne faire aucun bruit ni aucun geste qui informeraient Beau de la douleur qu'elle ressentait. Il était lui-même blessé.

Elle avait été chouchoutée et dorlotée tout sa vie, alors il était temps de prendre le contrôle de son destin. De devenir la femme indépendante qu'elle avait voulu être lorsqu'elle avait quitté la bulle dans laquelle ses parents l'avaient élevée.

Elle était devenue professeur et elle adorait son métier, mais son avenir était désormais incertain maintenant qu'elle avait dû employer ses pouvoirs pour se défendre contre un de ses élèves.

Elle soupira doucement et retint sa respiration en restant immobile, espérant que Beau n'ait pas détecté son angoisse. Mais elle aurait dû se douter qu'il remarquerait le moindre bruit.

Il regarda tout de suite dans sa direction et ses yeux se plissèrent. Il la dévisagea d'un air inquiet, comme s'il pouvait voir ses bleus et ses éraflures à travers ses vêtements.

– On est presque arrivés, dit-il.

Elle fut surprise qu'il ne fasse pas de commentaire sur son état.

Elle appréciait qu'il reste professionnel et qu'il la traite comme une vraie… personne. Pas comme une petite poupée fragile et sans défense.

Mentalement, elle se réprimanda de manquer de reconnaissance envers ses parents et tout ce qu'ils avaient fait pour la protéger et pour qu'elle mène une vie aussi normale que possible.

Elle ne regrettait en rien la façon dont ils l'avaient élevée. Elle aimait profondément sa mère et son père et elle ne changerait leur relation pour rien au monde. Il était simplement temps pour elle de sortir de leur ombre et de vivre sa vie. De prendre ses propres décisions et d'en assumer les conséquences. Ce que la plupart des gens faisaient bien avant l'âge de vingt-quatre ans. Avec ou sans pouvoirs, il lui fallait entrer dans le monde des adultes et affronter seule ses problèmes.

Ils empruntèrent une allée qui serpentait le long d'un terrain en pente jusqu'à une maison entourée de bois épais. Elle cligna des yeux car elle n'avait même pas remarqué qu'ils avaient quitté la ville. Elle avait été trop préoccupée par ses pensées et ses inquiétudes tout en essayant de le cacher à Beau.

Zach s'arrêta et sortit rapidement de la voiture pour ouvrir la porte du côté d'Ari. Beau commença à sortir également, mais il s'arrêta puis bougea plus lentement en se tenant à la porte. Ari le regarda d'un air inquiet, mais son expression était indéchiffrable.

Il fit le tour de la voiture tandis qu'Ari commençait à en sortir, mais elle avait l'impression d'être scotchée au siège. Elle ne put s'empêcher de grimacer et elle ferma les yeux alors qu'une douleur atroce prenait naissance en bas de sa colonne vertébrale pour remonter dans sa nuque puis dans son crâne.

Elle posa les pieds sur les pavés et ses genoux cédèrent. Beau et Zach se précipitèrent pour la rattraper juste à temps.

Zach passa simplement son bras derrière ses genoux et la prit dans ses bras. Beau eut l'air sur le point de protester, mais Zach lui lança un regard noir.

–Vous êtes tous les deux dans un sale état. Tu vas déjà avoir du mal à marcher jusqu'à la maison sans avoir à t'occuper d'elle.

–Je vais très bien, aboya Beau.

Mais il ne protesta pas davantage et Ari se sentit rougir. Elle se sentait honteuse d'avoir à être portée. Elle ne s'était pas attendue à ce que son corps réagisse ainsi.

La douleur sourde qu'elle avait sentie dans sa tête pendant tout le trajet avait désormais décuplé et elle eut l'impression que des bris de verre raclaient l'intérieur de son crâne.

L'air frais la fit frissonner et son corps se couvrit de chair de poule dès qu'ils passèrent la porte. Elle se mit à trembler dans ses bras et elle dut contracter sa mâchoire pour éviter de claquer des dents.

Zach baissa la tête puis il regarda Beau en fronçant les sourcils.

–Elle est en état de choc. Il faut que tu appelles un médecin pour qu'il vienne vous voir tous les deux.

–J'ai dit que j'allais très bien, cracha Beau. C'est Ari qui a besoin d'un docteur. Elle a saigné du nez et des oreilles, et elle a pris une balle. Moi j'ai à peine quelques bleus.

Zach haussa les épaules, l'air indifférent.

–Tu veux que je la mette où ? demanda-t-il.

Elle n'avait pas cru possible d'être plus gênée qu'elle ne l'était déjà, mais entendre deux hommes se demander ouvertement où ils allaient la « mettre », comme si elle était un simple objet, la fit se sentir encore plus sans défense et, bon sang, elle en avait assez de dépendre des autres Elle voulait être autonome. Apparemment, cela n'était pas près d'arriver, car si elle voulait avoir une chance de revoir ses parents en vie, elle allait devoir compter sur Beau pour tenir sa promesse. Parce qu'elle n'avait pas les moyens de localiser un ennemi inconnu ni de savoir pourquoi ses parents avaient été enlevés, encore moins pourquoi quelqu'un tenait tellement à s'emparer d'elle.

Était-ce à cause de ses pouvoirs ? C'était la seule explication possible. Avant que cette satanée vidéo ne soit vue par des milliers de gens, sa vie avait été paisible.

Son père n'avait pas été ravi lorsqu'elle avait refusé qu'il lui donne de l'argent. Elle avait gentiment et fermement refusé en lui disant qu'il était important pour elle de tracer sa propre route. Qu'elle voulait vivre comme la plupart des jeunes femmes. Un boulot, un appartement modeste et une petite voiture. À ses yeux, toutes ces choses étaient la preuve qu'elle était indépendante. C'était un besoin qui brûlait au fond d'elle et qui avait grandi jusqu'à ce qu'elle ne pense plus qu'à ça. C'était devenu son unique but. Elle ne voulait plus courir chez ses parents au moindre souci. Elle voulait vivre comme une adulte, et vivre selon ses moyens. Faire de nouvelles rencontres. Flirter, avoir des rendez-vous, avoir une relation sans que son père fasse une enquête sur chaque homme qui regarderait dans sa direction.

Maintenant, tout ce qu'elle avait accompli avait disparu parce que dans un moment de panique, son instinct de survie avait pris le dessus. Non seulement elle payait désormais le prix de son manque de réflexion, mais ses parents payaient encore plus cher. S'ils mouraient parce qu'elle avait fait justement ce qu'ils lui avaient toujours interdit de faire, elle ne se le pardonnerait jamais. *Ne dis jamais rien. Personne ne peut savoir. N'utilise jamais tes pouvoirs.* Elle ferma les yeux pour retenir ses larmes.

Zach la posa délicatement sur un canapé moelleux et l'entoura de coussins pour qu'elle ne tombe pas sur le côté. Elle s'enfonça dans le canapé et garda les yeux fermés, respirant par le nez pour ne pas céder à l'envie de pleurer.

Pleurer n'allait pas aider ses parents. Ils avaient besoin qu'elle soit forte et qu'elle garde les idées claires. Ils avaient toujours été là quand elle avait eu besoin d'eux. Désormais c'étaient eux qui avaient besoin d'elle et il était hors de question qu'elle les déçoive.

–Ari, tu saignes de nouveau.

La voix douce de Beau la sortit de ses pensées. Elle ouvrit les yeux avec difficulté. Beau et Zach étaient debout devant elle, l'air très inquiets.

Elle leva la main vers son nez et lorsqu'elle l'enleva, ses doigts étaient couverts de sang. Elle fronça les sourcils, perplexe, car elle n'avait pas utilisé ses pouvoirs. Cela dit, elle avait été très concentrée sur ses pensées.

Zach s'éloigna en toute hâte et Beau s'accroupit devant elle.

–Il faut que tu apaises tes pensées, dit-il. Pense à un souvenir ou une image joyeuse et concentre-toi dessus. Essaie de fermer ton esprit à tout le reste.

Zach revint avec un gant de toilette imbibé d'eau tiède et Beau le prit, essuyant le sang frais et le sang sec de son nez, de ses oreilles et de son cou. C'est alors qu'elle se rendit compte qu'elle ne savait même pas où ils étaient.

Elle regarda Zach nerveusement, gênée qu'il soit témoin d'un tel moment de faiblesse. C'était déjà assez gênant que Beau le soit.

–J'ai appelé Caleb pour qu'il fasse venir le médecin, dit Zach, comme s'il avait senti le malaise d'Ari. Tu devrais peut-être la mettre dans une des chambres pour qu'elle se repose jusqu'à ce qu'il arrive. Comme ça, il pourra l'ausculter en privé.

Beau se leva lentement. Il avait beau dire qu'il allait très bien, elle pouvait voir qu'il souffrait. Lorsqu'il se baissa pour la porter, elle fit un geste de la main pour l'arrêter.

–Je peux y arriver, dit-elle calmement. Je suis un peu sonnée mais si tu me tiens le bras, ça ira très bien.

Beau eut l'air mécontent, mais il ne la contredit pas. Au lieu de cela, il passa son bras sous son coude et l'aida à se relever. Elle vacilla un instant et il resserra son étreinte le temps qu'elle retrouve son équilibre. Elle fit un pas instable en avant, Beau à ses côtés. Elle posa sa main sur son épaule pour se stabiliser davantage et il lâcha son coude, préférant tenir sa taille en prenant soin de ne pas toucher sa blessure.

–Ça va ?

Elle hocha la tête puis elle fit un second pas, plus assuré cette fois car elle savait qu'il ne la laisserait pas tomber. Elle se détendit entre ses bras et s'appuya contre lui tandis qu'ils sortaient du salon et empruntaient un long couloir jusqu'à une chambre.

Beau la guida vers le lit et lui dit de se tenir à la table de chevet afin qu'il retire la couette et positionne les oreillers.

–Tu vas te faire encore plus mal si tu essaies de grimper sur le lit, dit-il d'un ton bougon.

Il n'attendit pas qu'elle réponde pour la soulever. Instinctivement, elle passa ses bras autour de son cou, s'accrochant à lui tandis qu'il la déposait sur le matelas moelleux. Elle soupira et ferma les yeux en savourant le plaisir que lui apportait le confort du lit.

– Je vais finir de t'enlever le sang avant que le médecin arrive, dit-il en allant dans une pièce qu'elle supposa être la salle de bains.

Il revint quelques instants plus tard avec un gant mouillé, des compresses et des bandages. Tout d'abord, il s'occupa de finir de nettoyer son nez, ses oreilles et son cou. Puis il souleva son t-shirt déchiré à l'endroit où la balle l'avait touchée. Heureusement, la blessure était juste en dessous de son soutien-gorge Elle avait l'impression d'être rouge cramoisi et elle fixa le plafond, essayant de maîtriser ses pensées et de se convaincre qu'elle n'avait aucune raison d'être gênée. Il n'avait rien de différent du médecin qui allait venir l'examiner. Du moins, c'est ce qu'elle essayait de se dire.

Beau émit un grognement sourd et elle rouvrit les yeux, découvrant une grimace furieuse sur son visage. Ses yeux étaient rivés sur la blessure laissée par la balle et son regard était meurtrier. Elle frissonna. C'est à ce moment-là qu'elle comprit qu'il était capable d'une violence sans limites lorsqu'il s'agissait de quelqu'un qui était sous sa protection.

Il caressa délicatement sa blessure en fronçant les sourcils tout en l'examinant de plus près.

– Ça n'aurait pas dû arriver, dit-il à voix basse. J'avais promis de te protéger et au lieu de ça c'est toi qui as reçu une balle.

– Non…

Elle fut interrompue lorsqu'il baissa la tête et, à sa grande surprise, embrassa tendrement sa blessure.

Ce baiser n'avait rien de sexuel. Il était tendre, destiné à la réconforter. Exquis.

Elle fixa sa tête baissée, et un plaisir immense parcourut ses veines, remplaçant la douleur si vive qui l'avait envahie à peine quelques instants plus tôt. Son geste était simple et cependant sa poitrine se contracta tandis que l'émotion resserrait sa gorge.

Le toucher de ses lèvres était comme les ailes d'un papillon. Doux et infiniment délicat. Un contraste flagrant avec la rage bouillonnante dont il avait fait preuve quelques minutes auparavant.

Elle resta allongée, retenant sa respiration de peur de bouger, ne voulant rompre la magie du moment. Ils étaient enveloppés dans une intimité qui avait arrêté le temps. Tout le reste s'évanouit et il n'y avait plus qu'elle et lui, ses lèvres pressées tendrement contre sa peau.

Mais aussi brusquement qu'il avait embrassé sa blessure, il releva la tête et elle vit ses yeux pleins de remords et de culpabilité. Il se leva et jeta le gant de toilette par terre.

Sans croiser son regard, il tourna les talons et se dirigea vers la porte.

–Le médecin va bientôt arriver, grogna-t-il. Repose-toi en attendant.

13

Beau était d'une humeur noire. Il se détestait d'avoir profité de la vulnérabilité d'Ari. Mais bon sang, à quoi pensait-il en l'embrassant ?

Peu importe que ce n'ait pas été un baiser passionné. D'une certaine façon, le fait d'avoir embrassé sa blessure, comme si cela avait pu la guérir, lui semblait encore plus intime que s'il l'avait embrassée sur les lèvres. Mais quel con ! Comme s'il avait le pouvoir de faire disparaître sa douleur, même si, bien sûr, c'était précisément ce qu'il aurait voulu faire.

Il secoua la tête en retrouvant Zach dans le salon.

– C'est quoi le plan ? demanda celui-ci, interrompant les pensées lugubres de Beau et le faisant revenir à la réalité.

Au moins l'un d'entre eux avait les idées claires, car Beau pensait encore à Ari et son baiser, et cela le rendait fou.

Car ce qu'il avait *vraiment* envie de faire, c'était de retourner dans la chambre pour qu'elle ne soit pas seule. Il avait été horrible de la laisser comme cela, simplement parce qu'il avait été effaré par son manque de self-control. Il voulait la tenir dans ses bras et la réconforter. C'était ce dont elle avait besoin alors que son monde s'écroulait autour d'elle et qu'elle était terrifiée à l'idée que ses parents pourraient être morts ou blessés. Par sa propre faute.

C'était un poids que personne ne devrait avoir à porter, surtout pas une femme aussi vulnérable et fragile, même si, qu'elle le sache ou non, il semblait évident qu'au fond d'elle-même, Ari était forte.

Beau s'enfonça dans le canapé, accordant un peu de répit à ses muscles ankylosés. Puis il regarda Zach.

– Je n'en ai aucune idée, dit-il sincèrement. Elle a débarqué dans mon bureau aujourd'hui avec une histoire incroyable, et si je n'en avais pas été témoin, j'aurais pensé qu'elle était folle ou qu'elle avait tout inventé. Mais tout ce qu'elle a dit est vrai. Et après avoir écouté son récit, il me paraît évident que ses parents ont été enlevés pour qu'elle se livre à eux en échange.

Zach eut une réaction qui prouva à Beau qu'il trouvait l'idée absurde.

– Comme s'ils allaient simplement libérer ses parents une fois qu'ils auront eu Ari ! Ça n'arrivera jamais.

– Ouais, c'est ce que j'essaie de lui faire comprendre, parce que dans la panique elle était prête à se jeter dans leurs bras pour sauver ses parents. J'ai dû lui expliquer qu'ils n'allaient pas simplement les libérer une fois qu'ils auraient atteint leur but. Et que s'ils les gardaient en vie, ce serait seulement pour avoir un moyen de contrôler Ari et les utiliser comme menace si elle ne faisait pas exactement ce qu'ils lui disaient de faire.

– Je pense que c'est ça le point de départ, dit Zach. Il faut qu'on mène notre enquête, à commencer par ses parents et leurs ennemis potentiels. Personne ne prend les mesures de sécurité qu'il a prises et ne se démène pour isoler à ce point sa famille s'il n'existe pas une vraie menace. Peut-être qu'on aura de la chance et qu'on trouvera quelque chose dans le passé d'Ari ou de son père qui nous donnera un indice sur ceux qui en ont après elle. Et pourquoi.

–J'ai ma petite idée, marmonna Beau. Après que cette vidéo a fait le tour du monde, il y doit y avoir des hordes de psychopathes qui veulent mettre la main sur elle. Et contrôler ses pouvoirs.

–Mais n'importe quel psychopathe n'a pas les moyens qu'ont ces gens. Et je doute que la sécurité de son père, composée d'hommes à qui il avait confié sa femme et sa fille, lui ait tourné le dos sur un coup de tête. Ce coup devait être prévu depuis longtemps et il leur a peut-être fallu des années pour mettre leurs hommes en place avec un père aussi prudent. À mon avis, la vidéo n'a rien à voir avec cette menace, ce qui rend encore plus urgente une enquête sur son père, sur sa vie professionnelle et privée. Parce que je pense que cette attaque a été minutieusement préparée. C'est du travail de pro. La vidéo a peut-être simplement accéléré les choses.

–Ce qui veut dire que quelqu'un était au courant de ses pouvoirs avant qu'elle soit obligé de s'en servir pour se défendre et qu'on la filme.

–Exactement, dit Zach d'une voix lugubre.

Beau passa une main dans ses cheveux.

–Il nous faut des informations, il nous les aurait fallu hier. Ari ne va coopérer qu'un certain temps. Elle est si désespérée à l'idée de ne pas pouvoir retrouver ses parents qu'elle n'aura aucun scrupule à se rendre, même si c'est justement la dernière chose à faire.

Zach hocha la tête.

–Il va falloir que tu la surveilles, Beau. Tu ne peux pas la quitter des yeux. On ne peut pas faire notre travail si on doit s'inquiéter pour elle à chaque instant.

–À qui le dis-tu, marmonna Beau.

Il frotta ses mains sur son visage et, soudain, la fatigue le rattrapa et il réalisa tout ce qui était arrivé en une journée. On lui avait tiré dessus, on avait fait sortir leur voiture de la route, on lui avait de nouveau tiré dessus. Ari avait été blessée. À sa place. Elle avait utilisé ses pouvoirs. Pour le protéger. Il ne s'était jamais senti aussi inutile. Même quand Caleb avait été accaparé par la protection de Ramie et de sa famille, surtout Tori qui était encore fragile et hantée par des cauchemars plus d'un an après son enlèvement, Beau avait toujours gardé les idées claires en aidant son frère à traverser l'impensable.

Cependant il avait suffi qu'une petite femme, vulnérable et… généreuse, débarque dans sa vie pour qu'il perde tous ses moyens. Il savait qu'elle était fondamentalement bonne. Il ne la méritait pas. Elle méritait quelqu'un de meilleur, qui voyait les choses en noir et blanc, pas en gris comme lui. Pour lui, la limite entre le bien et le mal devenait floue lorsqu'il s'agissait des gens qu'il aimait. Il n'avait aucun scrupule à enfreindre la loi lorsque cela l'arrangeait. Les personnes comme Ari voyaient ce qu'il y avait de meilleur chez les gens, et elle était soudain confrontée à un tout autre monde. Il pouvait voir le voile d'innocence qui l'enveloppait se soulever pour laisser place à la souffrance et à la déception. Le cocon dans lequel elle avait vécu toute sa vie venait d'être brisé en mille morceaux. Il était normal qu'elle soit perdue et stressée et que ses pensées soient sens dessus dessous. Or elle n'avait pas craqué au premier obstacle. Elle avait affronté ses agresseurs et elle avait libéré une tempête de rage. Mais le pire était qu'elle s'en voulait d'avoir agi ainsi, alors qu'elle avait non seulement sauvé sa peau mais aussi celle de Brent et de Beau.

–Au fait, quand j'ai appelé Caleb, il a exigé de savoir ce qui se passait et il est en route. Le connaissant, il arrivera probablement avant le médecin, dit Zach sur un ton sec.

Beau ne savait pas s'il était soulagé ou agacé que son frère s'immisce dans cette affaire. D'habitude, ils travaillaient en équipe, mais pour une raison qu'il ignorait, cette mission lui semblait… sienne. Lui seul, accompagné des gens qu'il choisirait pour former son équipe, probablement menée par Zach, plutôt que Dane, s'occuperait de cette affaire.

Caleb avait d'autres soucis. Il venait de finir de construire la maison qu'il offrait à Ramie parce que leur maison de famille ait subi de gros dégâts. Pour l'instant, Tori vivait chez Caleb et Ramie. Quant à Beau, il avait reconstruit l'ancienne maison. La faille dans leur système de sécurité avait été définitivement réparée et Beau appréciait que la maison soit isolée et dotée d'une haute surveillance. Même s'il comprenait pourquoi Caleb avait voulu un nouveau départ avec sa femme, loin de l'endroit qui avait entraîné pour eux tant de souffrance.

Pour la première fois depuis la mort de leurs parents, la fratrie Devereaux était séparée, ils ne vivaient plus sous le même toit, où ils pouvaient assurer la protection de leur plus jeune sœur. Mais Tori était en sécurité avec Caleb. Beau avait choisi de rester dans la maison rénovée, alors que Quinn avait opté pour un appartement luxueux près du siège de SSD, dans le quartier d'affaires de Houston.

La porte d'entrée s'ouvrit brusquement et Caleb entra dans le salon.

Son visage ne laissait rien deviner, mais son regard était inquiet. Beau fut surpris de voir que Ramie l'accompagnait. Avaient-ils laissé Tori toute seule ?

À voir la réaction de Beau, Caleb avait deviné sa question :

– Dane et Eliza sont avec Tori, dit-il. Je suis plus inquiet de ce qui s'est passé aujourd'hui. Pourquoi tu ne m'as pas prévenu tout de suite ?

–Ari est arrivée dans les bureaux morte de trouille. Son père lui avait dit de faire appel à toi ou à moi en cas de danger. J'étais là, c'était logique que je m'en occupe. Je n'ai pas vu de raison de te déranger alors que j'avais la situation en main.

Caleb haussa un sourcil.

–Pour moi, se faire tirer dessus et sortir de la voiture en détruisant trois véhicules et en échappant tout juste à la mort, ça ne s'appelle pas avoir la situation bien en main.

–C'est bon, je gère, dit Beau en contractant la mâchoire.

–Qu'est-ce qui s'est passé, Beau ? demanda Ramie doucement en s'asseyant à côté de lui sur le canapé.

Il remarqua qu'elle avait pris soin de ne pas le toucher, et elle avait raison car elle aurait tout de suite ressenti sa rage et les pensées noires qui l'animaient, et c'était la dernière chose qu'il souhaitait à sa belle-sœur. Elle avait déjà vu assez de violence au cours de sa jeune vie. Il ne supporterait pas de lui causer encore plus de souffrance.

L'interphone sonna, indiquant que quelqu'un souhaitait passer le portail. Zach se leva et échangea quelques mots avec le médecin, tout en inspectant l'écran de surveillance pour être sûr que le docteur était bien seul dans sa voiture. Il lui autorisa l'accès et Beau se leva, ne voulant pas avoir cette discussion tant qu'il n'était pas assuré qu'Ari allait bien.

–Zach va vous dire ce qu'on sait, dit Beau tout en dévisageant son frère. Mais, Caleb, c'est ma mission. Zach va travailler avec moi et c'est lui qui choisira notre équipe.

Caleb haussa les sourcils, visiblement surpris.

–Dane est le chef de la sécurité. Ce n'est pas plutôt à lui de choisir ?

–Merci, mais c'est moi qui signe les bulletins de salaire de Dane, grogna Beau. Il est déjà sur une mission et je ne vais pas l'en enlever pour ça, alors que Zach et moi sommes tout à fait capables de gérer la situation.

Apparemment, il ne voulait pas en discuter plus longtemps. Caleb se retourna vers Zach d'un air inquisiteur, impatient de savoir ce qu'impliquait cette mission.

La porte s'ouvrit et le médecin, un ami de longue date de la famille, entra dans le salon, une sacoche dans chaque main. Beau alla l'accueillir, ignorant les autres, pour le mener vers la chambre où se reposait Ari.

Il frappa doucement à la porte pour ne pas l'effrayer en entrant avec un étranger. Lorsqu'il ouvrit la porte, il vit Ari recroquevillée en position fœtale sur le côté qui n'était pas blessé, et il fut frappé par l'image qu'elle renvoyait.

Même dans son sommeil, ses traits étaient marqués par la peur et la fatigue, comme si ses rêves l'avaient replongée tout droit en enfer. Son front était froncé, elle avait l'air de souffrir encore, et il jura à voix basse lorsqu'il vit qu'elle saignait de nouveau du nez.

Il alla jusqu'au lit et s'assit sur le bord, d'une main il repoussa ses cheveux de son front, la caressant délicatement pour apaiser sa tension. Elle remua et ouvrit lentement les yeux, les paupières lourdes de fatigue et l'air confus.

–Beau ?

–Oui, ma puce, c'est moi. Je suis désolée de te réveiller, mais tu saignes encore et le médecin est là pour te voir.

Elle leva la main vers son nez, l'ai gêné, mais avant qu'elle ait pu faire le moindre geste, Beau avait pris ses doigts, et de l'autre main, attrapé le gant qu'il avait jeté un peu plus tôt. Délicatement, il essuya le sang, puis se détourna pour qu'elle voie le docteur debout à quelques mètres du lit.

Son pouls accéléra et il sentit son cœur battre sous sa main.

–Ne t'en fais pas, dit-il doucement. On peut lui faire confiance.

–Mais je vais bien, protesta-t-elle. Je n'ai pas besoin d'un médecin.

Le docteur Carey avança et posa ses sacoches au pied du lit.

–Pourquoi ne me laissez-vous pas en être juge, jeune fille ? dit-il gentiment.

Il tourna la tête vers Beau.

–Vous sortez pendant que je l'ausculte ?

La respiration d'Ari accéléra soudain et elle regarda Beau d'un air paniqué, comme s'il était sa bouée de sauvetage.

–Je vais rester, dit-il fermement.

Ari se détendit, soulagée, et elle ferma les yeux un instant en s'enfonçant plus confortablement sur les oreillers.

–J'ai mal à la tête, admit-elle. Bien plus que sur le flanc. La blessure par balle pique un peu, mais ma migraine est atroce.

Inquiet, Beau regarda le médecin.

–Elle a eu de sérieux saignements psychiques. Elle saignait abondamment des oreilles et du nez. J'ai peur qu'elle ait fait une hémorragie cérébrale ou qu'elle ait des blessures graves.

Ari s'étouffa en voulant protester, regardant Beau d'un air paniqué comme si elle n'en revenait pas qu'il ait trahi sa confiance.

Beau posa immédiatement une main sur sa joue.

–Le docteur Carey a déjà vu ça, Ari. On peut lui faire confiance. Je ne prendrais pas de risque si je n'étais pas certain qu'il est digne de confiance et qu'il gardera le secret.

Le docteur fronça les sourcils.

–Ça me paraît plutôt sérieux, c'est la preuve que votre cerveau a subi beaucoup de stress. J'aimerais faire une IRM pour être sûr que vous n'avez pas d'hémorragie, car si on ne la traitait pas, elle pourrait s'avérer mortelle.

Mais tout d'abord, laissez-moi voir cette blessure de balle et on décidera ensuite de ce qu'on fait pour votre tête.

La manière directe et efficace du médecin parut calmer Ari et elle ne protesta pas lorsque Beau souleva délicatement son t-shirt déchiré pour montrer la blessure. Le médecin grimaça et la tapota doucement, examinant sa profondeur.

–Il va falloir des points de suture. Je peux les faire ici, mais comme je l'ai dit, je préférerais que vous l'emmeniez à la clinique pour que je fasse une IRM. Comme ça, on saura à quoi s'en tenir. Ce ne sera pas long. Je vous ferai passer en premier et il n'y aura aucun papier indiquant que vous avez été soignée dans ma clinique.

Ari regarda Beau, l'air d'attendre son avis. Il hocha la tête, d'accord avec le médecin.

–Il faut qu'on soit sûrs que tu vas bien, dit-il fermement. Si tu veux aider tes parents, il va falloir que tu sois en forme. Et ce n'est pas négociable. Alors soit tu viens volontairement, soit je te mets d'office dans la voiture.

Elle esquissa un petit sourire.

–Quelqu'un t'a déjà dit à quel point tu étais autoritaire ?

Il lui rendit son sourire pour la rassurer, car il sentait qu'elle ne tenait qu'à un fil.

–On m'a dit ça une ou deux fois, oui.

–D'accord, puisque tu ne me laisses pas le choix. Est-ce qu'au moins je peux me changer et enfiler des vêtements qui ne soient pas déchirés et pleins de sang ? Je fais peur à voir et je ne veux pas attirer encore plus l'attention sur moi.

–J'ai encore quelques vêtements de Tori ici, dit Beau. Je vais chercher de quoi t'habiller et on part tout de suite après. Je ne lâcherai pas l'affaire tant que je ne serai pas assuré que tu vas bien. Toi d'abord, Ari. Puis on partira à la recherche des enfoirés qui ont enlevé tes parents.

14

Bien que Beau ait promis de n'employer la force que si elle résistait, il insista pour la porter à la voiture, ignorant ses protestations et le fait qu'elle affirme pouvoir très bien marcher toute seule.

Dès qu'ils arrivèrent dans le salon et qu'Ari vit que d'autres gens étaient arrivés, ses joues s'empourprèrent. Elle se sentait honteuse de se faire porter, mais il refusa de céder, il ne voulait pas qu'elle subisse davantage de stress jusqu'à ce qu'ils soient certains de l'étendue de ses blessures.

Elle baissa les yeux, ne pouvant supporter d'être scrutée par un homme à l'air ronchon qui ressemblait à Beau. Elle supposa qu'il s'agissait de Caleb, l'autre homme que son père lui avait dit de contacter. En croisant son regard perçant, elle fut soulagée d'avoir eu affaire à Beau en arrivant à leurs bureaux, plutôt qu'à lui. Beau était imposant, c'était certain, et il l'avait d'abord intimidée et rendue extrêmement nerveuse. Elle avait failli changer d'avis et s'enfuir. Mais en dépit de son air bougon, il avait été parfaitement tendre avec elle.

Mais Caleb ? Il avait l'air d'être un homme dur et têtu et il regardait Ari d'un air accusateur, comme s'il n'aimait pas beaucoup son intrusion au sein de sa famille.

Il y avait une jeune femme assise à côté de Caleb sur le canapé, et Ari supposa que c'était Ramie St. Claire, ou plutôt Ramie Devereaux, puisqu'elle était désormais mariée à Caleb. L'intimité qui liait les deux était trop évidente pour que cette femme soit une simple collègue. Ils se tenaient la main et, de son pouce, Caleb caressait sans s'en rendre compte l'index de sa femme.

Ramie avait fait la une des journaux à plusieurs reprises et Ari avait lu ce qui se disait sur elle en faisant des recherches plus poussées car elle était fascinée par celle qu'elle considérait comme son âme sœur. Dans un monde où les pouvoirs surnaturels n'étaient pas censés exister, Ari avait été rassurée de ne pas être un monstre. Ou du moins, de ne pas être le seul monstre au monde. Il y avait d'autres gens qui avaient un don aussi étrange qu'elle, même si leurs dons n'étaient pas tout à fait les mêmes.

Ari osa la regarder sans tourner la tête vers elle, ne voulant pas être surprise en train de la dévisager. Elle dut se mordre la lèvre pour s'empêcher de la supplier de l'aider à retrouver ses parents. Ramie avait un taux de réussite de cent pour cent dans la localisation des victimes, même si deux kidnappeurs avaient échappé aux autorités. Du moins était-ce le cas jusqu'à l'année précédente, lorsque l'un d'entre eux avait enfin été mis hors de nuire par les forces combinées de la police de Houston et de SSD.

Elle frissonna de peur à l'idée que quelqu'un ait à poursuivre le tueur de ses parents. Elle ferma les yeux et se nicha davantage contre Beau, cherchant sa force et son réconfort parce qu'elle ne pouvait se permettre de penser qu'elle avait perdu ses parents pour toujours. Elle s'accrochait aux paroles de Beau, à sa promesse de retrouver ses parents et de les ramener sains et saufs. C'était tout ce à quoi elle pouvait se fier dans un monde où rien n'était certain. Elle avait besoin de croire en quelque chose ou elle deviendrait tout simplement folle à se torturer avec des « si » et les possibilités atroces auxquelles elle pensait chaque fois qu'elle songeait à ses parents. Captifs. Soumis à Dieu sait quelle horreur.

Dans ses pires cauchemars, elle imaginait sa mère seule, séparée de son mari, morte de peur, ne sachant si l'homme de sa vie était mort ou vivant.

Beau resserra son étreinte, baissant son menton sur sa tête, comme s'il avait senti la tournure sombre que prenaient ses pensées et qu'il souhaitait la protéger autant que possible.

– J'apprécierais que toi et Ramie restiez jusqu'à ce que l'on revienne, dit Beau à son frère. On a beaucoup de choses à se dire, mais d'abord je dois m'assurer qu'Ari va bien et qu'elle n'a pas d'hémorragie cérébrale.

Ramie écarquilla les yeux en regardant d'abord son mari puis Beau, l'air inquisiteur.

– Un saignement psychique. Important, dit Beau sèchement. Pire que ceux que toi et Caleb avez subi par le passé.

Ari fronça les sourcils, confuse. Caleb avait-il aussi des pouvoirs ? Était-ce un trait de famille des Devereaux et était-ce pour cela que son père semblait connaître tant de choses sur eux ?

Les traits de Ramie se tendirent, inquiète, mais elle resta silencieuse, tout en observant Ari. Elle semblait bien plus intéressée par le fait que Beau portait Ari, ce qui mit Ari encore plus mal à l'aise. Elle planta ses ongles dans le torse de Beau, le suppliant silencieusement de partir.

Beau tourna simplement les talons et se dirigea vers l'entrée. Le médecin les précédait et leur ouvrit la porte. Mais avant de sortir, il s'arrêta et regarda par-dessus son épaule, présentant à Ari son profil, sa mâchoire ferme et ses pommettes saillantes. Il semblait serrer les dents, peut-être un signe d'inquiétude ou de détermination. Peut-être un peu des deux.

–Commence à creuser, Zach. Il nous faut le maximum d'infos au plus vite. Je reviens dès que possible, à moins qu'Ari ait besoin d'être hospitalisée.

–Je suis dessus, dit Zach.

Ari émit un bruit étouffé en signe de protestation tandis que Beau marchait d'un pas rapide à vers la voiture.

–Je n'ai pas besoin d'aller à l'hôpital, insista-t-elle en s'installant sur le siège arrière. Ce dont j'ai besoin, c'est de retrouver mes parents. C'est ça, notre priorité.

Il posa son index sur les lèvres, mettant fin à ses protestations.

–Non, c'est *toi* notre priorité, déclara-t-il sur un ton qui ne laissait aucune place à la discussion. Sans toi, on n'a aucun levier de négociation et tu peux dire au revoir à tes parents. Parce que si tu meurs, les gens qui ont enlevé tes parents n'auront plus aucune raison de les garder en vie. Il faut que tu le comprennes. Je sais que c'est difficile à entendre, mais tu dois affronter la réalité. Tu as de la valeur, Ari, ne dis pas le contraire, tu vas finir par m'agacer. Je ne suis pas prêt à échanger ta vie contre celle de tes parents. Point barre. Et il est hors de question que je te laisse agir précipitamment ou faire quelque chose d'irrationnel. Tu es venue me demander de l'aide, alors on fait les choses à ma manière. Compris ?

Un sentiment de rage mêlé à un sentiment d'inutilité mettaient ses nerfs à vif tandis que son cœur recommençait à battre la chamade. Son souffle était rapide et difficile, et elle chercha à contrôler sa colère.

–Et merde ! cracha Beau. Tu saignes encore, Ari. Il faut vraiment que tu contrôles tes pensées et que tu te calmes. Tu peux t'énerver contre moi autant que tu veux, mais je vais tout faire pour te maintenir en vie et en bonne santé, et je vais aussi récupérer tes parents. Il faut que tu arrêtes de te débattre et que tu aies confiance en moi.

Elle essuya son nez du revers de la main, étalant le sang sur sa joue. La douleur qui pulsait dans sa tête ne cessait de croître, dépassant de loin la limite supportable. Elle ferma les yeux, mit ses mains sur ses tempes et y exerça une forte pression.

Beau jura de nouveau, violemment. Mais lorsqu'il lui essuya le sang sur le visage, son geste fut infiniment délicat, contrastant avec son humeur noire et sa colère.

–Allonge-toi et essaie de te mettre à l'aise. Je vais demander au docteur Carey de te donner quelque chose pour la douleur quand on arrivera à la clinique.

Elle hocha la tête et ce simple minuscule mouvement déclencha des décharges de douleur dans tout son crâne. Peut-être avait-elle besoin de voir un médecin, après tout. Tout ceci était nouveau pour elle et elle n'avait pas la moindre idée de ce qu'était une réaction normale à l'utilisation de ses pouvoirs puisqu'elle ne s'en était jamais servie.

–J'ai mal, dit-elle calmement.

Ces deux mots révélèrent une richesse d'émotions qu'elle ne pouvait plus contenir.

Beau prit tendrement son visage entre ses mains et se pencha pour appuyer son front contre le sien. Tout comme le baiser sur sa blessure, ce geste n'avait rien de sexuel, or il était profondément intime. Ils restèrent ainsi quelques instants, front contre front, tandis que leurs souffles s'entremêlaient. Le cœur d'Ari se gonfla dans sa poitrine, elle fut submergée par les sentiments qu'elle ressentait chaque fois que cet homme la touchait.

–Je sais, ma belle, dit Beau tout aussi calmement. Je n'imagine même pas la douleur que tu endures et à quel point tu dois être épuisée, inquiète et attristée. Mais fais ça pour moi. On s'occupe de toi d'abord, ça marche? Laisse le docteur Carey soulager ta douleur, au moins. Ta souffrance émotionnelle sera plus dure à supporter, mais tu es forte, Ari. Et je suis là. Dorénavant, je serai ton ombre. Tu ne seras jamais hors de ma vue à moins que des hommes en qui j'ai entièrement confiance t'entourent. Tu n'es pas seule. Et tu vas te sortir de ce pétrin.

Des larmes brulèrent ses paupières et elle cligna rapidement des yeux, même si le moindre mouvement déclenchait des électrochocs dans sa tête. Incapable de verbaliser ce qu'elle ressentait, elle prit ses mains dans les siennes et les posa sur sa poitrine afin qu'il ressente les battements rapides de son cœur.

Il la surprit en effleurant son front de ses lèvres, aussi délicatement que la pointe d'une plume, puis il recula brusquement comme s'il reprenait ses esprits et que la sévérité de la situation lui revenait. Il fronça les sourcils avant de maîtriser son expression, mais Ari ne put s'empêcher d'avoir l'impression qu'il venait de la rejeter.

Elle tourna la tête, comme il venait de le faire, pour qu'il ne voie pas qu'elle était vexée, ce que son visage était sûr de trahir. Ses parents n'avaient cessé de lui répéter que ses yeux reflétaient chacune de ses émotions et de ses pensées. Ils avaient plaisanté en lui disant qu'elle était transparente et que c'était une bonne chose car elle était fondamentalement honnête puisqu'il lui était impossible de mentir sans se faire prendre.

Elle soupira. La chaleur que ce souvenir avait fait naître dans sa poitrine se transforma en une douleur sourde lorsqu'elle s'allongea sur la banquette arrière du quatre-quatre. Elle leva la tête en fronçant les sourcils lorsque la portière s'ouvrit et que des mains délicates soulevèrent sa tête et glissèrent un coussin sous son cou.

Chaud et froid. Beau Devereaux était une énigme qu'elle n'arrivait pas à déchiffrer. Cependant, elle n'était pas certaine de le vouloir. Il pouvait être excessivement tendre, protecteur et exigeant quant à sa santé et son bien-être, et la minute d'après, il était froid et distant et avait l'air de regretter d'avoir posé les mains sur elle.

Mais elle était trop fatiguée mentalement et physiquement pour résoudre la double personnalité de Beau. Elle ferma les yeux, cherchant un souvenir chaud et réconfortant, quelque chose qui pourrait faire disparaître la douleur aiguë et le rugissement sourd qui emplissaient ses oreilles ainsi que sa peur de perdre sa famille.

Elle réalisa soudain que, sans famille, elle était seule au monde. Ses parents avaient perdu les leurs alors qu'ils étaient très jeunes. Sa mère travaillait pour financer ses études lorsqu'elle avait rencontré son père. Il avait dix ans de plus qu'elle et il avait déjà amassé une fortune lorsqu'il avait fait la cour à sa mère, l'entraînant dans un tourbillon romantique qui avait mené à leur mariage en quelques mois à peine.

Elle n'avait pas de grands-parents, ni d'oncles, de tantes ou de cousins. Il n'y avait qu'elle, sa mère et son père. C'était pour cela qu'ils étaient si proches. Son père avait toujours dit que leur famille était tout ce dont il avait rêvé, et il considérait sa femme et sa fille comme les cadeaux les plus précieux que la vie lui ait donnés.

Elle serra fort les paupières tandis qu'une vague de tristesse l'accablait, puis elle se réprimanda immédiatement de se sentir aussi triste. Elle ne perdrait pas espoir. L'espoir était tout ce qui lui restait et si elle baissait les bras, ce serait bel et bien la fin.

Elle s'accrocha désespérément à la promesse que Beau lui avait faite plus d'une fois. Son père l'avait choisi, lui. Pour un homme qui n'avait confiance en personne, cela devait vouloir dire quelque chose qu'il ait confié la sécurité de sa fille aux Devereaux.

Était-il au courant des pouvoirs de Ramie ? Était-ce la raison pour laquelle il avait été certain qu'Ari serait bien reçue par Beau ou Caleb ? Mais non, Ramie et Caleb ne se connaissaient pas depuis longtemps. Et son père lui avait fait promettre de les contacter trois ans plus tôt, lorsqu'elle avait obtenu son diplôme avec un an d'avance.

Comment son père connaissait-il les Devereaux ? Beau ne semblait pas se souvenir de son père et si Caleb le connaissait, il n'en avait rien dit, et il ne l'avait pas non plus regardée avec affection, ce qui aurait été le cas si son père avait été ami du sien. À moins que Caleb n'ait pas apprécié le père d'Ari… Mais non, ce n'était pas possible non plus, car son père n'aurait jamais confié la protection de sa fille à quelqu'un avec qui il ne s'entendait pas.

Elle soupira sous la douleur, tout en essayant de faire le tri dans ses pensées chaotiques. Un liquide chaud chatouilla ses lèvres et elle leva immédiatement la main pour essuyer le sang, espérant que Beau ne le verrait pas. Elle ouvrit lentement les yeux et vit à sa grande surprise que Beau était assis à côté du docteur Carey qui conduisait. Et il la dévisageait en fronçant les sourcils.

– Mais qu'est-ce qui te torture l'esprit cette fois-ci, bon sang ? demanda-t-il voix basse, peut-être pour ne pas empirer sa migraine.

– J'essayais juste de comprendre, murmura-t-elle, essuyant de nouveau son nez avec la manche du t-shirt qu'elle portait.

Avoir changé de vêtements n'avait servi à rien, elle était à nouveau couverte de sang.

– C'est à *moi* de faire ça, dit-il sur un ton ferme, la transperçant du regard comme pour l'obliger à lâcher prise et céder à ses ordres.

Mais comment pouvait-elle lâcher prise ? Comment pouvait-elle se contenter d'observer en se cachant pendant que quelqu'un d'autre, un étranger, se chargeait de retrouver ses parents ? Et pourquoi n'appelaient-ils pas la police ? Trop de questions restaient sans réponse. Des questions qu'elle n'avait pas posées à Beau, ou plutôt qu'elle n'avait pas eu le temps de lui poser.

Tout était arrivé si vite. Elle s'était rendue à son bureau, et puis tout avait explosé. Littéralement. Ils n'avaient pas eu un seul moment pour s'asseoir et se concentrer sur la disparition de ses parents. Beau n'avait pas eu le temps de l'interroger, pas même pour obtenir certains éléments comme le nom de ses parents, leur adresse, leur passé.

Ce qui semblait une éternité à Ari n'avait été en vérité que quelques courtes heures. Qui plus est, moins de vingt-quatre heures s'étaient écoulées depuis que ses parents avaient disparu.

Mon Dieu, tout cela était-il arrivé hier ? Elle regarda sa montre, un cadeau de sa mère, et vit qu'elle n'était plus à son poignet. Elle ne savait à quel moment elle l'avait perdue.

– Quelle heure est-il ? demanda-t-elle d'une voix faiblarde en regardant Beau.

Il fronça les sourcils, comme s'il s'était attendu à tout sauf à cette question. Et peut-être était-ce une question ridicule avec tout ce qui se passait autour d'elle. Mais pour Ari, une éternité était passée et il lui était soudain primordial de savoir depuis combien de temps elle n'avait pas vu ses parents.

– Il est presque quinze heures, dit Beau d'une voix douce, comme s'il parlait à une personne idiote ou totalement désespérée.

Son cerveau était vraiment sens dessus dessous. Avoir des pensées aussi bêtes et ridicules alors que sa situation, et surtout celle de ses parents, était aussi dramatique, était complètement… fou. Peut-être était-elle devenue folle. Peut-être avait-elle craqué lorsqu'elle avait utilisé ses pouvoirs après tant d'années de repos.

Peut-être son cerveau avait-il été court-circuité et ses nerfs grillés.

Elle entendit un bruit étrange et se sentit encore plus humiliée lorsqu'elle se rendit compte que cela provenait d'elle. Elle riait. Un gloussement hystérique.

Beau n'essaya plus d'avoir l'air doux, et sa colère s'afficha sur son visage. Il se tourna vers le docteur et parla sur un ton lugubre.

–Accélère. Il lui faut de l'aide *tout de suite*.

–Je vais bien, dit-elle d'une voix fluette. Je viens juste de réaliser que j'ai l'impression que ça fait une éternité que je n'ai pas vu mes parents, alors qu'ils ont disparu depuis tout juste vingt-quatre heures.

–Tu ne vas *pas* bien, grogna-t-il.

Comment les gens pouvaient-ils ainsi grogner? Mon Dieu, elle recommençait. Des pensées absurdes apparaissaient dans sa tête, presque comme si son cerveau essayait de la protéger en la submergeant de pensées inutiles et insensées pour qu'elle ne pense plus à la situation horrible dans laquelle elle était.

Sa main chercha automatiquement son nez pour voir si elle s'était remise à saigner. Bien sûr, Beau ne ratait jamais rien et son regard se fit noir en cherchant des traces de sang frais.

Il n'en trouva pas, elle en fut soulagée. Dommage que sa douleur, elle, n'ait pas disparu. Elle mit la paume de sa main sur son front et appuya fort, tentant de soulager la pression insoutenable. Elle avait l'impression que sa tête était une bouteille de champagne et que quelqu'un essayait désespérément de l'ouvrir.

–Parle-moi de ta mère, dit Beau. Est-elle aussi belle que toi ?

Elle le fixa, momentanément perdue, puis elle comprit ce qu'il faisait. Il voulait la distraire du chaos qui tourbillonnait dans sa tête pour qu'elle se concentre sur des pensées heureuses. Puis le choix de ses mots la percuta, quelque chose dans sa poitrine se ramollit et une vague de chaleur parcourut ses veines.

Elle sourit, comme toujours quand elle pensait à elle. L'image de sa mère, souriante et magnifique, lui vint à l'esprit, lui accordant un court répit face à la douleur et la tristesse qui semblaient désormais installées pour longtemps au fond de son âme.

–C'est la plus belle femme du monde, chuchota Ari. Chaleureuse. Aimante. Toujours souriante et heureuse. Et puis il faut voir comment mon père la regarde. Comme si elle illuminait son univers. Et la façon dont elle lui sourit lorsqu'il la regarde ainsi ! Leur amour est un amour que je ne pensais possible que dans les romans, mais j'ai grandi en observant deux personnes qui s'aiment de tout leur cœur, et qui m'aiment en retour. Leur amour est sans condition.

–De qui tiens-tu tes yeux ? Leur couleur est tellement inhabituelle. Ou plutôt leurs couleurs, au pluriel, corrigea-t-il. Je n'ai jamais vu des yeux comme les tiens.

Elle le dévisagea, ne trouvant pas ses mots. Et puis elle fronça les sourcils en revoyant son père et sa mère. Elle regarda Beau d'un air confus car elle ne s'était jamais demandé d'où lui venaient ses yeux et leur kaléidoscope de couleurs.

–Aucun des deux, dit-elle. Probablement d'un de mes grands-parents, mais je n'en sais rien. Ils sont morts avant même que mes parents soient mariés. Et ils étaient tous deux enfants uniques. Pas de famille. Des âmes sœurs, dit mon père. Deux moitiés d'un même tout, seuls dans le monde jusqu'à ce qu'ils se trouvent enfin.

Elle baissa la tête, gênée, cela paraissait idiot dans sa bouche, ce qui n'était pas le cas, au contraire, lorsque c'était son père qui le disait sur un ton d'adoration en regardant sa mère.

Mais Beau ne cessait de l'étonner.

– C'est un sentiment merveilleux. C'est dommage qu'il ne soit pas partagé par plus de couples.

Elle grimaça.

– Tu ne crois pas à l'amour pour toujours ?

Il haussa les épaules.

– Je suppose que je n'ai jamais rencontré quelqu'un qui me donne envie de l'aimer pour toujours.

Son ton factuel ne la surprit pas. Après tout, c'était un homme. Les hommes pensaient rarement comme les femmes. Elle n'aurait pas dû être surprise qu'il ne croie pas à l'amour éternel. Elle avait vite appris que son père n'était pas… eh bien, qu'il était unique en son genre, et pas parce qu'il était son père et qu'elle le mettait sur un piédestal comme le faisaient certaines filles à papa.

Elle voyait l'adoration dans son regard chaque fois qu'il regardait sa femme. Elle voyait l'affection dont il faisait preuve avec elle alors qu'il était ronchon et froid avec le reste du monde. Elle n'avait réalisé la façon dont les gens percevaient son père qu'en grandissant et en prenant conscience des différences de son comportement selon s'il était avec elles ou avec des personnes étrangères. Cependant, il se contrefichait que les gens sachent ou non qu'il était totalement dévoué à sa femme. Il avait beau sembler être la force dominante de leur couple, Ari savait que sa mère détenait tout le pouvoir et que tout ce que faisait son père était pour elle. Et pour Ari.

–Tu te sens mieux ?

Elle se détendit et lui sourit, reconnaissante qu'il lui ait fait se souvenir, même brièvement, de toutes les bonnes choses de sa vie. D'ailleurs, la pression et la douleur dans son crâne avaient diminué. Elles étaient toujours fortes, mais plus au point d'avoir l'impression que sa tête allait exploser.

– Oui, merci, dit-elle d'une voix douce et pleine d'émotion. J'avais besoin de ce moment de bonheur. Ça m'a redonné l'espoir dont j'avais besoin. Parce que sans espoir, je n'ai rien.

Elle fut surprise lorsque la voiture s'arrêta. Elle n'avait pas remarqué qu'ils avaient ralenti et qu'ils étaient dans le parking d'un immeuble à un étage portant le nom d'une clinique.

Beau ne bougea pas immédiatement, il regardait Ari. De tout son corps émanaient sérieux et… sincérité.

–Tu n'as pas rien, Ari. Et je ne veux pas que tu l'oublies. Tu m'as *moi*. Et tu as toutes les forces et les ressources de SSD.

Ari retint son souffle, elle n'avait entendu que la première partie de sa phrase, à savoir qu'elle l'avait, lui. Et elle se demanda s'il comprenait vraiment la déclaration qu'il venait de lui faire et ce que cela signifiait pour quelqu'un comme elle.

Quelqu'un qui croyait aux miracles et aux « ils vécurent heureux pour toujours », même lorsqu'elle était confrontée à des obstacles qui semblaient insurmontables. Éternelle optimiste. Elle pouvait presque entendre la voix moqueuse de son père et sa mère qui le grondait d'insinuer que ce n'était pas une qualité.

Puis Beau ouvrit la portière, et cette fois-ci elle ne protesta pas lorsqu'il la prit dans ses bras et l'emmena vers une des portes sur laquelle était marqué « Employés seulement». Apparemment ce genre de règle ne s'appliquait pas aux gens comme Beau. Elle sourit tout en frissonnant car la clinique était climatisée. Mais elle détestait l'odeur qui la frappa, une odeur de désinfectant et de maladie, de mort et de désespoir. Les gens qui venaient ici recevaient des nouvelles, bonnes ou mauvaises, qui changeaient leur vie à jamais.

Beau la porta dans la pièce de l'IRM, elle fut paniquée devant ce tube où elle allait devoir se glisser et dont les parois se refermeraient autour d'elle.

Son souffle s'arrêta net et elle se pinça le nez, au cas où il se remettrait à saigner. Beau était déjà suffisamment inquiet à son sujet. Elle ne pouvait lui donner de raison supplémentaire d'angoisser.

Le médecin dit à Beau de poser Ari sur la table dans une certaine position. Puis il lui tapota gentiment le bras.

–Préférez-vous que Beau reste avec vous? Certains patients n'aiment pas les endroits fermés et préfèrent éviter les situations dans lesquelles ils pourraient se sentir claustrophobes. Je peux lui donner un gilet de protection pour éviter qu'il soit affecté par les rayons. Notre priorité est que vous soyez confortable, mais surtout, il faut que vous vous détendiez et que vous obéissiez à nos ordres. Vous y arriverez?

–Non. Enfin oui. Ça ira très bien, dit Ari, même si elle mourait d'envie que Beau reste avec elle.

Mais elle refusait de lui faire courir de nouveaux risques. On lui avait déjà tiré dessus à deux reprises à cause d'elle. Son véhicule avait été percuté et était sorti de la route. Trop, c'était trop, cette fois-ci il était temps qu'elle enfile son costume de grande fille et qu'elle se comporte comme la femme indépendante qu'elle s'était tant efforcée de devenir depuis qu'elle avait été diplômée de la fac et qu'elle avait commencé à travailler. C'était la main délicate mais ferme de sa mère qui avait fait reculer son père, accordant à Ari des libertés qu'elle n'avait obtenues que ces trois dernières années.

– Ça va aller. Je vais bien. Vraiment. Je ne veux pas mettre Beau en danger. Il a déjà pris trop de risques pour moi aujourd'hui.

– Et ce genre d'endroit te terrorise, dit Beau sur un ton ferme. Je reste.

Elle le regarda d'un air surpris.

– Comment peux-tu savoir ça ?

– Ma belle, tu n'as pas vu la panique sur ton visage lorsque tu as découvert l'IRM. Je ne te laisse pas toute seule endurer cette torture. N'essaie pas de négocier. Parce que tu ne gagneras pas.

– Très bien, marmonna-t-elle. Mais si tu es empoisonné par les rayons X ou je ne sais quoi d'autre que peuvent causer ces machines, ce sera de ta faute et je refuse de me sentir coupable si tu développes un cancer et que tu en meurs.

Les lèvres de Beau esquissèrent un sourire.

– Mais dis-donc, Ari, je commence à croire que tu t'inquiètes pour moi, se moqua-t-il.

Elle reprit son sérieux.

– Bien sûr que je m'inquiète, Beau. Je m'inquiète trop, même. J'aimerais pouvoir être égoïste et faire le nécessaire pour récupérer mes parents quel que soit le nombre de blessés ou de morts que cela entraînerait, mais ce n'est pas ce que je suis. Je n'ai jamais été comme ça et je ne souhaite pas le devenir.

Il commençait à prendre l'habitude de poser ses lèvres partout sauf sur sa bouche, presque comme s'il voulait éviter de donner naissance à trop d'intimité entre eux, mais dans la tête d'Ari, ces baisers avaient d'autant plus d'importance que, justement, ils ne se posaient pas sur sa bouche.

Elle ferma les yeux tandis qu'il effleurait son front d'un baiser infiniment léger.

–Bon, on a déjà perdu trop de temps. Tu vas enfiler une combinaison et moi aussi parce que comme je l'ai dit, je vais rester dans cette pièce. Si tu ressens la moindre peur, appelle-moi. Je serai là.

–Merci, Beau. On sait tous les deux que tu as dépassé la limite de ce que tu ferais pour un simple client. Alors merci. Ça compte beaucoup pour moi d'avoir ton soutien et ta promesse de protéger mes parents et moi de ceux qui me poursuivent.

–Tu m'as déjà remercié, et beaucoup trop d'ailleurs, dit-il calmement. Maintenant on va t'ausculter. Il est temps que le docteur Carey apaise mes inquiétudes à ton sujet.

15

De l'épaule, Beau poussa la porte de la maison, avec son épaule il portait Ari endormie dans ses bras. Comme il leur avait demandé, Caleb et Ramie étaient encore là, assis dans le salon. Ramie s'était assoupie, la tête contre l'épaule de Caleb, ses cheveux recouvraient partiellement son visage.

Beau haussa un sourcil en regardant Caleb. Les deux frères avaient toujours su communiquer en silence. Ils se connaissaient si bien qu'un simple regard leur suffisait.

C'était probablement pour cette raison que Caleb avait eu l'air perturbé, voire en colère, que Beau ne l'ait pas consulté au sujet d'Ari, non pas que Beau en ait eu vraiment l'occasion, vu la vitesse à laquelle la situation d'Ari s'était envenimée.

–Elle va bien, chuchota Caleb. On s'est couchés tard hier soir. Tori a fait un mauvais rêve et Ramie est restée avec elle.

–Je devrais être inquiet ? demanda Beau.

Caleb ne répondit pas tout de suite.

–Sur le moment, j'ai pensé que non. Mais maintenant ? Ouais, tu dois être au courant.

Le regard de Caleb se posa sur Ari.

– Comment va-t-elle ?

– Apparemment, elle a zéro tolérance aux antidouleurs, dit Beau. Soit c'est ça, soit elle est épuisée, ce qui est probable étant donné les événements des dernières vingt-quatre heures. Le docteur Carey a dit que l'IRM n'avait rien montré, mais il lui a fait une piqûre parce qu'elle souffrait terriblement. Elle s'est endormie en moins de cinq minutes. J'ai dû la porter dans la voiture que j'ai appelée en attendant les résultats de l'IRM.

– Mets-la au lit alors, dit Caleb à voix basse. On a un tas de choses à aborder. Zach a fait des recherches. Je sais que tu ne voulais pas impliquer Dane et Eliza, mais j'ai fait appel à l'expertise d'Eliza pour qu'elle ait accès aux archives non accessibles au public. Zach est dans la chambre forte en train de passer des coups de fil, mais il doit savoir que tu es rentré, donc le temps que tu couches Ari, il sera ici.

Quelque chose dans le ton de Caleb inquiéta Beau et son alarme interne se déclencha immédiatement. L'expression de son frère était sombre et plus sérieuse que jamais.

Beau poussa un juron, tourna les talons et emprunta le couloir avec Ari dans ses bras. Mais au lieu de l'installer dans la chambre d'amis comme il l'avait fait plus tôt, il tourna à droite où se trouvait sa propre chambre.

À l'origine, la maison était à un étage, mais après avoir dû s'échapper d'une chambre à l'étage et sauter du toit quand une bombe avait détruit la plupart du rez-de-chaussée, Beau avait opté pour une maison de plain-pied. Ses issues de secours lui paraissaient beaucoup plus atteignables s'il n'avait pas à sauter d'un toit.

Il posa Ari sur son lit en se disant qu'il ne voulait pas qu'elle se réveille seule et apeurée, et que c'était pour cette raison qu'il la mettait dans sa chambre. Mais au moment même où il formulait cette pensée, il savait qu'il se mentait à lui-même. Bien sûr, il dormirait dans le fauteuil qui était dans le coin de sa chambre, à côté de l'écran plat suspendu au mur face à son lit, mais la vérité était qu'il la voulait près de lui. Il lui avait fait une promesse, et peut-être s'en servait-il comme excuse pour l'avoir dans son lit, mais il n'allait pas la laisser seule et sans protection, même un instant. Même pendant qu'elle dormait.

Il alla même jusqu'à la border, arrangeant les couvertures autour d'elle pour que rien ne repose sur sa blessure recousue et pansée. Sans le vouloir, le médecin avait rendu la tâche infiniment plus simple en lui faisant une piqûre dès que les résultats de l'IRM avaient calmé leurs inquiétudes.

Les résultats avaient montré ce que le docteur avait appelé un «bleu» sur une partie du cerveau dont Beau avait oublié le nom scientifique. Le mot «bleu» l'avait déjà suffisamment inquiété, jusqu'à ce que le médecin lui explique que ce n'était rien de préoccupant. À moins qu'elle subisse un nouveau traumatisme. Le soulagement de Beau n'avait été que de courte durée. Cela voulait-il dire que si elle saignait de nouveau, le bleu pourrait s'aggraver? Avec le recul, il se dit qu'il aurait dû poser un millier de questions, mais il avait été trop occupé à vouloir apaiser Ari.

Et puis, une fois qu'il lui avait administré les anti-douleurs et qu'elle s'était endormie, Beau avait été réellement soulagé. Il savait qu'elle allait enfin se reposer.

Le médecin lui avait annoncé qu'il n'avait jamais vu de patient s'endormir aussi vite et aussi profondément, mais que cela lui rendrait la tâche plus facile lorsqu'il aurait à recoudre sa blessure. D'ailleurs, il lui avait fallu peu de temps pour le faire, lui donner l'ordonnance pour les médicaments et les instructions pour la soigner pendant les prochains jours.

Beau n'avait pas eu besoin de ces instructions-là, car il avait la ferme intention de s'assurer qu'Ari ne subisse aucun stress et, s'il le pouvait, aucune inquiétude. Il allait donc devoir agir vite pour comprendre le mystère qui entourait la disparition de ses parents.

Vu l'expression de son frère, ce qu'il avait découvert n'était pas une bonne nouvelle. Et si c'était le cas, il allait devoir se préparer au pire et faire en sorte qu'Ari n'ait pas un nouveau saignement qui pourrait lui être fatal.

Il s'affaira dans la chambre quelques minutes de plus, puis il se rendit compte qu'il repoussait l'inévitable et qu'il ne voulait simplement pas laisser Ari seule, même le temps de découvrir ce que Zach et son frère avaient appris.

Il soupira, vexé d'être aussi peu professionnel, et sortit de la chambre, prenant soin de laisser la porte légèrement entrouverte pour pouvoir entendre le moindre signe qu'Ari souffrait. Il alluma également le système de vidéosurveillance afin de surveiller l'intérieur de sa chambre depuis l'écran de la chambre forte.

Caleb n'aurait qu'à dire ce qu'il avait à dire dans la pièce de surveillance tandis que Beau garderait un œil sur Ari.

Lorsqu'il revint dans le salon, Ramie était réveillée et Zach était appuyé nonchalamment contre le mur du fond, mains dans les poches. C'était une posture déconcertante, cependant, car Zach était toujours sur le qui-vive, même lorsqu'il paraissait détendu et à son aise. Il y avait chez lui une inquiétude permanente qui laissait toujours Beau curieux de savoir ce qui était arrivé dans son passé et quels événements l'avaient rendu aussi silencieux et sans merci.

– On va parler dans la chambre forte d'où je pourrai surveiller Ari, dit Beau sans attendre de réponse.

Il tourna les talons et reprit le couloir dans la direction opposée à sa chambre, précédant son frère et Zach. Après avoir tapé le code pour accéder à la pièce, il entra et s'assit sur la chaise d'où il pourrait parler aux autres tout en gardant un œil sur l'écran de surveillance.

Zach entra lentement comme s'il n'y avait aucune urgence, même si son expression était fermée et sombre. Caleb arriva en tenant Ramie par la main. Il était rare que ces deux-là ne se touchent pas. Après les événements cauchemardesques qui avaient eu lieu presqu'un an auparavant, Caleb luttait encore contre ses démons et le fait de toucher Ramie semblait lui apporter l'assurance qu'elle était, disons, entière et en vie. Beau était certain que son frère avait constamment à l'esprit que c'était lui qui avait failli la tuer.

–Alors, qui commence et que sait-on? demanda Beau.

Caleb se passa la main dans ses cheveux.

–Avant qu'on aille plus loin, il y a quelque chose que tu dois savoir au sujet du père d'Ari, Gavin Rochester.

Beau haussa un sourcil et attendit, observant la myriade d'émotions qu'affichait le visage de son frère, lui qui était ordinairement si habile à ne rien laisser paraître.

–À l'époque, Gavin n'était pas marié, mais apparemment il connaissait nos parents.

Beau hocha la tête, se demandant si Caleb faisait exprès d'annoncer ce qui était une évidence. Pour quelle autre raison le père d'Ari lui aurait-il dit de contacter Beau ou Caleb puisqu'aucun des deux n'avait jamais posé les yeux sur Gavin Rochester?

–C'est aussi la dernière personne à avoir vu nos parents en vie, dit Caleb d'un ton glacial. Après son mariage et la naissance d'Ari, quand il a déménagé à Houston et qu'il a effacé toutes les traces de sa vie passée.

Les yeux de Beau se rétrécirent tandis qu'il encaissait tout ce que cela pouvait impliquer. Ce n'était un secret pour aucun des trois frères Devereaux que leurs parents, ou du moins leur père, n'avaient pas été les meilleurs des citoyens. Ils ne savaient pas précisément à quoi il avait été mêlé, mais sa fortune n'était pas seulement due à l'héritage d'une rente «pétrolière».

Leurs parents avaient vécu dans le luxe, exposant leur richesse et leur influence aux yeux de tous. Leurs enfants n'étaient guère plus qu'un frein au genre de vie que leurs parents, et surtout leur mère, voulaient mener.

Bien qu'une nounou ait été engagée, c'était Caleb qui avait choyé et élevé ses frères et sa sœur. Enfant, il était calme et sérieux, portant le poids de trop de responsabilités pour un si jeune garçon. Mais il ne s'était jamais plaint. Et il s'était assuré que Beau, Quinn et Tori ne côtoient pas les amis de leurs parents. Cela avait eu pour conséquence qu'il avait grandi bien trop vite et que son enfance lui avait été confisquée par l'égoïsme de ses parents.

Même s'ils étaient jeunes, Caleb et Beau avaient été assez âgés pour encaisser l'indifférence de leurs parents, mais Quinn, et surtout Tori, ne comprenaient pas que leurs parents ne leur accordent aucune attention. Cela avait enragé Beau et il avait passé plus d'une nuit à consoler Tori, à lui lire des histoires pour l'endormir parce que la nounou, si elle était compétente, était loin d'être affectueuse et qu'elle avait vite compris qu'elle n'avait pas besoin d'en faire beaucoup pour satisfaire les «exigences» de ses employeurs.

Leur seule demande semblait être de tenir les quatre enfants hors de portée pour qu'ils ne soient jamais dans leurs pattes. Les frères s'étaient souvent dit qu'ils ne comprenaient pas pourquoi leurs parents avaient eu des enfants, à moins que ce n'ait été pour garantir l'image d'une famille saine que l'on ne soupçonnerait jamais de quoi que ce soit d'illégal. Tout le monde savait que 'image d'un père de famille était importante pour les affaires.

Beau ne l'avait jamais avoué, même à Caleb, mais il avait été soulagé lorsque ses parents étaient décédés. Ou plutôt assassinés. Leur mort avait été classée comme un meurtre/suicide, dont leur père aurait été à l'origine. Mais Beau et Caleb n'étaient pas dupes. Leurs parents aimaient beaucoup trop profiter de leur richesse et de leur style de vie pour y renoncer volontairement. Cependant, l'affaire avait été vite classée et personne n'avait voulu rouvrir le dossier ni poser de questions, ce qui n'avait fait qu'accroître les soupçons de Beau quant au fait que cela pouvait cacher une plus grosse affaire.

–Quelle relation entretenait Gavin Rochester avec notre père ? demanda Beau sur un ton glacial.

Cela l'horripilait d'avoir été engagé par une tentatrice aux yeux de biche pour retrouver et sauver un homme qui pourrait bien avoir eu quelque chose à voir avec la mort de son père. Même si sa relation avec ses parents n'avait rien eu d'affectueux. Cependant, il s'en voulut de tirer des conclusions aussi hâtives. Il était cynique par nature ; avec l'enfance qu'il avait eue, il n'avait eu d'autre choix que de le devenir. Toutefois, faire une telle supposition basée sur une seule information n'était pas dans sa nature.

–Pour l'instant, on ne sait pas, admit Caleb. Mais il faut qu'on regarde ça de plus près, tu ne penses pas ?

–Je peux répondre à quelques-unes des questions sur la relation entre Gavin et votre père, dit Zach en excluant leur mère de l'histoire.

Caleb et Beau regardèrent Zach d'un air curieux.

–Ils étaient plus ou moins partenaires en affaires.

–Plus ou moins ? interrompit Caleb. Comment peut-on être plus ou moins partenaires ?

Un instant, Zach eut l'air agacé d'être interrompu.

–Plus ou moins, c'est-à-dire qu'il n'y a pas d'association publique et officielle des deux hommes ou que, s'il y en a une, je ne l'ai pas encore trouvée. Mais le nom de Gavin est apparu fréquemment dans les différentes entreprises de votre père.

La façon dont Zach avait prononcé le mot «entreprises» mit Beau sur le qui-vive, car il lui sembla que Zach savait, ou du moins soupçonnait, la nature des affaires de leur père. Or, que Beau sache et accepte la vérité sur le genre d'homme qu'était son père et ce qu'il faisait était une chose. C'était une tout autre chose que quelqu'un en dehors de la famille le sache. Ou le soupçonne.

Caleb sembla également réagir aux propos de Zach, car son regard devint froid, et Ramie lâcha la main de Caleb, le trop-plein d'émotions étant probablement désagréable pour elle. Le fait que Caleb ne remarque pas le geste de Ramie montrait à quel point il était concentré sur ce que disait Zach.

– Quel genre d'entreprises? demanda Beau en transperçant Zach du regard, essayant de deviner ce qu'il savait sur Franklin Devereaux.

– La plupart, d'après ce que j'ai pu voir, étaient des entreprises fictives qui étaient intraçables. Un vrai labyrinthe pour quelqu'un enquêtant sur lui ou ses affaires. Il va me falloir du temps pour suivre toutes les pistes et voir où elles mènent. Tout ça a été arrangé avec précaution et beaucoup de réflexion. Il a très bien brouillé les pistes.

Il n'y avait aucun jugement dans les paroles et le ton de Zach. Il relatait les informations de façon factuelle, comme s'il parlait de n'importe quel client de SSD.

Son ton sembla apaiser la tension qui émanait de Caleb. Son expression s'adoucit et ses traits se détendirent, il chercha instinctivement la main de Ramie, baissant la tête vers elle, l'air confus, comme s'il venait de réaliser qu'elle avait lâché sa main.

Il eut immédiatement l'air désolé et il tira Ramie contre lui avant de se retourner vers Zach.

– Seulement s'il y a une relation directe avec Gavin Rochester, sinon laisse tomber, dit Caleb.

– C'est moi qui en serai juge, dit Beau en regardant froidement Caleb. Ne t'en mêle pas trop, Caleb. Cette mission est à moi et à Zach. Si tu ne veux pas connaître ces informations, très bien. Mais j'ai besoin de tout savoir sur Gavin Rochester si je veux le retrouver avant qu'il ne soit trop tard. Et que ce soit trop tard pour Ari aussi.

La mâchoire de Caleb se contracta, mais Ramie remua à ses côtés et il abandonna ce qu'il allait dire. Ses lèvres esquissèrent une grimace et il soupira.

– D'accord, la mission est à vous. Je comprends. Mais je veux savoir s'il avait quelque chose à voir avec la mort de notre père.

Beau hocha la tête.

– Maintenant, dis-moi ce qu'Eliza a trouvé.

Zach regarda fixement Caleb, comme s'il était agacé que celui-ci ait empiété sur sa mission. Mais son air irrité disparut si vite que Beau se demanda s'il ne l'avait pas inventé. Zach n'avait pas l'habitude de montrer ses émotions. Il était étrangement insensible, et jusqu'à l'irruption d'Ari dans sa vie, Beau aurait dit qu'il était lui-même comme Zach. D'ailleurs, c'était pour cette raison qu'il s'était immédiatement senti proche de son employé. Mais Ari semblait avoir changé les règles que Beau avait toujours respectées.

Il était évident qu'il avait perdu son objectivité, ce qui était rare. Il était investi dans cette mission sur un plan plus personnel que professionnel, ce qui était plus rare encore. Mais le pire, c'était qu'il ne parvenait pas à trouver la volonté de se retirer de la mission, ce qu'il aurait dû faire. Au contraire, il refusait que quelqu'un d'autre soit en charge de la protection d'Ari, et il tiendrait la promesse qu'il lui avait faite, quel qu'en soit le prix. Il était prêt à utiliser toutes les ressources de SSD et à tout mettre en œuvre pour atteindre son but; retrouver et sauver les parents d'Ari, mais surtout la protéger, elle. Même si son père avait eu quelque chose à voir, de près ou de loin, avec le meurtre de Franklin Devereaux.

–Elle étudie plusieurs aspects, répondit Caleb. Mais la triste vérité est que Gavin Rochester est, ou était, ambigu. Il n'a jamais été inculpé pour des activités illégales, or il est évident qu'il était hors la loi. Il avait de nombreuses connections et il était tout à fait intouchable. Des amis hauts placés, puissants et très influents. Tous ceux qui l'ont défié ont encouru des problèmes financiers soudains et mystérieux.

Jusque-là, tout cela était étrangement ressemblant à la façon dont leur père opérait. Beau se souvenait que son père se mettait dans une colère immense lorsqu'un compétiteur ou quelqu'un qu'il connaissait formulait le moindre reproche ou l'insultait. Il savait que son père se vengeait, mais il s'était toujours assuré que cela ne puisse jamais retomber sur lui. Un jour, Beau l'avait entendu se vanter auprès de sa mère de sa «victoire» et du fait que la pauvre victime aurait à regretter d'avoir osé mettre Franklin Devereaux en colère.

–Cela devient surtout intéressant trois ans après son mariage avec Ginger Crofton, désormais Rochester, qui travaillait comme serveuse pour payer ses études lorsqu'elle a rencontré Gavin. Il lui a fait la cour et ils se sont mariés moins d'un an plus tard.

–Passe à ce qu'il y a d'intéressant, dit Beau, impatient, car pour l'instant Caleb récitait des faits qui étaient accessibles à n'importe qui.

–Sa femme a fait plusieurs fausses couches en très peu de temps. Et puis soudain, ils ont disparu. Gavin a vendu presque toutes ses entreprises, légales ou non, et ils ont quitté le pays. Lorsqu'ils sont revenus, ils avaient une petite fille. Ari.

–Et alors ? Peut-être qu'il l'a emmenée à l'étranger pour qu'elle guérisse, qu'elle est retombée enceinte et qu'il s'est assuré qu'elle soit au calme. Je peux tout à fait comprendre qu'après autant de fausses couches, il soit devenu très protecteur et qu'il ait été déterminé à ce qu'elle arrive à terme cette fois-ci.

–Mais la chronologie ne colle pas, dit Caleb, clairement agacé que Beau ne cesse de l'interrompre. Écoute-moi et laisse-moi finir. Ils sont partis à peine cinq mois et avant même qu'ils reviennent, il avait vendu tout ce qu'il avait à New York et sur la côte Est, et il s'est installé à Houston. Sa seule connexion avec Houston était une entreprise légale. Et notre père. Pour moi, c'est beaucoup trop présomptueux et confiant ; il semblait être certain qu'après tant d'échecs pour avoir un enfant, cette fois-ci ça marcherait.

Beau pinça les lèvres, s'obligeant à rester silencieux et à attendre que son frère dise ce qu'il avait à dire.

–Ils sont revenus avec Ari, ce qui veut dire que sa femme aurait dû être enceinte de quatre mois, peut-être de trois si elle avait accouché prématurément. Mais d'après les registres, elle a fait une fausse couche à cinq mois alors qu'elle aurait dû être enceinte d'Ari.

Beau fronça les sourcils en pensant aux implications de ce que venait de dire son frère.

–Est-ce qu'il est possible qu'il ait falsifié les registres pour donner l'impression qu'elle avait fait une fausse couche et qu'ils puissent disparaître et qu'elle arrive à terme loin d'un endroit où ils avaient tant de mauvais souvenirs ?

Caleb haussa les épaules, clairement sceptique.

–C'est possible, mais peu probable. Ce n'est qu'une supposition, mais je crois qu'ils ont adopté Ari, et le fait qu'ils aient fait une croix sur leur vie pré-Ari me laisse penser que l'adoption n'a pas été faite dans les règles.

Zach grimaça, réagissant pour la première fois à ce que disait Caleb. Quant à Beau, il essayait de comprendre pourquoi, comment... mais surtout pourquoi ?

–Elle ne ressemble absolument pas ni à sa mère ni à son père. Eliza a trouvé des photos des parents de Gavin et de Ginger, et il n'y a aucune ressemblance avec eux non plus, et ils étaient enfants uniques. Comment des gens aux cheveux bruns, aux yeux marron et à la peau mate peuvent-ils avoir une fille avec une peau très blanche, des yeux indescriptibles, et au moins dix couleurs de cheveux, allant du blond au doré en passant par l'argenté ?

Un frisson parcourut l'échine de Beau en pensant à Ari. Elle n'avait rien dit au sujet d'une adoption. Elle avait même parlé de traits communs avec sa mère. Et du fait que ses pouvoirs avaient été révélés alors qu'elle était bébé.

Si Gavin et Ginger Rochester n'étaient pas ses parents biologiques, alors où étaient-ils ? La vie entière d'Ari avait-elle été un mensonge ?

Mais une fois de plus, il tirait des conclusions hâtives. Seulement... les coïncidences et les différences commençaient à s'accumuler. Il massa ses tempes d'un air absent et son regard se perdit dans le vide. Lorsqu'il revint à la réalité et qu'il croisa le regard de Caleb, il vit que son frère était inquiet.

–Je vais demander à Eliza de t'envoyer tout le dossier par email pour que tu lises le détail des informations et que tu tires tes propres conclusions, dit Caleb calmement. Ramie et moi devons partir. On a déjà laissé Tori seule trop longtemps.

–Il faut lui parler du rêve de Tori, interrompit Ramie, prenant la parole pour la première fois.

Son expression était calme, mais ses yeux gris foncé étaient perturbés en regardant les deux frères.

Caleb passa sa main dans ses cheveux, visiblement agité.

–J'ai tellement été pris par tout le reste que j'ai complètement oublié. Mais oui, il faut que tu sois au courant.

Zach croisa les bras et transperça Caleb du regard, d'un air curieux. Beau regarda également Caleb, lui signifiant de se dépêcher.

–Elle a rêvé de toi, dit Caleb à voix basse. Tu étais couvert de sang. Elle était morte de trouille parce que la dernière fois qu'elle a rêvé qu'un de ses frères était couvert de sang, j'ai failli tuer ma femme. Donc bien sûr, elle est traumatisée et morte de peur, ce qui est compréhensible.

Beau expira lentement.

–Ça peut s'expliquer facilement. J'ai déjà été couvert de sang. Le sang d'Ari. Lors de l'accident, elle a saigné abondamment. Il y avait du sang partout. Donc Tori avait raison, comme souvent, mais tu peux lui dire qu'elle n'a pas à s'inquiéter. C'est déjà passé et je vais très bien.

Ramie regarda Beau d'un air inquiet.

–Elle n'a pas vu Ari dans son rêve. Seulement toi. Et tu étais allongé sur le dos, couvert de sang. Je crois que tu dois prendre ça plus au sérieux. S'il te plaît, Beau, fais attention.

Beau prit soin de parler d'une voix plus douce, ne voulant pas se défouler sur une femme qui ne le méritait pas.

–Tu n'étais pas non plus dans le rêve où Tori a vu Caleb couvert de sang. Ton sang, dit-il.

Caleb grimaça et Ramie pâlit.

–Alors il est probable que son rêve concerne la série d'événements qui se sont déroulés après qu'Ari et moi sommes partis des bureaux de SSD, ajouta-il en se sentant coupable de rappeler à son frère et sa belle-sœur leurs plus mauvais souvenirs.

Les yeux de Ramie exprimaient ses doutes, mais elle ne le contredit pas. Elle prit la main de Caleb, comme si elle voulait juger de ses émotions. Comme elle ne retira pas sa main, Beau supposa que les pensées de Caleb devaient être relativement calmes.

Un mouvement sur l'écran vidéo attira son attention et il regarda Ari s'agiter. Il commença à se lever pour courir à ses côtés, mais ses signes d'angoisse disparurent aussitôt.

Beau se détendit et regarda de nouveau Caleb et Zach qui le fixaient d'un air inquisiteur. Il remua, mal à l'aise, voulant soudain être loin d'eux.

–Zach, demande le dossier à Eliza, dit-il d'une voix sèche, ignorant leurs regards inquiets. Vois ce que tu peux trouver et quelles pièces du puzzle tu peux assembler entre ce que toi et Eliza avez trouvé. Caleb et Ramie, rentrez retrouver Tori. J'ai la situation en main, et je vous appellerai si j'ai besoin de vous.

Il les congédiait, ni plus ni moins. Cela ne posa aucun problème à Zach qui sortit de la chambre forte, probablement déjà concentré sur sa tâche. Caleb, en revanche, semblait prêt à se disputer. Beau leva une main, paume tournée vers son frère.

–Ne dis rien, Caleb, dit-il calmement. J'ai besoin que tu gardes tes distances sur cette mission.

Beau n'avait jamais formulé une telle requête. Les deux frères avaient l'habitude de travailler, de tout partager et de tout décider ensemble. Caleb l'étudia un moment en silence, puis il sembla accepter la demande de Beau, qui relevait davantage d'un ordre, lui qui n'était pas habitué à obéir à qui que ce soit.

Ramie lâcha la main de Caleb et vint vers Beau, se baissant pour l'embrasser sur la joue.

–Promets-moi que tu feras attention, dit-elle d'une voix douce.

Il lui sourit pour la rassurer.

–Toujours.

16

Beau se réveilla en sursaut. Il avait mal au cou d'être resté immobile dans une position inconfortable dans le fauteuil où il s'était assoupi en surveillant Ari. Il cligna des yeux plusieurs fois, s'habituant rapidement à la lumière faible qui émanait de la salle de bains entrouverte.

Puis il cligna de nouveau des yeux, persuadé qu'il hallucinait.

Des objets flottaient tout autour de la pièce. La lampe, éteinte, se cogna contre le mur et s'alluma soudain. La télécommande de la télévision lévitait à un mètre du sol près de son fauteuil. Les livres rangés sur les étagères de la bibliothèque s'entrechoquaient avant de tomber au sol bruyamment.

D'autres objets, qu'il ne pouvait voir mais qu'il entendait, grattaient, cognaient ou cliquetaient. C'était comme si la pièce entière était vivante. Il cogna ses poings contre les accoudoirs de son fauteuil pour être sûr que ce dernier ne bougeait pas aussi, puis il planta ses pieds dans le sol afin de retrouver son équilibre.

Soudain, il comprit ce qui était en train de se passer et porta son regard sur Ari, toujours roulée en boule dans son lit. Ses sourcils étaient froncés et des rides profondes traversaient son front. Sa bouche d'abord pincée s'ouvrit et un gémissement s'en échappa. Elle jeta un bras en avant comme pour se protéger d'un projectile invisible.

Beau comprit qu'elle était en plein cauchemar et que ses pouvoirs, désormais libérés, étaient comme un courant électrique parcourant la pièce, électrifiant et déplaçant des objets sans rythme ni raison, réagissant simplement au chaos de ses pensées.

Il bondit, inquiet qu'elle se mette à nouveau à saigner. Il l'appela doucement, s'assis sur le lit, et saisit son bras qu'il tint contre son torse.

–Ari, ma belle, réveille-toi. Tout va bien. Tu es en sécurité. C'est moi, Beau. Ouvre les yeux ma belle. Regarde-moi. Je suis juste là.

Il continua à parler tout doucement et leva son autre main pour caresser la courbe du bras qu'il tenait contre sa poitrine. Ne sachant que faire d'autre, il se pencha et pressa ses lèvres contre les lignes creusées de son front, tout en murmurant des mots réconfortants et en la priant de se réveiller.

Il leva la main et passa son pouce sous son nez puis sur sa lèvre, poussant un soupir en voyant que pour l'instant, elle ne saignait pas. Si seulement il pouvait la tirer des griffes de son cauchemar avant que ce ne soit le cas, il serait rassuré.

–Ari, s'il te plaît, chérie, il faut que tu te réveilles, supplia-t-il tandis que son souffle chaud courait sur sa joue froide.

Elle frissonna et il recula au moment où elle ouvrait grand les yeux, ses pupilles dilatées couvraient presque ses iris multicolores. Son souffle était rapide et irrégulier et lorsqu'il posa sa main sur sa poitrine, il sentit le battement rapide de son cœur sous sa paume.

– Beau ? murmura-t-elle.

Toute sa peur était concentrée dans ce mot, dans son prénom, et la gorge de Beau se serra.

– Oui ma belle, c'est moi. Tu faisais un cauchemar, mais tu es en sécurité. Tu es avec moi. Tu te souviens ?

Son nez se fronça et elle eut l'air légèrement confuse, puis elle se calma et eut aussitôt l'air parfaitement désespérée.

– Oh mon Dieu, dit-elle en fermant les yeux. Dis-moi que tout ça n'était qu'un rêve. Que rien de tout ça n'est arrivé et que mes parents sont à la maison en sécurité.

Il se sentait inutile, ce à quoi il n'était pas habitué. D'ailleurs, il ne souhaitait jamais s'y habituer. Savoir qu'il ne pouvait rien faire pour modifier cette situation et tout effacer était le pire sentiment au monde.

– Je ne peux pas te dire ça. Je suis désolé, dit-il d'un ton qui laissait entendre un profond regret. Je ferais n'importe quoi pour pouvoir te le dire, ma belle, mais ce n'est pas un rêve.

Lorsqu'elle rouvrit les yeux, ses pupilles étaient presque redevenues normales. Le docteur Carey lui avait expliqué quels signes pouvaient annoncer une hémorragie cérébrale. Des pupilles asymétriques, sans réaction. Il était soulagé que, même si elle avait utilisé ses pouvoirs, elle n'ait pas subi de nouveau traumatisme.

– Tu as mal ? chuchota-t-il. Veux-tu les antidouleurs que le médecin t'a prescrits ?

Elle secoua la tête, puis elle plongea son regard dans le sien, comme si elle cherchait à l'envoûter. Il sentit son échine picoter et essaya de ne pas y prêter attention. Mais elle le sentait aussi, il le savait, car elle écarquilla les yeux et se concentra davantage sur lui, d'une façon si intense qu'il eut l'impression de se noyer dans les éclats azur de ses yeux.

Ils étaient comme deux aimants, inexorablement attirés l'un vers l'autre, par un pouvoir qui ne pouvait s'expliquer. Il avait l'impression que cela *devait* arriver. Que c'était une bonne chose. Meilleure que tout ce qu'il avait connu auparavant.

Lentement, comme dans un rêve, elle leva la tête et sa main remonta le long de son bras, puis sur son épaule jusque sur la peau sensible de son cou pour enfin se poser sous sa mâchoire. Ses lèvres étaient à quelques centimètres des siennes et son souffle effleurait sa bouche et son menton.

Délicatement, comme si elle avait peur d'être repoussée, elle pencha la tête pour que leurs bouches soient parfaitement alignées et elle pressa ses lèvres chaudes et charnues contre les siennes.

Son corps reçut un électrochoc. Il retint son souffle et ses muscles se tendirent tandis qu'elle explorait sa bouche, d'abord timidement puis, lorsqu'elle ne rencontra aucune résistance, elle devint plus téméraire et sa langue caressa ses lèvres, l'invitant à les ouvrir.

Il obéit à sa requête silencieuse, détendant sa mâchoire. Les caresses infiniment légères de sa langue contre la sienne le rendaient fou. Il n'avait jamais eu autant envie d'une femme. Il n'avait jamais ressenti ce besoin accablant de protéger, de dominer, de posséder, de chérir, de rassurer et de tenir des promesses sans savoir s'il le pourrait.

Mais soudain une alarme retentit, malgré le brouillard de plaisir dans lequel l'enveloppait son baiser. Elle était vulnérable. Fragile. Elle ne pouvait être vraiment consciente de son geste. L'un d'entre eux devait être raisonnable et apparemment, pour l'instant, ce n'était pas lui.

Il ne pouvait pas faire cela. Il ne pouvait pas, ne voulait pas profiter d'elle. Même si son corps et sa tête lui hurlaient de la prendre, de la posséder, de la faire sienne.

Il n'avait pas compris l'obsession de Caleb pour Ramie. Il ne comprenait pas comment un homme pouvait être aussi fou d'une femme. Comment il pouvait perdre la raison pour elle. Or il se dit que si son frère avait ressenti une fraction de ce qu'il ressentait en ce moment, alors il comprenait comment c'était possible. Il eut une révélation. Tout se mit en place et il réalisa qu'une seule femme pouvait procurer à un homme cette sensation de bien-être exquis.

Il lui fallut toute sa volonté et sa force pour rompre le baiser. Pour arracher ses lèvres aux siennes tandis que sa poitrine se soulevait lourdement, comme s'il venait de gravir une colline en courant. Son cœur battait la chamade, comme celui d'Ari lorsqu'elle s'était réveillée de son rêve. Mais celui-ci était le plus doux des rêves, et il n'aurait souhaité jamais se réveiller.

– Beau ? chuchota-t-elle, l'air vexé.

Ses yeux brillaient étrangement et elle essaya de tourner la tête pour qu'il ne puisse voir ce que son refus lui avait fait.

Délicatement, il posa sa main sur sa joue, l'obligeant à le regarder. Il essaya de maîtriser le ton de sa voix et il plongea son regard dans le sien, espérant plus que tout qu'elle verrait la sincérité dans ses yeux.

– On ne peut pas faire ça, Ari.

Il faillit s'étouffer en parlant. Pourquoi ne pouvait-il pas être l'enfoiré égoïste qu'il avait toujours pensé être ? Ou bien le connard froid et brutal qu'il était habitué à être ? Pourquoi découvrait-il *maintenant* qu'il avait une conscience qui lui demandait de protéger Ari et de ne pas profiter d'elle ?

Lorsque des larmes apparurent dans ses yeux, il faillit devenir fou. Et merde, il n'avait pas voulu la blesser. Sa langue lui parut lourde et maladroite dans sa bouche, alors que quelques secondes auparavant il connaissait le plus doux des baisers. Il lutta pour trouver les bons mots.

Mon Dieu, mais il n'avait pas voulu la repousser. Loin de là. C'était l'idée de lui causer davantage de souffrance et d'angoisse qu'il rejetait. Ou pire, des remords. Car cela le tuerait s'il voyait dans son regard de la déception ou des remords après lui avoir fait l'amour.

–Je ne peux pas profiter de toi, dit-il d'une voix rauque.

Il caressa sa bouche avec son pouce, se souvenant de la sensation de ses lèvres contre les siennes.

–Tu es plus vulnérable que jamais. Tu viens de te réveiller d'un cauchemar horrible et tu es perturbée. Tu te sens perdue et seule. Ton monde vient d'être chamboulé et les gens que tu aimes le plus sur Terre sont en danger. Cela ferait de moi le pire des enfoirés si je te faisais l'amour maintenant.

Elle fronça les sourcils et une colère noire apparut dans ses yeux. Puis son expression se calma et elle soupira, nichant sa joue contre la paume de sa main.

–Penses-tu que je suis une femme intelligente, Beau ?

Il cligna des yeux et la regarda bêtement, confus, ne sachant quoi répondre. La question lui paraissait hors sujet, mais elle ne le quittait pas des yeux, attendant sa réponse.

–Bien sûr, dit-il en fronçant les sourcils à son tour. Pourquoi une telle question ?

Elle posa son index sur ses lèvres pour le faire taire et il ne bougea plus, savourant la cascade de plaisir qui s'abattit sur son corps avec un geste aussi simple. Il admit cependant que cela ne remplaçait pas sa bouche, ses lèvres, sa langue.

Dans sa tête, il gémit en réponse à la torture qu'il s'imposait. Il n'aurait jamais pensé qu'il était maso à ce point.

–Si une femme intelligente est attirée par toi, qu'elle te veut et qu'elle veut que tu lui fasses l'amour, dirais-tu que tu profites d'elle, alors que tu lui donnes ce qu'elle veut? À moins, bien sûr, que tu n'aies pas envie d'elle.

Il faillit éclater de rire. Au lieu de ça, il poussa un grognement de frustration. Puis il enleva sa main de sa joue et la baissa pour la poser entre ses jambes, où son sexe ne demandait qu'à être libéré de la prison qu'était devenu son jean.

–Tu as vraiment l'impression que je n'ai pas envie de toi?

Elle rougit, mais ce n'était ni de honte ni de gêne. Il pouvait lire son désir dans ses yeux. Sans le vouloir, elle ouvrit légèrement la bouche et un soupir rauque lui échappa, le faisant souffrir davantage.

–Le fait que j'aie envie de toi ou non n'est pas la question, grogna-t-il. Le problème est que je ne veux pas profiter de ton état de faiblesse.

Elle esquissa un léger sourire et ses yeux étincelèrent d'un éclat délicieusement féminin et provocateur. Et il sut en cet instant qu'il était en danger. Le genre de danger qui ne dérange pas un homme.

C'est alors qu'elle soupira exagérément, comme si elle était vraiment vexée, tandis que son regard lui promettait une douce revanche.

–Eh bien, si tu ne veux pas profiter de moi, je suppose que c'est *moi* qui vais devoir profiter de toi.

17

Ari avait beau avoir l'air sûre d'elle, elle était terrorisée. Elle espérait simplement qu'il ne s'en rendrait pas compte. Beau Devereaux n'était pas le genre d'homme qui passait inaperçu auprès des femmes. Et il n'avait jamais de mal à trouver quelqu'un pour lui tenir compagnie, Ari en était certaine.

Il n'était pas du genre sophistiqué comme beaucoup d'hommes riches. Beau était plutôt… brut de décoffrage. Comme s'il avait vu et vécu des choses difficiles. Et sa confiance était très attirante pour une femme comme Ari qui, justement, en manquait. Elle était admirative de l'assurance des autres, et une des choses qu'elle avait remarquées chez les employés de SSD était qu'ils étaient tous sûrs d'eux. Le genre d'assurance que l'on ne pouvait feindre. Elle était bien placée pour le savoir, car elle ne savait pas faire semblant.

Elle exerça plus de pression entre les jambes de Beau. Même à travers le jean épais et son caleçon, elle sentait les pulsations de son sexe durcissant sous sa main.

Apparemment, le corps et la tête de Beau n'étaient pas d'accord. Sa tête lui disait non, alors que son corps avait clairement envie d'elle. Malgré son manque d'expérience, elle savait reconnaître les signes du désir, et ceux-ci lui apportèrent la confiance dont elle avait besoin.

Elle ne savait pas jouer la sirène, la tentatrice dont la mission est de séduire les hommes par la parole et les gestes. Mais elle allait devoir apprendre, et vite, car il était hors de question qu'elle manque l'occasion de voir *nu* le corps magnifique de Beau.

Sa possessivité la surprit. Le fait qu'elle veuille ainsi marquer son territoire était nouveau pour elle. Qui aurait cru qu'elle pourrait être aussi jalouse et vorace ? Elle aimait cette nouvelle facette d'elle-même.

Ses pouvoirs étaient libérés et fonctionnaient à la vitesse de la lumière, et sa sexualité s'épanouissait comme les pétales d'une fleur au printemps. Elle désirait tant cet homme que c'en était presque douloureux. Son âme le désirait. C'était la rencontre de deux cœurs, de deux esprits qui ne devenaient qu'un.

Un sifflement lui échappa et elle leva les yeux vers lui. Elle vit sa mâchoire se contracter et se desserrer rapidement. Il ferma les yeux et pencha la tête en arrière tandis que son bassin s'avançait, cherchant davantage de contact avec sa main.

–Tu as envie de moi, Beau ? chuchota-t-elle. Parce que moi j'ai envie de toi, de ça. J'ai besoin de toi. Ici, tout de suite. Elle s'arrêta un instant, retint son souffle, et ajouta : S'il te plaît.

Elle n'aimait pas avoir à supplier. Oui, elle avait toujours été chouchoutée et gâtée. Elle n'avait aucun mal à l'admettre. Mais elle avait sa fierté. Et la vérité était qu'elle n'avait jamais eu à supplier qui que ce soit de sa vie. C'était un territoire nouveau et inconnu pour elle.

Son cœur se mit à battre à l'idée que le corps de Beau pourrait être au-dessus d'elle, en elle, plutôt que sous sa main. Elle faillit perdre la tête en pensant à la sensation qu'elle connaîtrait lorsqu'il la pénétrerait.

–Mon Dieu, oui j'ai envie de toi, dit-il sans desserrer la mâchoire. Aie pitié, ma belle. Tu vas me rendre fou. Tu n'as pas besoin de me supplier de te donner ce que tu veux ou ce dont tu as besoin. Si tu es sûre que je suis ce que tu veux, alors je serai parfaitement heureux de répondre à ton adorable requête.

Elle remonta sa main le long de son corps musclé puis elle lui saisit la nuque et tira sa tête vers la sienne pour l'embrasser, désespérée de sentir de nouveau sa bouche. Soudain elle frissonna en imaginant sa bouche sur d'autres parties de son corps. Ses seins… ses cuisses… son sexe.

C'était trop à supporter. Son esprit ne cessait d'inventer des images érotiques de leurs corps entremêlés. Elle l'imaginait venir en elle, sur elle, la marquant comme s'il la possédait.

Ses poils se dressèrent sur tout son corps tandis que ses tétons durcissaient et que ses seins devenaient lourds et gonflés en attendant impatiemment d'être caressés. Elle était soudain incapable d'attendre plus longtemps. Elle voulait qu'ils soient peau contre peau, qu'il n'y ait plus de barrière entre eux.

–Montre-moi, chuchota-t-elle. Dis-moi quoi faire. Comment faire. Comment te faire plaisir. Je veux te voir, Beau. Déshabille-toi. S'il te plaît.

Cette fois-ci, elle ne le suppliait pas, elle faisait une demande à son amant. Elle frissonna délicatement en y pensant, car elle n'avait jamais eu d'amant.

Beau se leva du lit et se dépêcha d'enlever ses vêtements. Puis, sentant que son excitation s'était décuplée, il prit son temps pour enlever son caleçon, le glissant lentement sur son sexe épais et dur.

Son corps était une œuvre d'art, la perfection masculine incarnée, et elle avait tant envie de le toucher et de l'explorer qu'elle ne savait par où commencer.

– Maintenant, à toi, dit-il d'une voix rauque. Assieds-toi sur le lit pour que je t'aide. Je ne veux pas que tu te fasses mal. Je suis fou de faire ça. On t'a tiré dessus il y a quelques heures à peine, bon sang.

Elle était prête à le contredire, mais il se pencha sur elle, les bras de chaque côté de son corps, sa bouche à quelques millimètres de la sienne, et il commença à la déshabiller. Avant même qu'elle s'en rende compte ou qu'elle comprenne comment il y était parvenu si rapidement, elle était nue et il était de nouveau au-dessus d'elle, balayant son corps du regard, son expression intensément sérieuse.

– C'est peut-être toi qui as commencé, et tu as peut-être dû me convaincre de faire ça, mais ton contrôle s'arrête là. Je prends les rênes et je vais prendre mon temps pour te montrer à quel point j'ai envie de toi. Ce qui veut dire qu'on fait les choses à ma manière. Et tu vas rester allongée là, à ne rien faire qui puisse te faire mal. Je vais m'occuper de toi.

Mon Dieu… Elle eut du mal à déglutir et son cœur bondit dans sa gorge. Il posa sa bouche sur sa mâchoire et mordilla sa peau jusqu'à son oreille. Il la mordit puis la lécha avant de sucer son lobe, et elle leva les yeux au ciel. Il dut la rattraper lorsqu'elle vacilla dangereusement, et cela n'avait rien à voir avec les antidouleurs. Beau était cent fois plus envoûtant que n'importe quelle drogue.

Elle appuya son front contre sa poitrine, ses cheveux effleurèrent son menton, et elle prit une profonde inspiration, absorbant son odeur, savourant la sensation de sa peau contre son cœur. Elle eut également une vue splendide sur son érection et un gémissement lui échappa.

Incapable de se retenir, elle recula un peu et laissa ses doigts se promener le long de la ligne de poils sous son nombril jusqu'à son entrejambe. Il se fit parfaitement immobile lorsqu'elle passa sa main le long de son sexe, fascinée par la douceur de sa peau.

Son pouce trouva la veine qui pulsait le long de son pénis, elle exerça une pression tout en remontant vers son gland, surprise lorsqu'une goutte y apparut et coula sur la pointe de ses doigts, veloutée comme de la soie.

Elle enleva sa main et lécha son index, voulant connaître son goût. Beau gémit, comme s'il souffrait. Mais lorsqu'elle le regarda dans ses yeux, ils étaient brûlants de désir.

Il semblait sur le point de la dévorer et c'était ce qu'elle voulait, tout de suite. Elle était bouillante, impatiente. Elle voulait connaître tout ce qu'elle avait découvert dans les livres mais qu'elle n'avait jamais connu. C'était comme… un fantasme, une scène d'un livre érotique, sauf que c'était vrai. Et cela lui arrivait, à elle !

Elle lui lança ce qu'elle espérait être un regard séducteur, puis elle s'allongea lentement en passant ses bras au-dessus de sa tête en guise de soumission, espérant que cela le rendrait aussi fou qu'elle.

Ses yeux étincelèrent dangereusement, il la regarda des pieds à la tête en enflammant chaque centimètre de peau. Il avait l'air satisfait qu'elle lui cède et lui obéisse, le laissant faire ce que bon lui semblait.

Il rampa lentement sur le lit, au-dessus d'elle, chevauchant son corps avec le sien. Il s'arrêta en dessous de son bassin, planta ses genoux dans le matelas et s'assit pour la regarder de haut. Son corps musclé était plus beau qu'une statue grecque.

Sa main caressa son bandage et il fronça les sourcils en l'observant. Déterminée à ne pas le laisser changer d'avis et à ne pas le laisser décider qu'elle était trop « blessée » pour faire l'amour, elle se cambra, attirant son attention sur ses seins.

Cela eut l'effet escompté, car son regard devint brûlant et sa main remonta le long de sa taille jusqu'à son sein. Son autre main s'occupa de l'autre et il les pressa avant de se pencher et de lécher un téton puis l'autre jusqu'à ce qu'ils deviennent durs. Ils exigeaient son attention, l'attention de sa bouche, de ses lèvres, de sa langue. Elle voulait qui les suce, qu'il les morde, et elle savait que cela lui ferait perdre la raison.

Il parut lire dans ses pensées car il saisit la pointe d'un téton entre ses dents, tira dessus et le lapa puis il le prit entièrement dans sa bouche pour le sucer.

Elle gémit et se cambra en posant ses mains de chaque côté de sa tête, le maintenant pour qu'il ne cesse de lui procurer tant de plaisir. Il émit un grognement qui ressemblait à un ronronnement de plaisir, qu'elle savoura délicieusement.

Ses doigts parcoururent ses cheveux, savourant la sensation de sa peau contre la sienne. Tous ses sens étaient en feu.

Il trouva vite ses points sensibles et sut immédiatement comment la rendre folle d'envie. Il lui fit découvrir des zones qu'elle ne savait même pas être érogènes tandis qu'il effectuait une exploration détaillée de son corps, de la tête aux pieds, avec ses mains, sa bouche et sa langue. Mon Dieu, sa langue.

Elle était incapable de réfléchir et sombrait toujours plus dans une douce agonie. Elle avait de plus en plus l'impression qu'elle allait perdre connaissance, mais il semblait toujours savoir à quel moment la ramener à lui, l'empêchant de tomber dans le vide.

Elle était prête à hurler, à le supplier de mettre fin à cette tension toujours croissante, et toujours plus bouillante.

Mais à l'instant même où elle ouvrait la bouche pour prendre son inspiration et le supplier de mettre fin à sa souffrance, il leva la tête et cessa d'explorer son clitoris, puis il planta ses doigts dans ses hanches en l'obligeant à écarter les jambes avec son genou et il la pénétra d'un coup de bassin puissant.

Ses poumons s'enflammèrent, la douleur brûlait son sexe et se répandait dans son corps. Beau se figea et se raidit en la regardant, choqué. Elle écarquillait les yeux, et le dévisagea, analysant l'explosion de sensations contradictoires qui parcouraient son corps.

Elle ne savait comment il y parvint, mais il pencha prudemment la tête et appuya tendrement son front en sueur contre le sien.

–Ari, ma belle. Pourquoi tu ne m'as rien dit? chuchota-t-il.

–Je ne savais pas, répondit-elle à voix basse, encore sous le choc.

Il esquissa un léger sourire.

–Tu ne savais pas que tu étais encore vierge?

Elle ne pouvait tenir ses mains en place. Elles glissaient jusque dans son cou, savourant chacun de ses muscles saillants.

–Ce n'est pas ce que je veux dire, dit-elle en secouant lentement la tête.

Il grogna.

–Il va falloir que tu arrêtes de bouger, ma belle. Je fais tout ce que je peux pour me contrôler, mais si tu continues, je ne vais pas pouvoir me retenir.

–Je ne pensais pas que ça ferait mal, dit-elle en immobilisant ses mains et son corps pour être en accord avec lui. Dans les livres, ça ne fait jamais mal. C'est toujours un acte… merveilleux. Je pensais vraiment que cette histoire de douleur n'était qu'un mythe pour décourager les filles de faire l'amour trop tôt.

Il embrassa ses sourcils froncés et soupira.

–Je t'ai pénétrée avec toute la délicatesse d'un taureau enragé. Bien sûr que ça fait mal.

Elle remua tout doucement le bassin pour évaluer la sensation qui était désormais moins brûlante. Elle se frotta contre lui comme un chat, verrouilla ses bras autour de son cou puis elle souleva ses jambes pour les passer au-dessus de ses mollets et que leurs corps soient connectés, et surtout pour qu'il ne puisse pas se retirer.

Elle le voulait ainsi et elle voulait que son extase revienne, cette sensation de chute libre à grande vitesse, besoin et désir, le tout emmêlé, parcourant ses veines et son esprit dans une spirale infernale.

–Ça va mieux? demanda-t-il sur un ton qui lui fit comprendre que son mouvement de bassin avait eu le même effet sur lui que sur elle. L'attente était aussi insupportable pour lui que pour elle.

–Oui, chuchota-t-elle dans son cou avant de mordiller sa gorge et de lécher sa barbe naissante en remontant le long de sa mâchoire vers son oreille, qu'elle mordilla, lapa et suça. Il gémit puis, *enfin*, il bougea.

Elle gémit à voix haute lorsqu'il se retira avec une lenteur insoutenable, mais la tendresse qu'il montrait envers elle était adorable.

–Tiens-toi à moi, dit-il d'une voix rauque.

Il caressa ses courbes, palpa et massa ses seins, puis il effleura ses côtes avant de glisser sous ses hanches pour saisir ses fesses et la soulever, ajustant sa position de sorte que lorsqu'il la pénétra de nouveau, il put aller plus profond, atteignant des parties qui lui firent écarquiller les yeux et la laissèrent sous le choc.

–Je crois que je viens de comprendre ce qu'est le point G, dit-elle, émerveillée.

Il sourit jusqu'aux oreilles.

–J'ai l'impression d'être vierge aussi, dit-il d'une voix enjouée.

Elle recula sa tête dans l'oreiller pour pouvoir le regarder.

–Pourquoi tu dis ça ?

Il sourit de nouveau et entortilla une mèche de cheveux autour de son doigt tout en serrant sa fesse avec son autre main.

–Parce que c'est la première fois que c'est amusant.

Il avait l'air aussi confus qu'elle, ce qui était assez drôle étant donné qu'elle avait zéro expérience alors qu'il avait certainement connu un bon nombre d'aventures sexuelles. Un homme ne pouvait pas être aussi doué sans avoir eu beaucoup d'expérience, si ?

Cependant, l'idée qu'elle soit pour lui la première à lui faire découvrir quelque chose de différent, était fabuleux. Puis elle réalisa qu'il semblait perturbé par l'aspect amusant du sexe.

–Mais c'est pas censé être amusant ? demanda-t-elle, confuse.

–Si si, bien sûr, dit-il l'air satisfait. Et avec toi je crois que ça peut être vraiment très amusant. Mais on dit toujours que je suis sombre et sérieux et, apparemment, ça plaît aux filles. Je n'ai jamais éclaté de rire en faisant l'amour. Mais toi, tu es tellement adorable…

Il rit en prononçant les dernières paroles et poussa son menton avec son nez, affectueusement, avant d'enfoncer son sexe plus profond, la laissant momentanément sans voix tandis qu'une vague d'euphorie la parcourait. Elle dansait sur le fil d'un rasoir, le long de la frontière entre plaisir et douleur.

Ses parois tressaillirent et s'accrochèrent à lui, affamées, voulant l'empêcher de se retirer chaque fois qu'il reculait son bassin. Elle se fichait d'avoir un peu mal, car le brouillard exquis qui enveloppait désormais ses sens et se faufilait dans ses veines était la drogue la plus puissante sur Terre.

–Tu me fais perdre la tête, chuchota-t-il à son oreille.

Il avait parlé si bas qu'elle n'était pas sûre de ce qu'elle avait entendu. Peut-être l'avait-elle imaginé.

Elle s'accrocha à sa nuque et obligea sa bouche à rencontrer la sienne, prenant possession de sa langue comme son corps prenait possession de son sexe, de plus en plus profond à chaque va-et-vient.

–Je veux que tu jouisses, grogna-t-il. Je veux que tu viennes en même temps que moi. Je veux te regarder vivre ça pour la première fois.

Enfin.

Il allait lui céder, lui donner le répit qu'elle voulait tant. Son sexe se contracta et il poussa un grognement rauque et tourmenté, comme s'il avait atteint ses limites.

–Dis-moi ce que tu veux, dit Beau. Laisse-moi te faire jouir, ma belle.

–Je ne sais pas ! cria-t-elle. Mais ne t'arrête pas ! Je t'en supplie ne t'arrête pas !

Chaque muscle, chaque terminaison nerveuse, chaque cellule de son corps était tendu et sur le point de… presque… mon Dieu, enfin.

Elle flottait au-dessus des nuages, au-dessus du vide, et la sensation était aussi exaltante qu'un plongeon du haut d'une falaise.

Tout devint flou autour d'elle. Le lit trembla. Elle entendait un léger bourdonnement qui devint de plus en plus fort. Le lit se mit à vibrer alors que Beau la pénétrait toujours, l'enfonçant dans le lit, la recouvrant de tout son corps. Peau contre peau. Aucune barrière. Aucune séparation. Pendant un bref instant, le temps s'arrêta et elle oublia tout. Rien ni personne ne pouvait rompre la connexion de leurs cœurs, de leurs esprits, de leurs âmes.

Il la complétait, la comblait, et pas seulement dans son corps. Il la complétait tout entière. Son cœur. Son âme. Il la remplissait d'espoir, de confiance, lui promettait qu'il n'échouerait pas, qu'il la protègerait du monde qui les entourait et des obstacles de la vie.

De ses petites mains, elle s'agrippa à ses épaules, si fort que ses phalanges en devinrent douloureuses. Un tableau suspendu au mur attira son attention et elle le fixa car il lui paraissait plus bas qu'avant.

Ce fut alors qu'elle se rendit compte que le lit flottait dans la pièce et elle éclata de rire.

–Tu n'es pas censée rire après qu'un homme t'a donné le meilleur orgasme de toute ta vie, dit Beau sur un ton sec.

Ses yeux étaient brillants et son regard espiègle, et elle sut qu'il avait voulu être arrogant. Cela dit, il disait vrai.

Elle souriait jusqu'aux oreilles.

–J'ai l'impression qu'on est dans *L'exorciste*. Tu sais, le lit qui flotte, et tout le reste.

Il se pencha pour l'embrasser.

–Ou peut-être qu'on y a été tellement fort qu'on l'a fait décoller.

Elle rit de nouveau puis elle le serra dans ses bras au moment où le lit se reposait délicatement sur le sol, les secouant légèrement. Son sourire serait probablement permanent. Elle n'avait jamais imaginé que sa première fois serait aussi époustouflante, elle qui avait des attentes si élevées. Et fausses, d'ailleurs.

Ainsi, les œuvres de fiction n'étaient apparemment que des œuvres de fiction. Elle s'était tout d'abord sentie bête et naïve d'y avoir cru. Mais Beau ne s'était pas moqué d'elle. Il avait ri avec elle. Car, avec elle, il trouvait le sexe *amusant*. Sur une échelle de un à dix où dix est le plus excitant, elle n'était pas certaine d'où se situait « amusant », mais elle se sentait heureuse de savoir qu'elle avait été spéciale pour lui. Qu'elle n'était pas simplement une autre femme sur une liste probablement très longue. Les hommes comme Beau n'avaient jamais à s'inquiéter d'être célibataire. Au contraire, il devait probablement passer son temps à repousser des avances. Toutefois, il l'avait choisie. Elle.

Sauf que ce n'était pas vrai, et son sourire disparut immédiatement. Elle chercha dans son regard encore plein de passion tandis qu'elle se sentait de nouveau perdue, elle se mit à douter.

Beau baissa la tête, l'air inquiet.

–Ari? Je t'ai refait mal? J'y ai été trop fort?

–Non, se dépêcha-t-elle de dire. Ne t'en fais pas, je suis bête. Ne t'inquiète pas. C'était merveilleux.

Et elle était sincère, mais Beau continuait de la regarder, cherchant la vérité dans son regard.

Il mit son poids sur un seul bras pour ne pas peser sur elle et il se déplaça de façon à ne pas toucher sa blessure. Avec sa main libre, il repoussa quelques mèches de cheveux qui recouvraient ses joues.

–À quoi pensais-tu? insista-t-il.

Elle soupira en grimaçant.

–Je ne suis pas la personne la plus confiante au monde, et tu vas penser que je suis bête. Mais j'étais en train de penser que j'étais un peu spéciale ou unique pour toi. Parce que tu as dit que j'étais la première avec qui c'était amusant. Et puis j'ai pensé au fait que les hommes comme toi n'ont jamais à s'inquiéter d'être célibataires et que tu dois probablement repousser les femmes à la pelle.

Elle se mordit la lèvre, rechignant à avouer la suite. C'était une chose d'avoir ce genre de pensée en secret, c'en était une autre de l'avouer à voix haute. Beau voulait savoir ce qu'elle pensait et cela la mettait mal à l'aise.

Il avait toujours l'air confus, mais il se contenta de la regarder et d'attendre la suite de sa réponse.

–Je me suis sentie super heureuse, comme une fille de seize ans qui vient d'être invitée au bal de promo par le plus beau mec du lycée. J'ai pensé que tu pouvais avoir toutes les filles que tu voulais et que tu m'avais choisie, *moi*. Mais j'ai aussitôt réalisé que tu ne m'avais pas choisie. Je me suis jetée sur toi et je t'ai supplié de me faire l'amour, et j'ai même voulu te faire culpabiliser de m'avoir dit non. En gros… tu as accepté par pitié…

Elle grimaça en entendant ses propres paroles. Elle était surprise d'avoir osé le dire, surtout la fin. Cela lui était venu à l'esprit au moment où elle parlait, et elle n'avait pas réfléchi. Et maintenant, elle se sentait honteuse d'avoir parlé ainsi, car quelles qu'aient été ses raisons de lui faire l'amour, cela avait été magnifique et merveilleux, et elle avait réduit cela à un acte de charité.

–Par *pitié*? dit-il d'une voix étouffée.

Elle voyait sa colère parcourir son corps et elle regretta d'avoir parlé. Mais elle ne pouvait effacer ce qu'elle avait dit.

–Sans rire, tu ne t'es jamais regardée dans une glace?

Il la prit par surprise en se retirant de son sexe douloureux, hypersensible et enflé, et en la prenant dans ses bras pour la porter dans la salle de bains. Nue.

Il la posa délicatement par terre devant le miroir puis il se tint derrière elle, l'obligeant à regarder son reflet. Elle rougit en voyant son apparence échevelée.

Elle avait l'air d'une femme à qui on venait de faire l'amour. Ses lèvres étaient gonflées, ses yeux toujours brillants après son incroyable orgasme et ils avaient l'air de scintiller de mille feux.

Il la prit dans ses bras et ses mains se promenèrent sur ses courbes, sur ses seins, les tenant par-dessous pour les remonter de sorte qu'il lui soit impossible de ne pas voir ses tétons rouges et gonflés après l'attention qu'il leur avait accordée.

–Tu es magnifique. Tu es magnifique d'une manière que tu n'imagines probablement pas. Il est évident que tu ne te vois pas comme je te vois. Ton cœur est magnifique, Ari.

Il posa sa main sur sa poitrine et écarta ses doigts comme pour la déclarer sienne.

–Laisse-moi te dire ce que *moi* je vois.

Elle retint son souffle. Elle était pleine d'espoir tout en ayant peur car elle serait anéantie s'il la rejetait.

–Je vois une jeune femme magnifique, fidèle et courageuse, qui met les besoins des gens qu'elle aime au-dessus des siens et de sa propre sécurité. Peu de gens sont aussi altruistes, Ari. Tu m'as fait un cadeau. Tu as conscience à quel point je me sens à la fois humble et gêné que tu m'aies choisi *moi* pour être ton premier ? Et toi, tu crois impossible que je t'aie choisie ? Tu penses que je t'ai baisée par *pitié* ?

Elle grimaça. Maintenant, après ce qu'il venait de dire et avec tout ce qu'il faisait pour la rassurer, elle semblait avoir eu l'air de chercher des compliments. Typiquement féminin. Elle s'en voulut et se sentit honteuse.

–Non seulement tu n'as pas conscience de tes qualités et tu te rabaisses, mais tu fais la même chose avec moi en suggérant que je pourrais utiliser mon corps pour un acte de pitié, alors que tu mérites qu'on te fasse l'amour. Je comprends que tu manques de confiance. Mais ne t'avise plus jamais de te rabaisser ainsi. Ça me rend fou de rage.

Elle déglutit et hocha lentement la tête tandis qu'il se baissait pour nicher sa tête dans son cou. Elle était ultrasensible après son orgasme et frissonna contre lui, leurs corps soudain bouillants comme chaque fois qu'ils étaient assez près pour se toucher.

Il déposa des dizaines de baisers le long de son cou jusque que sur son épaule, puis il la tira contre lui, plaquant son dos contre son torse, et il passa ses bras autour d'elle.

Ils reflétaient une telle intimité, un tel érotisme, qu'elle décida de ne jamais oublier cette image. Cette nuit avait été pleine de premières fois, et elle ne l'oublierait jamais.

Il posa son menton sur sa tête, plongeant son regard dans le reflet du sien. Il sembla satisfait de ce qu'il y vit car il resserra son étreinte puis il la retourna pour qu'elle soit face à lui.

Il souleva son menton de son index et, de son pouce, lui caressa la joue. Il n'y avait ni colère ni jugement dans son regard. Seulement une détermination sans faille. Une chaleur exquise parcourut ses muscles avant de pénétrer dans ses veines et de se répandre dans son corps. Elle ressentit de nouveau une parfaite euphorie et se détendit dans ses bras. Ils étaient faits l'un pour l'autre.

– Regarde dans le miroir, Ari, murmura-t-il dans son oreille. Regarde à quel point tu es belle. Je veux que tu le voies.

Elle se tourna à contrecœur et obéit à sa requête. Ce qu'elle vit la surprit, c'était comme si elle se voyait d'un regard objectif, comme si ce n'était pas elle mais une autre femme. C'était comme si elle se voyait pour la première fois, sans le filtre qu'elle s'était toujours imposé.

Elle était… magnifique. Mais, surtout, Beau la rendait magnifique. Et désirable. Elle était une femme qu'il avait choisie.

Maintenant, loin de ce moment de vulnérabilité qui l'avait mise à nu, elle comprenait que sa peur avait été ridicule.

Beau n'était pas un homme facilement manipulable. Probablement pas du tout, même. Par qui que ce soit.

Elle voulait s'excuser, mais ç'aurait été pire, et la meilleure chose à faire était simplement d'accepter ce qu'il voyait et ce qu'elle pouvait également voir, désormais.

Une femme magnifique à qui on venait de faire l'amour et qui venait d'offrir un morceau de son cœur à un homme qu'elle venait de rencontrer. Mais elle avait aussi l'impression d'avoir attendu ce moment toute sa vie.

18

Le lendemain matin, Beau quitta la chambre sans faire de bruit, pour être sûr de ne pas la réveiller Ari. Elle avait besoin de repos. Quant à lui, il avait besoin de… distance. De retrouver son objectivité. Car la nuit qu'ils avaient passée avait changé pour toujours sa relation, censée être professionnelle, avec la femme sur laquelle il n'aurait jamais dû poser les mains ni quelque autre partie de son corps. Il aurait dû rester strictement professionnel. Il n'aurait pas dû compromettre son impartialité.

Et puis merde, qui cherchait-il à convaincre ? Il pouvait se dire autant qu'il voulait qu'il devait prendre du recul, et il avait beau savoir que c'était ce qu'il devrait faire, ce n'était absolument pas ce qu'il *voulait* faire, et au moins il était assez honnête avec lui-même pour ne pas s'inventer d'excuses ni chercher une raison expliquant pourquoi il avait enfreint le code moral que lui et Caleb faisaient régner au sein de leurs équipes.

Il avait beau savoir qu'il n'était qu'un hypocrite, il n'en avait rien à faire. Ce qui signifiait qu'il avait perdu tout contrôle de la situation.

Il se dépêcha de s'habiller et alla dans la cuisine se préparer une tasse de café, il avait grand besoin d'une dose de caféine pour se débarrasser de cette délicieuse léthargie qui l'enveloppait. Il avait vraiment envie de rester au lit avec Ari, et de se coller à elle pour qu'elle se réveille dans ses bras, chaude et endormie et qu'elle le regarde de ses yeux scintillants. Cependant, il avait du travail et beaucoup de choses à rattraper. L'heure avançait et ils n'avaient que peu de temps. Plus ses parents passaient de temps entre les mains de leurs kidnappeurs, plus leurs chances de les retrouver en bonne santé diminuaient.

À leur place, s'il était le genre d'enfoiré qui profitait de la faiblesse d'une femme, il tuerait un de ses parents, enverrait la preuve à Ari et il lui dirait que si elle ne lui obéissait pas, elle pouvait dire au revoir à celui qui restait. D'ailleurs, il tuerait le père en premier.

Ce qui anéantirait Ari. Elle ne s'en remettrait jamais et il porterait le poids de cette responsabilité à jamais, sachant qu'il n'avait pu tenir sa promesse. Ari ne lui pardonnerait jamais, et il ne se le pardonnerait pas non plus.

Il ajoutait une cuillerée de sucre à son café trop amer lorsque son téléphone sonna. La sonnerie était celle d'un appel inconnu et il grimaça en voyant l'écran afficher « numéro masqué ».

D'habitude, il ne répondait pas à un appel inconnu mais, étant donné la situation, il ne pouvait se permettre de rater une information.

– Allô ? dit-il d'un ton sec, n'employant pas son habituel « Beau Devereaux ».

Inutile de donner à la personne qui l'appelait une information qu'elle connaissait déjà. Et s'il s'agissait d'un faux numéro, il ne voulait pas révéler son nom.

– Monsieur Devereaux, vous avez ma fille, et il est impératif que vous la protégiez et que vous ne laissiez personne la voir. Les gens qui la poursuivent ne reculeront devant rien pour l'atteindre.

Beau fronça les sourcils et sa colère monta tandis qu'il resserrait sa main sur son téléphone.

– Gavin Rochester ? À quoi vous jouez ? Vous savez dans quel état est votre fille ? C'est quoi votre problème ? Vous lui faites traverser un enfer !

– Je ne suis pas Gavin Rochester, dit l'homme à l'autre bout du fil. (Il avait l'air fatigué et après la réaction furieuse de Beau, il paraissait également effrayé.) Ari Rochester est ma fille biologique.

Beau, désormais sur le qui-vive, se tourna pour s'assurer qu'Ari n'était pas derrière lui. La voie était libre, il se dirigea vers la chambre forte dont il saisit le digicode et referma la porte derrière lui.

La pièce était insonorisée et il pouvait voir sur les écrans chaque angle de la maison et du terrain qui l'entourait. Son inquiétude principale était Ari, alors il prit soin de se tenir devant la vidéo qui la montrait encore paisiblement endormie dans son lit.

– Que voulez-vous dire, son père biologique ? demanda Beau en se concentrant de nouveau sur sa conversation, maintenant qu'il avait Ari sous les yeux. Je jure que si c'est un canular, je vous retrouverai et vous ferai bouffer vos testicules.

Il y eut un silence gênant tandis que l'homme rassemblait son courage et trouvait les bons mots.

Puis une pensée vint à Beau. Comment cet homme avait-il obtenu son numéro privé, numéro que personne ne connaissait en dehors de ses frères, de Dane, Eliza, et Zach. Même Anita n'avait pas ce numéro. Il avait un numéro privé et un numéro professionnel sur lequel la plupart des gens appelaient car ils travaillaient tous ensemble, il était donc plus simple et plus naturel qu'ils l'appellent sur le téléphone qu'il était certain de décrocher quelle que fût l'heure de la journée ou de la nuit. Cela dit, si quelqu'un l'avait appelé la nuit dernière, il aurait jeté le téléphone par la fenêtre.

– Comment avez-vous eu ce numéro ? demanda Beau sur un ton qui trahissait son impatience.

L'homme perdait également patience face aux questions de Beau. Il les ignora toutes et reprit la parole.

– Vous avez raison de dire que Gavin Rochester est son père. Il a mérité ce titre. Je ne veux pas faire du mal à Ari. J'étais jeune, arrogant, insolent. Je suis sûr que vous voyez le genre.

Sa voix perdit sa force et il se racla la gorge.

En effet, Beau avait été ce genre de garçon à l'université, et il avait été attiré par ceux chez qui il retrouvait le même caractère. Très jeune, Beau avait dû assumer une montagne de responsabilités et c'est pendant ses années de fac qu'il avait eu le sentiment de vivre ses années rebelles, sans toutefois mettre de côté tous ses engagements familiaux.

– Ouais, dit Beau. Je vois le genre.

L'homme poursuivit, ne lui laissant pas le temps de poser de nouvelles questions.

– Elle court un grave danger. Il faut que vous compreniez que ces gens ne vont reculer devant rien pour mettre la main sur Ari. Ils connaissent ses pouvoirs. Ils savent ce dont elle est capable. Ils sont décidés à l'utiliser, et ce n'est pas pour faire le bien, dit-il à voix basse. Nous avons pensé, j'ai pensé, qu'elle serait en sécurité avec Gavin Rochester. Il avait la réputation d'être sans merci. C'est la chose la plus difficile que j'ai jamais eue à faire. Abandonner ma petite fille. Mais je savais que je ne pouvais pas la garder en sécurité. Nous n'avions pas les moyens de la protéger ou de s'assurer qu'ils ne la trouveraient jamais.

– Qui, nous ? demanda Beau.

Il y eut un silence, puis l'homme parla de nouveau d'une voix pleine de tristesse.

– Sa mère et moi.

– Il y a beaucoup de choses que je ne comprends pas, l'interrompit Beau. Mais on va commencer par la question la plus pertinente. Comment ces « gens », comme vous les appelez, ont-ils pu savoir qu'un bébé aurait ces pouvoirs alors que ceux-ci ne se sont révélés que bien plus tard ? Ses parents adoptifs ne l'ont découvert que quand elle a eu un an.

– Parce qu'elle est le résultat d'une expérience, interrompit l'homme, soudain pressé. Écoutez, je n'ai pas beaucoup de temps. Il faut que vous sachiez à quel genre de personnes vous avez affaire. Ils ont découvert Ari il y a des années, ça ne date pas d'hier ne pensez pas qu'ils ont entendu parler d'elle quand les médias ont révélé ses pouvoirs.

Beau hocha la tête, même si l'autre homme ne pouvait le voir. Zach avait raison ; tout avait été mûrement réfléchi et prévu pour infiltrer la sécurité de Gavin Rochester, obtenir sa confiance et enlever Ari quand il ne s'y attendrait pas. Mais que voulaient-ils faire d'elle et pourquoi ?

– Comment l'ont-ils retrouvée ?.

– La mère d'Ari et moi-même avons été sélectionnés pour participer à un programme pour la recherche et le développement de pouvoirs surnaturels. On avait tous les deux des talents inhabituels. La mère d'Ari était extrêmement pauvre et arrivait à peine à joindre les deux bouts. Ils l'ont choisie pour être mère porteuse, sans vraiment lui expliquer que le bébé ne serait pas adopté par une vraie famille. Ils se faisaient passer pour une agence d'adoption employant des mères porteuses. Ils ont profité de sa vulnérabilité et elle a accepté de le faire parce qu'ils lui ont offert beaucoup d'argent, un logement tous frais payés et ainsi de suite. Moi j'étais le donneur de sperme. Même histoire. Sauf que la mère d'Ari et moi sommes tombés amoureux. Et quand on a découvert, par hasard, ce que l'organisation faisait vraiment et ce qu'ils avaient prévu pour notre enfant, on s'est enfuis et on ne s'est jamais arrêtés. On a eu de plus en plus de mal à leur échapper, et on savait que quand Ari serait née, il nous serait impossible de continuer à fuir avec un enfant à nourrir. Alors on a demandé de l'aide à… votre père, et il nous a dit d'aller voir les Rochester, qui n'arrivaient pas à avoir d'enfant.

La réaction de Beau fut explosive.

– Mais quoi ? Qu'est-ce que mon père avait à voir avec tout ça ? Vous avez intérêt à vous expliquer.

Beau avait du mal à tout encaisser. Il avait l'impression d'être dans un film de science-fiction. Sauf que tout cela était vrai, et c'est bien ce qui le glaçait. Cela collait déjà trop avec les informations qu'ils avaient trouvées sur Ari et ses parents. Mais maintenant, son père y était mêlé ? Puis il se souvint que son père et Gavin Rochester avaient été partenaires d'une façon ou d'une autre. Son sang se glaça. Gavin était la dernière personne, à leur connaissance, à avoir vu leur père en vie. Gavin l'avait-il fait taire pour de bon pour protéger Ari ? Ou l'avait-il fait pour protéger ses propres intérêts ?

Beau fut encore plus frustré car l'homme ignora ses questions et continua comme s'il ne venait pas de faire une révélation terrible.

– Ils ont trouvé Ari, ou plutôt ils ont trouvé avec qui Ari vivait, parce qu'ils nous ont retrouvés et qu'ils ont pris ma femme.

Les paroles étouffées de l'homme étaient si pleines de tristesse que Beau serra plus fort son téléphone et leva la tête vers l'écran montrant sa chambre, pour s'assurer qu'Ari allait bien.

–Ils l'ont torturée, dit-il d'une voix rauque. Ils lui ont fait subir des choses atroces pendant trois jours, jusqu'à ce qu'elle finisse par craquer et qu'elle leur dise à qui on avait laissé notre fille. Puis ils l'ont tuée et ils ont largué son corps là où j'étais sûr de le trouver avec un mot disant que c'était ce qui arrivait aux gens qui se mettaient en travers de leur chemin. Donc, il faut que vous sachiez à qui vous avez affaire, Monsieur Devereaux. Il faut que vous sachiez qu'ils ne plaisantent pas et qu'ils ne lâcheront jamais l'affaire. Ils ont tué ma femme il y a quatre ans. Et ils ont mis sur pied la stratégie qui leur permettra d'avoir accès à Ari. Et croyez-moi quand je dis que leur mettre des bâtons dans les roues ne fait que les rendre plus déterminés que jamais atteindre leur but.

Beau était sous le choc tandis qu'il essayait de comprendre les conséquences de ce que le père biologique d'Ari venait de dire. Mon Dieu, s'ils avaient fait cela à la mère biologique d'Ari, alors ils n'avaient aucune raison d'être plus cléments avec ses parents adoptifs. Il ne supporterait pas de regarder Ari dans les yeux s'ils retrouvaient le corps d'un de ses parents sur le pas de leur porte. Ils feraient tout pour qu'Ari le voie, qu'elle sache qu'ils ne reculeraient devant rien, et cela accrut la détermination de Beau de la protéger.

Il y eut un bruit dans le téléphone puis l'homme parla à toute vitesse.

–Je dois y aller.

–Attendez ! s'écria Beau. Comment je vous contacte ?

Il avait encore énormément de questions à poser à cet homme, surtout sur l'implication de son père dans ce merdier.

–Vous ne me contactez pas, dit l'homme sèchement.

Puis la ligne fut coupée, laissant Beau frustré, avec encore plus de questions se bousculant dans sa tête.

–Et merde !

Il jeta le téléphone sur un des fauteuils en cuir. Puis il leva de nouveau la tête vers l'écran de sa chambre et paniqua en voyant Ari plongée dans un sommeil si paisible. Elle ne vivait pas dans un monde où les femmes étaient torturées et jetées comme des déchets.

La question était désormais de savoir s'il devait lui dire la vérité, ou du moins ce qu'il lui avait présenté comme étant la vérité. Il lui semblait désormais qu'Ari, comme lui, avait vécu dans le mensonge dès son plus jeune âge.

19

–D'abord, par mesure de précaution, je vais mettre une puce GPS dans le bras d'Ari, dit Beau aux membres de SSD qu'il avait appelés dès que le père «biologique» d'Ari avait raccroché.

Ari, épuisée par les événements des dernières quarante-huit heures, ne s'était réveillée que lorsque Zach, Dane et Eliza étaient arrivés. Il lui avait dit de prendre un long bain et d'essayer de se détendre et qu'il viendrait la chercher lorsque le petit déjeuner serait prêt.

Il n'aimait pas lui mentir, mais il avait besoin de discuter du coup de fil qu'il avait reçu avec son équipe avant de lui en parler. Après tout, il n'avait pas la moindre idée de ce qui était vrai ou non.

Ramie avait choisi de ne pas assister à la réunion, probablement parce que les émotions négatives seraient très vives, et elle avait proposé de préparer le petit déjeuner. Beau n'avait pas l'intention de mentionner à Caleb le rôle qu'avait peut-être joué leur père dans cette histoire sordide, car il serait fou de rage et son objectivité partirait en fumée. Et ce serait Ari qui en paierait le prix.

–Bonne idée, dit Dane. On a beau essayer de tout prévoir, avec les moyens qu'ils ont et la violence dont ils font preuve, on ne peut être trop prudents. Et puis je ne vois pas comment on pourrait être prêts à toutes les éventualités alors qu'on ne sait pas à qui on a affaire et qu'on ne connaît pas leur objectif final.

–En tout cas, ils n'ont aucun scrupule à torturer des innocentes, dit Zach d'un ton lugubre. Caleb, je crois que Ramie devrait être sous protection permanente, parce que si ces enfoirés ont fait le lien entre Ari et SSD, aucun proche de SSD n'est en sécurité.

Le regard de Caleb devint glacial et ses traits se raidirent.

–Crois-moi, je ne vais pas la quitter des yeux.

–Quinn et Tori seront avec Eliza et moi, dit Dane. Même si Quinn m'a dit qu'il n'avait pas besoin d'un baby-sitter et qu'il était parfaitement capable de se défendre tout seul.

Beau lança à Dane un regard noir.

–Je me fous de ce qu'il dit. Tu l'enfermes dans sa chambre s'il le faut. Tant que cette histoire n'est pas réglée, aucun membre de cette famille ni de SSD ne doit être seul. Dane, je compte sur toi pour faire passer le message à tes équipes.

–On est dessus, tout est sous contrôle, dit Eliza calmement. Occupe-toi de toi, Beau. Je n'aime pas que Zach et toi soyez tout seuls avec Ari. C'est elle la priorité, pas nous.

–Sauf qu'ils ne tueront pas Ari, interjeta Zach. Mais ils feront tout pour la récupérer, ce qui veut dire que tous les autres sont de simples obstacles, qu'ils n'auront aucun scrupule à éliminer. De nous tous, c'est probablement Ari qui est le moins en danger.

Un silence de plomb suivit la déclaration de Zach, il comprit qu'il avait vu juste. Ils savaient qu'il disait la vérité et qu'ils étaient tous en danger parce qu'ils pouvaient être utilisés pour manipuler Ari.

Ceux qui poursuivaient Ari avaient l'air de fanatiques. Ils opéraient avec une telle froideur et une telle patience que si SSD attendait qu'ils commettent une erreur, il se pourrait qu'ils attendent très, *très*, longtemps.

–Je m'occupe de la puce GPS, dit Dane. Vous autres, vous pouvez repartir, mais faites comme si vous étiez constamment suivis et planquez-vous dans un endroit où personne ne saura que vous êtes liés à SSD.

–On pense que vous devriez bouger Ari aussi, dit Eliza en regardant Beau.

–J'y ai déjà pensé, dit Beau calmement.

Ari s'impatientait de ne pas voir Beau venir la chercher. Il n'imaginait quand même pas qu'il allait la porter jusqu'à la cuisine, si? C'en était assez. Si elle était assez en forme pour coucher avec lui, elle était assez en forme pour marcher toute seule.

Elle se sentit rougir en repensant à la nuit qu'elle avait passée. Ses parties les plus intimes étaient délicieusement courbaturées; juste assez pour lui faire oublier sa migraine, désormais moins forte, et le picotement de sa blessure recousue. Mais «courbature» n'était pas le bon terme.

Elle préférait parler de sensibilité aiguë; en effet, elle était incroyablement sensible au moindre effleurement de ses seins, de ses cuisses, et même de sa bouche, gonflée par tant de baisers merveilleux. Chaque caresse était comme une décharge électrique qui l'illuminait et lui refaisait vivre son premier orgasme.

Elle aurait pu passer la journée entière au lit, à revivre ce moment, à profiter de ce sentiment de satisfaction et de léthargie pure, juste assez longtemps pour pouvoir recommencer.

Son estomac gargouilla lorsque de délicieuses odeurs envahirent la chambre, et elle en eut l'eau à la bouche. Qui aurait cru que le sexe donnait aussi faim ? Elle n'avait pas l'habitude de petit déjeuner et elle mangeait rarement avant midi, mais soudain, elle fut affamée.

Elle avait envie de jouer à la tentatrice et d'entrer dans la cuisine complètement nue, pour voir combien de temps Beau tiendrait avant de la ramener au lit. Un sourire satisfait se dessina sur ses lèvres. Plus jamais elle ne se sentirait mal à l'aise ou honteuse. Car quelque chose d'aussi délicieux, merveilleux et tout simplement parfait, ne pouvait être source de regret ou de honte.

Soudain, ce nuage d'euphorie se transforma en une brume glacée et épaisse qui la gela jusqu'aux os.

Tout d'abord, ils n'étaient probablement pas seuls dans la maison, donc la promenade nue devrait attendre.

Ensuite… mon Dieu ! Comment avait-elle pu oublier ? Comment pouvait-elle avoir de telles pensées alors que son monde était sens dessus dessous et que rien n'allait plus dans sa vie ?

Alors, la honte qu'elle s'était promis de ne plus jamais ressentir la frappa comme une gifle et elle dut s'asseoir sur le lit pour éviter de tomber à genoux. La peur à laquelle elle avait brièvement échappé pendant quelques heures resserrait de nouveau ses griffes autour de sa gorge.

Pendant qu'elle s'abandonnait dans les bras de Beau dans un monde jusqu'alors inconnu, merveilleux et ensoleillé et où rien ne pouvait l'atteindre, ses parents étaient entre les mains de leurs kidnappeurs, et elle ne savait même pas s'ils étaient vivants ou morts.

Elle avait été heureuse. Presque délirante de joie. Elle avait souri, elle avait ri. Elle avait fait l'amour pour la première fois et elle avait enfin compris pourquoi tout le monde en faisait toute une histoire. Elle avait agi comme si elle n'avait pas le moindre souci, alors que sans ses parents, elle serait à jamais seule et malheureuse.

Les larmes lui brulèrent les yeux et elle baissa la tête. Elle sentit tout de suite le liquide visqueux et l'odeur métallique du sang qui coulait de ses narines, tombant goutte à goutte sur ses cuisses. Elle le toucha d'une main tremblante, sentant déjà sa migraine s'amplifier.

–Maman, Papa, je vous aime, chuchota-t-elle.

Pourquoi son pouvoir n'avait-il pas pu être la télépathie ? Elle aurait pu communiquer avec ses parents où qu'ils soient. Jamais ils n'auraient étés séparés.

À quoi servait-il de pouvoir bouger des objets ? Elle ne pouvait que provoquer chaos et violence. Et un lit qui lévitait lorsqu'elle faisait l'amour. Gé-nial. Ça servait à quoi bon sang ?

Elle pouvait presque entendre la voix apaisante de sa mère, celle qu'elle réservait à sa fille et à son mari. *Ne sois pas aussi dure avec toi-même, ma chérie. Tu n'as rien à prouver à personne, et surtout pas à moi ni à ton père. On t'aime comme tu es et on ne changerait rien chez toi. Tu es notre plus grande fierté, rien ne compte plus que toi dans nos vies. Personne ne nous rend plus heureux que toi.*

Elle essuya une larme au coin de l'œil, étalant du sang sur son visage. Puis elle soupira, dégoûtée. Elle ne pouvait pas débouler dans la cuisine dans cet état. Beau paniquerait, c'était certain.

Elle traîna le poids de sa peine et de sa peur jusqu'à la salle de bains et grimaça en voyant le contraste du sang rouge sur son teint pâle.

Elle fit couler l'eau jusqu'à ce qu'elle soit très froide, mouilla un gant, l'essora et enfouit son visage dedans, laissant ses larmes se mêler à l'eau du gant. Puis elle le jeta dans le lavabo, redressa, tête haute, épaules en arrière, prête à affronter la situation.

La dernière chose qu'un homme voulait voir après avoir fait l'amour à une femme, c'était qu'elle débarque dans sa cuisine le lendemain matin, l'air hagard et déprimé. Car même si elle se sentait honteuse d'avoir oublié ses parents, elle était loin de regretter ces quelques heures passées ensemble.

Cela faisait probablement d'elle une personne horrible, mais au moins elle était honnête. Avec elle-même, surtout. Il était hors de question qu'elle ajoute l'hypocrisie à la liste de ses péchés.

Faire l'amour avec Beau avait été comme être réveillée par le premier rayon de soleil après des semaines de journées froides et pluvieuses. Depuis la disparition de ses parents, il était la seule source de lumière dans sa vie. Il était son point d'ancrage et elle s'accrochait désespérément à lui car elle n'avait rien ni personne d'autre sur qui compter.

Et si cela faisait d'elle une fille faible et dépendante, qu'est-ce que cela pouvait faire ? Elle avait besoin de lui pour retrouver ses parents et les ramener sains et saufs, mais aussi pour ne pas s'effondrer en mille morceaux.

Elle aurait aimé être forte. Indépendante. Elle avait essayé de le devenir. Mais en fin de compte, elle avait échoué, car dès le premier obstacle, elle s'était tournée vers son père. Et quand son père n'avait plus été là, elle s'était tournée vers Beau.

Elle n'était pas Superwoman, mais elle l'acceptait. Elle espérait seulement que Beau ne se réveillerait pas lassé un matin, se demandant pour quelle foutue raison il était avec une femme qui ne lui arrivait même pas à la cheville.

Il était fort, le genre de personne qui prenait les choses en main. Elle ne pouvait l'imaginer avoir besoin de qui que ce soit. Cependant, il la voulait. Il l'avait choisie.

Et il s'était mis en colère quand elle avait sous-entendu qu'il l'avait fait par obligation. Par pitié. Il avait nié l'avoir choisie par culpabilité et affirmé qu'il n'avait rien fait qu'il ne voulait déjà faire, et cela suffit à égayer son esprit.

Elle expira lentement, décida de ne plus se cacher dans cette chambre à repousser l'inévitable, même s'il lui avait dit qu'il viendrait la chercher quand le petit déjeuner serait prêt. La moindre des choses était de lui faire face. De le regarder dans les yeux et de lui dire tout haut qu'elle ne regrettait en rien la nuit qu'elle avait passée dans ses bras.

Cependant, elle espérait que ce ne serait pas dans ses yeux à lui qu'elle verrait du regret ou de la déception.

Elle finit de se débarbouiller et fouilla dans les tiroirs où elle trouva un élastique avec lequel elle attacha ses cheveux. Sa salle de bains n'avait rien de féminin et rien n'indiquait qu'une femme y avait déjà mis les pieds.

Bien sûr elle n'en savait rien, mais cela lui procura un plaisir absurde.

Dommage qu'il n'ait pas eu un peu de maquillage, car elle aurait pu masquer son teint pâle et ses cernes sombres. Elle haussa les épaules, s'habilla, prit une longue inspiration et partit pieds nus à sa recherche, laissant derrière elle le refuge qu'était devenue sa chambre. Il lui fallait affronter la réalité.

Elle ferma brièvement les yeux pour se ressaisir avant de franchir le seuil de la cuisine.

Elle écarquilla les yeux, se sentant rougir, gênée de voir Ramie Devereaux en train de servir des œufs brouillés sur une assiette. Ari s'arrêta dans l'encadrement de la porte, ne sachant si elle devrait entrer, si elle était la bienvenue.

Elle n'avait pu se faire une opinion de Ramie et Caleb hier soir et elle ne savait pas ce qu'ils pensaient du fait que Beau allait l'aider.

Ari ne sut pas non plus si Ramie avait senti son regard, mais celle-ci leva la tête et lui sourit chaleureusement.

– Bonjour, dit Ramie en posant la poêle dans l'évier. Tu arrives pile à temps pour le petit déjeuner. Je viens de cuire le bacon et je n'ai plus qu'à sortir les biscuits du four. Hélas, les galettes de maïs sont une spécialité régionale que je ne maîtrise pas encore !

Elle fronça le nez en mentionnant les galettes de maïs et Ari ne put s'empêcher de sourire en voyant le charme naturel de la jeune femme.

– Pas de problème. J'ai vécu au Texas toute ma vie et je n'ai jamais *goûté* aux galettes de maïs.

Ramie s'essuya sur un torchon avant d'avancer vers Ari en lui tendant la main.

– On n'a pas été présentées comme il faut, hier. Je suis Ramie Devereaux.

Ari se figea et baissa les bras, appuyant les paumes de ses mains contre son jean tout en faisant un pas en arrière.

– Tu ne devrais pas me toucher, dit Ari d'un ton gêné.

Ramie la regarda, confuse.

– Tu en souffrirais, expliqua Ari. J'ai appris plein de choses sur toi au fil des années et je sais que tu ne ressens que les émotions négatives des autres. C'est bête, mais j'ai toujours imaginé qu'on était des sortes d'âmes sœurs. Comme si on avait été séparées à la naissance. Grâce à toi, je me sentais un peu moins seule dans le monde.

– Pourquoi j'en souffrirais ? demanda Ramie.

– Parce que mes pensées sont vraiment très négatives en ce moment, dit Ari en toute sincérité.

Ramie sourit.

– Il est impossible de ne jamais avoir la moindre pensée négative, Ari. Mais… mon don est assez particulier. D'ailleurs, c'est davantage une malédiction qu'un don, mais je laisse les autres en juger, puisque c'est eux qui… en profitent, alors que moi j'en souffre.

–C'est pour ça que tu ne devrais pas me toucher.

–Ce que je voulais dire, dit Ramie en ne prêtant pas attention aux propos d'Ari et en la guidant vers un des tabourets de bar, c'est que je ressens la vraie nature d'une personne. Je peux savoir si elle est fondamentalement mauvaise et je vois ses péchés. Je ne vois pas nécessairement ses pensées. Je sais que c'est un peu bizarre, et ça l'est même pour moi parfois. Et je crois que toi, tu es fondamentalement *bonne*. Avoir des pensées négatives, surtout à un moment où elles sont parfaitement justifiées, ne signifie pas que tu sois mauvaise au fond de toi.

Et, comme pour prouver ce qu'elle venait de dire, Ramie saisit la main d'Ari et la tint entre les siennes.

Elle resta silencieuse un moment, puis elle fronça les sourcils et Ari essaya d'enlever sa main, ne souhaitant pas faire souffrir la jeune femme, même une seconde. Mais Ramie ne se laissa pas faire et elle obligea Ari à lui tenir sa main.

–Tu n'es pas mauvaise, Ari. D'ailleurs, tu as une des âmes les plus douces que je n'aie jamais vue, et crois-moi, j'en ai vu beaucoup.

–Alors pourquoi tu as froncé les sourcils ? demanda Ari.

–Parce que j'ai ressenti ta douleur. Ton deuil et ton désespoir. Je connais ce sentiment, dit Ramie d'une voix douce. Mais tu dois croire en Beau. C'est un homme bon. Mon mari aussi d'ailleurs, même s'il me contredirait.

Le sourire de Ramie se fit moqueur.

–D'ailleurs, il dit toujours qu'il n'est pas assez bien pour moi, mais qu'il est trop égoïste pour me laisser partir. Moi je lui réponds qu'il fait simplement preuve d'intelligence, pas d'égoïsme.

Ari éclata de rire.

Et puis, la puissance du pouvoir de Ramie la frappa. Sa respiration s'accéléra quand elle repensa à tous les gros titres dont la médium avait été l'objet au fil des années. Elle se souvint alors de la conversation qu'elle avait eue avec Beau dans son bureau, de l'éventualité que Ramie puisse peut-être l'aider à localiser ses parents. Cette conversation lui sembla avoir eu lieu des siècles en arrière.

Elle se mordit la lèvre, ne sachant comment aborder un sujet aussi délicat. Et si elle acceptait de l'aider et qu'elle pouvait lui décrire ce que traversaient ses parents, Ari pourrait-elle affronter la vérité ?

– Qu'est-ce qui ne va pas ? demanda Ramie. Tu as l'air morte de peur, Ari.

Ramie la dévisageait, l'air inquiet.

Ari ferma les yeux et prit son courage à deux mains, priant pour que Ramie accepte.

– Je sais que je t'en demande beaucoup, dit Ari d'une voix tremblante. Mais, comme tu le sais, mes parents ont disparu. Ils ont disparu sans laisser de trace et je ne sais pas par où commencer à chercher. Est-ce que tu… (Elle prit une profonde inspiration avant de se jeter à l'eau.) Est-ce que tu accepterais d'utiliser tes pouvoirs pour essayer de les retrouver ?

20

–HORS DE QUESTION !

Ari sursauta, tellement surprise qu'elle trébucha et dut s'agripper au dossier d'un des tabourets de bar. Son cœur faillit exploser dans sa poitrine en entendant le cri de colère de Caleb. Elle se retourna, angoissée, la gorge serrée, et vit que Caleb, Beau, Zach, Dane et Eliza étaient entrés dans la cuisine au moment où elle avait formulé sa demande. Son cœur battait si fort qu'elle crut qu'elle allait s'évanouir. Elle vacilla mais, déjà, Ramie avait passé son bras autour de sa taille pour la soutenir tout en jetant un regard noir à son mari.

La colère de Caleb était féroce. Tout son corps exprimait sa rage. Ses yeux noirs et étincelants lui donnaient un air… assassin. Ari fit un pas en arrière et le bras de Ramie retomba tandis qu'elle cherchait à fuir, mais elle se cogna contre le bar et se sentit piégée, n'ayant nulle part où aller pour échapper à la fureur de Caleb.

Elle déglutit, incapable d'articuler la moindre réponse ni même des excuses. Elle était complètement paralysée et la peur nouait ses entrailles.

–Tu te prends pour qui pour oser manipuler ma femme alors que tu sais *très bien* ce qu'elle endure quand elle utilise ses pouvoirs pour retrouver des victimes?

Ari serra les poings, regrettant ses paroles, et surtout d'avoir mis les pieds chez SSD. Quelques instants plus tôt, elle s'était sentie en sécurité, protégée par Beau, et certaine qu'il retrouverait ses parents. Mais maintenant, elle était morte de peur et ne voulait qu'une chose, être aussi loin de cette maison que possible.

Elle fit quelques pas sur le côté, jetant un œil vers le hall qui la mènerait vers les chambres. Il y avait une autre porte sur la gauche qui donnait sur le salon, puis vers la porte d'entrée. Il y avait d'autres entreprises de sécurité. Elle n'avait fait appel aux Devereaux que parce que son père le lui avait dit. Elle pouvait même engager un détective privé ou aller voir la police. D'ailleurs, elle aurait dû le faire depuis le début.

Elle se dégagea des tabourets de bar et courut vers le hall d'entrée. Soudain, un bras ferme la saisit par la taille et l'immobilisa, et elle se retourna, prête à se défendre. Deux tabourets de bar se soulevèrent dans les airs et se propulsèrent sur son agresseur.

–Eh merde, Ari! C'est moi, Beau. Arrête avec les tabourets. Ça fait mal, putain!

Sa voix lui parvint malgré sa panique et son désir écrasant de s'enfuir loin d'ici. Elle se figea et les tabourets s'écrasèrent au sol. Beau la tenait par la taille, son expression était dure et il avait l'air aussi en colère que son frère.

Soudain, des larmes embuèrent sa vue. Il lui en voulait, lui aussi? Alors qu'il lui avait parlé de cette éventualité lors de leur premier entretien? C'était lui qui lui en avait parlé, pas elle!

Une larme coula le long de sa joue, chaude contre sa peau glacée.

– Pourquoi tu m'en veux autant ? s'étouffa-t-elle en s'efforçant de ne pas finir sa phrase par un sanglot.

La colère qu'elle pouvait lire dans ses yeux était trop pour elle. Elle baissa la tête en signe de défaite et ses cheveux recouvrirent son visage, obscurcissant sa vue. Elle sentit de nouvelles larmes arriver et elle ferma les yeux, faisant le vide autour d'elle.

Une colère incontrôlable bouillait dans ses veines, balayant son désespoir. Elle voulait réduire toute la maison en un tas de poussière, et elle en était capable. Elle était plus que jamais consciente de la puissance de ses pouvoirs. Laissés à l'abandon pendant tant d'années, ils étaient désormais comme une seconde peau, toujours juste en dessous de la surface, et pour la première fois, elle les accepta pleinement.

Car elle avait quelque chose que les kidnappeurs n'avaient pas. La capacité, même à distance, de créer le chaos le plus total. Elle avait déjà prouvé qu'elle pouvait ralentir une balle. Son seul point faible était d'être droguée, mais il faudrait être assez proche pour lui injecter une dose de poison. Quelqu'un avec un fusil hypodermique n'aurait aucune chance, puisqu'elle pourrait non seulement dévier la trajectoire de l'aiguille mais également la retourner contre son agresseur. À moins que… Et si elle ne savait pas qu'on lui avait tiré dessus ? Serait-elle vulnérable face à un sniper ?

Toutefois, elle réfuta l'hypothèse aussitôt qu'elle la formula. Elle connaissait la réponse, enfouie quelque part dans son inconscient. Or personne ne le lui avait dit. Qui aurait pu lui dire ? Ses parents en savaient aussi peu qu'elle sur la manière dont fonctionnaient ses pouvoirs.

Cependant, elle savait, ou elle devinait, qu'elle pourrait se protéger contre n'importe quelle menace, même si elle n'en connaissait pas l'origine précise.

Jusqu'où pouvaient aller ses pouvoirs ? Avoir de tels réflexes et de tels instincts ne relevaient pas de la télékinésie, puisque ce n'était qu'une question de concentration. Qu'Ari soit capable de repousser une balle alors qu'elle marchait tranquillement dans la rue et ne savait pas que quelqu'un lui avait tiré dessus était tout autre chose, et d'ailleurs elle ne savait pas ce que c'était.

Elle sentit croître en elle une énergie incontrôlable qui avait besoin d'être libérée pour lui laisser remplir sa fonction : la protéger. Protéger les gens qui comptaient pour elle. Et les personnes, plantées là, en colère, qui voulaient la blesser, ne comptaient pas.

Les portes des placards s'ouvrirent. Les verres volèrent sur Caleb. Elle se tourna juste assez pour qu'il soit dans son champ de vision et elle le vit pousser des jurons en évitant les verres qui s'écrasaient à ses pieds, sur les murs derrière lui, sur le plafond au-dessus de sa tête. Elle vit un des verres percuter son épaule avant de se briser sur le sol.

Elle prit soin de protéger Ramie. Elle projeta autour d'elle un bouclier invisible, le construisant prudemment dans son esprit, commandant aux objets de ne pas l'approcher. Et cela fonctionnait. Ramie leva les bras pour se couvrir mais, à une trentaine de centimètres de son visage, une assiette rencontra une résistance invisible sur laquelle elle sembla rebondir avant de se briser en deux sur le carrelage.

Beau la tenait toujours par les épaules et il resserra son étreinte tout en prenant soin de ne pas lui faire mal. Il la tourna face à lui puis il plongea sa bouche sur la sienne et l'embrassa avec force. Si son intention avait été de la distraire assez longtemps pour que cesse l'avalanche d'objets que son frère et les autres devaient esquiver, son plan fonctionna.

Il lâcha ses épaules et posa ses mains sur ses joues, tenant tendrement son visage en embrassant ses dernières larmes.

–Je veux juste partir, murmura-t-elle d'une voix tremblante dès qu'il rompit le baiser. S'il te plaît, laisse-moi partir. Je vais les retrouver toute seule. J'ai l'habitude d'être seule avec mes parents.

Lorsqu'il parla, ce fut à peine plus qu'un murmure.

–Je n'étais pas en colère contre toi, Ari. Jamais. J'étais furieux envers mon enfoiré de frère, mais tu étais sur le point de t'enfuir, alors j'ai dû choisir entre lui casser la gueule et m'assurer que tu n'allais pas sortir de ma vie.

Ses yeux étaient brûlants de sincérité et la colère disparut peu à peu de son visage.

–Je t'ai choisie, Ari.

Il n'avait pas répété les paroles de la veille au hasard. Il voulait évoquer le souvenir de leur nuit d'amour et lui rappeler qu'il l'avait choisie, elle.

Le courant électrique qui parcourait la pièce et crépitait tout autour d'eux s'estompa, sa douleur et sa rage disparurent et les bris de verres et d'assiettes cessèrent leurs vibrations, plongeant la cuisine dans le silence.

Elle savait que tout le monde les regardait. Elle pouvait sentir le regard de Caleb, plus assassin encore qu'avant qu'elle l'ait attaqué.

–Tu l'as protégée, murmura Beau en faisant un geste vers Ramie derrière lui.

Ari se tourna légèrement, fronçant les sourcils. Ramie la regardait d'un air incrédule, bouche bée. Les autres avaient la même expression et Ari se sentit mal à l'aise. Elle avait l'impression d'être une bête de foire, ce qui lui donna une nouvelle raison de s'enfuir. De fuir l'embarras de la situation.

–Je suis vraiment désolée de t'avoir demandé ça, Ramie, dit-elle doucement, d'une voix tremblante.

Puis elle se tourna vers Beau.

–Eh oui, je l'ai protégée. Elle ne méritait pas ma colère.

Les doigts de Beau, tenant fermement les siens, tremblèrent de colère.

–Tu as érigé un bouclier invisible autour de moi pour me protéger, dit Ramie, émerveillée. Ari, tu sais à quel point tes pouvoirs sont extraordinaires?

–Je n'hésiterais pas une seconde à les échanger contre les tiens.

–Tu ne sais pas de quoi tu parles, aboya Caleb.

Beau perdit alors le peu de contrôle qu'il avait réussi à garder et il se jeta sur son frère, empoignant sa chemise pour le plaquer contre le mur. Les veines de son cou se dilatèrent et il devint rouge cramoisi tandis que sa respiration s'accélérait. Sa mâchoire était tellement serrée qu'Ari pouvait la voir pulser.

–J'en ai assez que tu agresses Ari, cracha Beau. Je te jure que si tu lui manques encore de respect, je t'arrache la tête. Je ne te le dirai qu'une fois, Caleb. Ne t'amuse pas à tester ma patience.

Ari regarda d'abord les deux frères, puis les trois autres membres de SSD, et enfin Ramie, qui avait l'air furieuse. Ari ne pouvait lui en vouloir d'être en colère alors que son mari venait d'être plaqué contre le mur par son frère dont le ton menaçant lui donna des frissons.

Il affichait un regard assassin. Ses paroles étaient passionnées et violentes et… semblaient sincères. Ari comprit que si Caleb osait le moindre geste ou la moindre parole, Beau tiendrait sa promesse.

–Beau, cria Ari, sortant de sa torpeur.

Courant vers les deux frères, elle regarda Ramie, lui demandant en silence de l'aider à éviter la catastrophe. L'avant-bras de Beau était appuyé sur la gorge de Caleb et l'empêchait de respirer. Le visage de Caleb ne cessait de s'empourprer, mais Beau exerçait une pression toujours plus grande.

Ari tira sur le bras de Beau, en vain.

–Beau, s'il te plaît. Ne fais pas ça. C'est ton frère. Je vais partir. Je n'ai jamais voulu causer de discorde au sein de ta famille, et c'est justement ce que j'ai fait. Ne lui en veux pas d'être en colère. Je n'avais pas le droit de demander à Ramie de m'aider. J'étais… désespérée. Tu te souviens de ce que tu ressentais quand ta sœur a disparu ?

Sa dernière question s'adressait davantage à Caleb, même si les deux frères étaient concernés. Elle sut qu'elle avait marqué un point car elle vit le regard coupable, puis douloureux, de Caleb. Elle murmura un juron car elle venait de causer encore plus de souffrance en remuant le couteau dans la plaie.

Elle tourna les talons, consciente que la meilleure chose à faire était de partir, de laisser les frères se rabibocher après son départ. Une fois la source du conflit éloignée, tout redeviendrait normal pour eux. Leur vie reprendrait son cours. Au moins, elle aurait le souvenir de leur nuit magique. Cela, elle ne l'oublierait jamais, et rien ni personne ne pourrait le lui enlever.

Elle ne pouvait attendre plus longtemps, même si elle laissait derrière elle une partie de son cœur et de son âme. Elle fila vers la porte qui menait directement au salon.

Elle passa devant Dane et Eliza et dévisagea Zach lorsqu'il fit un pas devant elle, l'empêchant de partir.

–Pousse-toi, ne m'oblige pas à te faire bouger, dit-elle sur un ton menaçant qu'elle n'aurait jamais cru posséder.

–Je ne peux pas faire ça, répondit calmement Zach. J'ai perdu quelqu'un que j'aimais, Ari. Je sais à quel point ça fait mal. Et je sais ce que Beau ressentirait si tu sortais de sa vie pour toujours. D'ailleurs, tu ressentirais la même chose que lui. Crois-moi, j'ai raison.

C'était comme s'il lisait dans ses pensées, comme s'il avait plongé dans son cœur et qu'il y avait vu l'empreinte de Beau. Comme s'il pouvait voir que Beau l'avait déjà marquée. Il y aurait toujours une partie d'elle-même qui appartiendrait à Beau et au souvenir de leur nuit passionnée.

–Je suis sincèrement désolée pour toi, Zach, dit-elle doucement. Mais peut-être peux-tu comprendre pourquoi je refuse de laisser mes parents souffrir, je dois tout faire pour les retrouver.

Soudain, des bras qu'elle connaissait bien s'enroulèrent autour sa taille et elle fut tirée contre le torse de Beau. Elle ne savait ce qui s'était déroulé dans son dos. Elle n'était concentrée que sur sa fuite. Si les deux frères s'étaient parlé, s'ils s'étaient excusés, elle ne l'avait pas entendu. Elle n'avait pas écouté car elle avait fait de son mieux pour accepter de leur faire ses adieux.

Des lèvres chaudes se nichèrent dans ses cheveux, juste au-dessus de son oreille.

–Ne pars pas, Ari, chuchota Beau. Juste… Ne pars pas. *S'il te plaît.*

Choquée qu'il la supplie devant les autres, elle se tourna vers lui et plongea son regard dans le sien, cherchant à comprendre ce qu'il lui disait *vraiment*. Elle avait l'impression qu'il voulait qu'elle reste pour toujours… et pas seulement jusqu'à ce qu'il ait retrouvé ses parents.

Elle vit dans ses yeux une vulnérabilité qui l'étonna presque autant que le fait qu'il la supplie de rester. Elle eut l'image de cet homme à genoux, plongeant ses magnifiques yeux noisette pleins de sincérité dans son regard, et son cœur s'emplit de peine car un homme aussi fier ne devrait jamais être à genoux. À moins, bien sûr, que ce soit pour la demander en mariage.

Waouh. Si cela n'était pas ce qui s'appelait mettre la charrue avant les bœufs ! Elle secoua la tête pour se débarrasser du bazar qui semblait s'y accumuler. Apparemment, c'était un effet secondaire de l'utilisation de ses pouvoirs. Bien sûr, elle ne le découvrait que maintenant puisqu'elle avait toujours refusé de les tester.

C'est alors qu'elle sentit son nez saigner et elle leva les yeux vers Beau tandis que son mal de tête, qu'elle n'avait pas senti jusque-là, se réveilla en explosant plus fort que jamais, comme un lion en cage qu'on venait de libérer.

Elle se mordit la lèvre inférieure pour éviter de gémir, de peur que le moindre bruit lui fasse perdre la tête. Elle leva les mains pour couvrir ses oreilles et les maintint ainsi, car le bourdonnement qu'elle entendait s'amplifiait, jusqu'à atteindre un niveau insoutenable. La pièce sembla tourner autour d'elle, lui donnant un tel vertige qu'elle fut sur le point de vomir. Elle vacilla et ferma les yeux pour que tout s'arrête.

Beau jura violemment. Elle grimaça et se retint de hurler, tant le son de sa voix, multiplié par cent, résonnait dans son crâne.

Elle gémit, ne pouvant plus se retenir.

–Je t'en supplie, chuchota-t-elle si bas qu'elle ne fut pas certaine que Beau l'entende. Ne dis rien, je t'en supplie. Pas de bruit, Beau. Je crois que je vais vomir.

–Que personne ne parle! cracha Beau en se détournant. Cependant, lorsqu'il revint vers elle, elle vacilla. Deux mains étrangères saisirent ses épaules pour la stabiliser, mais cela ne suffit pas. Ses jambes fléchirent et elle plongea vers le sol, grimaçant en se préparant à l'impact, consciente qu'elle ne survivrait pas à la douleur qui explosait dans son crâne.

Avant de percuter le sol, elle fut soulevée et elle ferma immédiatement les yeux pour empêcher la pièce de tourner. Zach. Elle avait oublié qu'il était là, que c'était lui qui l'avait empêchée de partir.

– Qu'est-ce qui se passe ? murmura Beau.

Elle osa ouvrir un œil et grimaça lorsque la lumière l'aveugla, telle une aiguille plantée dans sa pupille. Beau s'était de nouveau tourné vers elle et son regard s'était assombri en voyant Ari dans les bras de Zach.

– Elle a failli tomber, dit Zach d'une voix lugubre.

Ari gémit de nouveau alors que Zach avait pris la peine de chuchoter sa réponse.

Beau fit deux pas vers eux et prit délicatement Ari dans ses bras.

– Appuie ta tête sur mon épaule, murmura-t-il. Je vais te remettre au lit et Zach va aller chercher tes médicaments. Tout ira bien. Je te le promets. Essaie de te détendre et de ne pas t'inquiéter. Pense à quelque chose de relaxant et de joyeux. Ou alors ne pense à rien du tout, si tu y arrives.

La cadence lente de sa voix, même s'il lui paraissait rugir dans ses oreilles, était étonnamment relaxante. Ou peut-être étaient-ce les vibrations et le ronronnement grave qu'elle entendait dans sa poitrine et qui apaisaient ses nerfs.

Il la porta comme si elle était la chose la plus fragile et la plus précieuse au monde. Les couvertures étaient encore en fouillis et il la posa sur le matelas avant de la border, vérifiant que son bandage était toujours à sa place.

Elle ne remarqua la présence de Zach que lorsqu'il secoua la bouteille de comprimés pour en prendre deux et qu'elle dut enfouir son visage dans l'oreiller. Zach se pencha pour placer deux cachets devant sa bouche.

– Ouvre la bouche, murmura-t-il. Je t'ai apporté un peu de lait parce que tu n'as pas déjeuné.

Elle se demandait vaguement pourquoi ce n'était pas Beau qui lui donnait les cachets lorsque celui-ci lui souleva la tête, juste assez pour qu'elle puisse ouvrir la bouche et avaler les antidouleurs. Elle fut surprise par l'effort qu'il lui fallut pour les pousser à l'arrière de sa gorge avec sa langue. Ensuite, Zach pencha le verre pour laisser une minuscule quantité de lait se répandre dans sa bouche. Heureusement, il ne lui en donna pas trop, car la douleur lui donnait tant la nausée qu'elle craignait de ne rien pouvoir avaler.

Une fois sa tâche accomplie, Zach sortit et Beau s'assit sur le lit, passant sa main dans ses cheveux, les dégageant de son visage avec une tendresse infinie.

–Mal, dit Ari.

C'était tout ce qu'elle parvint à dire. Il lui semblait que quelque chose n'allait pas du tout, mais elle n'avait pas la force d'en parler.

–Je sais, ma belle. Je suis désolé. J'aurais dû faire taire cet abruti dès qu'il a ouvert la bouche. Il n'avait aucun droit de t'agresser comme ça.

–C'est… frère…

Elle voulait dire à Beau que Caleb était son frère et que rien d'autre ne comptait, mais elle n'avait pu formuler que deux mots. Cependant, il avait compris son message.

Beau continua à lui caresser les cheveux sans répondre ; Il agit comme s'il n'avait rien entendu. Ou peut-être choisit-il d'ignorer ce qu'elle avait voulu dire.

–Quand les cachets feront effet, je vais te déshabiller pour que tu sois plus à l'aise, dit Beau en la caressant. Essaie de te détendre ma belle. Je sais que c'est dur, mais il faut que tu essaies.

–…m'as… demandé…

Beau eut l'air confus et il se pencha pour mieux l'entendre.

–Qu'est-ce que je t'ai demandé, Ari ?

–Rester. Tu… voulais… dire… ?

Son expression s'adoucit et il posa sa main sur son front, suivant la ligne de ses sourcils avec son pouce, appuyant juste assez pour que cela soit apaisant.

– Je ne veux pas que tu partes, dit-il simplement.

– Pourquoi ?

Ses paupières devenaient de plus en plus lourdes, mais elle n'était pas prête à s'endormir. Elle voulait entendre sa réponse. Elle parvint à entrouvrir les yeux, puis la pièce sembla s'obscurcir.

– Beau ? demanda-t-elle, effrayée, se demandant pourquoi la pièce devenait si sombre.

– Je suis là, dit-il. Les cachets font effet ?

– Pourquoi ? insista-t-elle, déterminée à ne pas céder à l'effet des médicaments tant qu'elle n'aurait pas eu sa réponse.

Il hésitait, comme s'il ne pouvait décider s'il devait se confier. Elle chercha sa main à tâtons.

Il prit sa main et sa chaleur se répandit le long de son bras jusque dans sa poitrine. Il souleva sa main et embrassa sa paume.

– Parce que tu es mienne, dit-il simplement.

21

Beau sortit de la chambre d'humeur assassine. Il se dirigea vers le salon, où il entendait les autres parler.

Lorsqu'il passa la porte du salon, Dane leva la tête et dit :

– Oh merde !

Il les ignora tous et fonça sur Caleb qui était debout, en train de masser son cou à l'endroit où Beau l'avait empoigné quelques instants plus tôt. Caleb eut à peine le temps de lever la tête avant que Beau ne lui lance un coup de poing dans la mâchoire.

Beau suivit Caleb dans sa chute, voulant le saisir par la chemise pour le regarder dans les yeux, mais Caleb parvint à frapper Beau d'un coup de pied circulaire qui le fit reculer sur plusieurs mètres. Cela donna assez de temps à Caleb pour se remettre d'aplomb et il dévisagea son petit frère, se frottant la mâchoire là où il l'avait frappé.

– Tu n'avais droit qu'à un seul coup, le prévint Caleb.

– C'est ce que tu crois, répondit Beau d'une voix menaçante.

– Ça suffit ! s'écria Ramie.

Elle traversa la pièce en courant et s'interposa entre les deux frères, au moment où Beau avançait sur Caleb. Il s'arrêta, ne voulant pas que sa belle-sœur reçoive un coup qui ne lui était pas destiné. Si, par malheur, il la frappait avec la même force qu'il avait frappé son frère, il lui briserait probablement la mâchoire.

Il ne bougea plus, bouillant de rage, ouvrant et refermant ses poings, impatient de frapper à nouveau son frère.

–Il avait tort, Beau, admit calmement Ramie.

–Tu rigoles? dit Caleb, têtu.

Ramie lui fit face, mais pas avant que Beau n'ait eu le temps de voir son visage, elle arborait elle aussi un air assassin. Il observa sans rien dire Ramie dévisager Caleb et lui expliquer qu'il n'avait pas à prendre ses décisions à sa place, et que si elle voulait aider Ari, rien ne l'en empêcherait.

–Je te jure que si tu fais souffrir ma femme, je te défonce, dit Caleb, les joues rouges et le regard noir.

–Espèce d'hypocrite, répondit Beau d'une voix calme.

Ramie voulut parler, mais Beau posa une main sur son épaule, l'espace d'une seconde, pour qu'elle n'ait pas le temps de ressentir sa rage. Il voulait simplement qu'elle le laisse parler, ce qu'elle accepta en hochant la tête, sans toutefois s'écarter.

–Tu as vu ce que tu as fait à Ari? demanda Beau. Cette fille est désespérée, terrorisée et seule. Sa seule famille a disparu sans laisser de trace et tu l'as agressée. Pire, tu lui as donné l'impression qu'elle n'était pas la bienvenue. C'est quoi, ton problème? En plus, ça ne t'a pas suffi! Tu as continué à la repousser jusqu'à ce qu'elle se sente sans défense. Tu as conscience du mal que ça lui fait de se servir de ses pouvoirs? Tu devrais savoir ce qu'entraînent les saignements psychiques, sauf que les siens sont cent fois pires que ceux de Ramie. Et comme si ce n'était pas assez, elle souffre horriblement ! Elle avait déjà un hématome cérébral avant que tu l'agresses ce soir. Je viens de la coucher et elle ne pouvait même pas enchaîner deux mots tellement elle était faible. Le moindre bruit résonnait dans sa tête. J'ai dû rester assis sans pouvoir faire quoi que ce soit pour l'aider, à part lui faire avaler un cachet et attendre qu'elle s'endorme et qu'elle échappe à la réalité. Alors, dis-moi, grand frère : à quel moment tu es devenu le connard qui agresse verbalement les femmes vulnérables et fragiles ? Oh, attends. Je me souviens. Tu as pas mal d'expérience puisque tu avais forcé Ramie à t'aider alors qu'elle t'avait très clairement dit non.

Ramie et Caleb pâlirent. Beau aurait préféré que Ramie ne soit pas entre eux et qu'elle n'entende pas cette dernière phrase car elle n'avait pas besoin que quelqu'un lui rappelle la souffrance qu'elle avait endurée.

– Tu as oublié qui était son père ? Que c'est le dernier à avoir vu le nôtre en vie ? répondit Caleb, les yeux pleins de remords.

Il regarda sa femme d'un air désolé, ce qui ne fit qu'accroître la colère de Beau. Caleb avait beau se détester et regretter l'enfer qu'il avait fait traverser à Ramie, il ne voyait aucun mal à agresser une innocente.

Et en cet instant, Beau sut qu'il avait eu raison de ne pas confier à son frère tous les détails de sa conversation avec le père biologique d'Ari.

– Pour autant que je sache, le seul péché d'Ari est d'être née, dit Beau. Tu es un sacré hypocrite si tu crois qu'elle devrait être jugée et tenue pour responsable des actions de l'homme qu'elle appelle son père. Parce que tu sais aussi bien que moi que le nôtre n'était pas un saint. Si tu veux considérer Ari comme responsable des péchés de son père, tu l'es toi aussi, pour ceux du nôtre.

Caleb ferma les yeux, mais Beau eut le temps de voir qu'il avait marqué un point.

– Putain, je suis vraiment horrible, dit Caleb.

Il tendit la main vers sa femme, comme s'il avait besoin de la toucher, comme si en la touchant, ses erreurs seraient effacées. Mais ce n'était pas à elle de lui pardonner en cet instant. Elle lui avait déjà pardonné en l'épousant.

– Oui, tu l'es, mais il n'y a là rien de bien nouveau, dit Beau, sentant sa colère s'estomper.

Il revoyait l'image d'Ari, blessée puis effrayée. Il la revoyait battre en retraite après que Caleb lui eut hurlé dessus. Pire, il revoyait son air de défaite. Comme si elle n'avait personne. Comme si elle ne comptait pour personne. Qu'elle n'avait personne pour lui dire que tout irait bien.

Et puis il revit son angoisse se changer en colère, les verres et les assiettes voler à travers la pièce pour attaquer celui qui l'avait blessée. Beau n'avait pas eu le temps de réagir. Elle avait cru qu'il était contre elle également, tout comme les autres qui n'avaient rien fait pour arrêter Caleb.

Beau avait eu envie de tous les virer. Où était passée la fureur d'Eliza ? Elle ne s'était pas retenue lorsque Caleb essayait de sauver Ramie. Seul Zach avait été doux avec elle, lançant un regard assassin à Caleb avant d'empêcher Ari de partir.

Heureusement, Zach avait eu la présence d'esprit de l'arrêter. Il ne pouvait supporter d'imaginer Ari seule dans la nature, sans protection… rejetée par ceux qui avaient juré de la protéger.

Tout son corps tremblait d'envie de se venger.

Et puis, une main caressa son bras et il se tourna en réprimant sa colère, car il ne voulait pas faire de mal à Ramie. Elle ne le méritait pas. Elle avait été gentille avec Ari qui l'avait remarqué et l'avait protégée alors que toute sa colère se dirigeait sur Caleb. Il lui aurait été plus facile de tous les ensevelir en réduisant la maison en miettes.

–Même quand tu continuais d'attaquer Ari, elle a protégé Ramie. Ta femme. Parce qu'Ari est gentille. Elle ne mérite pas ce que tu lui as fait ce soir.

Il se tourna, incluant Dane et Eliza dans son jugement.

–Elle ne méritait cela de la part d'aucun d'entre nous. Et on l'a tous laissée tomber, alors qu'elle est désespérée que ses parents aient disparu. Je me fiche que les Rochester soient ses parents biologiques ou non. Pour Ari, ils sont tout. Ce n'est pas à nous de juger ni de condamner un homme en se fondant sur des preuves si fragiles que n'importe quel débile pourrait les réfuter.

–Tu tiens énormément à elle, dit Ramie de sa voix douce.

Il la regarda d'un air incrédule.

–J'ai besoin de tenir à elle pour trouver révoltant qu'elle soit agressée par un homme qui fait deux fois sa taille ?

Il sut, dès qu'il eut terminé sa phrase, qu'il avait l'air d'être sur la défensive. Comme si elle avait touché un point sensible. Eh bien, peut-être était-ce le cas. Il était tellement perturbé par la situation qu'il n'y voyait plus clair.

Il repensa à la nuit passée, au fait qu'elle lui avait tendrement offert son innocence, et une nouvelle vague de colère parcourut ses veines. Il devrait être en train de la réconforter, de s'assurer qu'elle ne souffrait pas. Au lieu de cela, il était ici, loin du havre de paix qu'était sa chambre, la défendant contre le comportement inexcusable de son propre frère. Il aurait dû être avec elle pour qu'elle ne se réveille pas seule et qu'elle n'imagine pas le pire.

Caleb fronça les sourcils, mais Beau lui lança un regard meurtrier, le défiant de dire quoi que ce soit.

À sa grande surprise, Ramie prit sa main entre les siennes et elle sourit en le regardant de ses yeux étincelants.

–Je te disais ce que j'avais ressenti, dit-elle en ayant l'air de se retenir de rire.

Pourquoi donc aurait-elle envie de rire pendant un moment pareil?

Elle serra brièvement sa main puis elle se hissa sur la pointe des pieds et déposa un baiser sur sa joue.

–Tu es cuit, Beau Devereaux, chuchota-t-elle.

Elle lança à son mari un regard de défiance et Beau fut amusé de voir que Caleb faisait immédiatement un pas en arrière, obéissant automatiquement à sa femme, ce qui ne sembla surprendre aucun des deux époux.

Puis, le regard gris foncé de Ramie s'assombrit et Beau eut l'image d'une tempête qui se prépare.

–Quand Ari sera réveillée, dis-lui que je l'aiderai. Mais je ne peux rien garantir, dit-elle en grimaçant. D'habitude, j'utilise un objet ayant été sur le lieu de l'enlèvement. Dans ce cas, ce n'est pas possible puisqu'Ari ne sait pas où et quand ses parents ont disparu.

Ignorant les protestations de Caleb, Beau accorda toute son attention à Ramie tandis que Zach prenait sa place entre les deux frères.

–Tu peux le faire alors? dit Beau.

Il réalisa qu'il retenait sa respiration lorsque ses poumons commencèrent à brûler.

–Je crois que je peux le faire si Ari me donne un objet qu'ils adoraient ou quelque chose qu'ils touchaient fréquemment. Si elle avait quelque chose qui leur appartenait à tous les deux, ce serait encore mieux.

Ramie se frottait le bras, l'air agitée. Elle semblait angoissée à l'idée de décevoir Ari.

Caleb s'approcha et Zach se raidit en lançant à son employeur un regard d'avertissement. Caleb était peut-être l'aîné de la famille, mais personne ne pouvait douter que Zach ait définitivement fait allégeance à Beau.

Beau passa ses bras autour du petit corps fragile de Ramie. Même si les deux femmes avaient une carrure similaire, Ramie paraissait plus petite encore qu'Ari. Pourtant, elles avaient beaucoup de choses en commun en dehors de leurs pouvoirs surnaturels.

Il l'embrassa sur la tête et resserra son étreinte.

–Ari comprendra, je ne connais personne de plus gentil qu'elle. Elle sera déjà infiniment reconnaissante que tu veuilles bien essayer et que tu proposes ton aide. Caleb a beau dire qu'elle ne sait pas ce que tu endures, elle en est tout à fait consciente, et c'est pour ça qu'elle hésitait autant à te demander de l'aider. C'est pour ça qu'elle ne t'a pas posé la question dès qu'elle t'a vue. On a parlé de toi quand elle est venue à mon bureau. Elle sait très bien qui tu es. Elle m'a confié qu'elle se sentait liée à toi et qu'elle avait attentivement suivi toutes les histoires qui te concernaient. Je crois qu'elle était un peu gênée parce qu'elle trouvait présomptueux de penser qu'elle et toi pourriez être des âmes sœurs. Grâce à toi, elle s'est sentie un peu moins seule, moins monstrueuse. Si vous aviez toutes les deux des pouvoirs, elle pouvait supposer qu'il y avait d'autres personnes comme vous dans le monde.

Ramie passa ses bras autour de la taille de Beau et le serra fort contre elle.

–Je sais ce qu'elle ressent. Et ce n'est ni bête ni présomptueux de penser qu'on pourrait être des âmes sœurs. J'aime bien l'idée que l'on n'est pas les seules. Je ne sais pas pourquoi cette idée est réconfortante, mais c'est plus agréable que de penser que nous sommes un accident de la nature. Une sorte d'abomination.

–Dans le passé, j'ai connu quelqu'un qui pouvait lire dans les pensées, dit Zach en surprenant tout le monde puisque d'habitude, il se contentait d'observer en silence. Elle ressentait la même chose qu'Ari et toi.

Beau haussa les sourcils, surpris par l'intervention de son coéquipier, d'habitude si réservé. Cela ne fit que confirmer son idée que ce n'était pas un hasard si Zach était ainsi aujourd'hui. Avait-il perdu quelqu'un à qui il tenait. Sa mère? Sa sœur? La femme qu'il aimait?

Caleb grimaça et profita de l'inattention de Zach pour le contourner et prendre Ramie dans ses bras. Il leva le menton et plongea son regard dans le sien.

–Tu n'as absolument rien d'un monstre. Tu es un miracle. *Mon* miracle. Et je remercie Dieu chaque jour de t'avoir mise sur mon chemin.

Il leva la tête vers Beau et le regarda d'un air sincèrement désolé avant de regarder de nouveau sa femme.

–Et Ari ne l'est pas non plus. Comme toi, c'est une femme belle et généreuse, au cœur tendre et sincère, qui est extrêmement fidèle aux gens qu'elle aime. Beau a raison. Je suis un bel enfoiré. Et contrairement à Ari et toi, je suis égoïste. Et je veux bien admettre que je le suis. Mais bon sang, Ramie. Je déteste l'idée que tu souffres de nouveau. Tu as déjà tant souffert, je veux juste te protéger. Tu peux le comprendre, non? Je t'aime et je ne veux plus jamais te voir souffrir, dit-il d'une voix rauque.

La colère de Beau s'évanouit immédiatement et il renvoya un regard désolé à son frère qui accepta ses excuses avec un léger sourire, même s'il avait encore l'air inquiet. Mais Beau ne pouvait lui en vouloir. Les deux frères faisaient la même chose: ils protégeaient leurs femmes.

Leurs femmes…

Cette dernière pensée venait de sceller son sort et de changer le cours de sa vie à jamais. Son avenir. Celui d'Ari. En vérité, il avait déjà accepté son destin la nuit dernière. Comme des milliards d'hommes l'avaient fait à travers les siècles, il avait marqué Ari de la manière la plus primitive qui soit.

Il l'avait faite sienne.

D'ailleurs, il avait prononcé ces paroles une heure plus tôt, sans vraiment les comprendre. Il n'avait pas encore accepté ce que son cœur savait déjà.

Soudain, la vérité le frappa.

L'aimait-il ? Cela ressemblait à de l'amour. Ou du moins, à ce qu'il comprenait de l'amour. Un sentiment aussi fort ne pouvait être autre chose que de l'amour. Cependant, ce n'était pas le moment de penser à cela. Il y avait trop de choses à régler.

Ramie esquissa un sourire triomphant.

– Je dirais bien que je te l'avais dit, mais j'aurais l'air arrogante, non ? Tu es cuit, Beau Devereaux. Tu es cuit à *point*, dit-elle en exagérant son dernier mot.

– Arrogante, c'est bien le mot, marmonna Beau.

Dane et Eliza, qui s'étaient faits tout petits, firent tous deux un pas en avant, l'air très sérieux.

– Ça pose un gros problème de sécurité, dit Dane. Et ça ne peut pas être notre seul plan d'action. Ramie elle-même n'est pas sûre de pouvoir localiser les parents. Il nous faut agir comme si elle allait échouer. Et on ne peut pas laisser Ari aller à la recherche d'un objet qui servira à Ramie. C'est trop dangereux.

Eliza hocha la tête.

– Ils ont probablement mis sa maison sous surveillance.

Beau grimaça.

– Elle a mentionné que son père avait plusieurs maisons sous un autre nom. On a étudié toutes les adresses qu'Ari nous a données et on a réussi à voir que les fausses pistes laissées dans la paperasse finissent par se répéter.

– Il faut quand même se demander pourquoi son père a fait autant d'efforts pour disparaître, murmura Caleb.

–Moi je trouve ça parfaitement logique, le coupa Zach. Si j'avais une fille avec des pouvoirs comme Ari, je ferais tout ce que je peux pour que personne ne le sache et pour minimiser les risques qu'elle soit découverte.

–Tout à fait, acquiesça Beau. Cela dit, entre le coup de fil de son soi-disant père biologique et cette faction mystérieuse qui a été jusqu'à torturer une femme et la tuer quand elle a fini par craquer, je pense qu'il y autre chose.

–Je trouve ça bizarre que son père biologique ait su que sa femme avait été torturée puis tuée, qu'il sache *quelle* information ils cherchaient, *et* qu'ils ont fini par l'obtenir. Il en sait beaucoup trop, je trouve. À moins qu'il en ait été témoin, dit Dane en réfléchissant à voix haute.

–Et s'il en a été témoin, comment y a-t-il échappé, lui ? poursuivit Eliza en tapotant son ongle contre son menton. D'ailleurs, comment a-t-il su où était Ari et comment a-t-il eu le numéro privé de Beau ?

Beau n'avait pas voulu divulguer tous les détails sordides qu'il avait appris parce qu'il n'avait pas voulu effrayer Caleb, mais il se sentait désormais obligé d'en dire davantage.

–Il m'a dit qu'ils ont largué son corps là où ils étaient, sûrs qu'il le trouverait, dit Beau à voix basse. Elle était dans un état atroce. Et ils ont laissé un mot disant que c'était ce qui arriverait à ceux qui leur mettraient des bâtons dans les roues. Je n'ai aucun moyen de savoir si c'est vrai. Je ne suis pas naïf au point de croire qu'on a reçu des informations cruciales juste au moment où on en avait le plus besoin.

L'expression de Caleb se figea et la peur se lut dans son regard. Il attira Ramie contre lui comme pour la protéger de l'inconnu ou des répercussions possibles maintenant qu'elle avait accepté d'aider Ari.

Beau soupira et se passa la main dans les cheveux. Il regarda l'horloge, pensant qu'il devrait retourner auprès d'Ari avant que l'effet des médicaments s'estompe et qu'elle se réveille. C'était l'occasion parfaite pour injecter la puce GPS dans son bras tant qu'elle était encore profondément endormie. Cela ne prendrait à Dane que quelques secondes et, ainsi, ils sauraient à tout moment où elle se trouvait. Beau n'était pas assez bête et arrogant pour se croire invincible, et il ne voulait prendre aucun risque.

Il regarda Dane.

–Tu as la puce? Elle dort, donc autant s'en occuper tout de suite.

Beau savait qu'il se montrait impatient, mais il voulait être là quand elle ouvrirait les yeux. Il voulait être la première chose qu'elle verrait. Il brûlait d'impatience, conscient que tout cela n'aurait aucune importance s'ils n'étaient pas capables de retrouver ses parents. Biologiques ou non, elle les aimait profondément, et il était évident, lorsqu'elle parlait d'eux, qu'ils l'aimaient profondément en retour.

Si les informations de Zach étaient correctes et que Ginger Rochester avait perdu plusieurs enfants, elle avait déjà assez souffert. Cependant, la coïncidence était trop parfaite pour que, quelques mois à peine après avoir perdu un quatrième enfant en fin de grossesse, un bébé ait été abandonné sur leur paillasson, pile au moment où elle aurait dû accoucher.

Beau comprenait peu à peu qu'ils n'auraient les réponses à toutes ces questions que lorsqu'ils sauraient d'où venait Ari et quel rôle son père avait joué dans cette histoire sordide.

22

Lorsqu'Ari se réveilla, sa migraine n'avait pas disparu, mais elle était tout de même plus supportable. Elle avait délicieusement chaud dans le lit et elle s'étirait pour détendre ses muscles ankylosés lorsque son coude heurta un torse musclé. Ce qui expliquait pourquoi elle avait si chaud.

La couette formait autour de leurs corps un délicieux cocon, réchauffé par Beau surtout, car il semblait que ses pouvoirs l'aient laissée sans défense et que son cerveau se soit trouvé incapable de réguler sa température corporelle après un tel effort. De fait, elle se réveillait de son coma post-pouvoirs frissonnante et gelée jusqu'aux os.

Mais pas cette fois-ci.

Instinctivement, elle se colla davantage à Beau, enroulant ses jambes autour des siennes pour que sa chaleur l'enveloppe complètement. Elle nicha sa joue contre son torse et soupira, heureuse, comblée par cet homme si parfait.

Je t'ai choisie, toi.

Ces mots repassaient en boucle dans sa tête, apaisant les derniers stigmates de douleur, de colère et de violence.

Pouvait-il y avoir de plus belles paroles ? Elle y pensa un instant puis elle se rendit compte que la réponse était « oui ». Seule une phrase véhiculait plus de force que de dire à une femme que, parmi les milliards de femmes dans le monde, il en avait choisi une. Une seule ! Il la choisissait, *elle*.

Je t'aime.

Comme elle aimerait entendre ces mots ! Savoir qu'il les pensait avec chaque fibre de son corps. Elle donnerait tout pour que son vœu soit exaucé. Ses parents, en vie, en sécurité, à la maison. Et l'amour de Beau Devereaux. Si ces vœux se réalisaient, elle ne demanderait plus jamais rien d'autre.

Or en formulant un tel souhait, elle était obligée d'accepter ses propres sentiments. Son cœur s'était brisé en mille morceaux lorsqu'elle avait essayé de le quitter pour laisser à sa famille la paix qu'elle méritait.

Elle connaissait l'importance d'une famille. La sienne n'était pas aussi grande que celle de Beau, mais cela n'en faisait pas moins une famille. Et peut-être était-ce justement parce que sa mère, son père et elle avaient toujours été seuls, tous les trois, que leur lien était aussi fort.

Dans un monde où le divorce était devenu une banalité et où les enfants partaient tôt de chez leurs parents, un monde où la violence conjugale et la tromperie étaient monnaie courante, la famille d'Ari avait remporté l'épreuve du temps et s'était renforcée jour après jour.

Ses souvenirs lui étaient précieux, et elle espérait qu'ils en créeraient de nouveaux. Elle espérait qu'un jour elle donnerait à ses parents des petits-enfants qu'ils gâteraient autant qu'ils l'avaient gâtée.

Les enfants de Beau.

Cette pensée prit discrètement racine dans son esprit. Elle leva la tête, cherchant le réconfort que le visage confiant de Beau lui offrait toujours, et fut étonnée de voir qu'il était réveillé et qu'il semblait l'être depuis un moment, car il n'y avait aucune trace de sommeil sur ses traits. Ses yeux étaient alertes, concentrés. Sur elle.

Apparemment, elle n'était pas la seule à être perdue dans ses pensées. Si seulement elle pouvait lire dans les siennes ! Elle voulait tant que leurs rêves et leurs désirs soient identiques. Elle voulait partager sa vie avec lui, et seulement lui.

Était-elle folle de s'attacher autant et aussi vite ? Elle fronça les sourcils un instant en étudiant le magnifique visage de Beau, prenant conscience du peu de temps qui s'était écoulé depuis qu'elle l'avait rencontré.

Il y a quelques jours à peine, elle ne connaissait Beau Devereaux que de nom. Et encore, son père n'avait parlé de lui que lorsqu'il était d'humeur particulièrement lugubre. Dans ces moments-là, elle avait toujours eu l'impression que quelque chose l'inquiétait, l'effrayait même. Lors de ces rares occasions, elle savait qu'il ressentait le besoin d'avoir sa femme et sa fille à ses côtés.

Son père et sa mère disaient souvent que personne ne pouvait ignorer Ari après l'avoir vue, ne serait-ce qu'une fois. Elle supposait que c'était la raison pour laquelle son père lui avait dit de contacter Beau en personne. Peut-être avait-il eu peur qu'il ne l'aide pas s'il ne la rencontrait pas en face à face. Quelle qu'en fût la raison, elle remercia silencieusement son père. En suivant son conseil, non seulement elle avait toutes les chances de retrouver ses parents, mais elle avait également rencontré un homme qui lui donnait envie de rêver. Un homme avec qui elle voulait passer le reste de ses jours.

– À quoi diable penses-tu, ma belle ? demanda Beau d'une voix douce en effaçant les rides de son front avec son pouce. Quelque chose t'inquiète ? Tu as mal ?

Il tendait déjà le bras pour saisir ses médicaments lorsqu'elle l'arrêta en posant une main sur son torse.

– Tu es sûre ? demanda-t-il sur un ton sceptique. Ari, si tu as mal, il faut qu'on traite la douleur sinon tu pourrais saigner de nouveau et, cette fois, ça pourrait être grave.

Elle sourit et son cœur fondit en voyant à quel point il s'inquiétait pour elle. Elle passa son bras autour de son torse musclé et elle le serra aussi fort que possible.

– Eh, dit-il d'une voix douce. Au risque de paraître ingrat, qu'est-ce que j'ai fait pour mériter ça ? Qu'est-ce qui se passe, ma belle ? Tu avais l'air de penser à mille choses à la fois, et je ne veux pas que tu ressentes davantage de stress. Alors dis-moi ce qui te perturbe pour que je m'en occupe.

Elle voulait tant le lui dire. C'était sur le bout de sa langue. Mais l'idée même de prononcer ces trois petits mots, les plus importants du monde, la terrorisait. Or, prononcer ces mots magiques ne devrait jamais être terrifiant ; cela devrait être merveilleux.

Mais elle avait peur d'être rejetée. Qu'il soit mal à l'aise. Ou pire que tout, qu'il ait pitié.

Elle ne voulait surtout pas la pitié de cet homme. Elle voulait son amour. Sa dévotion. Sa protection. Elle voulait l'amour qu'avaient connu ses parents, et elle le voyait arriver avec Beau. Jamais elle n'avait rencontré un homme qui rivalisait avec l'opinion qu'elle avait de son père. Jamais aucun homme ne lui avait laissé penser qu'elle pouvait vivre une histoire similaire à celle de ses parents.

Sa poitrine se serra lorsqu'elle se rendit compte qu'un tel amour pouvait tout simplement… disparaître.

Le monde était meilleur avec des gens comme ses parents. Ses parents devraient être pris en exemple pour illustrer le parfait amour, la fidélité et le don de soi.

–Ari, tu commences à vraiment m'inquiéter, dit Beau d'un ton ferme, soulevant sa tête pour qu'elle soit obligée de le regarder. Tu ne fais que t'envoler Dieu sait où. En tout cas, ce qui est certain c'est que tu n'es pas ici, avec moi.

–Mais c'est justement ici que j'ai envie d'être, dit-elle à voix basse en caressant son torse, en explorant chaque muscle avant de déposer un baiser entre ses pectoraux.

–Tu ne peux pas en avoir plus envie que moi, dit-il en caressant son bras de haut en bas.

Elle chercha dans son regard la preuve qu'il était sincère.

–Tu le penses vraiment?

Il eut l'air confus, puis inquiet. Il se tourna sur le côté en conservant son bras autour d'elle, puis il dessina une ligne entre sa tempe et sa joue, la faisant frissonner de plaisir.

–Comment peux-tu en douter? demanda-t-il.

Il plongea son regard dans le sien, comme s'il essayait de lire dans ses pensées et dans son cœur.

–Ari, est-ce que tu doutes que j'ai envie d'être avec toi? Et je ne parle pas de quelques jours. Ni de quelques semaines ou de quelques mois.

–Combien de temps alors?

Son cœur se mit à battre et elle se permit d'espérer. Elle retint sa respiration pendant ce qui lui sembla être une éternité, attendant… une confirmation? Un engagement de sa part?

Son amour?

Mon Dieu, elle ne pouvait pas penser à cela. Elle ne pouvait pas risquer d'être déçue. Elle devait apprendre à se protéger et à ne pas tout prendre à cœur. Elle devait pouvoir oublier le négatif et profiter du positif.

Il expira lentement et posa sa main sur son bras. Il lui prit la main, leurs doigts s'entremêlèrent, puis il posa leurs deux mains sur son cœur.

–Tu es ici, Ari. Ici. Et c'est ici que tu resteras. Et tu es ici, dit-il en appuyant sa main contre son cœur, parce que *je veux* que tu sois ici.

Il fit un geste du bras pour montrer le lit, puis toute la chambre.

–Partout, chuchota-t-il. Partout où j'irai, tu seras avec moi.

Il rapprocha son visage, gardant sa main dans la sienne, serrées entre leurs corps, et il lui offrit le plus tendre des baisers. Il était si doux avec elle, comme s'il avait peur qu'elle se brise ou qu'elle ait mal.

–Toujours, chuchota-t-il sur ses lèvres. Je te veux pour toujours.

Ce mot, simple mais sincère provoqua en elle une joie qu'elle n'avait jamais cru possible.

L'amour l'avait trouvée quand elle ne s'y attendait pas, dans des circonstances impossibles, mais il était bien là.

L'amour pouvait vraiment tout conquérir. L'amour requérait une confiance et une foi sans faille.

Soudain, perdre sa famille l'effrayait un peu moins car Ari avait désormais la certitude que Beau retrouverait ses parents. Elle savait aussi que leur amour serait aussi solide et sincère que celui de ses parents et qu'il résisterait à l'épreuve du temps comme le leur.

23

Les traits de Beau s'assombrirent et un juron lui échappa lorsque quelqu'un frappa fort à la porte de sa chambre. Il roula sur le dos et grogna.

–Tu rigoles. Maintenant? Quelqu'un nous interrompt *maintenant*? La maison a intérêt à être en feu.

Ari réprima un sourire et essaya d'avoir l'air aussi irritée que lui, mais elle trouvait trop amusant son air de petit garçon à qui l'on vient de prendre son jouet préféré.

Lorsqu'on frappa de nouveau à la porte, Beau se leva lentement et ouvrit la porte suffisamment fort pour en arracher les gonds.

–Quoi? aboya-t-il.

Ari se pencha, curieuse de savoir qui avait le courage d'affronter la colère de Beau en les interrompant d'aussi bonne heure, car il lui semblait que ce devait être l'aube. Les événements de la veille étaient recouverts d'un épais brouillard et elle dut se concentrer pour se souvenir de ce qui s'était passé.

Elle frissonna, gelée jusqu'aux os comme chaque fois qu'elle utilisait ses pouvoirs car Beau n'était plus là pour lui tenir chaud. Elle promena ses jambes sur le matelas à la recherche de sa chaleur.

Elle ne put voir qui était à la porte car le corps de Beau emplissait tout l'encadrement et il parlait à voix basse. Pour qu'elle ne puisse pas entendre ou parce qu'elle était sensible au moindre bruit ? Mais elle allait mieux maintenant ; ce devait être parce qu'ils ne voulaient pas qu'elle entende.

Elle fronça les sourcils et s'assit dans le lit, tordant le cou pour voir qui était avec Beau, et elle put enfin reconnaître celui qui les dérangeait. Zach. Et il n'était pas seul. Caleb et Dane étaient à ses côtés. Elle se mordit la lèvre, inquiète. Que se passait-il ? Pourquoi les trois hommes étaient-il là, l'air plus sérieux que jamais ? Excepté Caleb, dont l'expression était indéchiffrable.

Inconsciemment, elle s'enfonça dans l'oreiller, ramenant les couvertures sous son menton comme pour se protéger, comme si cela pouvait former une barrière entre elle et Caleb.

Pourquoi était-il ainsi ? Il ne se détendait que lorsque sa femme était présente ou qu'elle entrait dans la pièce, et là, il semblait s'illuminer. Ari avait constaté ce changement radical à plusieurs reprises, elle avait pu voir qu'il vénérait sa femme et qu'il ferait tout pour la protéger.

Un homme qui avait l'air aussi heureux lorsque sa femme entrait dans la pièce ne pouvait être vraiment mauvais. Son père lui-même avait souvent été décrit comme elle décrivait Caleb : froid et menaçant. Or, comme Caleb, il était un tout autre homme lorsque sa femme lui souriait. Et elle savait que son père était un homme bon, malgré les apparences. Peut-être était-elle injuste envers Caleb. Elle avait tiré des conclusions hâtives à son sujet, nourries par ses propres peurs, et elle s'en voulait à présent.

Beau parla pendant quelques minutes, et Ari remarqua qu'il formait une barrière impénétrable entre les trois hommes et sa chambre. Surtout avec le lit dans lequel elle était couchée. Non pas qu'il ait eu à s'inquiéter puisqu'elle était emmitouflée dans une montagne de couvertures dont seul son visage dépassait.

Il ferma doucement la porte et se tourna vers Ari, arborant une expression résolument neutre. Seulement, au lieu de se glisser sous la couette comme elle l'espérait, il s'assit sur le bord du lit et lui tendit la main, comme s'il avait besoin de la toucher.

Ou peut-être pensait-il qu'*elle* en aurait besoin quand il lui aurait annoncé la raison pour laquelle ils avaient été dérangés si tôt.

Elle sortit sa main de sous la couette, la posa dans la sienne et il la serra de manière réconfortante.

–Il faut que tu m'écoutes jusqu'au bout, dit-il d'une voix calme.

Son cœur se mit à battre à toute vitesse. Beau semblait parfaitement conscient du fait qu'elle paniquait déjà.

–Ma puce, cela pourrait être une bonne chose, alors ne panique pas. J'ai besoin que tu sois calme et rationnelle.

D'accord. Donc ce n'était pas une nouvelle si terrible. Quoi que ce fût, elle pouvait l'encaisser. Elle fit un effort pour calmer sa respiration et se détendre. Après un moment, lorsque Beau sembla penser qu'elle était prête à l'entendre, il se rapprocha d'elle et tint sa main sur sa cuisse.

–Ramie a accepté de nous aider. Elle va essayer de créer un lien avec tes parents.

Cette fois-ci, son pouls accéléra parce qu'elle était excitée, pas effrayée. Il lui fallut toute sa volonté pour ne pas sauter sur place dans le lit comme un enfant le jour de Noël.

– C'est vrai ? chuchota-t-elle, ne pouvant masquer son incrédulité. Mais Caleb… Il était tellement opposé à l'idée !

Beau remarqua qu'elle frissonnait à l'évocation de la réaction violente de son frère. Son regard s'assombrit mais il s'efforça de se débarrasser de sa colère et il sourit avant de réponse à sa question si timide et pleine d'espoir.

– Ramie prend ses propres décisions, en dépit de ce que semble penser Caleb, ou de ce qu'il veut que pensent les autres. Il aimerait contrôler chaque aspect de sa vie, non pas parce que c'est un enfoiré et qu'il est macho, même si c'est parfois le cas, mais parce qu'il l'aime profondément et qu'il veut la protéger. Et je ne peux pas lui en vouloir. Tu ne sais pas les horreurs qu'ils ont traversées ensemble il y a peu de temps. Tu ne sais pas à quel point Ramie a souffert au fil des années. Un jour, je te raconterai leur histoire, dit-il d'une voix lugubre. Et comme Ramie ne laisse pas Caleb prendre ses décisions à sa place, elle lui a dit que si elle décidait de t'aider, il ne pouvait pas l'en empêcher. Elle t'aime beaucoup, Ari. Tu l'as touchée. Comme toi, elle pense que vous êtes connectées d'une façon ou d'une autre, comme des âmes sœurs ou des sœurs séparées à la naissance ou je ne sais quoi. Elle a le cœur brisé que tu aies perdu ta seule famille. Ramie n'a jamais eu de famille, elle n'a jamais eu personne avant de rencontrer Caleb, donc elle comprend ce que tu traverses, et elle veut faire tout ce qui est en son pouvoir pour t'aider à retrouver tes parents.

– Quand ? s'écria Ari. Où ? Aujourd'hui ? Mon Dieu, pourvu que ce soit aujourd'hui.

Elle ne pensait pas pouvoir tenir une journée de plus sans savoir si ses parents étaient en vie. Beau serra sa main plus fort.

– Oui, aujourd'hui. Mais d'abord, tu dois faire quelque chose pour nous.

–Tout ce que vous voulez.

–Normalement, Ramie établit un lien avec la victime en touchant quelque chose qui était sur le lieu de l'enlèvement. Même quelque chose de minuscule. Parfois l'objet peut paraître absurde, mais si le tueur l'a touché, ou si la victime l'a touché, ou même si l'objet était dans les environs, Ramie peut s'en servir comme d'un chemin vers la victime.

Ari fronça les sourcils.

–Je sens venir un «mais».

Beau acquiesça.

–Le problème, c'est qu'on ne sait pas où tes parents ont disparu. On ne sait rien du tout, donc on ne sait pas par où commencer. Mais Ramie pense que si tu lui donnais un objet appartenant à tes parents, quelque chose qu'ils ont touché fréquemment et sur lequel ils auraient laissé de fortes empreintes mentales et physiques, elle pourrait *peut-être* établir un lien. En revanche, elle ne veut pas que tu te fasses trop d'espoirs et que tu sois déçue si jamais ça ne marche pas, même si elle va tout essayer.

Ari réfléchissait à toute vitesse, prêtant moins attention à Beau, se concentrant déjà sur les possibilités. Elle ignora ses dernières paroles, car elle ne voulait pas envisager, pas une seconde, que Ramie pourrait échouer. *Il fallait* qu'elle y arrive. Sinon elle s'effondrerait vraiment, et elle ne s'en remettrait peut-être jamais. La seule chose qui l'empêchait de devenir folle était l'espoir, même minuscule, qu'elle allait récupérer ses parents. Si elle perdait cela…

Beau jura et elle revint à la réalité, fronçant les sourcils en se demandant ce qui n'allait pas. Il se leva et alla dans la salle de bains, revenant quelques secondes plus tard avec un gant de toilette avec lequel il essuya délicatement son nez et sa bouche.

–Mais, Beau, je n'utilisais pas mes pouvoirs. Promis ! Je réfléchissais, c'est tout !

Elle se sentit néanmoins coupable de ne pas tout lui dire, et elle comprit pourquoi elle s'était de nouveau mise à saigner.

–Apparemment, cela suffit. Tu es vraiment fragile, Ari. Je crois que tu as été trop loin hier. Je ne t'ai jamais vue aussi malade après avoir utilisé tes pouvoirs. J'imagine que si tu saignes maintenant, c'est parce que ton cerveau n'a pas encore eu assez de repos pour guérir complètement et que le simple fait de te concentrer un peu trop sur quelque chose te refait saigner.

Elle haussa les épaules, comme si elle s'en fichait. Et c'était le cas. Elle voulait revenir à ses parents et au fait que Ramie avait décidé de l'aider.

Mais, par respect pour l'inquiétude de Beau, elle fit un effort pour parcourir calmement ses souvenirs, passant en revue les bibelots ou les objets que ses parents auraient tous les deux pu aimer assez pour les toucher fréquemment.

Il y en avait trop. Des tableaux, des photos, mais rien d'évident. Or elle voulait donner à Ramie quelque chose qui lui offrirait la meilleure chance de créer une connexion avec ses parents.

Et puis elle trouva. C'était tellement évident qu'elle se détesta de ne pas y avoir pensé tout de suite.

–Mon Dieu, chuchota-t-elle. Bien sûr !

–Quoi ? s'empressa de demander Beau. Tu as pensé à quelque chose ?

–Mes zouzous !

Il eut l'air confus.

–Tes *zouzous* ?

Elle sourit en repensant aux interactions qu'elle avait eues avec ses peluches préférées au fil des années. Elle pensa à la place sacrée qu'occupaient les peluches dans leur vie, car c'était grâce à elles que ses parents avaient découvert ses pouvoirs.

Elle les avait toujours gardées avec elle et, lorsqu'elle vivait encore chez ses parents, les zouzous étaient sur une étagère du salon, ses parents les prenaient souvent en souriant quand ils contemplaient les souvenirs qu'ils avaient accumulés.

– C'étaient mes peluches préférées. Déjà à neuf mois, je les préférais aux autres. C'étaient mes doudous, mais ma mère ne les laissait jamais dans mon lit parce qu'elle avait peur que je puisse m'étouffer avec. Apparemment ça ne me plaisait pas du tout et, alors que je n'étais qu'un bébé, je les faisais venir à moi.

Beau secoua la tête.

– C'est incroyable !

– Imagine la surprise de mes parents, dit-elle en riant. Ils ont dû accepter, alors que je n'avais même pas un an, que j'étais différente et que je n'aurais jamais une vie normale. Et ça a changé leurs vies aussi. Ils ont fait tellement de sacrifices pour moi, ils ont adapté leur mode de vie pour répondre à mes besoins. J'ai toujours été leur priorité, et c'est pour ça que je dois les retrouver. Je leur dois bien ça. Je dois faire tout mon possible, même si cela signifie sacrifier ma vie pour les sauver.

Son expression s'assombrit immédiatement et il lui serra la main si fort qu'il aurait pu lui briser les os.

– Tu ne vas pas mourir, dit-il sèchement.

– Je n'ai pas *envie* de mourir, répondit-elle pour le rassurer. J'ai tellement de choses à vivre. Je dis seulement que pour moi, le choix est simple. Mais j'ai confiance en vous, je sais que SSD fera en sorte qu'on n'en arrive pas là. Il faut juste que tu comprennes que je n'hésiterai pas une seule seconde ; ils comptent trop pour moi et je ne peux pas vivre sans eux.

–Mais Ari, il faut que *toi*, tu comprennes qu'ils ressentent la même chose pour toi. Imagine ce qu'ils éprouveraient s'ils savaient que tu as sacrifié ta vie pour eux. Tu crois qu'ils t'en seraient reconnaissants ? Tu crois qu'ils pourraient continuer à vivre ? Ils ne s'en remettraient jamais, Ari.

Il y eut un long silence durant lequel elle l'entendit essayer de calmer sa respiration, puis il la regarda droit dans les yeux.

–*Je* ne m'en remettrais jamais.

Son estomac fit un saut périlleux. Elle ressentait tant d'amour qu'elle crut qu'elle allait exploser. Elle avait besoin de le lui dire. De lui dire ce qu'elle gardait pour elle. Mais ce n'était pas le moment. Ils avaient une tâche à accomplir. La mission la plus importante de toute sa vie.

–Il faut qu'on aille chercher les zouzous. Aussi vite que possible. Je ne veux pas attendre. Pas une minute de plus. Si Ramie le veut bien, si elle est prête, tu peux lui demander si on peut le faire aujourd'hui ? Dès qu'on récupère les peluches ?

–Waouh, dit-il en levant la main. Il n'y a pas de « on » dans cette histoire, à moins que le « on » concerne Zach, Dane, Eliza et les agents de SSD.

Elle fronça les sourcils.

–Mais tu ne sais pas où elles sont, moi oui. C'est logique que je vous y emmène. Si tu as autant de gens dans l'équipe, alors on sera parfaitement en sécurité. Et tu sembles oublier que je suis plutôt têtue, ajouta-t-elle tandis que ses yeux se mettaient à scintiller.

Beau soupira.

–Elles sont où, Ari ? Dans la maison où tu as été agressée ? Parce qu'elle est probablement sous surveillance, juste au cas où on serait assez bête, et apparemment c'est le cas, pour y retourner.

Elle sourit.

–Elles ne sont pas là. Mon père ne reste jamais plus d'un mois dans la même maison, donc je garde plein de choses dans mon appartement, qui n'est pas à mon nom. L'immeuble est à mon père, mais il est au nom d'une entreprise fictive. Il faudrait qu'ils me surveillent depuis un sacré bout de temps pour savoir que j'y habite, parce je n'y vais jamais directement après le travail. Je sais comment éviter qu'on me suive et mon père m'a dit de toujours agir comme si c'était le cas.

Beau secoua la tête en marmonnant quelque chose d'inintelligible, mais il n'eut pas l'air surpris par les précautions mises en place par son père.

–Alors, on y va quand?

Beau soupira et frotta son visage avec sa main.

–On part dès que j'ai prévenu les autres du changement de programme, ce qui va entraîner la mise en place d'une protection supplémentaire, parce qu'on n'avait pas prévu de t'emmener avec nous. J'aurais préféré que Ramie et toi restiez ici pour qu'on soit sûrs que vous êtes en sécurité.

–Il faut savoir s'adapter, dit-elle d'un ton joyeux. Je t'ai vu en action. Ça va être un jeu d'enfant pour toi.

Il s'avança vers elle et posa ses mains sur ses épaules, plongeant son regard dans le sien, et elle vit dans ses yeux un tumulte d'émotions contradictoires.

–Tu ne comprends pas, Ari. Si tu étais n'importe quelle autre cliente, je resterais calme sous la pression. Eh oui, notre slogan indique que l'on peut s'adapter à chaque situation. Mais tu n'es pas n'importe quelle cliente. Et c'est bien là le problème. Parce que s'il t'arrive quelque chose, je ferai n'importe quoi pour te récupérer. Et si par malheur je venais à te perdre…

Il dut arrêter de parler car ses émotions eurent raison de lui lorsqu'il réalisa qu'il était possible qu'il la perde.

– Je ne survivrais pas, Ari. Tu comprends ça ? Je ne peux pas te perdre.

Elle le dévisagea, choquée. Sa vulnérabilité était flagrante. Elle était si émue que ç'en était presque douloureux. Elle leva même la main pour se masser la poitrine, mais la douleur était trop profonde.

Il n'essayait pas de cacher ses émotions. Angoisse et sincérité émanaient de lui par vagues qui l'engloutissaient.

Il n'avait peut-être pas dit les mots qu'elle voulait tant entendre, mais elle comprit qu'il n'avait pas besoin de les dire. Elle n'en avait pas besoin pour sentir son amour, et c'était infiniment plus précieux que de simples mots. Des paroles n'auraient pas eu plus de valeur. Chacune de ses actions et de ses réactions lui prouvaient qu'il n'était pas de passage dans sa vie, qu'il ne la considérait pas comme un simple flirt qu'il pourrait oublier facilement. Son cœur, sa tête, son âme étaient entre les mains d'Ari.

Il n'avait peut-être pas dit qu'il l'aimait, mais il n'en avait pas besoin. Plus maintenant. Elle ne s'inquièterait plus de ne pas entendre ces mots, car il les lui avait dits de mille et une manières différentes.

Et c'était bien suffisant. C'était la preuve qu'il ressentait pour elle tout ce qu'elle ressentait pour lui. La preuve qu'il l'aimait aussi. Profondément, sans hésitation, sans condition.

Ils s'étaient trouvés. Leurs âmes avaient fusionné, ne faisant plus qu'une, n'ayant plus jamais à supporter la solitude qu'elles connaissaient jusqu'alors.

La perfection la plus totale, la plus douce.

Elle pouvait bien attendre qu'il soit prêt pour lui dire qu'il l'aimait. Mais cela ne signifiait pas qu'elle ne le lui dirait pas.

24

L'ambiance dans le quatre-quatre qui emmenait Beau, Ari, Zach, Eliza et Dane chez Ari était silencieuse et tendue. Beau avait insisté pour qu'Ari soit assise au milieu afin qu'elle soit moins vulnérable. Il tenait sa main si fort que c'en était douloureux, mais elle ne dit rien, consciente de son angoisse.

Une autre voiture suivait la leur avec cinq agents SSD qu'Ari n'avait pas rencontrés. S'ils étaient aussi professionnels que les autres, alors Ari était entre de bonnes mains.

Beau avait insisté pour que Caleb et Ramie restent à la maison, même si Caleb avait eu du mal à accepter que son frère parte sans lui. Caleb était intimidant, mais Ari voyait l'amour et l'inquiétude dans ses yeux lorsqu'il parlait à Beau, et cela suffisait pour qu'elle lui pardonne son impolitesse.

Ils s'arrêtèrent dans le parking privé de l'autre côté de la rue étroite dans laquelle se trouvait son immeuble. Ils avaient étudié le plan du gratte-ciel et avaient décidé de ne pas emprunter l'ascenseur, puisque ce serait trop simple de les arrêter, les piégeant entre deux étages, faisant d'eux des cibles faciles.

En revanche, cela signifiait qu'il fallait grimper les vingt-trois étages à pied. Ari savait que Beau ne pensait pas qu'elle était en état d'y arriver après les émotions, les saignements et les migraines des dernières quarante-huit heures.

Elle n'était pas sûre d'y arriver non plus, mais elle était déterminée à se surpasser pour ne pas les ralentir. Elle savait qu'il était impératif qu'ils entrent et sortent de son appartement aussi vite que possible. L'idéal serait que personne ne les remarque et qu'il n'y ait aucun contact avec l'ennemi. Elle ne voulait pas être responsable de plus de violence. Elle en avait eu assez pour toute une vie.

Tous portaient des vêtements sombres leur permettant de se fondre dans la nuit tandis qu'ils grimpaient l'escalier de secours situé à l'arrière de l'immeuble.

Dane fit une série de gestes qu'elle ne comprit pas, mais que ses hommes n'eurent aucun mal à suivre. Apparemment, il avait indiqué à deux hommes de protéger l'entrée arrière et de monter la garde. Les deux hommes s'exécutèrent et disparurent dans la nuit, armes en main.

Dane posta un autre homme à la porte qui menait aux escaliers depuis le hall de l'immeuble. Il la ferma à clé, empêchant à quiconque d'y accéder de l'intérieur, puis il se posta à côté de la porte, de sorte à être caché si quelqu'un parvenait à l'ouvrir.

Jusqu'à présent, Ari n'avait pas été stressée. Elle était trop excitée par la possibilité que Ramie, en qui elle avait entièrement confiance, localise ses parents. Mais pendant qu'ils montaient les escaliers d'un pas rapide et silencieux grâce à leur équipement militaire, elle commença à paniquer.

L'angoisse remonta le long de son dos, s'enveloppa autour de sa poitrine et tint son cœur dans ses griffes, le serrant si fort qu'il accéléra dangereusement. Elle inspira profondément par le nez, emplissant ses poumons lentement mais en silence pour ne faire aucun bruit.

Elle était entre Zach, qui était devant elle, et Beau, avec Dane en meneur de groupe et Eliza derrière Beau, protégeant leurs arrières. Les cinq hommes de l'autre véhicule avaient étaient positionnés à des endroits stratégiques afin que chaque angle soit couvert s'ils étaient attaqués.

Elle savait que ses ennemis n'auraient aucun scrupule à tuer ceux qui risquaient leur vie pour la protéger. Leur seul objectif, c'était elle. Elle répétait en boucle une prière dans sa tête, priant Dieu de tous les protéger. Le priant de se ranger du côté du bien.

Elle priait pour qu'il accompagne leur mission et qu'aucun d'entre eux ne soit blessé, qu'ils reviennent tous sains et saufs auprès de Ramie afin qu'elle puisse tenter d'accomplir un miracle.

Elle ferma les poings, déterminée à passer outre les premiers signes de fatigue qui se firent sentir lorsqu'ils atteignirent le dix-huitième étage. Ses points de suture commençaient à lui brûler la peau, et la douleur qu'elle ressentait dans les côtes lui rappela soudain qu'elle avait des hématomes et qu'elle forçait probablement un peu trop.

Cependant, il était hors de question qu'elle les ralentisse. Elle ne serait pas la cause de leur retard. Car un retard pourrait leur être fatal.

Elle serra les dents, érigea une barrière mentale contre la douleur et accéléra le pas, tête baissée pour que personne ne voie sa fatigue. Dieu merci, personne n'était télépathe, sinon elle était fichue. Cela dit, Beau semblait toujours capable de détecter le moindre changement, même minuscule, dans son état physique ou mental.

Et merde. Elle sentit le liquide chaud couler sous son nez, mais avant qu'elle ait pu l'essuyer d'un revers de manche, qui heureusement était noire, une goutte tomba sur la marche grise. Pire encore, la goutte poursuivit sa course sur la marche suivante. Elle se dépêcha de l'essuyer puis elle utilisa l'autre manche pour qu'il ne reste plus de trace.

Elle aurait dû se douter que Beau le verrait. Ne pouvait-il pas rater quelque chose, pour une fois ? Il devrait être concentré sur leur mission, pas sur elle.

Il sauta une marche pour être à ses côtés et marcha en rythme avec elle, il passa sa main sous son menton pour qu'elle le regarde et étudia ses traits d'un air inquiet.

La seule chose qui la sauvait, c'était qu'ils devaient rester parfaitement silencieux, et elle vit la torture que c'était pour lui de ne pouvoir lui demander de se ménager. Or il lui était difficile de rester calme alors qu'elle était morte de peur ; non seulement pour ses parents mais aussi parce qu'ils étaient peut-être sur le point de tomber dans une embuscade

Ils arrivèrent enfin à son étage, et ce n'était pas trop tôt car Ari était sur le point de s'évanouir. Elle fut reconnaissante à Dane de leur ordonner de se plaquer contre le mur de son appartement, cela lui donna l'occasion de reprendre son souffle.

Dane et Eliza se mirent en position, Eliza glissa la clé dans la porte tandis que Dane se plaçait à sa droite pour pouvoir entrer en premier. Zach entrerait en second et Eliza le suiverait, et chacun d'entre eux sécuriserait une pièce pour que personne ne puisse les prendre par surprise.

Beau entrerait avec Ari lorsque Dane signalerait que la voie était libre, et pas avant. Comme les zouzous étaient dans son salon, sur la bibliothèque contenant des photos et d'autres bibelots, elle n'avait pas besoin d'aller plus loin.

Cela prendrait deux secondes, puis ils redescendraient les vingt-trois étages aussi vite que possible.

Eliza était positionnée de sorte que Beau puisse la voir, mais pas Ari, puisqu'il la maintenait derrière lui, son bras autour de sa taille pour la tenir fermement contre lui. Dans son autre main, il tenait un revolver, tout son corps était rigide, parfaitement alerte, prêt à tirer.

Lorsqu'elle le sentit avancer, toujours en la tenant contre lui, elle supposa qu'Eliza lui avait indiqué que la voie était libre. Ils s'arrêtèrent sur le pas de la porte, juste assez longtemps pour qu'Ari passe devant lui.

–Va chercher les peluches chuchota Beau. Fais vite. On monte la garde, alors ne t'embête pas à regarder autour de toi. Prends les peluches et reviens tout de suite pour qu'on puisse déguerpir.

Elle courut à travers la pièce vers la bibliothèque et saisit les peluches. Elle les tint fort contre sa poitrine, consciente qu'elle avait entre les mains la clé de la survie de sa mère et de son père.

25

–Je n'aime pas ça, marmonna Zach sur le chemin du retour.

Dane conduisait et Eliza était à côté de lui tandis que Beau et Zach étaient assis de chaque côté d'Ari.

Peut-être était-ce parce que Zach avait été là depuis le début et qu'il s'était montré gentil avec elle alors que les autres n'avaient pas été très accueillants, mais elle se sentait en sécurité à ses côtés, entourée par les deux hommes. Elle appuyait la tête sur l'épaule de Beau, qui avait passé son bras autour d'elle.

Lorsqu'ils avaient pu récupérer les peluches sans obstacle, Ari était euphorique, et elle avait dû se retenir de taper dans la main de tout le monde une fois en sécurité dans la voiture. Elle avait été prise d'un sentiment d'espoir, d'excitation, de victoire… d'une confiance en eux et en Ramie, surtout, qui lui faisait croire qu'elle allait bientôt ramener ses parents à la maison.

Elle voulait qu'ils rencontrent Beau. Aussi dur et difficile à satisfaire qu'était son père, elle savait que Beau passerait le test. Lorsque son père verrait Beau, il verrait un esprit similaire au sien, mais plus important encore, il verrait un homme prêt à protéger Ari, à y perdre sa vie s'il le fallait, comme il l'avait protégée jusqu'à présent.

Mais les paroles de Zach la firent revenir à la réalité sordide de sa situation.

– Qu'est-ce qui te tracasse ? demanda Dane.

Il avait parlé d'un ton calme qui reflétait la confiance qu'il avait en Zach.

– C'était trop facile, répondit-il d'un ton lugubre. Je ne peux pas croire qu'ils ne connaissent pas chaque endroit où Ari aurait pu se réfugier et qu'ils ne les ont pas tous encerclés. Or on a pu rentrer et sortir en quelques minutes, et c'était si facile que ça m'a tout de suite mis la puce à l'oreille. Ils préparent quelque chose, j'en mettrais ma main à couper.

Ari se raidit contre Beau, et il la serra contre lui sans quitter Zach du regard. Il caressa son bras pour la réconforter, mais cela ne fit qu'angoisser Ari davantage.

– Donc la question, c'est « pourquoi », dit Eliza en se retournant pour regarder Zach. Pourquoi nous laisser faire alors qu'ils n'ont reculé devant rien pour atteindre Ari ? Ils ont ses parents, donc plus vite ils enlèveront Ari, plus vite ils pourront les utiliser pour la manipuler. Parce qu'ils savent, comme nous tous, qu'Ari ne reculerait devant rien pour protéger ses parents.

Ari n'en revenait pas d'entendre le ton factuel avec lequel Eliza avait décrit sa personnalité. Elle ne la connaissait pas, elle ne l'avait vue que brièvement, et elles ne s'étaient jamais parlé.

Eliza vit la surprise d'Ari et lui sourit chaleureusement.

– Ari, ton amour pour eux est flagrant. Et il est évident que tu es fidèle aux gens que tu aimes. Il n'est pas très difficile de deviner que tu ferais n'importe quoi pour les sauver. Je suis observatrice. Je reste en retrait et j'observe. Et je suis fière de dire que ma première impression d'une personne est toujours juste. La seule chose que je vois quand je te regarde, c'est une femme avec de fortes convictions. Peut-être un peu trop naïve et rapide à accorder sa confiance. Tu es une femme qui ne voit que les qualités de l'autre, ou plutôt qui choisit de ne pas voir ses défauts. Et quand il s'agit des gens que tu aimes, tu peux être sans pitié, avec ou sans pouvoirs.

Ari se sentit rougir et baissa la tête, flattée et surprise par l'admiration qu'elle entendait dans la voix d'Eliza. Eh bien, elle avait entièrement raison. Que pouvait répondre Ari ? Merci ? Ce serait absurde, puisqu'Eliza ne lui avait pas fait de compliment mais avait seulement établi une description de sa personnalité.

Elle se contenta de regarder Eliza et de hocher la tête en souriant.

Beau la serra plus fort contre lui et il sourit, amusé de voir Ari gênée. Il s'approcha de son oreille pour qu'elle soit la seule à entendre.

– Elle a raison, tu sais. Elle a seulement oublié quelques points. Elle a oublié de dire à quel point tu es belle quand tes yeux brillent de passion. À quel point tes seins sont parfaits et les pétales autour de ta chatte sont doux. Chatte qui m'appartient, d'ailleurs. Tu sais ce que ça me fait d'être le seul homme à t'avoir pénétrée ? De savoir que moi et moi seul suis celui à qui tu as donné un si précieux cadeau ?

Elle rougit jusqu'aux oreilles. Mon Dieu, elle espérait que personne ne la regardait sinon ils devineraient exactement le genre de choses que Beau venait de lui murmurer à l'oreille.

Si seulement son visage ne révélait pas toujours ce qu'elle pensait, ce qu'elle ressentait, ses humeurs et ses émotions. Elle était vraiment comme un livre ouvert.

Elle lui mit un coup de coude dans les côtes, même si ses paroles ne lui déplaisaient pas.

–Arrête, siffla-t-elle. Tu me gênes!

Il rit d'une voix grave.

–Je te montrerai, plus tard. Je te montrerai ce que je pense avec mon corps plutôt qu'avec mes mots.

Sa respiration s'accéléra et la chaleur de ses joues se répandit dans d'autres régions de son corps, surtout ses seins, qui devinrent lourds et sensibles, et entre ses jambes où son clitoris se mit à pulser douloureusement.

–Tu vas me le payer, lui promit-elle.

Il sourit lentement, satisfait et arrogant.

–Il me tarde chaque seconde de voir ta revanche.

Elle soupira bruyamment lorsqu'ils empruntèrent l'allée menant à la maison de Beau. Ses pensées revinrent immédiatement aux zouzous sur ses genoux et elle caressa, sans y penser, leur fourrure usée. Ils révélaient leur âge, mais elle en avait toujours pris soin pour qu'ils ne s'effritent pas pour de bon. Ils comptaient trop pour elle. Elle ne savait pas pourquoi elle s'y était tant attachée, mais, même maintenant, lorsqu'elle les voyait, qu'elle les touchait ou qu'elle pensait à eux, elle se sentait immédiatement aimée et protégée.

Elle sortit de la voiture du côté de Zach, le premier à sortir, ignorant la main tendue de Beau qui voulait l'aider. Elle frissonnait d'impatience, ne tenant plus en place à l'idée de donner les peluches à Ramie pour obtenir n'importe quel bout d'information, même minuscule.

Elle marcha tellement vite qu'elle rattrapa même les grandes foulées déterminées de Dane, laissant les autres derrière eux. Beau ne prit pas la peine de protester, il avait compris à quel point cela comptait pour elle de faire, enfin, quelqu'un chose de positif pour retrouver ses parents.

Elle trépignait d'impatience lorsqu'elle vit que Ramie et Caleb les attendaient dans le salon. Caleb avait l'air malade d'angoisse, et bien qu'Ari compatisse, car elle comprenait pourquoi il était contre l'implication de Ramie, elle n'était pas assez hypocrite pour vraiment s'en vouloir.

Elle espérait que Ramie ne souffrirait pas trop, cependant, car cela voudrait dire que ses parents subissaient la même torture. Elle espérait de tout son cœur qu'ils n'avaient pas été blessés.

Ari avança vers Ramie, mais elle resta à quelques pas pour lui laisser son espace. Puis elle lui tendit les peluches qu'elle tenait jusqu'alors nichées dans ses bras comme un talisman.

– Ces peluches ont été manipulées par mes parents pendant des années. Leur empreinte, leur aura, ou je ne sais comment cela s'appelle, devrait les recouvrir, aussi bien que la mienne. De quoi as-tu besoin ? Est-ce que je peux faire quelque chose ?

Caleb eut l'air sur le point de répondre, mais Ramie le fit taire d'un simple regard. Les coins de sa bouche s'affaissèrent et il recula dans le canapé sans dire un mot.

– D'habitude je préfère faire ça loin des autres, dit-elle à voix basse. Ça pourrait être horrible. Mais dans ce cas, je crois que tout le monde doit être présent. Parfois je dis des choses qui viennent des victimes et dont je ne me souviens pas plus tard. J'agirai peut-être d'une façon particulière que toi seule reconnaîtras et ce que je pourrai dire n'aura peut-être de sens que pour toi. Mais il me faut de l'espace. Ne me colle pas, et surtout, n'interviens pas, quoi qu'il arrive. Cela peut être très dangereux pour moi si quelqu'un intervient.

Ari hocha vigoureusement la tête.

– Tout ce que tu voudras. Tout ce dont tu as besoin. Je ne bougerai pas. Promis.

Ramie balaya les autres du regard, mais elle ne s'arrêta pas sur Dane et Eliza, comme s'ils connaissaient déjà le processus. En revanche, elle regarda Beau, puis Zach, comme si elle voulait qu'ils lui promettent la même chose.

–Je vais rester avec Ari, dit Beau d'une voix calme.

Zach se contenta de hocher la tête puis il s'installa de l'autre côté du salon d'où il pouvait tout voir et tout entendre, sans risquer de gêner.

Ramie prit une profonde inspiration.

–D'accord. Donne les peluches à Caleb. Je préfère que ce soit lui qui me les donne. Ensuite, recule pour me laisser de l'espace. Mais encore une fois, reste silencieuse et ne fais rien qui pourrait me distraire.

Ari tendit les peluches à Caleb, nerveuse, les mains tremblantes, refusant de croiser son regard.

Elle fut surprise que Caleb ne se contente pas de prendre les peluches. Au lieu de cela, il prit ses deux mains dans les siennes et les serra.

–Je me déteste de t'avoir fait peur, dit-il d'une voix pleine de remords. Je te promets que je ne suis pas la personne que je t'ai montrée l'autre jour. J'admets que j'ai tendance à perdre mon calme lorsqu'il s'agit de ma femme.

Ramie émit un rire moqueur et Caleb lui jeta un regard noir.

–J'espère que tu accepteras mes excuses, Ari. Et pour ce que ça vaut, j'espère que Ramie t'aidera à retrouver tes parents.

–Merci. Je l'espère aussi.

Il lâcha ses mains et elle fit plusieurs pas en arrière. Beau passa immédiatement ses bras autour de sa taille pour la soutenir et la serrer contre lui.

Ramie prit une profonde inspiration puis elle tendit les mains pour attraper les peluches, que Caleb lui donna, une dans chaque main, au même moment. Pendant un instant, elle les regarda simplement, puis ses paupières clignèrent et lorsqu'elle rouvrit les yeux, ce fut comme si ses yeux avaient changé de couleur.

Ses pupilles étaient gigantesques et son regard était vide, elle semblait ne pas voir ce qui l'entourait. Elle se mit immédiatement à se balancer d'avant en arrière, comme si elle était en grande détresse. Caleb avait l'air torturé de ne pas pouvoir prendre sa femme dans les bras pour la réconforter. Mais il suivit les consignes de Ramie et resta assis, mâchoire serrée.

– Comment peut-on faire ça ? demanda Ramie d'une voix pleine de tristesse qui n'était pas la sienne.

– Comment ne peut-on pas le faire ? dit-elle, parlant pour une seconde personne.

– Regarde-la. Elle est tellement belle, tellement innocente. Comment peut-on l'abandonner ?

– Parce qu'on ne peut pas la protéger. Franklin Devereaux a promis de nous aider. Il connaît quelqu'un. Quelqu'un qui peut protéger notre bébé. C'est notre seul moyen de lui offrir une vie normale. Tu sais très bien que s'ils la reprennent, ils la traiteront comme un animal. Elle servira de cobaye, ils feront des expériences sur elle et l'obligeront à faire Dieu sait quelle horreur. On ne peut pas les laisser faire.

Beau et Caleb se figèrent en entendant le nom de leur père. Ils se fixèrent du regard, les yeux brillants. Beau avait même lâché Ari, comme si l'espace d'un instant, il avait oublié qu'elle était là.

– Qu'est-ce qu'elle a dit ? murmura Caleb d'une voix étouffée.

Beau mit son index devant sa bouche. Il ne voulait pas que Caleb l'apprenne, bon sang. Il ne voulait pas lui donner davantage de raisons de détester Ari. Il se passa la main dans les cheveux, regrettant que cette information soit révélée grâce à Ramie et au lien qu'elle avait créé. Un lien qui allait plus loin que les parents adoptifs d'Ari apparemment, ce qui était logique si ces peluches étaient déjà avec Ari le jour où ses parents biologiques l'avaient abandonnée.

Et puis Ramie se pencha en avant, tremblant violemment, les lèvres bleues, comme si elle subissait des températures polaires.

–Il fait tellement froid, dit-elle, empruntant la voix féminine qu'elle avait employée en premier. Et si elle mourait de froid ? On ne peut pas la laisser ici ! Et s'ils ne veulent pas d'elle ?

–Bien sûr qu'ils voudront d'elle. (La voix qu'employait Ramie désormais était pleine de certitude.) Franklin m'a dit que Ginger Rochester avait fait plusieurs fausses couches et qu'a priori elle ne peut pas avoir d'enfants. Notre fille sera pour eux un miracle, et c'est ce qu'elle mérite. Elle ne manquera jamais de rien. Et surtout, elle sera en vie.

Un cri étouffé échappa à Ari, qui ne pouvait croire ce qu'elle venait d'entendre. Elle tomba à genoux, ne pouvant plus supporter son propre poids. Elle enfouit son visage dans ses mains alors que les implications de ce que vivait et disait Ramie la frappaient, et elle plongea immédiatement dans le déni. Elle secoua violemment la tête. Ce devait être une erreur. Cela ne pouvait pas être vrai. Ramie avait tort.

Beau s'agenouilla à côté d'elle mais, bien qu'il fût sincèrement triste pour elle, il n'avait pas l'air surpris. Elle le remarqua malgré sa détresse et sa confusion. Que lui avait-il caché ?

Il essaya de la rassurer en la prenant dans ses bras, la serrant contre lui, mais Ari se débattit, presque hystérique. Elle ne voulait pas être touchée. Elle ne voulait pas être réconfortée. Il n'y avait aucun réconfort, aucun pansement assez grand pour calmer sa blessure.

–Adieu, mon amour, chuchota Ramie en mimant le geste d'avoir un enfant dans les bras et en embrassant l'air là où aurait dû se trouver le front de l'enfant.

Il y eut un bref silence, durant lequel Ramie resta lointaine, perdue dans un espace-temps différent, captive des secrets que renfermaient les peluches.

–Mon Dieu, Gavin ! Quelqu'un a laissé un bébé sur le pas de la porte où il pourrait finir congelé ?

Ari se figea car la voix de Ramie venait de changer une nouvelle fois. Ari avait reconnu la voix de sa mère, elle frissonna de la tête aux pieds. Son sang se glaça et sa gorge se serra, elle comprit que c'était vrai. C'était impensable, mais elle ne pouvait plus le nier. Comment était-ce possible ? Elle était aimée, désirée, elle n'était pas une enfant abandonnée par ceux qui lui avaient donné la vie.

Toute sa vie était donc un mensonge. Elle était vraiment seule. Perdue. Complètement à la dérive.

Elle s'enferma dans une bulle glacée, pour ignorer la vérité, oublier la réalité. Mais elle entendait toujours la voix de Ramie, imitant désormais son père.

–On va quitter le pays et on va partir pendant un bon moment.

Puis ce fut de nouveau la voix de sa mère.

–Qu'est-ce qu'on va faire, Gavin ?

La voix de Ramie devint rauque, comme celle de son père lorsqu'il était sérieux et décidé.

–On va faire ce qu'on attend de nous et on va l'élever comme si c'était notre fille.

Puis Ramie se tut et elle cligna rapidement des yeux, comme si elle analysait des images et des informations à la vitesse d'un ordinateur. Elle ouvrait et refermait ses mains, agitée. Elle était clairement ailleurs, toujours enfermée dans le passé. Et le présent, alors ?

Peu importait que le monde d'Ari ait été chamboulé de nouveau et sûrement à jamais. Elle aimait toujours ses… parents. Qui qu'ils soient, elle voulait plus que jamais les retrouver sains et saufs car elle avait des questions à leur poser ! Elle voulait connaître la vérité ! Une vérité qu'ils auraient dû lui apprendre quand elle avait atteint l'âge de comprendre. De plus, venant de ses parents adoptifs, ce n'aurait pas été choquant, car elle aurait pu comprendre leurs raisons. Elle aurait compris qu'ils l'avaient vraiment voulue et qu'ils n'aient pas supporté l'idée qu'une petite fille soit recueillie par les services sociaux sans jamais connaître de famille sur laquelle elle pouvait compter.

Elle avait besoin d'être rassurée et ils étaient les seuls à pouvoir le faire. Les seuls. Si auparavant elle avait été désespérée de les avoir perdus, ce désespoir était désormais multiplié par dix. Car s'ils mouraient avant qu'elle ait obtenu de réponse aux questions qui tournaient dans sa tête, sa vie ne serait jamais complète. Une partie importante d'elle-même serait toujours inaccessible. Comment Beau pourrait-il l'accepter si elle ne savait plus qui elle était ?

Elle savait que son père n'avait pas toujours suivi les règles et que son passé baignait dans le mystère et le doute, mais que sa mère avait changé sa vie et son avenir, et qu'il avait fait d'énormes efforts pour devenir l'homme qu'elle méritait.

Or, pour la première fois, elle se demandait s'il avait vraiment laissé son ancienne vie derrière lui. Elle se demandait si l'homme « bon » qu'elle avait toujours vu dans son père n'était qu'un autre mensonge sur une longue liste de tromperies. Et pour Ari, les mensonges par omission étaient pires encore que les mensonges clairs et nets. Car leur but était de cacher la vérité. D'empêcher l'autre de découvrir la vérité. C'était de la manipulation pure et simple, et seule quelqu'un qui n'avait aucune intégrité en était capable.

Cela blessait Ari de penser qu'un homme qu'elle avait toujours admiré, idolâtré et vénéré était capable d'un tel mensonge. Car elle était désormais forcée de remettre tout son passé en question. Que lui avaient-ils caché d'autre ? De quel autre mensonge avaient-ils été capables ? Avaient-ils menti sur toute la ligne ?

Derrière le voile de tristesse et de désespoir, elle vit Ramie s'affaisser soudainement sur le canapé. Caleb tendit les bras pour la rattraper. Il la ramena vers lui et la prit dans ses bras, la berçant tendrement, les lèvres pressées contre son front.

Il avait l'air profondément soulagé qu'elle n'ait pas eu à supporter d'atrocités. Mais Ari était morte de peur. Pourquoi Ramie n'avait-elle vu que le passé ?

Ari ne pouvait se relever. Ses jambes étaient trop faibles. Elle se traîna en rampant jusqu'au canapé où se trouvait Ramie, désormais réveillée, mais faible dans les bras de Caleb.

Ari regarda Caleb d'un air désolé, mais une fois de plus il la surprit car il ne lui renvoya que tendresse et compassion.

–Je sais qu'elle est fatiguée. Je sais à quel point ça l'épuise. Mais, s'il te plaît, j'ai besoin de lui parler avant qu'elle s'endorme. J'ai besoin de savoir.

Ramie remua et posa sur Ari des yeux endormis.

–Je vais bien, Ari. Beaucoup mieux que les autres fois. Je suis juste fatiguée parce que c'est épuisant de maintenir le lien, et dans ce cas il y avait quatre liens différents. Je vais essayer de répondre à tes questions si je connais les réponses, mais sois patiente. Je suis un peu lente et mes pensées se mélangent quand je sors d'une session.

–Je te demande seulement d'essayer, murmura Ari.

Elle appuya ses coudes sur les genoux de Caleb, espérant que le poids supplémentaire ne le gênait pas, mais c'était le seul moyen qu'avait Ari de se soutenir pour éviter de s'écrouler sur le sol.

–Tu n'as parlé que du passé. Un passé très lointain, dit Ari d'une voix rêche. Qu'en est-il du présent? Est-ce que tu as vu quelque chose qui pourrait nous aider à les retrouver?

Le regard de Ramie s'emplit de tristesse et de regrets. Elle tendit faiblement sa main vers celle d'Ari et la serra fort pour lui montrer son soutien.

–Rien, avoua Ramie. Je suis tellement désolée, Ari. J'aurais été prête à endurer n'importe quoi pour t'aider. Les impressions que j'ai eues étaient fortes, même si elles dataient de plusieurs années. J'ai vu des images après les passages que j'ai décrits à voix haute, mais elles étaient aléatoires. Toi, bébé. Puis toi, vers deux ou trois ans. Puis une fillette. Je t'ai vue pré-ado puis adolescente, devenant femme. Les zouzous, comme tu les appelles, étaient comme des observateurs silencieux des événements qui ont eu lieu au fil des années. C'est presque comme s'ils racontaient ton histoire et celle de ta famille. Ce sont des objets précieux, Ari, j'espère que tu les garderas encore longtemps.

Ari enleva brusquement ses coudes des genoux de Caleb et s'accroupit pour s'éloigner. Elle ne voulait plus que qui que ce soit la touche, la voie, soit témoin de l'agonie terrible qui la consommait. Tout cela avait été pour rien. Au lieu d'avoir retrouvé ses parents, tout ce qu'elle avait obtenu étaient des nouvelles qui lui brisaient le cœur et changeaient sa vie à jamais.

–Non ! s'écria-t-elle, secouant la tête, refusant de faire face à la vérité.

Elle se leva en titubant, repoussant Beau qui essayait de la prendre dans ses bras. Il recula, comprenant qu'il fallait lui laisser l'espace dont elle avait besoin. Elle ne pouvait supporter d'être touchée. Elle se sentait sale. Rejetée. Elle avait l'impression de n'avoir aucune valeur, alors que toute sa vie, elle avait eu l'assurance d'avoir sa place dans le monde. Elle était assurée de l'amour de ses parents. Désormais, elle se sentait… trahie, de la pire manière qui soit. Le genre de trahison qui déchirait une âme, qui brisait une vie. Une trahison dont elle ne se remettrait jamais. Elle n'avait plus rien.

Ni personne.

Soudain, elle se sentit seule dans un monde inconnu, sombre, et froid, où elle n'avait aucun refuge, aucun havre de paix pouvant la protéger du désespoir qui enveloppait son âme. En quelques instants, elle avait tout perdu. Et elle ne savait plus qui elle était.

26

Beau regardait Ari s'effondrer sous ses yeux sans pouvoir faire quoi que ce soit. Ni lui ni personne ne pouvait l'aider. Certaines blessures, certaines trahisons étaient trop profondes. Elles ne pouvaient être oubliées, pardonnées, ni même comprises.

–Non, répéta Ari, semblable à un animal blessé.

Elle passa ses bras autour de sa poitrine comme pour se protéger de la douloureuse vérité, et se pencha en avant. La douleur était gravée sur son visage, et les objets dans la pièce réagirent au désespoir dans lequel elle se trouvait.

Des objets de toutes tailles et même les meubles se mirent à vibrer comme sous l'effet d'un tremblement de terre. Une lampe tomba et vola en éclats, le bruit de verre cassé rompit le silence pesant qui régnait.

–Je n'ai pas été abandonnée, dit-elle d'une voix brisée. J'étais aimée. On ne m'a pas laissée dans le froid où j'aurais pu mourir, à la merci de quelqu'un qui pourrait ou ne pourrait pas me trouver sur le pas de sa porte.

Les larmes coulaient sur ses joues et son regard révélait tant de souffrance que la gorge de Beau se serra et ses yeux s'embuèrent. Tous dans la pièce ressentirent la douleur d'Ari.

Eliza tourna la tête, mais pas avant que Beau ne l'ait vue essuyer ses joues. Le regard de Dane était plein de compassion et il remua, mal à l'aise, enfonçant ses mains dans ses poches, ne sachant clairement ni quoi dire ni quoi faire face à la détresse d'Ari. Les traits de Zach étaient lugubres, son regard maussade et lointain, comme s'il se rappelait un passé aussi douloureux que l'instant présent. Des larmes coulaient sur les joues de Ramie et elle quitta les bras de Caleb, se disant probablement qu'elle n'était pas celle qui en avait le plus besoin.

Chaque fois que Beau essayait d'approcher Ari, de la toucher, de simplement la tenir pour la laisser pleurer dans ses bras, elle réagissait violemment, presque comme si elle craignait que son malheur ne déteigne sur lui.

Il jura violemment à voix basse, détestant son père, détestant Gavin Rochester et les enfoirés qui avaient fait de la vie d'Ari un véritable enfer. Elle avait été manipulée dès la naissance. Comment avaient-ils pu faire cela ? Selon les fragments d'informations révélés par Ramie, Ari n'avait été guère plus qu'une transaction.

Un simple moyen de soulager Gavin et Ginger Rochester des traumatismes qu'ils avaient subis. Un bébé symbolique, comme si n'importe quel bébé avait fait l'affaire, et qu'Ari avait été une solution pratique pour tous.

Pourquoi les parents biologiques d'Ari étaient-ils convaincus qu'ils ne pouvaient la garder ? Et que diable son père avait-il à voir là-dedans ? Était-ce possible qu'il ait « envoyé » Ari chez Gavin ? Avait-il une dette envers lui ? Et était-ce la raison pour laquelle Gavin avait dit à Ari d'aller trouver Beau au Caleb en cas de besoin ? C'était presque comme s'il la préparait à cette éventualité depuis longtemps.

Le fait que Gavin ait été la dernière personne à voir Franklin Devereaux vivant, selon les nouvelles informations qu'il venait d'obtenir, finit de convaincre Beau que le père adoptif d'Ari avait eu quelque chose à voir dans la mort de son père. Directement, indirectement… impossible de le savoir.

Il doutait que Gavin soit du genre à faire le sale boulot lui-même. Pas quand il avait une armée de gorilles à son service. Il suffisait de trouver le bon prix pour obtenir la loyauté de n'importe qui.

Ramie se leva du canapé, tremblante et vacillante au point que Caleb tendit les bras pour la rattraper en cas de chute, et elle avança lentement vers le coin du salon où Ari était recroquevillée, le corps parcouru de sanglots. Elle toucha délicatement le dos d'Ari et comme elle ne protestait pas, Ramie la tira dans ses bras. Ari enfouit son visage dans les cheveux de Ramie, sa poitrine se soulevait lourdement à chaque sanglot.

–Je suis tellement désolée, Ari, dit Ramie d'une voix pleine de regrets. Mais écoute-moi, ma puce. Regarde-moi, Ari, dit-elle d'une voix plus ferme.

Ramie attendit patiemment qu'Ari lève la tête et plonge son regard brillant dans le sien.

Beau eut la nausée en voyant la détresse si évidente dans les traits d'Ari.

–Tu étais aimée. Absolument. Sans condition. Profondément. C'est ça, la vérité. Gavin et Ginger Rochester t'ont aimée dès l'instant où ils t'ont trouvée devant leur porte. Ils ont pris toutes les précautions nécessaires pour que tu ne leur sois jamais enlevée. Pour que tu puisses mener une vie normale. Bien sûr, les choses ont changé lorsqu'ils ont découvert tes pouvoirs, mais ça n'a fait qu'accroître leur détermination à te donner tout ce qui était dans leurs moyens.

Les larmes coulèrent de plus belle sur les joues d'Ari, étincelantes dans ses yeux, les rendant plus électriques que jamais.

–Et voici une autre vérité, Ari, dit Ramie d'une voix douce. Une vérité que je veux que tu entendes, car *c'est* la vérité. Je ne mentirais pas au sujet de quelque chose d'aussi important, juste pour te réconforter. Tu étais tendrement aimée par tes parents biologiques, également.

Ari secoua immédiatement la tête, et sa peine redoubla dans ses yeux.

Ramie lui lança un regard sévère.

–J'étais là, Ari. J'ai ressenti tout ce qu'ils ressentaient. Je savais tout ce qu'ils savaient. Doutes-tu de mes pouvoirs ? Crois-tu que ce serait la première et unique fois dans ma vie où j'aie tort ?

–Alors pourquoi ? s'exclama Ari. Je ne comprends pas pourquoi !

–Parce que les mêmes gens qui te poursuivent aujourd'hui étaient déjà après toi à l'époque. Et tes parents étaient morts de peur. Ils étaient constamment en fuite. Ta mère étant enceinte, ce n'était pas facile pour eux de se cacher, de se déguiser. Ils craignaient toujours le pire. Et puis tu es née et ils t'ont couverte d'amour. Tu étais pour eux un miracle. Quelque chose de beau et de bon, né au milieu du mal. Ils ont essayé de te garder, mais ces gens les ont repérés et rattrapés. Ils ont eu la chance de pouvoir s'échapper, parce que quelqu'un était là au bon moment. C'est là qu'ils ont su qu'ils ne pouvaient pas continuer ainsi. Ils savaient que ce n'était pas une façon d'élever un enfant et que ta vie serait un enfer. Tu n'aurais jamais eu ce dont les enfants ont le plus besoin : une maison stable et protégée. Tu n'aurais jamais pu aller à l'école, avoir des amis, faire du sport ou de la danse.

Ramie s'arrêta, clairement épuisée, mais elle semblait déterminée à convaincre Ari avant de succomber à la fatigue physique et mentale qui l'accablait.

–Ils voulaient que tu aies tout cela. Alors ils ont été voir quelqu'un qui pourrait les aider. Ils pensaient même que cette personne pouvait te recueillir. Les parents de Caleb et Beau, Franklin et Missy Devereaux.

Caleb et Beau tressaillirent et Beau ferma les poings, il devait accepter le fait que la famille d'Ari et la sienne étaient liées par bien plus que l'amour qu'il portait à la jeune femme. Il ne pouvait plus douter de la véracité du coup de fil du père biologique d'Ari.

Ramie regarda Caleb et Beau d'un air désolé.

–Peut-être que vous ne devriez pas entendre la suite. Ari et moi pouvons continuer en privé.

Beau avança vers les deux femmes puis s'arrêta, tandis que Caleb faisait de même. Intentionnellement ou non, les deux frères étaient à un mètre à peine l'un de l'autre, solidaires.

Caleb parla avant que Beau ait pu formuler une réponse.

–Il n'y a rien que tu puisses dire au sujet de mon père, ou de ma mère, qui puisse nous choquer. On sait parfaitement quel genre de personnes ils étaient, et ce qu'ils n'étaient pas, dit-il sur un ton glacial.

Beau se contenta de hocher la tête, n'ayant rien à ajouter.

Ramie soupira et s'adressa de nouveau à Ari.

–Franklin s'est plaint à ton père biologique qu'il avait déjà trois gosses et que son abrutie de femme était encore en cloque, qu'ils venaient de l'apprendre à peine une semaine auparavant, et qu'il était hors de question qu'il adopte un autre enfant alors qu'il pouvait à peine tolérer les trois qu'il avait déjà et accepter l'idée qu'un quatrième était en route.

Il avait beau savoir que son père avait été un connard, Beau ne put s'empêcher de grimacer en entendant des paroles aussi crues.

– C'est à ce moment-là qu'il a parlé de Gavin Rochester, en disant que c'était un collaborateur et que, par chance, lui et sa femme voulaient désespérément un enfant mais qu'ils n'avaient pas encore réussi. Il a même donné de l'argent à tes parents et leur a prêté son jet privé pour que personne ne puisse les suivre.

Ramie prit le visage mouillé d'Ari entre ses mains, l'obligeant à la regarder.

–Ari, je veux que tu m'écoutes, *il faut* que tu l'entendes.

Ari cligna des yeux et concentra son regard et ses pensées sur Ramie, laissant de côté sa confusion.

– Jusqu'à tes deux ans, ta mère et ton père, tes vrais parents – c'est-à-dire ceux qui t'ont élevée comme leur fille, t'ont aimée et t'ont protégée toute ta vie – ne savaient rien de tes parents biologiques ou des gens qui les poursuivaient, ni que Franklin Devereaux t'avait envoyée chez eux. Quelqu'un a sonné à leur porte un soir enneigé de Noël et ils t'ont trouvée. Un magnifique petit ange. Avec un mot, qui les suppliait de t'adopter et de t'élever comme si tu étais leur enfant. Expliquant que tes parents biologiques ne pouvaient te donner ce dont tu avais besoin et que tu serais toujours en danger. Gavin et Ginger t'ont tout de suite aimée. Alors Gavin vous a emmenées, toi et ta mère, dans un autre pays, où il a documenté la grossesse de sa femme, ta naissance dans un pays étranger et ton retour aux États-Unis. Il a vendu toutes ses affaires, ne gardant qu'une entreprise pétrolière ici, à Houston. Ils sont venus vivre ici, pour commencer leur nouvelle vie avec toi. C'est la vérité et la seule vérité qui compte. Tu étais aimée, Ari. Tu étais voulue, et tu comptes.

Ari passa ses bras autour de Ramie et, cette fois-ci, elle la serra fort contre elle.

–Merci, chuchota-t-elle. Tu ne sais pas à quel point c'est important pour moi.

–Je peux l'imaginer, dit Ramie.

Puis elle regarda Beau et ses traits s'adoucirent. Elle prit la main d'Ari et la tendit vers Beau avant de regarder de nouveau Ari.

–Je crois qu'il y a quelqu'un qui a très envie de te prendre la main. Ça a été difficile pour lui aussi, Ari. Il a également appris des choses difficiles, vous devriez vous soutenir l'un l'autre.

Beau vit une myriade d'émotions naître et disparaître sur le visage d'Ari lorsqu'elle le regarda. Puis, elle poussa un petit cri, se jeta dans ses bras ouverts, passant ses bras autour de sa taille et s'accrochant à lui comme à une bouée de sauvetage.

–Je suis désolée, chuchota-t-elle. Je suis tellement désolée, Beau. Tu ne mérites pas la façon dont je me suis comportée. Tu es la dernière personne au monde qui le mérite. S'il te plaît, pardonne-moi. Tu es la seule chose qui soit vraie dans ma vie en ce moment. La seule personne en qui j'ai entièrement confiance. Je t'en supplie, ne m'en veux pas.

Il l'enveloppa autant qu'il le put dans ses bras, l'écrasant contre lui, la tenant aussi fort que possible sans lui briser les os. Il enfouit son visage dans ses cheveux qui sentaient si bon et la serra en silence, sa poitrine se soulevait lourdement, se libérant des émotions qu'il avait réprimées jusque-là.

Il ne s'effondrerait pas. Pas ici. Pas devant les autres. Pas quand Ari avait désespérément besoin qu'il soit fort pour elle.

Lorsqu'il recula enfin, il prit son magnifique visage entre ses mains et plongea son regard dans le sien, se noyant dans ses yeux, perdant son âme en elle. Et il voulait ne jamais être retrouvé. Il était perdu en elle et il prévoyait de le rester jusqu'à la fin de ses jours.

Il l'embrassa tendrement : un baiser pour la réconforter, l'apaiser, la rassurer…

Elle appuya son front dans le creux de son cou, et lui appuya son menton sur ses cheveux soyeux. Il sentait presque la fatigue émaner d'elle, et il savait qu'elle était au bord d'un gouffre, à deux doigts de craquer pour de bon.

Il baissa les bras et prit ses mains.

–Allons-nous coucher, ma belle. Demain, on lancera une attaque frontale. On va obliger ces enfoirés à sortir de leur trou et on leur soutirera des informations, quel qu'en soit le prix.

Elle frissonna et il devina qu'elle imaginait ce qu'impliquaient ses paroles. Mais elle n'eut pas une réaction d'horreur ou de dégoût. Elle leva simplement la tête vers lui comme s'il était toute sa vie. Et bon sang, il voulait l'être. Lorsque tout cela serait terminé, il lui dirait tout ce qu'il avait sur le cœur. Mieux que cela, il allait lui offrir son cœur et confier son destin à celle qu'il aimait.

La seule chose qu'il pouvait faire, c'était espérer que lorsqu'il le ferait, elle ne rejetterait pas ce qu'il lui offrait. Son cœur. Son âme. Son corps.

Son amour.

27

Beau s'assit soudain dans le lit et Ari glissa de ses bras. Elle murmura quelques mots inintelligibles, puis elle nicha son visage dans l'oreiller, sans ouvrir les yeux.

– C'est quoi ce bordel ?

Il cligna plusieurs fois des yeux, réagissant à la lumière vive qui inondait soudain la chambre.

Lorsqu'il put voir distinctement, il découvrit Zach, un fusil à pompe sur l'épaule, deux pistolets dans un étui autour des épaules et plusieurs grenades à la ceinture. Il avait un autre revolver attaché à l'intérieur de la cuisse et, sur son autre jambe, un dernier ceinturé sur l'extérieur, de façon à ce que les deux armes ne s'entrechoquent pas. Pour couronner le tout, au cas où ça ne soit pas suffisant, il avait au moins trois poignards fixés à des endroits stratégiques et facilement accessibles, et un autre pistolet plus petit fixé à sa cheville. Il avait l'air prêt à partir en guerre.

Beau fut immédiatement réveillé et il bondit du lit avant que Zach n'ait pu ouvrir la bouche.

– Dis-moi tout, aboya-t-il, allant déjà chercher son propre arsenal.

Il commença d'abord par enfiler un treillis adapté aux armes qu'il avait l'habitude de porter, puis il enfila un gilet pare-balles avant de mettre un t-shirt à manches longues noir.

– Ils sont venus nous chercher jusqu'ici. Ils préparent une énorme attaque. Ils ont déjà ouvert une brèche et ils ont passé les postes de sécurité. Ils avancent vite. J'ai prévenu les autres, mais il faut que tu emmènes Ari dans la chambre forte. Caleb est en train d'y conduire Ramie.

– Merde !

Après avoir fixé toutes ses armes et ajouté un sachet de poudre explosive parfaitement illégale dans une des poches de son treillis, il courut vers le lit et ne prit pas la peine de réveiller Ari pour lui expliquer la situation. Il n'avait pas le temps de le faire et la priorité était de garantir sa sécurité.

Il la prit dans ses bras plus brutalement qu'il ne l'aurait souhaité et Zach le précéda pour le couvrir, même si, a priori, les envahisseurs étaient encore à cinq minutes de la maison. Cinq minutes précieuses durant lesquelles ils devaient planquer les deux femmes et choisir leur meilleure défense.

– Beau ? demanda Ari d'une voix confuse et endormie.

– Chhhut, ma belle, je n'ai pas le temps de t'expliquer. Fais-moi confiance.

Il fut impressionné de voir qu'elle se faisait parfaitement immobile, même s'il voyait la panique dans son regard. Elle se taisait, alors qu'il savait qu'il devait lui être difficile d'accepter ses ordres sans broncher, sans avoir la moindre idée de ce qui se passait.

Il dévala le couloir en courant à grandes enjambées, atteignant la chambre forte en un temps record, même en portant Ari. Zach y parvint avant lui et entra le digicode de sorte que la porte s'ouvrit au moment où Beau arrivait et s'engouffrait dans la pièce.

Ramie y était déjà, recroquevillée sur une chaise, l'air terrorisée, les yeux écarquillés, pâle comme un linge. Mais lorsqu'elle vit Ari, elle sembla soulagée de ne plus être seule.

Beau déposa Ari sur la chaise à côté de Ramie puis il alla à l'armoire qui renfermait leur stock d'armes. Il prit quatre pistolets et deux recharges pour chacun, en plus de celles dont les armes étaient déjà munies.

Il en donna deux à Ramie, s'assurant qu'elle les tienne fermement avant de les lâcher, puis il fit de même avec Ari. Elle eut l'air totalement perdue en regardant le pistolet, comme si c'était un objet extraterrestre.

Il poussa un juron, comprenant qu'elle ne s'était jamais servie d'une d'arme, ce qui l'étonna vu les précautions de son père lorsqu'il s'agissait de sa protection. Il avait supposé, lorsqu'elle avait calmement pris le pistolet que Brent lui avait donné l'autre jour et qu'elle était sortie de la voiture avec, que son père lui avait appris à tirer. Il comprenait désormais qu'elle avait simplement suivi son instinct de protéger les autres.

– Écoute-moi, Ari, dit Beau d'un ton qui ne laissait de place à aucune interruption. C'est un Glock. Ça veut dire qu'il n'y a pas de sécurité, alors tu dois faire super gaffe quand tu vises. Et ne mets jamais ton doigt sur la gâchette, à moins que tu aies l'intention de tirer. Si quelqu'un, je veux dire *n'importe qui*, arrive à entrer dans cette pièce, tu vises et tu tires, et tu continues à tirer jusqu'à ce que l'enfoiré soit à terre. Compris ?

Il se tourna vers Ramie pour s'assurer qu'elle avait entendu ses brèves instructions. Elle hocha la tête.

– On y va, aboya Beau à Zach. Dis-moi où sont les autres et si des renforts sont en route.

28

–Qu'est-ce qui se passe, Ramie?

Une angoisse terrible serrait la gorge d'Ari, manquant l'étouffer. Elle pouvait à peine respirer et devait se concentrer pour inspirer et expirer afin de ne pas s'évanouir bêtement.

–Je ne sais pas, dit Ramie d'une petite voix.

Ses yeux reflétaient la même terreur que ceux d'Ari.

–Ils nous attaquent. Caleb n'a rien dit de plus. Il n'a pas eu le temps. Il m'a larguée ici et il est parti en courant.

–On est en sécurité ici? demanda Ari, apeurée.

–Je ne connais pas tous les détails, avoua Ramie. Je sais qu'il faudrait une bonne quantité d'explosifs pour défoncer la porte, que les murs sont triplés et renforcés par de l'acier pare-balles impossible à exploser. Mais ça n'a jamais été mis à l'épreuve. J'ai toujours cru que Beau était trop parano, mais je lui en suis super reconnaissante maintenant.

Ari hocha vivement la tête, puis elle réussit à exprimer l'autre peur qui la paralysait.

– Mais… et eux ? Comment sait-on ce qui se passe ? Et si quelque chose leur arrivait ? Pourquoi m'enferment-ils ici alors que je pourrais les aider ?

Ramie regarda les armes qu'elle tenait dans ses mains tremblantes et elle décala son index pour qu'il n'y ait aucune chance qu'il touche la gâchette.

– Beau ne te mettrait jamais en danger. Peu importe tes pouvoirs. Ils sont entraînés pour ça. Pas toi. Tu serais une distraction, parce que Beau, tous d'ailleurs, seraient plus occupés à te protéger qu'à se protéger eux-mêmes ou à descendre les menaces potentielles.

– Quelle horreur, je déteste être assise ici à ne rien faire, dit Ari sèchement.

– Je sais, acquiesça Ramie d'une voix tremblante. J'ai peur aussi, Ari. Je suis pétrifiée. Je n'ai pas envie de perdre Caleb.

Une douleur vive transperça la poitrine d'Ari et pendant un instant elle fut incapable de respirer.

– Ils ne peuvent pas mourir, dit-elle d'une voix féroce lorsqu'elle put parler de nouveau. C'est impossible. Ils ne mourront pas. Il faut qu'ils reviennent. Ils reviendront. On ne peut pas se permettre d'imaginer l'inverse.

Un silence s'installa entre les deux femmes qui se perdirent dans leurs pensées, chacune torturée à l'idée de tout ce qui pouvait mal se passer.

Ari regarda l'horloge digitale sur le mur, chaque minute lui paraissait durer des heures. Une éternité. Elle était folle d'angoisse. Que se passait-il dehors ? Beau était-il allongé quelque part, blessé ? Incapable de se défendre ?

Elle ferma les yeux et se mordit fort la lèvre, se laissant sombrer dans le désespoir.

Était-il en vie ?

Mon Dieu, elle ne pouvait pas rester ainsi. Elle ne pouvait pas ne rien faire. Le silence, les murs qui semblaient se resserrer autour d'elle, rendant la pièce de plus en plus petite. Elle avait l'impression de suffoquer. Elle devenait folle.

Elle posa prudemment les armes sur la table puis elle appuya les paumes de ses mains sur ses yeux et se balança d'avant en arrière tandis qu'une douleur atroce s'emparait de son crâne.

–Ari, est-ce que ça va? demanda Ramie, d'une voix angoissée, rompant le silence pour la première fois depuis ce qui leur semblait être des heures.

Ari regarda l'horloge et découvrit qu'à peine cinquante minutes étaient passées. Toute une vie. Ce devait être mauvais signe, non? S'ils étaient sortis et qu'ils avaient blessé ou tué tous leurs ennemis, ils auraient déjà dû être de retour, non?

Les balles étaient rapides et efficaces.

La pièce trembla bizarrement pendant un moment, et Ari crut que ce n'était qu'un effet de son imagination et de sa claustrophobie grandissante. Cependant, Ramie dut le sentir aussi, car elle regarda tout de suite vers la porte tandis qu'Ari retenait sa respiration.

Étaient-ils de retour? Allaient-ils entrer? Ou était-ce quelqu'un d'autre qui essayait d'accéder à la pièce? Peut-être la pièce vibrait-elle lorsqu'un mauvais code était entré. Si cela avait été un explosif, elles auraient probablement ressenti un tremblement plus violent.

–C'était quoi, ça? chuchota Ari.

–Je ne sais pas, chuchota Ramie en retour. Tu l'entends toujours? Moi, non.

Ari s'efforça d'écouter, se demandant si elles avaient toutes les deux imaginé le bruit, mais elles ne pouvaient pas avoir imaginé la même chose.

Soudain, une détonation assourdissante retentit en même temps qu'une lumière blanche et vive illumina la pièce. Ari fut aveuglée. La force de l'explosion les avait propulsées de l'autre côté de la pièce et Ari heurta le mur avec un bruit sourd avant de glisser lentement au sol où elle se retrouva assise, et encore parce que le mur soutenait son dos.

Elle ne pouvait rien voir ni rien entendre. Son cerveau était sens dessus dessous et cela n'avait rien à voir avec ses pouvoirs, elle n'avait pas pu se concentrer suffisamment pour les utiliser. D'ailleurs, elle n'aurait pas su quoi faire car elle ne voyait pas leurs agresseurs. Que venait-il de se passer, bon sang ?

La porte ne s'était pas ouverte. Elle en était certaine puisqu'elle et Ramie la fixaient au moment de l'explosion.

Des mains rêches la soulevèrent et elle sut que ce n'était pas Beau. Ni quelqu'un qui essayait de la protéger. La peur et l'adrénaline donnèrent à son corps le sursaut nécessaire et elle sortit de sa torpeur.

Ramie se mit à hurler.

– Ramie ! cria Ari. Tu es blessée ?

Son agresseur plaqua sa main sur sa bouche et chuchota d'une voix grave dans son oreille.

– Tais-toi et écoute-moi ou ta copine subira une mort lente et douloureuse.

Ari s'immobilisa et son sang se glaça. Si les envahisseurs avaient réussi à accéder à cette pièce, alors ils avaient dû se débarrasser des agents de SSD. Si Beau était en vie, il n'aurait pas manqué de la protéger. Des larmes brulèrent ses paupières et coulèrent sur ses joues, rencontrant la main qui était toujours plaquée sur sa bouche.

– Maintenant. Je vais t'expliquer comment ça va se passer, dit-il dans son oreille rendue quasi sourde par l'explosion. C'est toi qu'on veut. Les autres, on s'en fout. On n'a pas non plus envie de les tuer si on peut l'éviter, à moins que tu nous y obliges.

Son cœur se mit à battre la chamade. Cela signifiait-il que Beau et les autres n'étaient pas morts ?

–Tu as deux options. Tu pars avec nous calmement, ou on tue tout le monde, à commencer par la femelle avec qui tu partages ta chambre. Pour l'instant, mes hommes ne font que retarder tes copains en attendant qu'on te récupère. Alors, c'est à toi de jouer. Si tu refuses, je leur donne l'ordre de tous les tuer et on t'embarquera quand même. Toi, ton sort est scellé. Je veux juste savoir si tu veux sauver la vie des autres.

–Je viens, dit-elle d'une voix rauque. Ne les tuez pas. Je viens. Je vais coopérer. Je vous le jure. Mais ne leur faites pas de mal.

Sa vue commençait à s'éclaircir juste assez pour qu'elle voie la pièce. C'est à cet instant qu'elle comprit comment ils étaient entrés dans la chambre forte. Ils étaient passés par le toit puis par le grenier, et ils avaient fait un trou dans le plafond, assez large pour que deux personnes puissent y passer à la fois.

Elle sursauta lorsqu'une échelle de corde tomba par le trou du plafond. Elle regarda en direction de Ramie, se demandant si elle avait entendu le marché qu'elle venait de conclure pour la sauver. Pour tous les sauver.

À en juger à ses larmes et la façon dont elle regardait tristement Ari, elle devina que Ramie avait parfaitement bien compris ce qui se passait. Un homme qui ressemblait à un militaire la tenait fermement. Il avait l'air d'un tueur. Son regard était froid et sans vie, comme si rien ne lui importait. Elle frissonna lorsqu'elle comprit que si elle n'avait pas accepté leur requête, ils n'auraient pas hésité à assassiner Ramie sous ses yeux.

Elle regarda Ramie en lui demandant de comprendre. L'homme qui la tenait la fit avancer vers l'échelle et son estomac fit un saut périlleux à l'idée d'avoir à y grimper, car elle n'en avait pas la force.

Mais elle n'aurait pas dû s'inquiéter. Elle sentit une piqûre dans son cou, comme celle d'une guêpe, et la pièce devint floue. La dernière chose qu'elle vit, ce fut les larmes de Ramie et son air désespéré.

29

Munis de jumelles à infrarouge, de tenues de protection et d'un arsenal capable d'anéantir l'armée d'un petit pays, Beau et Zach traversèrent la pelouse en courant, le buste baissé afin de se protéger.

Il leur fallait rattraper les autres, et vite, car ils avaient de meilleures chances de vaincre leurs assaillants ensemble plutôt que chacun dans son coin.

Dane et Eliza sortirent soudain de la pénombre dans laquelle ils étaient invisibles grâce à leurs tenues noires. Dane hocha la tête en direction de Beau puis il parla doucement dans son micro et donna leurs coordonnées aux autres afin qu'ils se rassemblent, prêts à exterminer tous les assaillants.

En quelques secondes à peine, ils furent rejoints par Caleb, Isaac et Capshaw. Ils avancèrent, s'espaçant suffisamment pour ne pas être ciblés par un même missile.

À mi-chemin entre la maison et les bois qui l'entouraient, le terrain descendait brusquement en pente avant de s'aplanir de nouveau. Beau menait le peloton. Il était si concentré sur son environnement immédiat et les bois d'où provenait le plus grand risque d'embuscade qu'il trébucha sur quelque chose et s'étala par terre.

–C'est quoi ce bordel? On dirait un corps…

Il se dépêcha de se relever et fit quelques pas en arrière, indiquant aux autres d'en faire de même. Zach et Dane pointèrent leurs armes vers le corps tandis que Beau s'en approchait prudemment.

L'homme était immobile et semblait ne pas respirer. Eliza s'agenouilla à côté de Beau et pointa sa lampe torche sur le visage de l'homme. Beau eut un mouvement de recul, horrifié car… mon Dieu. Cet homme avait été tabassé à mort.

–Merde, siffla Eliza. Je n'ai jamais vu quelqu'un dans un tel état. À ton avis, qui est-ce?

À leur grande surprise, les lèvres de l'homme bougèrent imperceptiblement, juste assez pour qu'ils comprennent qu'il respirait encore. Tous échangèrent des regards étonnés. Comment se pouvait-il que quelqu'un en si mauvais état soit encore en vie?

–Ari, dit l'homme dans un souffle rauque, grimaçant de douleur en prononçant les deux minuscules syllabes.

Beau se ressaisit et se baissa davantage pour se rapprocher du visage ensanglanté de l'homme. Il était méconnaissable. Il ressemblait plus à un monstre qu'à un homme.

–Pourquoi parlez-vous d'Ari? Que vous est-il arrivé? Que savez-vous à propos d'Ari?

–Ma… fille, dit-il d'une voix rauque.

Un frisson parcourut le dos de Beau, il regarda les autres, incrédule.

–Dois… dire… quelque chose.

Sa voix devenait de plus en plus faible et Beau dut s'approcher encore pour entendre ce qu'il disait.

La main de l'homme se leva en tremblant, cherchant à s'accrocher à quelque chose. La réaction de Beau fut automatique. Qui que soit cet homme et quoi qu'il ait fait, personne ne méritait d'être torturé ainsi.

Lorsque Beau prit sa main, l'homme la serra fort et il ouvrit légèrement les yeux, juste assez pour que Beau y voie sa détermination.

– Dites… Ari… je l'aime. Sa mère… aussi…

Sa voix s'évanouit et, soudain, il se mit à tousser en convulsant et en crachant du sang.

Quelle horreur, c'était vraiment atroce. Jamais une ambulance n'arriverait à temps, et ils avaient encore à se débarrasser de ceux qui les menaçaient.

– P-promettez, bégaya-t-il alors qu'un nouveau filet de sang coulait sur son menton. Toujours aimée. Dites-lui. Jamais oubliée. Voulais qu'elle… soit… heureuse. Belle… vie.

Le père biologique d'Ari ferma les yeux et son corps s'affaissa, s'enfonçant dans le sol. Beau soutint son visage et l'accompagna jusqu'au sol afin que l'homme entende sa promesse.

– Je vous le promets, dit-il sans lâcher sa main. Vous m'entendez ? Je vous jure que je lui passerai votre message. Reposez-vous, maintenant.

Il ouvrit les yeux une dernière fois et un sourire paisible se dessina sur ses lèvres, adoucissant la brutalité gravée sur son visage.

– Merci, chuchota-t-il. Ça… tenait à cœur.

Sa tête roula sur le côté et sa main devint molle dans celle de Beau.

– Enfoirés, jura Beau. Ces gens sont des animaux et c'est Ari qu'ils veulent !

– Calme-toi, frérot, dit Caleb en posant sa main sur l'épaule de Beau. On va s'assurer qu'ils ne l'auront pas.

– Putain, ils lui ont même attaché une étiquette à l'orteil comme à la morgue, dit Zach sur un ton dégoûté.

En effet, lorsqu'Eliza pointa sa torche sur les pieds de l'homme, ils virent un bout de papier attaché à son gros orteil avec de la ficelle.

– Qu'est-ce que ça dit ? demanda Dane.

Zach secoua la tête, clairement répugné. Il enleva l'étiquette et sortit sa lampe pour la lire.

– Merde, marmonna Zach, c'est juste incroyable cette histoire.

– Quoi, bon sang ? grogna Beau. On n'a pas de temps à perdre !

La voix de Zach trembla en lisant ce qui était écrit sur le bout de papier.

Nous nous sommes montrés beaucoup plus doux avec lui qu'avec sa femme, mais seulement parce que nous avons manqué de temps. Avec vous, nous ne ferons preuve d'aucune pitié. Voici ce qui arrive à ceux qui se mettent en travers de notre chemin. Arial Rochester est à nous. C'est nous qui l'avons créée. Nous sommes son sang. Capitulez avant que nous vous réduisions en miettes. Nos ressources et nos pouvoirs sont sans limites.

– Ces enfoirés *osent* nous narguer ? aboya Eliza d'une voix pleine de rage. Je vais leur montrer où ils peuvent se les coller, leurs ressources.

Beau se passa une main sur le visage et ferma les yeux en pensant à Ari. Il était triste pour elle, pour le mal que cela lui ferait d'apprendre que ses parents biologiques avaient été torturés. Sa vie ne serait plus jamais la même. Elle ne pourrait plus jamais profiter de la vie avec la même naïveté innocente. Il n'aimait pas encourager l'ignorance, mais dans ce cas, Ari aurait été beaucoup plus heureuse de ne jamais apprendre la vérité. Maintenant qu'elle en connaissait une partie, qu'elle savait que les Rochester n'étaient pas ses vrais parents, elle demanderait à connaître le reste de son histoire. Et elle en avait parfaitement le droit. Elle méritait de savoir la vérité, même si celle-ci était douloureuse. Même s'il serait difficile pour lui de la lui révéler. En même temps, il souhaitait qu'elle l'apprenne de lui et non de quelqu'un d'autre. Il voulait pouvoir la prendre dans ses bras et la réconforter. Pour peu qu'elle le souhaite, il serait toujours là pour la prendre dans ses bras et l'aider. Toujours.

Pourrait-elle supporter de vivre en sachant qu'elle était le résultat d'une expérience? Ne se prendrait-elle pas pour un monstre de la nature, créé pour que ses pouvoirs puissent être utilisés contre son gré. Si ses parents biologiques n'avaient pas fait appel à son père, elle n'aurait jamais été maîtresse de sa vie, de ses choix, de ses décisions.

Il détestait avoir à faire ce constat, car son père n'était qu'un enfoiré qui n'avait pensé qu'à lui-même. Cependant, il avait sauvé Ari en l'envoyant chez Gavin et Ginger Rochester, qui l'avaient sincèrement aimée. Si Franklin Devereaux avait accepté de l'élever, elle aurait grandi seule et isolée, elle aurait toujours été une pièce rapportée.

–Notre père a tellement de sang sur les mains, dit Caleb d'une voix neutre. J'ai honte d'être son fils.

Beau hocha lentement la tête, ne sachant s'il avait la force d'exprimer ses pensées sans être violent, et il ne pouvait se permettre de l'être. Il devait rester calme pour pouvoir défendre sa maison. La maison d'Ari. Sa place était avec lui, qu'elle en soit consciente ou non, qu'elle soit prête à l'accepter ou non.

–Ses péchés ne sont pas les vôtres, dit Eliza d'une voix douce. Vous avez déjà fait beaucoup pour compenser ses crimes. Personne ne peut vous tenir responsables de ce qu'il a fait. Des choix qu'il a faits lorsque vous n'étiez qu'enfants. Vos actes en tant qu'adultes sont la seule chose qui compte. Et vous avez toujours bien agi. Toi et Beau avez choisi la voie la plus noble. Pour vous, mais aussi pour votre frère et votre sœur.

Elle s'adressait autant à Beau qu'à Caleb, mais Beau était trop perdu dans ses pensées pour lui prêter attention.

Ari pourrait-elle supporter de nouvelles catastrophes ?

Ses parents, qui n'étaient pas vraiment ses parents, avaient été kidnappés. Sa mère biologique avait été torturée puis assassinée, et maintenant, son père biologique avait connu une mort semblable. Et ce parce qu'il avait appelé Beau pour le prévenir et que les hommes qui voulaient Ari s'étaient vengés.

Qui pouvaient être ces gens pour avoir un réseau aussi vaste ? La technologie qu'ils possédaient n'était ni civile ni militaire. Ils en savaient beaucoup trop. Ils étaient trop patients, trop précis. Et ils n'avaient pas agi tout de suite, quand ils avaient su par la mère biologique d'Ari où se trouvait sa fille.

Ils avaient attendu le bon moment pour frapper, et Beau était prêt à parier que c'était la vidéo montrant les pouvoirs d'Ari qui avait tout déclenché. Une fois les pouvoirs d'Ari révélés, ces gens avaient dû passer à l'action.

Beau doutait même que l'enlèvement de ses parents ait fait partie du plan initial, car plus le nombre de gens impliqués était grand, plus cela laissait de place à l'erreur. Il aurait été plus pratique pour eux de simplement enlever Ari quand elle et ses parents ne s'y attendaient pas, laissant Gavin incapable de faire quoi ce soit. Ils n'auraient eu, pour s'assurer de la coopération d'Ari, qu'à lui montrer quelques vidéos de surveillance prouvant qu'ils savaient qui étaient ses parents, où ils pouvaient les trouver et qu'ils pouvaient les tuer si elle ne cédait pas à leurs demandes.

Ari aurait tout accepté sans hésitation.

–Pourquoi ils l'ont laissé ici? demanda Isaac, d'un ton inquiet. Je ne comprends pas. Ils nous font passer un message, mais pourquoi? Ils sont ici. Ils sont plus nombreux que nous. Pourquoi ne pas tous nous tuer, prendre Ari et partir?

Ils eurent tous, brusquement, la même pensée. «Oh merde!»

Beau partit en courant avant même que l'un d'entre eux ait eu le temps de parler.

–À la maison. *Tout de suite!*

Une explosion retentit, brisant le silence de la nuit. Ils se jetèrent tous à terre et le sol trembla à leurs pieds.

–Putain, aboya Zach. J'en ai assez de cette merde. Il est temps de descendre ces enfoirés et de les enterrer six pieds sous terre.

–C'est pire qu'Armageddon, dit Capshaw. On va leur foutre le feu et les renvoyer en enfer d'où ils viennent.

Beau était entièrement d'accord avec ses coéquipiers, même s'il ne fit pas l'effort de le dire. Toutes ses pensées étaient tournées vers Ari et le fait que l'explosion provenait de la maison.

Merde!

Ari et Ramie étaient seules et vulnérables dans la maison, chambre forte ou pas.

–Putain, c'était une diversion, hurla Beau en se relevant. Ils savaient que le corps nous distrairait. Ils ont laissé le mot pour nous faire savoir de quoi ils sont capables. Ou peut-être qu'ils ont cru qu'ils nous feraient peur et qu'on reculerait.

–J'espère qu'ils sont capables de se battre, grogna Eliza. Je ne reculerai pas tant que je n'aurai pas leurs couilles dans la main.

–Tout doux, ma belle, murmura Dane, et Beau remarqua qu'il semblait se retenir de rire.

En mission, Eliza était féroce, un trait que Beau admirait.

Leur plan d'action, même s'il avait été élaboré à la hâte étant donné qu'ils n'avaient eu que cinq minutes pour agir, avait été de se disperser en sortant de la maison puis de se retrouver, de façon à descendre autant de cibles que possible avant de lancer une attaque frontale.

Mais la seule directive qui avait de l'importance était de s'assurer que les envahisseurs n'approchent pas de la maison. Il fallait protéger Ari et Ramie à tout prix.

– On ne se sépare pas, ordonna Beau tandis qu'ils couraient vers la porte arrière de la maison, sinon ce sera encore plus facile de nous prendre pour cible.

Toujours calme sous la pression. Déterminé. Solide. C'est ça, ouais. Beau était complètement déboussolé. La situation était catastrophique. Le pire était en train d'arriver, et il ne l'avait pas vu venir. Et merde !

Plus aucun coup de feu, plus d'explosion. La nuit était devenue étrangement silencieuse alors que quelques minutes avant, l'air avait été rempli de coups de feu. Mais aucun d'entre eux n'avait été pris pour cible.

Tout cela n'avait été qu'une distraction.

Il sprinta jusqu'à la véranda et faillit arracher la porte en essayant d'entrer pour retrouver Ari.

Ils traversèrent la maison en courant, armes en main, prêts à tirer, se dispersant dans chaque pièce au fur et à mesure qu'ils avançaient vers la chambre forte. La seule pièce où les deux femmes devaient être en sécurité. Ils n'avaient pas voulu risquer qu'elles sortent avec eux de la maison. Beau ne savait pas comment, mais il pressentait que la chambre forte avait été attaquée et qu'il était arrivé l'impensable.

Lorsqu'ils atteignirent la porte de la chambre forte et virent qu'elle était encore fermée, Caleb, paniqué, composa le digicode d'une main tremblante, jurant lorsque, dans sa hâte, il se trompa de code. Zach le poussa et entra les bonnes données. La porte coulissante s'ouvrit et ils s'engouffrèrent dans la pièce désormais méconnaissable. Il y avait un énorme trou dans le plafond : ces connards étaient passés par le toit et le grenier. La pièce baignait dans un nuage de poussière et des filets de fumée tourbillonnaient encore par endroits. Le trou dans le plafond était assez large pour y faire passer un éléphant, bon sang. Ils auraient de la chance si l'explosion n'avait pas tué les deux femmes.

– Ramie ! Ari ! cria Caleb, et Beau s'en fit l'écho.

Et puis, ils virent Ramie, recroquevillée dans le coin opposé, genoux ramenés sous le menton, le regard vide. Ses pupilles étaient dilatées et son regard rivé quelque part devant elle, elle se balançait d'avant en arrière, clairement en détresse.

– Putain, siffla Caleb en se précipitant à ses côtés.

Beau balaya la pièce du regard tandis que la fumée et la poussière se dissipaient par la porte désormais ouverte. Il vit l'échelle de corde qui pendait de l'ouverture dans le plafond, à laquelle Zach grimpait déjà, pistolet en main, fusil sur le dos. Dane le suivit pour le couvrir. Beau ne pouvait que regarder, hébété, ce désastre, réalisant qu'il avait échoué dans sa mission. Il n'avait pas protégé la femme qu'il aimait.

Sa rage, sa peine et l'horreur le paralysaient et il pouvait à peine respirer, accablé de souffrance. C'était trop à supporter. Il était terrorisé à l'idée de ce qu'Ari devait déjà être en train d'endurer. Elle lui avait fait confiance. Elle avait cru en lui. À présent, elle devait être morte de peur et se sentir abandonnée, déçue qu'il n'ait pas tenu sa promesse.

Il se tourna lentement vers Ramie. Elle seule détenait les réponses à ses questions. Caleb lui parlait d'une voix pressante, essayant de la sortir de sa torpeur.

Des larmes coulaient silencieusement sur ses joues et, comme Caleb, Beau s'agenouilla à ses côtés, se mordant la lèvre pour se retenir de poser toutes les questions auxquelles il avait désespérément besoin de réponses.

–Ramie, mon amour, parle-moi, supplia Caleb. Que s'est-il passé ? Est-ce que tu vas bien ? Tu me fais peur. S'il te plaît, je t'en supplie, reviens-moi.

Lentement, elle tourna la tête vers Caleb, le regard sans vie, ses larmes continuaient à couler sur ses joues.

–Il m'a touchée, chuchota-t-elle. (Elle recommença à se balancer d'avant en arrière et à fixer un point devant elle.) *Il m'a touchée.*

Elle répétait cette phrase en boucle. Le regard de Caleb était devenu à la fois glacial et furieux. Pourtant, délicatement, comme si elle était la chose la plus précieuse et la plus fragile au monde, il prit Ramie contre lui et passa ses bras autour d'elle. Il ferma les yeux et sembla sur le point de perdre le contrôle de ses émotions. Des larmes de rage, de colère et de tristesse la gagnèrent.

–Qu'est-ce qu'ils ont fait ? demanda Caleb d'une voix sèche. Parle-moi, bébé. S'il te plaît. Je dois savoir pour pouvoir t'aider.

Ramie leva la tête mais elle ne regarda pas son mari. Ses yeux trouvèrent ceux de Beau et il y vit sa peine, ses remords, sa culpabilité. Beau fronça les sourcils et il s'approcha, voulant offrir du réconfort à sa belle-sœur car elle semblait sur le point de se briser en un millier de morceaux minuscules. D'ailleurs, il ressentait la même chose, seul le fait de devoir rester fort pour Ari l'empêchait de craquer pour de bon.

Ramie sembla revenir à la réalité, sortant de la bulle dans laquelle elle s'était réfugiée pour échapper à l'horrible réalité. Dieu sait ce qui s'était passé dans cette pièce. Cette *chambre forte*, bon sang. Beau voulait raser cette satanée maison. Elle était maudite. Il n'aurait jamais dû la reconstruire. Elle n'avait connu que souffrance et n'avait pas pu être la forteresse impénétrable qu'il avait voulue en la construisant. *Chambre forte*. Beau faillit s'étouffer en réalisant à quel point il était ironique que le seul endroit où Ramie et Ari auraient dû être en sécurité fût l'endroit dans lequel elles avaient été les plus vulnérables.

Caleb et lui, et tous les agents de SSD, avaient eu l'arrogance de penser qu'ils pouvaient laisser Ramie et Ari ici, seules, à l'abri du mal tapi dans l'ombre autour de la maison. L'idée d'une chambre forte était stupide et naïve : penser qu'elle serait impénétrable était absurde, et il lui faudrait vivre avec le poids de cette erreur jusqu'à la fin de ses jours.

Le regard morne de Ramie trouva celui de Beau et il grimaça en voyant la douleur qui s'y reflétait.

– Ils l'ont prise. Je suis tellement désolée, Beau, je n'ai rien pu faire. Il m'a touché. Ses mains sur moi. Et le mal, mon Dieu, *le mal*. C'était tellement puissant. L'horreur a envahi mon âme et je n'ai rien pu faire pour lutter. J'étais sans défense, dit-elle d'une voix rauque. Et puis… (Elle ferma les yeux, les traits déformés par le désespoir.) Ils lui ont dit qu'elle avait deux choix. Partir calmement avec eux et ils nous épargneraient, ou leur résister et ils tueraient tout le monde et la prendraient quand même. Le résultat final serait le même et la seule question était de savoir si elle voulait nous sauver. Pas *se* sauver. *Nous* sauver.

Ramie fondit en larmes. Elle enfouit son visage dans ses mains tandis que Caleb la serrait plus fort contre lui. Il était pâle et regarda Beau avec autant de remords que Ramie. Cependant, il semblait aussi exprimer de la… pitié. Beau en eut la nausée.

–Elle est partie avec eux sans broncher pour qu'ils ne me tuent pas, sanglota Ramie. Et je n'ai rien pu faire pour l'aider. J'étais complètement inutile !

Elle frappa son poing sur sa cuisse et répéta le geste jusqu'à ce que Caleb prenne sa main dans les siennes et la tienne contre son torse pour éviter qu'elle ne se fasse mal.

Son regard était hanté, plein de regrets et de souffrance.

–Elle s'est sacrifiée pour nous tous.

Zach et Dane arrivèrent en bas de l'échelle à temps pour entendre les paroles lugubres de Ramie. La pièce sombra dans le silence tandis que tout le monde prenait conscience de l'acte de bravoure d'Ari. Leurs regards reflétaient une détermination noire et un furieux malaise. Eliza paraissait folle de rage, et les traits de Zach étaient devenus si glacés que Beau en eut la chair de poule.

–Ils sont montés dans un hélicoptère et ils étaient déjà dans les airs quand on les a atteints, dit Dane. On n'a pas pu les arrêter, on n'est pas arrivés à temps.

L'horrible réalité de ce qui venait de se passer frappa Beau, et il tomba à genoux. Un grognement lugubre fit sursauter tout le monde dans la pièce. Comme le cri d'un animal enragé qui vient de perdre son partenaire. Beau se rendit vaguement compte que le bruit provenait de lui. Son âme fut emprise d'une douleur qu'il n'avait jamais connue auparavant, emplissant son cœur d'un désespoir accablant. Il n'avait pas la force de se relever et il resta agenouillé sur le sol, anesthésié par un amour si puissant. Il n'avait jamais imaginé qu'un tel amour soit possible.

Mais ce n'était pas seulement de l'amour. C'était de la vénération. Il vénérait le sol sur lequel elle marchait. L'amour décrivait mal les sentiments qu'il avait pour Ari. Peut-être ne trouverait-il jamais les mots, mais il la retrouverait, elle. Il ne pouvait pas la perdre, parce que, s'il ne pouvait exprimer avec des mots ce qu'il ressentait, il le lui montrerait. Chaque jour, jusqu'à la fin de leur vie. Mais sa promesse était vide de sens, parce que celle qui aurait dû l'entendre n'était plus là.

Beau ne sut comment elle y parvint car Caleb la tenait aussi fort que possible contre lui, comme s'il pouvait servir de barrière entre elle et le reste du monde, mais Ramie réussi à quitter les bras de Caleb.

Elle rampa à quatre pattes jusqu'à lui. Il était agenouillé par terre, le visage dans les mains, les épaules secouées. Il se frotta le visage, surpris de sentir ses joues mouillées. Il regarda ses mains, lorsque les petites mains de Ramie caressèrent les siennes et les serrèrent fort.

– Je suis tellement désolée, Beau, dit-elle d'une voix torturée. Je les ai laissés la prendre. J'aurais aimé avoir ses pouvoirs. Mon Dieu, j'aimerais avoir n'importe quel pouvoir plutôt que cette malédiction qui me fait sentir le mal qui nous entoure.

Beau s'obligea à se ressaisir. Ce n'était en rien la faute de Ramie, et il ne la laisserait pas se torturer plus longtemps. Caleb était sur le point de dire quelque chose, mais Beau leva la main pour l'en empêcher.

– Ce n'est pas ta faute, Ramie, dit-il d'un ton féroce. C'est la mienne, et la mienne seule. On avait décidé de l'emmener ailleurs et de ne jamais la laisser dans le même lieu plus de deux jours, mais je n'avais pas encore mis ça en place. J'ai été arrogant et négligent. Mais peut-être… (Il lança à Caleb un regard désespéré, conscient qu'il n'avait pas d'autre choix.) Peut-être que tu peux nous aider à la localiser.

Ramie hochait déjà vivement la tête lorsque Zach les interrompit.

– Ce n'est pas nécessaire, mec. On lui a mis la puce GPS, tu te souviens ? Dane est déjà en train de la localiser. Je vote pour qu'on débarque où elle est et qu'on foute le feu à toute leur organisation.

–Putain, dit Beau d'une voix frustrée en levant la tête vers Dane qui essayait de démarrer un des ordinateurs. (Il espérait qu'il fonctionnerait après l'explosion qui avait secoué la pièce.) Je n'arrive même plus à réfléchir ! Bien sûr ! Mais comment j'ai pu oublier la seule chose sur laquelle j'ai insisté ? La seule chose qui nous donnerait une chance de la retrouver.

–Essaie de rester calme, mec, dit Zach d'une voix douce, le regard compatissant. Je sais à quel point c'est frustrant de ne pas savoir où se trouve quelqu'un à qui on tient. Ça fait dix ans que je vis avec ce sentiment d'impuissance. Mais on va la retrouver, tu peux en être sûr.

30

Quand Ari entrouvrit les yeux, des lumières fluorescentes transpercèrent ses pupilles comme des éclats de verre. Elle grimaça et referma les yeux en gémissant doucement. Où était-elle ? Que lui était-il arrivé ?

Son cerveau était trop embrouillé pour réfléchir. Peut-être avait-elle fini par avoir un nouveau saignement psychique qui lui avait été fatal. Ou peut-être avait-elle fait un AVC. Mais n'était-ce pas la même chose ? Un accident vasculaire cérébral, c'était une hémorragie du cerveau, non ? Les saignements auxquels elle était sujette étaient juste un peu différents, c'est tout. Son esprit était tellement embrouillé qu'elle eut du mal à se souvenir du moindre détail.

Son mal de tête s'intensifia lorsqu'elle essaya de se concentrer et de comprendre où elle était. Quelque chose n'allait pas.

Elle ne pouvait pas bouger.

Ses bras et ses jambes étaient attachés, et quelque chose en métal froid lui tenait le cou.

Le cou ?

Elle se résolut à ouvrir les yeux, apeurée. Cette fois-ci, elle ignora la douleur causée par la lumière et s'obligea à regarder autour d'elle. Un sentiment de panique s'abattit sur elle. Mon Dieu, mais où était-elle, bon sang ? Était-ce un cauchemar ? Mais si c'était un cauchemar, pourquoi ne pouvait-elle pas se réveiller et trouver du réconfort dans les bras de Beau, son bouclier contre ses peurs et ses peines ?

Soudain, les événements de la veille l'assaillirent, la laissant à bout de souffle. Des larmes brûlèrent ses paupières. Les autres étaient-ils en vie ? Beau était-il en vie ? Mon Dieu, il ne pouvait pas être mort. Non ! Elle avait su que son sort était inévitable lorsque la chambre forte s'était ouverte. Elle n'avait pas eu le choix, ils l'avaient enlevée, elle.

Elle allait enfin savoir ce que ces… fanatiques… voulaient, et honnêtement, elle était morte de trouille de l'apprendre. Et si ces gens détenaient ses parents, les verrait-elle enfin ? Au moins pour savoir s'ils étaient en vie et en bonne santé ?

Son pouls et son souffle accélérèrent dangereusement.

–Ah, tu es enfin réveillée.

La voix transperça son crâne comme un marteau-piqueur. Elle eut soudain une terrible nausée et elle déglutit rapidement, tout en étant consciente que déglutir ne ferait qu'aggraver sa nausée.

– Qu'est-ce que vous voulez ? siffla-t-elle, surprise par l'effort immense qu'il lui fallut faire pour parler.

– On a quelques petites expériences à faire, dit l'homme d'une voix calme, comme s'ils parlaient d'un sujet aussi banal que la météo. Un destin immense t'attend, il est temps que tu l'acceptes.

Un destin ? Elle n'avait aucune envie d'accepter le destin que ces tarés lui avaient tracé. Son destin était auprès de Beau, auprès de ses parents. Son destin était de retrouver sa famille et de commencer une nouvelle vie. Profiter de la famille qu'elle fonderait avec Beau, aux côtés de sa mère et de son père. Elle voulait simplement une vie normale !

Cette voix robotisée lui fichait la trouille, et elle essaya de tourner la tête à droite et à gauche pour localiser d'où elle venait. Son estomac se retourna et son cœur cessa de battre un instant. Non pas à la vue de l'homme qui portait une blouse de laboratoire, non. Mais devant les deux hommes qui se tenaient de chaque côté de lui.

Grands, musclés, beaucoup plus grands que l'homme en blouse. Les deux arboraient des expressions indéchiffrables, mais leur regard était sans pitié. Ils la fixaient froidement, durement, sans émotion. Elle reconnut l'un d'entre eux. C'était l'enfoiré qui avait été embauché par son père. Celui qui l'avait agressée, qui avait essayé de la droguer. Et qui avait échoué.

Mais ils ne lui faisaient pas peur. Il y a encore peu de temps de cela, elle aurait couru se cacher sous une table comme une petite souris terrorisée et elle aurait recouvert ses oreilles et fermé les yeux pour oublier le monde extérieur. Mais elle savait à présent de quoi elle était capable, et elle savait qu'elle possédait encore d'autres pouvoirs qu'il lui fallait découvrir. Ces enfoirés seraient faciles à mater.

Pensaient-ils *vraiment* que l'attacher suffirait à la maîtriser ?

Ses pensées avaient dû se lire sur son visage, car, sans dire un mot, un des sbires se tourna et pointa une télécommande sur un écran fixé au mur.

L'écran clignota avant de s'allumer. Le sang d'Ari se glaça et elle cessa de respirer. Il lui semblait qu'un poids énorme écrasait sa poitrine et qu'un feu terrible ravageait ses poumons.

Ses parents étaient dans ce qui ressemblait à une cellule. Comme des otages soumis à des conditions déplorables. Son père était assis sur un lit sale et rouillé, et sa mère blottie dans ses bras. Il semblait essayer de la réconforter, et à en juger par le regard de détresse de sa mère.

Son estomac se noua en se remplissant de haine. Elle qui n'avait jamais haï personne. Elle qui tremblait à l'idée de faire le moindre mal à quiconque. Or elle sut instantanément qu'elle était capable non seulement de blesser mais aussi de tuer ces enfoirés pour ce qu'ils faisaient subir à ses parents. Elle sut aussi qu'elle n'en éprouverait pas le moindre remords.

Elle remercia Dieu de lui avoir donné ses pouvoirs, elle acceptait enfin qu'elle avait un destin à accomplir. Mais ce n'était pas le destin que ces enfoirés lui avaient réservé. S'ils avaient su dans le détail quelle mort elle leur réservait, ils se seraient probablement enfuis sans demander leur reste, comme les lâches qu'ils étaient.

Des objets se mirent à bouger tout autour d'elle, comme sous l'effet d'un tremblement de terre. Des cadres tombèrent du mur, des fioles éclatèrent sur le sol. Puis elle fixa son regard sur le minable en blouse blanche qui avait calmement annoncé qu'il voulait faire des tests sur elle. Comme si elle était un animal. Cela faisait plusieurs jours que ses parents étaient traités moins bien que des animaux. En cage, et dans des conditions insalubres. Ne pouvant rien faire à part se reposer l'un sur l'autre et s'inquiéter pour leur fille, souffrant de ne pas savoir ce qui leur lui était arrivé.

Le sbire numéro deux esquissa un sourire et parla pour la première fois, apparemment peu impressionné par sa démonstration de force. Non pas que cela ait été très impressionnant ; elle était encore affaiblie par le somnifère qu'ils lui avaient injecté. Elle ne savait pas depuis combien de temps ils l'avaient enlevée dans la chambre forte, elle priait pour que Ramie y ait été retrouvée saine et sauve.

– Cesse tes caprices, cracha-t-il.

– Sinon quoi ? le défia-t-elle en se concentrant sur la source de sa colère.

Tout à coup, il rougit et agrippa son cou, comme s'il repoussait un agresseur invisible. Il essaya en vain de décrocher la main invisible qui lui serrait le cou, lui ôtant lentement la vie. Ari *voulait* le tuer. Elle était assez en colère pour descendre un à un chacun de ces enfoirés, quelles qu'en fussent les conséquences.

– Ça suffit ! aboya le sbire numéro un, brisant sa concentration.

Le molosse numéro deux toussa et cracha, essayant de retrouver son souffle.

– Tu vas me le payer, espèce de garce, aboya-t-il, le visage écarlate, soit parce qu'il avait manqué d'air soit parce qu'il était furieux. Mais elle s'en fichait. Elle n'avait jamais ressenti un tel désir de vengeance. De violence. Elle voulait leur faire *mal*, alors que quelques mois auparavant, l'idée même de faire du mal à un autre être humain lui aurait répugné. Mais maintenant ? Elle prévoyait déjà la manière dont elle se vengerait de ceux qui avaient bouleversé sa vie, qui avaient menacé ses parents, adoptifs ou non, et qui avaient impliqué Beau et sa famille dans leur combat.

Si Beau était mort, ils pouvaient commencer à prier Dieu qu'il les épargne. Car Ari ne les épargnerait pas.

– Peut-être que tu devrais de nouveau regarder ta maman et ton papa, dit le sbire numéro un d'une voix moqueuse qui l'agaça suffisamment pour qu'elle ait envie d'écraser autre chose que son cou. Le laisser se balader sans couilles avec la voix d'un soprano devrait être suffisant pour remettre son ego à sa place.

Mais lorsque qu'elle regarda de nouveau l'écran, incapable de résister à l'envie de revoir ses parents en entendant la menace qu'avait sous-entendue l'autre brute, Ari se figea.

Quatre hommes déboulèrent dans la cellule avec la force d'une tornade. Un des hommes saisit sa mère et passa un bras autour de sa poitrine, puis il empoigna ses cheveux, tirant sa tête vers le haut pour exposer sa gorge.

Il fallut toute la force des trois autres hommes, des hommes énormes, pour immobiliser son père lorsque le quatrième attaqua sa femme. Sa colère était terrible, et Ari ne put s'empêcher d'être fière de voir qu'il fallait trois hommes gigantesques et armés pour maîtriser son père, et même lorsqu'ils y parvinrent, il leur fallut toute leur force pour l'immobiliser au sol, s'assurant qu'il pouvait voir ce que subissait sa femme.

Son visage était déformé par la rage. Soudain, la voix de son père, désespérée, suppliante, retentit dans la pièce où se trouvait Ari, impuissante.

– Laissez-la tranquille, bon sang. Prenez-moi. Faites ce que vous voulez de moi mais laissez-la tranquille, elle n'a rien fait de mal. Prenez-*moi*, bon sang !

Des larmes brulèrent les yeux d'Ari, mais elle cligna furieusement des yeux, déterminée à ne pas montrer aux trois brutes à côté d'elle à quel point elle était affectée. À quel point elle avait été soulagée de constater que ses parents étaient en vie, même lorsque l'homme qui tenait sa mère sortit lentement un poignard de sa poche et le plaqua sur sa gorge.

Ari vit la panique de sa mère, mais aussi qu'elle faisait de son mieux pour ne pas montrer sa peur à son mari. Ari se sentit de nouveau fière, de sa mère cette fois-ci : elle arborait un regard de défiance, du style « va te faire foutre ». Même ses yeux, qui n'avaient jamais exprimé autre chose que de la chaleur, de l'amour et de la tendresse, étaient désormais froids et pleins de haine. Elle dévisagea les hommes qui tenaient son mari comme pour leur dire : *Vous ne pouvez pas gagner. Il vous tuera. Il trouvera un moyen de vous tuer.*

Pas si Ari avait son mot à dire. Elle allait tuer ces enfoirés elle-même ou mourir en essayant.

Certaines causes étaient justes et nobles, même si elles requéraient la violence ou le meurtre. Ari ne connaissait pas de meilleure raison de se battre que l'amour. Son amour pour ses parents. Son amour pour Beau. Certaines batailles méritaient d'être menées, et si elle ne se battait pas, il n'y avait vraiment aucun espoir. Et Ari avait besoin de croire que, d'une façon ou d'une autre, elle réussirait à gagner et à sauver ses parents. Elle ne baisserait pas les bras tant qu'elle n'aurait pas épuisé tout espoir. Elle se répéta cette promesse comme un écho sans fin.

Jusqu'à ce que le cri de sa mère fasse irruption dans ses pensées vengeresses. Elle cessa de respirer lorsqu'un filet de sang coula le long du cou de sa mère. L'enfoiré qui la tenait lui avait fait une entaille superficielle sur la gorge.

Son père devint fou de rage, hurlant des promesses de vengeance. Il parvint à se libérer des trois hommes qui le tenaient et il se jeta à travers la cellule, prêt à déchiqueter celui qui tenait sa femme.

Soudain, le corps de son père s'arqua en arrière et son visage se déforma sous la douleur, ses bras et ses jambes se mirent à convulser violemment.

Ces lâches s'étaient servis d'un taser dans son dos. Pendant un court instant, Ari crut que son père allait surmonter la décharge électrique et que sa détermination à protéger sa femme allait l'emporter sur tout le reste. Mais ils lui lancèrent une nouvelle décharge et il s'écroula au sol comme une statue de pierre. Ginger cria, aggravant sa coupure en se jetant instinctivement en avant, vers son mari.

–Arrêtez ! cria Ari. Ne la tuez pas ! Vous en avez fait assez ! Vous avez déjà immobilisé mon père et si le connard qui tient ma mère fait un faux mouvement, il va la tuer !

–Alors, peut-être qu'il est temps que tu acceptes ce qu'on a prévu pour toi, dit froidement le premier sbire. Parce que je n'aurai aucun scrupule à lui faire trancher la gorge et à te laisser la regarder se vider de son sang, jusqu'à son dernier souffle, et voir ton père se réveiller dans une flaque de sang à côté du corps sans vie de sa femme.

Ari frissonna sous cette menace froidement formulée. Mais ce n'était pas une menace en l'air. Elle savait qu'il le ferait. Elle savait qu'il tiendrait sa *promesse* si elle leur résistait davantage. Arriverait-elle à supporter ce qu'ils avaient prévu de lui faire sans être trop handicapée pour détruire par la suite cet horrible endroit et tuer tous ceux qui s'y trouvaient ?

Elle ne savait pas si Beau était vivant, mais elle devait supposer qu'il l'était si elle voulait prendre les bonnes décisions. Elle ne pouvait pas laisser ses émotions interférer avec ses pensées.

Cet homme ordonnerait la mort de sa mère et n'en éprouverait aucun remords. Et Dieu sait ce qu'ils feraient à son père une fois qu'ils n'auraient plus sa mère pour la manipuler.

–Je ferai tout ce que vous voudrez, dit-elle calmement, sans savoir d'où lui venait un tel calme alors qu'auparavant elle aurait été paralysée par la peur, incapable de quoi que ce soit à part se rouler en boule et pleurer.

Il lui fallait devenir une battante comme Beau. Ses parents avaient besoin d'elle.

La vraie difficulté serait de s'endurcir pour ce qu'ils lui préparaient afin de ne pas être handicapée par la suite. Beau n'était pas là pour ramasser les morceaux, pour la prendre dans ses bras et la réconforter.

Pour ses parents, pour elle-même et pour Beau, elle tiendrait. Ils ne savaient pas ce qui les attendait lorsqu'elle déchaînerait ses pouvoirs. Son don. Un don pour lequel, pour la première fois de sa vie, elle était reconnaissante. Elle l'acceptait enfin.

31

Gavin Rochester grimaça lorsqu'il entendit le bruit familier de la porte du couloir qui menait aux cellules.

Son corps lui semblait toujours électrifié, mais cette fois-ci… il allait tuer ces enfoirés de ses propres mains. Il arracherait leur colonne vertébrale et les obligerait à la bouffer.

Ils avaient osé poser leurs mains répugnantes sur sa femme. Ils l'avaient fait saigner. Pire encore, ils lui avaient fait peur, et ils l'avaient empêché, lui, d'intervenir. Ils lui avaient ôté toute sa force, sa capacité à décider, à choisir, ils l'avaient rendu impuissant.

Il n'avait pas ressenti cela depuis qu'il n'était qu'un gamin vivant dans la crasse.

Depuis qu'il avait tué ce monstre, son donneur de sperme. Il n'avait jamais accordé à cet homme l'honneur ou le respect de l'appeler «père». Ce jour-là, le jour où il l'avait tué, il avait pris le contrôle de son destin. Sa mère, qui avait déjà sombré trop loin dans la drogue et l'alcool, lui avait été reconnaissante de l'avoir débarrassée de l'homme qui les battait. Reconnaissante, bon sang.

Un « merci » poli et aseptisé, comme si elle remerciait un étranger d'avoir ramassé son foulard par terre.

Lorsqu'il l'avait suppliée de partir avec lui pour commencer une nouvelle vie, une vie meilleure, son regard s'était empli de panique à l'idée d'être éloignée de son dealer qui lui était apparemment plus précieux que son propre fils.

Alors, Gavin avait laissé son ancienne vie derrière lui. Même Ginger ne savait pas tout, seulement que ses parents avaient été des êtres horribles. Le genre de personnes qui devraient être interdites de procréer. Mais il n'avait jamais avoué à personne qu'il avait tué son père de sang-froid.

Ginger en savait beaucoup sur son passé. Elle savait qu'il n'avait pas toujours respecté la loi ou, en tout cas, qu'il l'arrangeait à sa sauce. Mais elle ne savait pas qu'il avait été capable de meurtre, et jusqu'à présent, jusqu'à ce que ce petit con n'attaque sa fille, jusqu'à ce qu'un homme fasse saigner sa femme, il n'avait jamais cru qu'il pourrait de nouveau commettre un meurtre.

Or c'était désormais la seule chose qui occupait ses pensées. Il bouillonnait de rage et d'envie de faire payer ceux qui avaient fait souffrir sa femme et sa fille, les deux seules personnes qu'il aimait plus que tout au monde.

Il savait que le moment était venu pour lui d'agir. Il devait prendre un risque et s'échapper aussi vite que possible. Parce que, quelque part derrière ces murs, apeurée et seule, se trouvait sa fille. Et Arial devait penser que ses parents l'avaient abandonnée au moment où elle avait le plus besoin d'eux.

Il ne pouvait penser à Ari et à ce qu'elle devait endurer sans devenir fou de rage. Or il lui fallait se concentrer sur la seule chose qu'il pouvait contrôler : s'enfuir avec sa femme pour retrouver sa fille. Et lorsque tout cela serait fini, il emmènerait sa famille aussi loin que possible, et ils ne reviendraient jamais. Ils changeraient d'identité, commenceraient une nouvelle vie, dans un endroit où ils ne connaîtraient plus jamais la moindre violence. Ils n'auraient jamais dû revenir aux États-Unis. Mais cela ne servait à rien de regretter ce qui était fait. En revanche, il pouvait s'assurer de ne plus jamais commettre les mêmes erreurs.

Gavin de leva d'un bond lorsque Ginger poussa un cri, cherchant ce qui les menaçait. Mais il n'y avait personne dans la cellule avec eux. Or le visage de Ginger était déformé par la douleur et la peur. Il sentait sa panique et pouvait voir son corps trembler d'agitation.

Des larmes coulaient sur ses joues et son regard était rivé sur le couloir, sur quelque chose que Gavin ne pouvait voir, car il avait ordonné à Ginger de rester dans le coin opposé à la porte, pour qu'il puisse s'interposer lorsque les hommes reviendraient. Pour qu'il puisse les tuer.

Il ne pouvait échouer. Ils n'avaient pas souffert, jusqu'à tout à l'heure. D'ailleurs, ils avaient été traités avec indifférence, comme si les hommes avaient un autre but et qu'eux étaient de simples marionnettes.

Alors pourquoi les garder enfermés ici ? Pourquoi les kidnapper ? Si une rançon avait été demandée, Ari ne saurait pas comment vendre assez de biens pour payer une grosse somme, et il ne souhaitait pas qu'elle le fasse. Il ne voulait pas que sa fille soit impliquée dans cette histoire et qu'elle soit mise en danger.

Mais les choses avaient changé tout à l'heure, et il avait vu le regard menaçant de ceux qui les détenaient. Ils avaient terrorisé Ginger, ils l'avaient tasé, comme si cela avait été méthodiquement orchestré. Mais pourquoi les choses avaient-elles changé ? Que se passait-il derrière ces portes ?

Gavin se plaça devant Ginger, afin de voir ce qui lui faisait aussi peur et pour la protéger du danger. À sa grande surprise, Ginger le poussa en avant et elle courut vers les barreaux, s'y accrochant avec tant de force que ses mains devinrent blanches.

–Ari ! hurla-t-elle. Ne la touchez pas, bande d'enfoirés !

Le sang de Gavin se glaça et son cœur cessa de battre. Non. Mon Dieu, non. Pas Ari. Putain ! Pas sa fille aussi ! N'était-ce pas assez que sa femme souffre ? Leur unique enfant devait-elle être terrorisée aussi ?

Il tira Ginger en arrière et faillit la jeter sur le lit, puis il fixa sur elle un regard qui ne tolérait aucune contestation.

–Ne bouge pas, aboya-t-il. Tu restes ici, et tu n'interviens pas, quoi qu'il arrive. Tu m'as compris ?

–Mais…

Gavin leva la main, paume tournée vers elle, pour la faire taire, chose qu'il n'avait jamais faite. Il ne lui avait jamais manqué de respect en lui coupant ainsi la parole.

Mais il s'en fichait à présent. Il fallait qu'elle l'écoute, qu'elle lui obéisse. Il plongea son regard dans les yeux furieux de sa femme. En l'obligeant à lui obéir, il s'assurait qu'elle resterait en vie, qu'elle ne serait pas blessée. Elle pouvait lui en vouloir pendant les vingt prochaines années de sa vie si elle le voulait, il serait plus qu'heureux de ramper à ses pieds tous les jours.

–Je ne peux pas vous perdre toutes les deux, dit Gavin d'une voix rauque et tremblante d'émotion. Reste où tu es, Ginger ! Laisse-*moi* voir Ari. Je ne veux pas avoir à diviser mon attention entre Ari et toi. J'ai besoin de savoir que tu es hors de danger. Fais ça pour moi, je t'en supplie.

Son visage avait dû exprimer sa vulnérabilité et sa peur car le regard de Ginger s'adoucit et elle hocha la tête, regardant derrière Gavin, attendant de voir leur fille.

Pendant un bref instant, il se pencha et embrassa le front de sa femme douce et innocente. Elle avait déjà assez souffert durant les derniers jours, mais maintenant ces connards avaient Ari ? Leur seul soulagement avait été qu'Ari n'avait pas été kidnappée, qu'elle était quelque part en sécurité. Mais elle ne l'était pas. Elle était ici, dans cet enfer, et il ne s'était jamais senti aussi impuissant.

Il lâcha sa femme à contrecœur. Il avait besoin de voir ce qu'ils faisaient à sa fille. Il courut vers les barreaux, s'avança autant que possible vers le couloir mal éclairé. La cellule n'était allumée que par une seule ampoule qu'il prenait le soin d'éteindre la nuit.

Il éteignait la lumière car, dans le noir, lorsqu'il tenait sa femme dans ses bras, ils pouvaient presque oublier, l'espace d'un instant, qu'ils étaient enfermés dans cette cellule, pour une raison inconnue. Ginger détestait être dans le noir, sauf la nuit lorsqu'elle dormait dans ses bras. S'il laissait l'ampoule allumée tout le temps, elle finirait par s'éteindre, et il doutait que leurs kidnappeurs la remplace, surtout si Ginger montrait des signes de détresse.

Il tendit le cou et vit ce que sa femme avait vu. Les cheveux caractéristiques d'Ari, même si sa tête était baissée et que seul le dessus de son crâne était visible. Il se raidit, réalisant que deux hommes la traînaient et qu'aucun des deux ne prenait de précaution en la manipulant.

Il réprima une série de jurons, conscient qu'ils prendraient plaisir à voir sa détresse et qu'ils voudraient lui donner davantage de raisons d'angoisser. Il ne souhaitait pas que sa fille soit encore plus maltraitée.

Il chercha un signe de vie. Un mouvement. Sa poitrine était en feu tant il retenait sa respiration.

Elle ne bougeait pas. Ils la traînaient derrière eux par un seul bras, comme une vulgaire marionnette ou une poupée en chiffons.

Son estomac se noua lorsqu'il imagina les raisons de son état. Il se tourna pour s'assurer que Ginger lui obéissait. Elle fixa sur lui un regard interrogateur et tout son corps parut sur le point de s'élancer vers lui, mais elle s'agrippa au bord du lit pour se retenir. Si seulement il pouvait lui éviter d'affronter cette situation. Si seulement il pouvait protéger sa femme et sa fille. Le poids de ses erreurs, de ses échecs, pesait lourd sur son cœur et son esprit, mais il lui fallait mettre tout cela de côté et se concentrer pour trouver un moyen de sortir sa famille de ce cauchemar.

Enfin, Ari fut assez près de lui pour qu'il puisse mieux la voir. Immobile, les cheveux en bataille, des bleus… Il se retint de hurler lorsqu'il vit des traces violettes, des traces de doigts, sur ses bras et ses épaules. Elle ne portait qu'un petit débardeur fin, et, lorsque l'un des gardes la secoua, faisant signe à l'autre garde d'ouvrir la cellule, Gavin se figea.

Le mouvement brusque envoya les cheveux d'Ari sur le côté, révélant sa poitrine, et il vit le débardeur blanc devenir rouge sous ses yeux. Son cœur s'arrêta et sa terreur l'empêcha de respirer.

Le débardeur d'Ari était rouge de sang.

–Recule ! hurla le garde qui tenait la clé.

Comme pour renforcer l'ordre de l'autre garde, celui qui tenait Ari la redressa, la secouant comme un vieux chiffon. Derrière lui, Ginger s'écria, horrifié :

–Ari !

Le cri d'angoisse de sa femme sortit Gavin de sa stupeur et il se jeta sur les barreaux de la cellule, les secouant si fort qu'ils tremblèrent. Il hurla sa rage, oubliant son inquiétude quant à la réaction que déclencherait sa colère.

Désespérément, il passa ses bras entre les barreaux, essayant de s'étirer et d'atteindre sa fille. Essayant de mettre les mains sur les hommes qui étaient responsables de son état.

– Recule ! aboya un des hommes.

Il fit un pas en arrière tout en hurlant son ordre, s'assurant que Gavin ne puisse le toucher.

Celui qui ne tenait pas Ari sortit un taser, le même qu'il avait utilisé sur Gavin plus tôt. Cette fois-ci, il le pointa sur Ginger, qui était désormais debout à côté du lit, pâle comme un linge, les yeux rivés sur sa fille ensanglantée.

– Peut-être que tu as oublié ce qui est arrivé la dernière fois que tu t'es excité, dit le garde d'un ton menaçant. Recule, ou c'est ta femme qui prend, et tu peux oublier ta fille.

Il lui fallut faire un effort considérable pour reculer lentement, s'efforçant de se placer entre Ginger et le garde muni du taser. Il avait envie de leur sauter dessus lorsqu'ils ouvriraient la porte, de les démembrer et de finir en les dépeçant. Il voulait faire couler leur sang comme ils avaient fait couler celui d'Ari.

Lorsqu'il eut suffisamment reculé, le garde mit la clé dans la serrure, sans jamais quitter Gavin et Ginger des yeux. La main qui tenait le taser était prête à appuyer sur la détente.

La grille s'ouvrit en grinçant. Gavin avait passé les premières quarante-huit heures de leur détention à essayer de démolir chaque centimètre carré de la cellule, cherchant la moindre faille à exploiter. Quelque chose qui pourrait permettre de s'échapper. Mais sa tentative avait été vaine.

Sans rentrer dans la cellule – peut-être n'avaient-ils pas tort de craindre la colère de Gavin –, le garde qui tenait Ari s'arrêta sur le pas de la porte, ne voulant pas offrir à Gavin la moindre occasion de les attaquer, et son partenaire, positionné entre la porte et Gavin, pointa le taser sur Ginger.

Puis le garde jeta le minuscule corps d'Ari en avant et elle vola dans la cellule, atterrissant par terre avec un bruit sourd qui arracha à Ginger un cri d'effroi, tandis que Gavin grimaçait en voyant le corps immobile de sa fille.

Elle ne bougea pas. Ses yeux étaient ouverts, mais elle semblait inconsciente. Son nez et sa bouche saignaient abondamment. Mon Dieu, elle semblait même saigner des oreilles et des yeux.

Les gardes battirent en retraite, fermant la porte à clé avant de s'éloigner d'un pas rapide.

Gavin courut s'agenouiller près d'Ari, il passa ses mains sur tout son corps, inquiet de découvrir des blessures graves. Ginger le rejoignit, les yeux rouges et gonflés, son inquiétude se lisait sur son visage.

– Il y a tellement de sang ! sanglota Ginger. Mon Dieu, Gavin, est-ce qu'elle est… en vie ?

Gavin ferma brièvement les yeux en caressant délicatement les cheveux d'Ari, puis les dégagea de son cou pour trouver son pouls. Son propre cœur battait si fort qu'il crut qu'il allait exploser. Ses mains tremblaient tant qu'il n'arrivait à les tenir suffisamment longtemps contre sa peau pour sentir son pouls. Pourvu qu'elle en ait un.

Il finit par réussir à se calmer suffisamment et il appuya deux doigts sur sa carotide. Tous ses muscles se détendirent lorsqu'il sentit les battements de son cœur.

– Elle est vivante, dit-il calmement.

– Oh, Dieu merci, chuchota Ginger. (Elle posa sa main sur son bras pour attirer son attention et le regarda d'un air terrifié.) Comment savoir l'étendue de ses blessures ? Et si on lui faisait encore plus de mal en la déplaçant ?

Gavin craignait la même chose, mais il ne pouvait laisser sa fille sur ce sol en béton froid. Et puis il serait bien plus délicat avec elle que ne l'avaient été les gardes.

–Je vais la coucher sur le lit, ma puce, dit Gavin en parlant d'une voix calme pour cacher son angoisse.

Il ne voulait pas inquiéter Ginger et lui montrer qu'il était sur le point de craquer et de perdre le peu de contrôle qui lui restait.

Il jura en glissant ses mains sous le corps d'Ari. Son instinct lui hurlait de la serrer fort dans ses bras et de ne plus jamais la lâcher, de ne plus la laisser tomber entre les mains de ces monstres. Il n'était pas certain que ses jambes auraient la force de porter son propre poids plus celui d'Ari. Il inspira plusieurs fois, lentement, essayant de calmer la rage qui coulait dans ses veines. Lentement, toujours accroupi, il souleva Ari. Il la tint contre lui, et pendant un moment, il s'arrêta, priant pour ne pas tituber lorsqu'il se redresserait.

–Attends, laisse-moi t'aider, dit Ginger en usant de toute sa force pour aider son mari à se lever.

Sa femme était aussi petite et délicate qu'Ari, et n'avait pas vraiment la force nécessaire, mais il la laissa pourtant l'aider car il sentait qu'elle était sur le point de craquer si elle ne faisait pas quelque chose, n'importe quoi. Et il lui fut reconnaissant car, devant le visage boursoufflé et ensanglanté de sa fille, il se sentait lui-même dangereusement près du gouffre.

Il déposa sa fille délicatement sur le lit. Les yeux d'Ari étaient fixes et vitreux et elle ne semblait pas consciente de ce qui se passait autour d'elle, comme si elle avait perdu connaissance tout en ayant gardé les yeux ouverts. Toutefois, il ne voulait rien faire qui puisse la faire souffrir davantage et il prit soin de ne pas le secouer.

–Gavin, que lui ont-ils fait ? dit Ginger d'une voix étranglée.

Leur tristesse était palpable et étouffante. Gavin n'était même pas capable de prononcer les mots qui auraient rassuré sa femme. Il ne pouvait lui donner une réponse qui l'apaiserait, car il aurait été forcé de lui mentir.

Il y avait tant de sang ! Tout le devant du t-shirt d'Ari en était couvert, et le sang avait même coulé de ses oreilles jusqu'à ses clavicules. D'autres traces de sang couvraient sa bouche et séchaient sous son nez. Maintenant qu'il la regardait de plus près, il eut la confirmation qu'elle avait même saigné des yeux.

L'avaient-ils vraiment tabassée à ce point ?

Il avait beau avoir déjà tâté son pouls, il recommença pour se rassurer. Son rythme cardiaque était toujours irrégulier, mais il semblait plus fort. Cependant, il n'oubliait pas qu'elle pouvait avoir des blessures internes qui pouvaient lui être fatales.

Or il avait beau craindre qu'ils l'aient tabassée, il ne voyait aucun gonflement sur son visage ou sa tête. Le sang était inexplicable, car les seuls bleus apparents étaient sur ses bras, comme si quelqu'un l'avait attrapée et serrée trop fort. En tout cas, cela n'expliquait pas tout ce sang.

La main de Ginger survola le visage d'Ari, horrifiée de ne pas savoir où toucher sa fille sans risquer de lui faire mal. Elle finit par poser sa main sur son front et caressa lentement ses cheveux.

Ari tressaillit, comme si Ginger l'avait frappée.

–Ari ? s'écria Gavin. Ari, tu m'entends ? Tu es réveillée ? Je t'en supplie, ma chérie, ouvre les yeux pour que ta mère et moi sachions que tu vas bien.

À leur grande surprise, Ari repoussa la main de sa mère d'un geste brusque puis elle leur tourna le dos. Elle replia ses genoux contre son ventre et passa ses bras autour de ses jambes, comme pour se faire aussi petite que possible.

Un gémissement douloureux lui échappa et Gavin la vit fermer les yeux comme si elle luttait contre... la peur ? La douleur ? La réalité ? Peut-être souffrait-elle tellement qu'elle voulait s'échapper dans un endroit où sa douleur serait moins vive et plus supportable. Gavin essuya rapidement une larme et cligna plusieurs fois des yeux pour s'empêcher de sangloter.

–Ari ? dit Ginger en voulant la toucher de nouveau, mais elle arrêta son mouvement et laissa tomber sa main, le regard plein d'angoisse.

–Ne fais pas ça, je t'en supplie, siffla Ari.

–Ne fais pas quoi ? demanda Gavin. Ari, peux-tu nous parler ? Nous dire ce qui s'est passé ? Que t'ont fait ces enfoirés ?

Il s'étouffa, ne pouvant aller plus loin. Des sanglots s'accumulaient dans sa gorge, l'empêchant de parler. Ginger prit sa main et la serra fort dans la sienne.

–Ne me touchez pas, gémit Ari de nouveau, parlant si bas que Gavin l'entendait à peine. Pas de bruit, s'il vous plaît. C'est insupportable, ça fait mal. Tellement mal. Ne me touchez pas, je vous en supplie. Ne dites rien.

Ginger plaqua une main sur sa bouche et des larmes lui échappèrent, coulant bientôt à flots.

Ari plaqua ses mains sur ses oreilles puis elle commença à se balancer d'avant en arrière, enfermée dans un cauchemar dont Gavin et Ginger ne pouvaient la sortir.

Ginger se leva, respectant la demande de sa fille. Cela faisait vingt-cinq ans que Gavin ne l'avait pas vue aussi triste, depuis qu'elle avait fait sa dernière fausse couche. Il se leva brusquement. Sa rage augmentait à chaque seconde qui passait, bouillait dans ses veines, obscurcissait sa vue, et il tourna le dos à sa femme et à sa fille pour qu'elles ne devinent pas ses pensées assassines, sa soif de vengeance, de violence, son envie brûlante de détruire tous ceux qui étaient impliqués dans ce désastre.

Il poussa un grognement qu'il essaya immédiatement de réprimer lorsqu'il vit Ari tressaillir.

– La lumière, dit Ginger. La lumière doit lui faire mal aussi.

Elle se précipita sur l'ampoule qui pendait du plafond et la trifouilla un moment, la dévissant suffisamment pour l'éteindre.

Gavin se tourna et ferma les yeux, envahi par un sentiment accablant d'impuissance et de détresse. Il frappa les barreaux, voulant évacuer sa rage. Il ne sentit même pas la douleur tandis qu'il frappait encore et encore l'acier grinçant. L'odeur âcre du sang atteignit ses narines quand ses mains se couvrirent de sang.

Ginger se plaça entre lui et les barreaux, puis elle prit ses mains enflées dans les siennes et embrassa chacune de ses phalanges ensanglantées. Puis elle enfouit son visage contre son torse pour étouffer ses sanglots. Tout son corps tremblait. Gavin la serra contre lui et cacha son visage dans ses cheveux. Alors ses propres larmes se mirent à couler et son cœur, comme celui de sa femme, se brisa en mille morceaux.

Ils se tinrent ainsi un long moment, jusqu'à ce que la voix étouffée de Ginger rompe le silence.

– Qu'ont-ils fait à notre bébé, Gavin ? Que veulent-ils ?

Gavin caressa son dos, voulant lui apporter un peu de réconfort malgré la situation désespérée dans laquelle ils étaient.

– Je ne sais pas. Putain, je ne sais pas !

– Comment peut-on la protéger ? Je me sens tellement impuissante ! dit Ginger, de plus en plus angoissée.

– On n'est pas impuissants.

Gavin et Ginger se retournèrent brusquement, choqués d'entendre la voix morne et plate, presque robotique, de leur fille.

– Quoi, chérie ? demanda calmement Gavin, bien qu'il ait parfaitement bien entendu. Seulement, il ne comprenait pas le sens de ses propos.

–Je vais réduire cet endroit en un tas de poussière, dit-elle à voix basse, se tournant pour faire face à ses parents.

L'air autour d'eux devint électrique alors que jusque-là il avait été lourd, presque irrespirable. Une brise se leva et refroidit la cellule, comme si une fenêtre avait été ouverte quelque part dans le bâtiment.

Les barreaux se mirent à trembler et le lit vibra sous Ari. Même le sol semblait parcouru de secousses. Plus loin, dans les cellules voisines, les oreillers, les couvertures, et même une vieille chaussure abandonnée s'élevèrent dans les airs, tournoyant rapidement avant de s'écraser contre les barreaux.

Ginger regarda Gavin, les yeux pleins d'angoisse. Quelque chose n'était pas normal. Au loin, retentit un bruit de verre brisé, peut-être une vitre. La brise s'engouffra dans le couloir en sifflant comme le vent dans un tunnel.

Ginger observait Ari d'un air horrifié.

–Gavin ! chuchota-t-elle.

Gavin cessa de regarder les objets qui flottaient dans l'air, il se retourna vers sa fille, comprenant ce qui inquiétait sa femme. Du sang coulait du nez d'Ari sur le drap du lit.

–Ari, mon bébé, dit Ginger, terrorisée. (Elle se précipita aux côtés de sa fille et s'assit délicatement sur le lit, prenant soin de ne pas la toucher.) C'est de là que vient tout le sang ? Ils t'ont obligée à utiliser tes pouvoirs ?

Mais le regard d'Ari était distant, vide, comme si elle était à des milliers de kilomètres de cette cage.

–Je les tuerai tous, dit-elle tandis que ses yeux reprenaient vie, brillant d'une lueur étrange.

Elle regarda ses parents et elle eut l'air enfin consciente de ce qui l'entourait.

–Et Beau viendra, dit-elle simplement.

32

Ari s'était assoupie après avoir formulé sa sinistre décision. Ses traits se crispèrent un instant avant de se détendre, puis elle sombra dans le sommeil. Ginger s'allongea à côté d'elle tandis que Gavin faisait les cent pas dans la cellule, tournant comme un lion en cage.

Il aurait voulu savoir ce qu'ils avaient fait à Ari, mais elle n'avait répondu à aucune question et il ne voulait pas l'obliger à parler alors qu'elle semblait si fragile. Mais il ne pouvait oublier la promesse assassine qu'elle avait faite.

Elle lui avait paru déterminée. Confiante. Et cela l'effrayait plus que tout. Qu'avait-elle prévu de faire ? Et comment pouvait-il rester planté là, impuissant ? À son expression, il avait compris que rien ne la ferait changer d'avis.

Il ferma les yeux et murmura une prière à celui en qui il n'avait cru que lorsque Ginger et Ari étaient entrées dans sa vie. Car il était persuadé qu'elles étaient un cadeau de Dieu, ou d'un être supérieur, quel qu'il soit.

Sa prière était sincère. Il lui demandait de protéger sa femme et sa fille. Ce qui pouvait lui arriver n'avait aucune importance. Il aurait donné sa vie pour les deux femmes qu'il aimait.

Il secoua la tête en réalisant la tournure que prenaient ses pensées. Ari n'était pas consciente de ce qu'elle avait dit ; elle était catatonique, profondément traumatisée. Il pensait qu'elle ne s'en souviendrait pas lorsqu'elle se réveillerait, et il espérait que ce serait bientôt, car il avait désespérément besoin de réponse.

Ginger était toujours allongée à côté d'Ari, mais elle ne dormait pas. Elle était aussi réveillée que Gavin. Ari avait senti la présence de sa mère et s'était rapprochée d'elle dans son sommeil. Ginger passait sa main dans les longs cheveux d'Ari, c'était un geste qui réconfortait leur fille depuis son plus jeune âge. Elle adorait qu'on lui touche les cheveux, qu'on lui masse le crâne.

– Maman ?

La petite voix d'Ari parvint aux oreilles de Gavin et il se tourna vers elle. Sa fille lui tournait toujours le dos, elle faisait face à Ginger.

– Oui, ma chérie, chuchota Ginger pour ne pas faire souffrir Ari.

– Où est papa ? Est-il ici ?

Gavin commença à répondre, et il s'apprêtait à courir vers sa fille pour qu'elle puisse le voir, mais ce que dit Ari l'arrêta.

– Ils ont des caméras dans la cellule. Je ne veux qu'ils sachent que je suis réveillée, murmura Ari. Regarde papa pour que je sache où il est, mais ne dis rien et ne fais rien qui indique que je suis réveillée.

Gavin eut du mal à masquer sa confusion. Ginger adopta avec succès un air inquiet et pensif, le même que celui qu'elle arborait pendant qu'Ari dormait. Son visage ne trahit ni sa joie de voir sa fille se réveiller ni son inquiétude d'entendre les paroles étranges d'Ari.

Ginger regarda Gavin suffisamment longtemps pour qu'Ari sache où il était.

–Dis-lui de ne pas bouger, ou plutôt de continuer à faire ce qu'il faisait, poursuivit Ari d'une voix si faible que Gavin eut du mal à entendre. Enfin, ne le dis pas à haute voix, s'empressa-t-elle d'ajouter. Ils peuvent t'entendre.

–Il t'a entendue, ma puce, dit Ginger sans même bouger ses lèvres, tout en caressant la tête d'Ari comme lorsqu'elle dormait.

Gavin vit Ginger se détendre.

–Il y a certaines choses auxquelles vous devez vous préparer, continua Ari.

Gavin marcha jusqu'au lit et regarda sa fille, comme il l'avait fait plusieurs fois lorsqu'elle dormait. Ce qu'il venait d'entendre l'inquiétait et il avait besoin d'être rassuré, de la toucher pour savoir qu'elle allait bien.

–Elle ne s'est pas du tout réveillée ?

Il posa la question à Ginger tout en se baissant pour caresser délicatement la joue d'Ari.

Des larmes scintillèrent sur les cils d'Ari, et la poitrine de Gavin se serra. Et merde ! Il avait tant de questions à poser, tant de choses qu'il avait besoin de savoir.

–Pas encore, dit Ginger un peu plus fort. Je suis inquiète, Gavin. Et s'ils lui avaient vraiment fait quelque chose de terrible ?

Il fut fier de sa femme, qui avait trouvé un moyen de poser des questions à Ari sans que personne puisse réaliser qu'elle était réveillée.

–J'ai dû les laisser faire, dit Ari sans bouger ni réagir à la caresse de son père. C'est compliqué.

Ari respira lentement afin que son corps ne la trahisse pas. Son plan reposait sur le fait qu'ils ne sachent pas qu'elle était réveillée. Le chaos qu'elle avait prévu de répandre, sa vengeance, devait être une surprise.

Ses parents n'allaient pas aimer ce qu'elle avait à leur dire, surtout son père, car il n'aurait aucun rôle à jouer. Ari allait affronter ses ennemis *seule*.

–Ils veulent se servir de mes pouvoirs. Et mes pouvoirs sont puissants. Beaucoup plus que je ne l'avais imaginé. En quelques jours, j'ai réussi à faire des choses que je ne me pensais pas capable de faire, et je sais que je peux faire beaucoup plus.

–Tu penses qu'ils ont fait des expériences sur elle? demanda sa mère à son père, jouant son rôle à la perfection. C'est de là que vient le sang?

–Je ne sais pas, dit Gavin d'une voix indignée et furieuse.

–Oui, chuchota Ari, tendant lentement sa main pour prendre celle de sa mère, cachée de la caméra par le dos de son père.

Elle serra fort sa main tandis que des larmes piquaient ses yeux. Ils étaient ses parents, biologiques ou non. Ils l'aimaient, la protégeaient, la soutenaient, coûte que coûte.

–Mais je les ai laissés faire, poursuivit-elle. Ce que je vais vous dire ne va pas être facile. Vous aurez du mal à l'accepter. Mais je vous demande de me faire confiance. Si vous m'aimez, et je sais que c'est le cas, alors je vous demande d'écouter ce que j'ai à dire.

Ari inspira lentement de manière imperceptible.

–Vous devez l'accepter, de la même manière que j'ai accepté ce que je dois faire.

Les traits de son père trahirent son inquiétude, mais il était dos à la caméra de surveillance et il ne bougea pas, prenant le temps de se maîtriser, puis il se tint droit, comme s'il avait simplement partagé un moment d'intimité avec sa femme.

–Je les ai laissés me surmener, dit Ari. Tant de choses sont arrivées depuis que vous avez disparu. J'ai appris tellement de choses à mon sujet. À propos de mes pouvoirs. Mais j'ai encore tant à découvrir, je sais que je suis capable de bien davantage. Plus que je l'aurais jamais imaginé.

Bien que sa mère n'ait rien dit, Ari devina une question dans son regard.

– Ils m'ont fait passer une série de tests qui, en vérité, étaient très simples, expliqua-t-elle. Mais je me suis obligée à me concentrer sur des pensées qui puissent mettre une énorme pression sur mon cerveau pour qu'ils me voient faire un trop-plein psychique. Je voulais qu'ils soient déçus et qu'ils pensent que je ne leur serais d'aucune utilité. Du moins, jusqu'à ce que je vous retrouve, toi et papa. Parce que quand ils vont revenir me chercher, vous devez être prêts. Et vous devez faire exactement ce que je vous dis de faire. C'est le seul moyen que j'aurai de vous protéger quand je détruirai cet endroit horrible ainsi que chaque enfoiré qui s'y trouve.

Sa mère eut soudain l'air choquée, mais elle se dépêcha de baisser les yeux pour cacher sa réaction. Même si Ari ne voyait pas son père, elle sentait qu'il était tout près et elle imaginait son inquiétude. Laisser sa fille se mettre en danger alors qu'il devait rester assis sagement à ne rien faire, sinon attendre d'être secouru, était contre sa nature.

Il lui serait plus facile de convaincre sa mère, et c'est pour cela qu'elle devait passer par elle afin qu'elle se charge de son père. Elle la supplia du regard, l'implorant de la comprendre. De lui faire confiance, de croire à ses capacités.

La main de sa mère serra plus fort la sienne.

– Explique-nous.

– Je suis extrêmement puissante, dit Ari très simplement. Ces gens ne m'arrivent pas à la cheville, il faut que vous me croyiez. Que vous sachiez que je ne serai pas en danger et que vous compreniez que l'état dans lequel je suis en ce moment est un choix. Mon choix. Je devais savoir où vous étiez. Savoir que vous étiez en vie. Parce que quand le moment sera venu, je pourrai ériger un bouclier autour de vous. Mais vous devez rester ici, immobiles. Quoi que vous voyiez, quoi que vous entendiez, quoi que vous pensiez. Vous devez rester ici et ne pas bouger pendant que le bâtiment s'écroulera autour de vous.

Elle entendit son père expirer bruyamment puis respirer plus vite. Elle implora de nouveau sa mère du regard, lui demandant de l'aider à convaincre son père. Celle-ci serra de nouveau sa main, cette fois sans hésiter. Et ce qu'Ari vit dans le regard de sa mère la laissa bouche bée. Son amour, bien sûr, mais aussi sa confiance et… sa fierté. La fierté illuminait son regard.

Ari s'accrocha à la main de sa mère, à ce lien unique entre une mère et sa fille. Un lien comme aucun autre; irremplaçable, intemporel, indéfinissable et sans limites. Capable de survivre à tout, de triompher face à l'impossible.

Ari allait triompher. Elle avait confiance en elle, et sa mère lui faisait confiance. Et elle réussirait.

Il lui avait fallu vingt-quatre ans pour comprendre sa raison d'être et pour l'accepter, pour cesser de s'en cacher ou de la réprimer. Mais plus jamais. C'était une partie intégrante de la femme qu'elle était.

Et cela allait servir à sauver ceux qu'elle aimait et qui l'aimaient plus que tout au monde.

Les liens du sang ne faisaient pas une famille.

– Papa, appela-t-elle à voix basse, suffisamment fort pour que sa mère lui fasse signe d'approcher.

– Gavin, viens ici, s'il te plaît, dit Ginger d'une voix inquiète. Tu as vu qu'elle avait saigné des oreilles ? Tu penses que c'est dû à quoi ?

Ari eut envie de sourire. Puis elle sentit la chaleur des corps de son père et sa mère envelopper le sien et elle sut que tout irait bien.

–Papa, chuchota-t-elle de nouveau.

–Je suis là, murmura-t-il.

–Il faut que tu protèges maman.

Elle cherchait à manipuler son père en faisant appel à son instinct de protection car il devait accepter de ne rien faire et la laisser mener seule cette bataille, mais il ferait tout pour que rien n'arrive à sa mère.

Ari crut déceler un minuscule sourire sur les lèvres de sa mère, comme si elle avait compris ce qu'elle faisait.

–Tu dois t'assurer qu'elle ne bougera pas une fois que je serai partie. Si elle bougeait, même un tout petit peu, si vous ne restez pas collés l'un à l'autre, elle pourrait se retrouver de l'autre côté du bouclier et être tuée.

Ginger pouvait être féroce lorsqu'il s'agissait de protéger sa fille, et cela pourrait être dramatique si elle pensait qu'Ari était en danger, blessée et sans défense.

Ari cherchait à convaincre son père, mais elle ne mentait pas.

Elle sentit son père expirer, résigné.

–Je te fais confiance, dit-il d'une voix rauque et émue.

Mais il y avait autre chose dans sa voix. Lui aussi était fier d'elle. Elle l'avait entendu dans les quelques mots qu'il venait de prononcer.

–Quoi qu'il arrive, sachez que je vous aime tous les deux. Il n'y a personne d'autre sur Terre que je choisirais pour être mes parents. Ma famille.

Elle déglutit plusieurs fois, se retenant de révéler ce qu'elle avait appris.

Ce qui les unissait était bien plus précieux que les liens du sang. C'était quelque chose qu'elle ne prendrait plus jamais pour acquis. Ils étaient unis par l'amour qu'ils avaient les uns pour les autres. Et elle voulait plus que tout que Beau fasse partie de sa famille. Son père le détesterait, bien sûr. Il ne remplirait pas son rôle de père s'il ne menaçait pas ou n'essayait pas d'intimider l'homme dont il décréterait sûrement qu'il ne méritait pas sa fille.

– Et on ne souhaiterait personne d'autre comme fille, dit sa mère d'une voix assurée.

Son père se pencha de nouveau pour embrasser Ari sur la joue, puis il chuchota en s'éloignant.

– On ne va pas se dire au revoir et se promettre que l'on s'aime, comme si l'un d'entre nous allait mourir. Je jure devant Dieu que si tu ne ramènes pas tes fesses dans cette cellule pour nous libérer et pour qu'on puisse s'échapper tous les trois, je te suivrai jusqu'au paradis et je me battrai avec Dieu pour te récupérer. Il pourra t'avoir plus tard. Tant que je suis vivant, ta place est avec moi.

Ari ferma les yeux, se sentant tout à coup étrangement paisible.

– Lorsqu'ils viendront me chercher, soyez prêts, dit-elle tandis que son cœur se mettait à battre à toute vitesse. Lorsqu'ils me prendront, tenez-vous debout, ensemble, et ne bougez pas de cet endroit. C'est le seul moyen que j'ai de vous sauver. Faites-moi confiance. Croyez en moi. Je ne vous décevrai pas.

33

Ils vinrent la chercher plus tôt qu'elle pensait, mais elle en fut soulagée. Elle s'était reposée contre sa mère, réconfortée par sa chaleur et son amour, puis elle s'était réveillée mais n'avait pas bougé ni fait de bruit, ne voulant pas qu'ils viennent tout de suite.

Elle avait simplement dit à ses parents qu'elle allait bien, qu'elle était seulement un peu fatiguée. Mais ce n'était destiné qu'aux ravisseurs qui l'observaient certainement. Parce qu'elle était prête.

Les deux mêmes gardes empruntèrent le long couloir et s'arrêtèrent devant leur cellule. Ils étaient armés de vrais fusils cette fois-ci. Du moins, ils avaient l'air vrais. Avec de vraies balles. Elle savait qu'ils voulaient lui faire comprendre qu'elle ne devait pas leur résister, et à son père, en pointant un pistolet sur la tête de sa mère, que s'il ne voulait pas que sa cervelle explose contre les murs de la cellule, il avait intérêt ne pas bouger.

Comme Ari le leur avait demandé, lorsqu'elle se «rendit» aux gardes et les suivit sans résister, son père prit sa mère dans ses bras et resta debout devant le lit.

Ari les regarda par-dessus son épaule tandis que les gardes la poussaient violemment vers la porte. Elle prit note de chaque détail, mesurant mentalement comment ériger le bouclier nécessaire à leur protection.

Puis elle sourit et articula sans bruit «Je vous aime» avant que l'un des gardes la tire pas le bras et qu'elle ne puisse plus voir ses parents.

Il lui était difficile d'avoir l'air résignée et effrayée. D'agir comme si ces enfoirés lui faisaient peur, alors que sa seule envie était de semer un chaos sans précédent. Mais elle s'obligea à être patiente, car tout devait se dérouler selon son plan méticuleusement préparé. Il fallait qu'elle soit suffisamment loin de ses parents pour que les dégâts aient lieu au centre de l'édifice et non à l'endroit où se trouvaient les cellules.

Elle imagina les mines déconfites de ses geôliers lorsqu'ils verraient qu'ils l'avaient sérieusement sous-estimée. Qu'ils comprendraient qu'ils s'en étaient pris à la mauvaise femme. Sa soif de revanche était la seule chose à laquelle elle pensait, et elle n'éprouverait jamais le moindre remords, parce qu'elle savait que le monde serait meilleur sans ces gens. Des gens pour qui la mort n'était rien, pour qui les menaces et la violence étaient les seuls moyens d'atteindre leur but. Le pire était qu'elle ne savait même pas *quel* était leur but. Elle savait seulement qu'ils voulaient utiliser ses pouvoirs pour faire le mal.

Peut-être était-elle aussi mauvaise qu'eux, étant donné ce qu'elle avait prévu de faire. Mais au bout du compte, ses actions, sa conscience, les conséquences de ses choix étaient entre elle et Dieu. Et elle n'aurait aucun mal à répondre de ses actes devant Celui qui lui avait justement donné ses pouvoirs.

Ils la poussèrent une fois de plus dans le laboratoire blanc et stérile avec les deux mêmes sbires et le

« scientifique » obséquieux qui n'avait sans doute pas plus de diplôme en sciences qu'elle.

– Que voulez-vous de moi cette fois-ci ? dit-elle en prenant soin d'adopter un ton fatigué et résigné.

Le rat de laboratoire se frotta le menton et la transperça du regard, l'air irrité.

– Jusqu'à présent, tu nous as vraiment déçus. Et vu le temps et l'argent que tu nous as coûtés, dire qu'on est déçus est loin de la réalité.

– Diantre, dit-elle d'une voix pleine de sarcasme. Je suis désolée de décevoir un rat de laboratoire et ses molosses. Qu'est-ce qu'y a ? Vous vous attendiez à ce que je fasse régner la paix dans le monde ? Ou peut-être que je répare la couche d'ozone ? Ah, mais attendez, il y aussi le problème des enfants qui meurent de faim en Afrique… Ou peut-être vouliez-vous que je trouve un vaccin contre Ebola, il y a eu au moins dix cas aux États-Unis ces dernières semaines. Vous voulez peut-être que j'anéantisse tous les pays d'Afrique concernés par Ebola ?

– Pour quelqu'un qui avait l'air prête à tout pour sauver ses parents, tu sembles n'en avoir plus rien à faire, dit le molosse numéro un d'une voix glaciale.

Elle lui lança un sourire moqueur :

– Vous ne pouvez pas atteindre mes parents, dit-elle doucement.

– Apparemment, tes saignements te font perdre ton intelligence, dit le rat en blouse blanche. Peut-être qu'une démonstration est nécessaire.

Il se tourna vers le deuxième molosse et émit un ordre qui aurait glacé le sang d'Ari si elle n'était pas certaine de pouvoir protéger ses parents. Plus que jamais, elle avait besoin de croire en elle-même, de la même façon qu'elle avait demandé à ses parents de croire en elle. Il n'y avait aucune place à l'erreur ou à un manque de concentration. C'était le moment le plus important de sa vie. Plutôt mourir que de décevoir sa famille.

Ils se tournèrent vers l'écran. Au grand soulagement d'Ari, ses parents étaient toujours debout au même endroit. Elle les remercia en silence de lui avoir fait confiance et elle pria pour qu'ils ne réagissent pas face à ce que ce connard avait prévu de leur faire. Les choses étaient devenues sérieuses.

Le sbire numéro un aboya l'ordre de tuer sa mère, et quelques secondes plus tard, sans ouvrir la porte de la cellule, deux gardes apparurent dans le coin de l'écran et ouvrirent le feu sur sa mère.

Ils regardèrent, sidérés, les balles rebondir sur un mur invisible qui entourait ses parents. Instinctivement, son père avait resserré son étreinte sur sa mère et l'avait tournée pour que ce soit lui qui prenne les balles au cas où Ari échouerait, mais ils ne bougèrent pas. Dieu merci, son père était discipliné.

Le rat posa sur elle un regard meurtrier et avança, seringue en main. Ses deux molosses s'avancèrent aussi. C'est alors qu'elle déchaîna ses pouvoirs.

Tout ce qu'elle avait imaginé pendant qu'elle se reposait avec ses parents se déroula sans encombre. Elle n'osa pas fermer les yeux pour se concentrer, car elle était susceptible d'être droguée, ce qui serait dramatique car le bouclier autour de ses parents disparaîtrait instantanément.

Un problème à la fois. Ses parents étaient en sécurité. Elle avait toujours confiance en Beau pour venir la sauver. Tout ce qu'elle avait à faire était de répandre le chaos d'ici là. Quant à ce qu'elle allait faire pour s'occuper, tout de suite, après tout ce que ces connards avaient fait subir à sa famille ?

Elle avait la ferme intention de s'amuser.

Une détermination sans réserve l'enveloppa, lui donnant une confiance qu'elle ne pensait pas avoir, et elle libéra un ouragan sur les trois hommes qui représentaient la menace la plus immédiate.

–Vous ne savez pas ce qui vous attend, dit-elle d'une voix douce mais menaçante.

La petite Arial Rochester fragile et apeurée avait disparu. Oui, Rochester. Son nom. Son héritage. Les liens du sang n'étaient rien. Après tout, il suffisait de regarder où cela avait mené Caleb, Beau et leurs frère et sœur.

Des parents pourris qui se contrefichaient de leurs enfants. Alors que ses parents adoptifs lui avaient donné plus d'amour en vingt-quatre ans que la plupart des gens ne connaissent au cours de toute une vie.

–Tu ne paies rien pour attendre, dit le premier sbire. Je vais prendre un infini plaisir à me venger sur toi, petite garce. Les gens qui me paient te veulent en vie et maintenant qu'on vient de confirmer tes pouvoirs, ton prix vient de quadrupler, mais ça ne veut pas dire que je ne peux pas te faire *souhaiter* ta mort.

Avant qu'elle n'ait pu réagir ou lui répondre, il sortit son pistolet de sa ceinture et planta une balle dans la tête du pseudo-savant. Avant que le deuxième molosse ne puisse réagir à son tour, il reçut également une balle dans la tête. Entre les deux yeux.

Merde!

Oh mon Dieu, oh mon Dieu! Ce petit con venait de lui voler la vedette et l'avait prise par surprise, et elle ne savait plus quoi faire.

Sois cool, Ari. Même si tu n'as jamais été une fille cool. La moindre chose te fait peur. Tu as toujours eu peur de ta propre ombre. C'est bon, réagis. Tu n'es plus cette fille.

–Eh bien merci, dit-elle d'une voix joyeuse tout en évaluant chaque possibilité.

Pour une fois, sa mémoire photographique allait lui être vraiment utile. Oui, cela lui servait dans son métier, même si elle ne serait probablement plus jamais professeur. Mais désormais, cela allait sauver ses fesses parce que son cerveau analysait tous les scénarios possibles à la vitesse d'un ordinateur, rejetant les moins probables et s'accrochant à ceux qui avaient les meilleures chances de réussir.

Les yeux de l'homme se plissèrent, surpris pas sa réponse.

– Quoi ? demanda-t-elle. Tu n'es pas habitué à être remercié ? Ma mère m'a appris les bonnes manières, tu sais. Tu viens de descendre deux des mecs sur ma liste. Maintenant, si tu pouvais te tirer une balle dans la tête, ce serait impeccable, je pourrais continuer à rayer les noms sur ma liste et en finir.

Elle cachait mal sa panique, et l'enfoiré l'avait vu. Il osa même lui sourire. C'était un sourire maléfique, digne du pire méchant des films d'horreur. D'ailleurs, cette brute et elle auraient pu tenir les rôles principaux d'un film de science-fiction parce que, putain, qui pouvait croire que cette situation merdique existe vraiment ?

Elle imagina sa mère la réprimander pour son vocabulaire. Apparemment, passer du temps avec Beau et ses collègues avait affecté son langage. Elle n'avait jamais autant juré de sa vie.

– Ce que je crois, c'est que tu es morte de trouille, Arial, dit-il d'une voix moqueuse. Tu n'es plus aussi courageuse, maintenant que tu as du sang sur les mains, hein ? Tu faisais juste semblant, ou tu allais vraiment nous tuer de sang-froid ?

– Tu as tout compris, dit-elle sur un ton plein de colère. Et je n'aurai pas le moindre remords quand je te renverrai en enfer d'où tu viens. Mais cette fois-ci, j'espère que tu y resteras pour l'éternité.

Il la fit sursauter en frappant des mains et en éclatant d'un rire machiavélique.

–Observe et tires-en de la graine, siffla-t-elle. N'énerve jamais une femme qui a le pouvoir de prendre tes couilles et de te les servir sur un plateau d'argent.

Elle vit son regard de surprise quand il s'éleva dans les airs et fut projeté en arrière, s'écrasant bruyamment contre le mur à quelques mètres derrière lui. C'était au tour d'Ari de se moquer de lui.

–C'est marrant de voir les mecs devenir des mauviettes quand on menace leur petite virilité, grogna-t-elle. Je parie que tu n'es pas très bien doté de toute façon, donc j'imagine que ce ne sera pas très dur de séparer tes couilles du reste.

Elle adopta un air pensif et pencha la tête sur le côté, juste avant de le propulser en l'air pour qu'il s'écrase contre le plafond. Elle le maintint ainsi, plaqué comme s'il était pris dans une toile d'araignée.

–Il est vrai que mes pouvoirs ont des limites, dit-elle d'une voix amusée. J'ai besoin de pouvoir *imaginer* ce que j'ai l'intention de manipuler, et si la chose est minuscule… eh bien… tu comprends mon problème.

Ses yeux brillèrent de rage puis, soudain, de victoire. Un frisson parcourut sa colonne vertébrale au moment où une envie soudaine de se baisser et de se mettre en position défensive la saisit. Elle se baissa et donna un coup de pied circulaire derrière elle, à l'aveugle.

Elle frappa quelque chose de dur et solide, et une douleur saisit sa jambe. Cependant, à en juger au juron étouffé de son agresseur, il souffrait plus qu'elle. Diriger sa concentration sur deux choses, ou plutôt deux personnes, s'avéra plus difficile qu'elle l'avait imaginé.

Le sbire numéro un, toujours suspendu au plafond, chuta d'environ un mètre avant qu'elle puisse le faire remonter, mais le manque de concentration lui coûta. Elle reçut un coup de poing au visage qui la fit reculer de plusieurs mètres. Cet enfoiré avait des briques à la place des mains.

Elle se massa la mâchoire en se concentrant sur celui qui représentait la plus grande menace, tout en préparant son attaque contre son nouvel assaillant.

Elle aperçut le pistolet du molosse qu'elle avait coincé au plafond, avec lequel il avait tué ses deux acolytes. Apparemment, l'arme lui avait échappé quand il avait atterri contre le mur. Elle se souvint de ce que Beau lui avait dit au sujet des Glock et pria pour que celui-ci en soit un et qu'elle n'ait pas à trouver comment enlever la sécurité. Cela dit, elle doutait que l'autre brute ait remis la sécurité après avoir tiré.

Maintenant que sa concentration était divisée sur trois choses, il lui fut beaucoup plus difficile de faire venir le pistolet à elle. L'arme glissa sur le sol en faisant des zigzags, se cognant contre les pieds des meubles. Elle grimaça en espérant qu'un coup ne partirait pas tout seul car s'il lui fallait ralentir une balle, elle pouvait oublier ses autres cibles.

Le pistolet finit par léviter et venir vers elle, à l'abri du regard de son nouvel agresseur. Cependant, l'autre sbire cria pour le prévenir et l'homme se tourna juste à temps pour voir le pistolet flottant devant son visage.

Merde !

Il le saisit, et l'instinct de survie d'Ari entra en action. Elle imagina l'arme se stabiliser et viser l'épaule de l'homme. Elle ne pouvait décidément pas se résoudre à devenir la tueuse de sang-froid qu'elle s'était convaincue d'être.

Le coup partit et l'homme tomba au sol, se tenant l'épaule gauche tandis que le sang se répandait rapidement sur le carrelage blanc, coulant entre ses doigts, peignant ses mains de rouge.

Elle le retourna d'un coup de pied puis sortit de la pièce, consciente qu'elle avait encore beaucoup de choses à faire avant de pouvoir s'enfuir. Elle rangea le sbire collé au plafond dans un coin de sa tête, formulant l'ordre de ne pas le laisser bouger.

C'est alors qu'elle se rendit compte, horrifiée, qu'elle avait pensé devoir diviser sa concentration entre trois choses alors qu'en vérité, quatre choses se passaient simultanément.

Ses parents !

Oh mon Dieu ! Et si le bouclier s'était brisé ? Et si elle les avait tués parce qu'elle avait passé trop de temps à ne pas vouloir tuer quelqu'un qui méritait de mourir ?

Son plan allait devoir changer au fur et à mesure. Elle ne pouvait pas réduire l'immeuble en poussière et coincer tous ses occupants sous les débris si ses parents étaient en danger. Et merde. Elle n'était pas douée pour réfléchir tout en agissant.

Elle avait mémorisé chaque couloir lorsque les gardes l'avaient ressortie de la cellule, car au voyage aller elle n'avait pas été en état de le faire. Il lui fallut trois minutes, les plus longues de sa vie, pour parvenir au couloir menant aux cellules. D'ailleurs c'était quoi, cet immeuble ? Quel genre d'endroit possédait un laboratoire *et* des cellules de prison ?

Elle courait aussi vite que possible pour atteindre la cellule de ses parents. La porte était ouverte, et ses parents n'étaient pas là. Pas de bouclier protecteur non plus.

Son sang se glaça lorsqu'elle baissa les yeux et vit plusieurs flaques de sang à l'endroit où elle avait donné l'ordre à ses parents de rester. Pire encore, les traces allaient du lit jusqu'à la porte et continuaient dans le couloir. Mais qu'avaient-ils fait de ses parents ? Avaient-ils tiré sur eux pour les emmener dans une cachette ?

Pendant qu'elle jouait la dure à cuire et se moquait du sbire numéro un, ses parents étaient restés sans protection parce qu'elle ne savait pas encore comment diriger ses pouvoirs sur plusieurs choses à la fois.

Elle se sentit soudain désespérée, puis… furieuse. Elle avait échoué. Elle leur avait promis qu'elle pouvait le faire. Elle leur avait fait jurer d'avoir confiance en elle.

Et elle avait échoué.

Elle se tourna lentement, étrangement vide. Comme un robot, elle marcha dans les couloirs sans les voir, retournant vers le centre de l'immeuble. Elle n'aurait aucune pitié pour ceux qui croiseraient sa route. Sa conscience avait disparu et elle n'aurait plus aucun remords à tuer rapidement, efficacement. Elle ne ressentait qu'une soif de vengeance. Elle pouvait la sentir, la goûter, et elle l'accueillit à bras ouverts.

Un bruit l'alerta. Dans le couloir devant elle, plusieurs gardes déboulaient et lui barraient la route. Une embuscade.

Elle posa sur eux un regard glacial, parfaitement insensible au fait qu'ils criblaient le couloir de balles. Car les balles ricochaient devant elle, rencontrant le bouclier qu'elle avait érigé sans même y penser. Elle vit la peur dans leurs yeux lorsqu'ils réalisèrent qu'elle était intouchable. Ce fut leur dernière pensée.

Elle leur brisa le cou, un à un. Avec ses pouvoirs, cela prenait moins d'une seconde. Elle en poussa un du pied en passant devant eux, ne leur accordant pas plus d'attention.

Ils lui paieraient. Ils allaient lui payer. À commencer par le connard qui était encore suspendu au plafond, là où elle l'avait laissé.

34

–Il faut qu'on fasse aussi vite que possible, dit Beau d'une voix lugubre, alors que l'hélicoptère classé secret défense et qui n'existait *pas* officiellement, survolait le sol, effleurant la cime des arbres à une vitesse vertigineuse. On récupère Ari et ses parents, et une fois qu'ils sont en sécurité, on fait tout sauter.

–Génial, murmura Zach.

–Je suis pour, dit Eliza.

Une grimace assombrit ses traits délicats.

Dane se contenta de hocher la tête, les deux autres agents, Isaac et Capshaw, levèrent le pouce.

Ils avaient tous hâte de prendre leur revanche après l'enlèvement d'Ari. Leur fierté en avait pris un coup et quoi dire de leur réputation si l'on apprenait qu'il s'étaient fait battre sur leur propre territoire ?

Lorsque tout ceci serait terminé, Beau allait prendre un immense plaisir à raser toute sa maison, car elle n'avait été rien d'autre qu'un moyen de blesser les gens qu'il aimait. Et s'il était assez chanceux pour avoir un avenir avec Ari, et il priait Dieu pour qu'il ne soit pas déçu, il construirait une telle forteresse qu'en comparaison, Alcatraz aurait l'air d'un château de sable.

Ari allait avoir besoin d'être protégée du public et des psychopathes qui voudraient se servir de ses pouvoirs. Et tant qu'il était vivant, cela n'arriverait pas.

De la même façon que Caleb avait resserré la protection autour de Ramie, Beau ferait la même chose avec Ari. Par le passé, il avait trouvé son frère un peu trop parano, mais il le comprenait trop bien désormais. Il passerait le reste de sa vie à s'assurer qu'Ari soit en sécurité, quel qu'en soit le coût.

–On arrive bientôt, dit Dane, concentré sur sa mission. Que tout le monde soit prêt à intervenir quand je vous donnerai le signal. Il va falloir faire très vite parce qu'on sera des cibles faciles quand on descendra de l'hélico avec les cordes.

Grace au réseau de Dane, qui ne cessait d'étonner Beau, ils avait obtenu un hélicoptère militaire indétectable par radar et qui semblait tout droit sorti d'un film futuriste.

Cela sert toujours d'avoir des amis mal placés. Cette phrase était la préférée de Dane et il adorait la prononcer lorsque quelqu'un lui demandait comment il avait réussi à mettre la main sur quelque chose dont la plupart des civils ignorait l'existence. C'était précisément le cas de cet hélicoptère.

Zach avait fait des recherches sur ce bâtiment partiellement enseveli dans le désert de Mojave, et il avait téléchargé les plans de l'intérieur et de l'extérieur. En utilisant un détecteur de chaleur high-tech, ils avaient pu identifier, quelques heures auparavant, trois sources de chaleur en périphérie du campement, à l'endroit où se trouvaient les anciennes cellules. Beau avait pu confirmer qu'Ari était une de ces sources en recherchant sa puce GPS. Dieu merci, ils avaient eu le temps de la lui implanter avant d'être attaqués, sinon ils chercheraient une aiguille dans une botte de foin, et il frissonna à l'idée qu'Ari soit quelque part dans ce désert sans qu'il ait la moindre idée d'où commencer à la chercher.

Au XIXe siècle, le bâtiment avait été un hôpital psychiatrique. Au XXe, des cellules de prison y avaient été ajoutées et l'hôpital était devenu une prison de haute sécurité pour les pires criminels psychopathes du pays.

L'endroit donnait la chair de poule et il était abandonné depuis des décennies, selon les archives. Le bâtiment appartenait à une société privée et il n'existait aucun document sur cette entreprise, qui semblait purement fictive. Les choses devinrent intéressantes, cependant, lorsqu'Eliza découvrit un lien entre RPI et l'entreprise fictive qui détenait le bâtiment.

RPI, ou Recherches Psychiques Incorporées, louait une partie du bâtiment central ainsi qu'une demi-douzaine des dépendances parsemées sur le vaste terrain. Une simple coïncidence ?

Apparemment, une fondation de recherche complètement absurde qui explorait les phénomènes psychiques et avait investi une somme colossale dans un programme d'adoption nommé Solution Créatives d'Adoption, qui n'était en vérité qu'un programme d'élevage.

Beau avait eu la nausée en pensant qu'Ari était le produit de cet élevage. Pire, grâce au piratage d'Eliza, ils avaient découvert un investissement considérable, et bien déguisé, au nom de Franklin Devereaux.

Comment expliquer à Ari que, non seulement elle était le résultat d'une expérience mais en plus que son propre père avait eu un rôle important dans sa « création » ? Soudain, l'association de Gavin Rochester avec son père et le fait qu'il lui ait rendu visite la veille de sa mort, lui sembla ne pas pouvoir être un simple hasard.

Ni le père d'Ari ni le sien n'étaient de brillants exemples du capitalisme et du succès à l'ancienne: travailler dur et le mériter. Non. Ces deux hommes étaient empêtrés dans des affaires douteuses.

La question était désormais de savoir si le père d'Ari avait eu quelque chose à voir avec la mort soudaine de ses parents. Les coïncidences étaient trop nombreuses. Il était écœuré que son propre père ait pris part à quelque chose d'aussi amoral. Cependant, plus il en apprenait sur lui, plus il comprenait qu'il n'avait vu que le sommet de l'iceberg. Dieu seul savait quels autres crimes atroces son père avait pu commettre.

Toute cette histoire était sans queue ni tête. Si les parents d'Ari s'en sortaient vivants, la découverte des circonstances de la naissance d'Ari et de l'implication de Franklin Devereaux allait être le premier obstacle à leur jeune relation.

Il pouvait difficilement demander à Ari de tout pardonner, et elle était encore sous le choc d'avoir appris que Gavin et Ginger Rochester n'étaient pas ses parents biologiques. Lui parler de son père serait trop pour elle et elle finirait par vraiment craquer.

–Je n'ai plus que deux sources de chaleur, dit Zach sèchement. Elles n'ont pas bougé depuis une demi-heure. Au même endroit. Parfaitement immobiles. C'est vraiment suspect, si vous voulez mon avis.

Beau poussa un juron. Il n'avait pas le temps de regarder la localisation d'Ari puisqu'ils étaient à quelques secondes de l'arrivée. Son seul choix était de foncer et de retourner tout le bâtiment jusqu'à ce qu'il la retrouve.

Les autres se préparèrent pour l'assaut, prêts à atterrir à quelques mètres des cellules. C'était l'endroit le plus probable pour planquer des prisonniers, même s'il n'y avait plus que deux sources de chaleur.

Beau aurait dû se douter que ce ne serait pas aussi simple. Son pouls avait accéléré en apprenant que trois personnes étaient détenues dans une même cellule. Cela paraissait trop beau pour être vrai. Mais Ari y était avec deux autres personnes qui étaient en vie, puisqu'elles dégageaient de la chaleur. Ils avaient prévu d'y pénétrer en force, de répandre le chaos et de créer autant de confusion que possible en déclenchant des détonations pour que ces enfoirés ne sachent pas dans quelle direction se lancer ni d'où venaient Beau et les autres.

Il s'obligea à rester calme. Une chose à la fois. Si les parents d'Ari étaient dans la cellule, il rentrerait, les récupérerait et les planquerait. Ensuite, il irait faire exploser chaque pièce du bâtiment jusqu'à ce qu'il retrouve Ari. Une fois qu'il se serait assuré de sa sécurité, il se contrefichait de ce qui arrivait. À ses yeux, toute cette organisation était maléfique et le monde serait meilleur sans elle. Car si Ari avait fait partie d'un programme tordu déguisé en agence d'adoption, cela laissait supposer que d'autres en avaient été victimes aussi. Et si détruire le bâtiment entier et butter ceux qui en étaient responsables pouvait sauver des vies et guérir des blessures, alors il n'y avait aucune raison de ne pas le réduire en miettes.

L'hélicoptère était désormais en position. Beau et les autres descendirent rapidement le long des cordes pendant que l'engin faisait du surplace, il s'éloigna aussitôt qu'ils furent à terre. Il les attendrait dans une « zone sûre » qui serait facile à défendre et où ils pourraient mettre Ari et ses parents en sécurité.

Vêtus de tenues militaires, ils coururent jusqu'au mur d'une cellule qui se situait à deux cellules de celle dans laquelle ils avaient détecté les sources de chaleur. Dane et Zach posèrent suffisamment d'explosifs pour faire un trou dans le bâtiment, par lequel ils pourraient sortir, accompagnés des parents d'Ari.

En trente secondes, les explosifs furent posés et Dane leur fit signe de reculer à l'abri, puis Zach appuya sur le détonateur. L'explosion fit trembler le sol. Une bonne partie du mur avait été réduite en poussière, et Beau entra dans la cellule avant même que le nuage se soit dissipé.

La première chose que Beau entendit lorsqu'il entra fut des coups de fusil. Près d'eux.

Merde !

Le cri d'une femme rompit le silence qui avait suivi l'avalanche de balles. Puis les tirs reprirent de plus belle. Beau fit signe aux autres d'être sur leur garde.

Ils s'éparpillèrent, dévalant le couloir en direction des tirs et du cri de détresse. Du moins, il espérait que c'était un cri de détresse, pas de douleur.

Lorsqu'ils atteignirent la cellule ouverte, une vue macabre les accueillit. Gavin Rochester avait descendu deux hommes et il était en train de se charger du troisième.

Lorsque celui-ci échappa aux mains de Gavin et se jeta sur Ginger, Beau n'hésita pas. Il lui mit une balle dans la tête et le regarda s'effondrer à quelques centimètres de Ginger qui se tenait paralysée, blanche comme un drap, les yeux écarquillés de peur et de surprise. Dans les mains de l'agresseur se trouvait le poignard qu'il avait eu l'intention d'utiliser sur elle, et si Beau n'était pas arrivé à temps, l'homme aurait probablement réussi à lui infliger de sévères blessures.

Gavin se tourna et posa sur lui un regard glacial, prêt à s'occuper de la nouvelle menace. Il était impressionnant ainsi, recouvert de sang.

– On est avec vous, calmez-vous ! aboya Dane.

Beau fit un pas en avant en prenant soin de ne pas faire de gestes brusques, car Gavin semblait déterminé à ce qu'aucun mal n'arrive à sa femme.

–C'est Ari qui a fait appel à nous, dit-il d'une voix calme. Je suis Beau Devereaux. Ce sont mes hommes. Il faut qu'on vous sorte d'ici tout de suite.

Gavin se détendit et la peur remplaça la rage. Ginger se jeta dans ses bras en poussant un cri, puis elle nicha son visage contre sa poitrine, parcourue de sanglots. Gavin prit la tête de sa femme dans sa main. Il leva les yeux vers Beau qui y vit une peur qui le fit tressaillir.

–Ari, dit Gavin d'une voix rauque. Il faut la trouver. La sauver. Elle s'est laissé attraper. Elle voulait qu'ils l'attrapent parce qu'elle voulait détruire tout le bâtiment. Elle nous a dit de ne pas bouger pour qu'elle puisse nous protéger et je ne sais pas comment elle a fait, mais elle a réussi à former un bouclier autour de nous. Ces connards ont ouvert le feu sur nous et les balles ont tout simplement rebondi.

Il n'y comprenait apparemment rien, et Beau se contenta de hocher la tête car ces informations ne le surprenaient pas. Il avait été témoin de la puissance d'Ari. Mais il prit peur car le bouclier avait été brisé, ce qui voulait dire qu'Ari avait été interrompue. Pourtant, il refusa de penser qu'elle pouvait être blessée. Ou morte. Pas question de penser à ça.

–Il y a beaucoup de choses que vous ne savez pas au sujet des pouvoirs de votre fille, Monsieur, dit Beau. Mais pour l'instant, il faut qu'on parte, et j'ai besoin que vous me disiez tout ce que vous savez pour qu'on puisse la localiser. Ari. En revanche, vous et votre femme devez être loin d'ici et en sécurité.

Lorsque Gavin commença à protester, Beau lui coupa la parole.

–Sauf votre respect, Monsieur, si vous aimez votre fille, si vous voulez la retrouver en vie, vous suivrez mes hommes et vous ne vous mettrez pas dans nos pattes. On ne peut se permettre d'être distraits, et c'est ce que vous ferez. Laissez-nous faire notre travail. Je n'abandonnerai pas tant que je ne l'aurai pas retrouvée.

Sa dernière déclaration fut féroce. Ce n'étaient pas les paroles d'un homme qui faisait simplement son travail. Elles véhiculaient une richesse d'émotions qui lui avaient échappé sans qu'il en ait conscience.

Gavin cligna des yeux et dévisagea Beau. Il essayait de deviner les intentions de Beau et de déterminer si elles étaient professionnelles ou… pas.

Ginger regardait l'homme qui venait de promettre de sauver leur fille. Elle continua de l'étudier tandis que les hommes de l'équipe de Beau commençaient à les pousser vers la porte. Elle s'arrêta devant Beau et fit signe aux agents de SSD de la laisser tranquille. Elle leva la main et la posa sur le bras de Beau.

–Que représente ma fille pour vous, Monsieur Devereaux ? demanda-t-elle d'une voix douce.

–Elle est absolument *tout* pour moi, dit Beau sans essayer de masquer sa vulnérabilité, certain que ses émotions se lisaient dans son regard.

Il aurait dû se sentir mal à l'aise de faire une déclaration aussi personnelle devant deux étrangers et toute une équipe d'agents de SSD. Mais il n'en avait strictement rien à faire, car elle était tout pour lui. Sans elle, la vie serait incomplète et il se contrefichait que tout le monde le sache.

Ginger serra son bras puis, à sa grande surprise, elle se mit sur la pointe des pieds et déposa un baiser sur sa joue.

–Ma fille ne pourrait être entre de meilleures mains, chuchota-t-elle. Ramenez-la-moi, Monsieur Devereaux. Je vous en supplie. Ramenez-nous notre bébé.

Beau prit délicatement son coude et la guida vers le couloir pour les mettre à l'abri.

–Je vais vous la ramener, promit Beau en regardant le père d'Ari. Vous avez ma parole.

Lorsqu'ils arrivèrent à la cellule par laquelle ils étaient entrés, le sol sous leurs pieds se mit à trembler, manquant faire tomber Ginger. Gavin la saisit et la plaqua contre lui. Le bâtiment entier se mit à bouger. Les murs vibraient, la poussière au sol se soulevait et tourbillonnait autour d'eux, des objets se mirent à tournoyer dans les airs, comme happés par une tornade. Au loin, ils entendirent de forts craquements comme un arbre se fendant en deux, suivis de cris d'angoisse étouffés par de nouveaux tremblements.

Beau frissonna lorsqu'il entendit des voix d'hommes hurler de peur et de douleur.

Une nouvelle vague secoua le sol et une fissure apparut dans le béton, se propageant rapidement vers l'intérieur du bâtiment. Puis la fissure s'agrandit, d'autres fissures plus petites éclatèrent dans le sol et se propagèrent dans toutes les directions, comme une toile d'araignée.

Inquiet, Beau regarda Zach. Dane arborait un air lugubre. Ils avaient tous compris ce qui était en train de se passer. Seuls les parents d'Ari ne semblaient pas comprendre.

Les pouvoirs d'Ari étaient déchaînés et ce n'était que le début. Beau savait pertinemment qu'elle n'en avait pas encore découvert toute l'étendue.

–Merde, jura Beau.

–Quoi ? hurla Gavin.

–Que se passe-t-il ? cria Ginger.

Leurs regards exprimaient leur désespoir, leur peur, leur inquiétude pour leur fille. Ils n'avaient aucune idée de ce dont Ari était capable. Ils n'avaient eu qu'un avant-goût infime de ses pouvoirs. Après tout, Beau lui-même était certain de n'en avoir eu qu'un minuscule aperçu. À présent, sans barrière, la rage d'Ari serait terrible.

Sous la menace de la mort de ses parents, la colère d'Ari n'avait aucune limite. Elle ne reculerait devant rien pour sauver ceux qu'elle aimait. Et Beau était terrorisé pour elle, car si Ari maîtrisait de mieux en mieux ses pouvoirs, elle restait vulnérable aussi. Elle pouvait mourir d'une hémorragie cérébrale ou d'un AVC. Ses chances d'être diminuée à vie étaient extrêmement élevées, et à moins que Beau ne la trouve vite, il ne pourrait rien faire pour la sauver.

– Que se passe-t-il ? aboya Gavin. Est-ce que ma fille est en danger ?

Beau regarda Gavin qui sortait par le trou dans le mur. Ils s'arrêtèrent à quelques mètres de l'immeuble qui tremblait du sol au plafond. Des morceaux de toit, des bris de verres et même des pierres des murs d'enceinte étaient éparpillés sur le terrain environnant. Ari démantelait le bâtiment pièce par pièce jusqu'à ce qu'il n'en reste plus rien. Sauf qu'elle était encore dedans.

– Monsieur, c'est votre fille le danger.

35

Il fallut à Beau plusieurs minutes, des minutes qu'il ne pouvait pas se permettre de perdre, pour convaincre ou plutôt ordonner à Gavin de se rendre au point de rendez-vous avec sa femme, le pilote et Eliza, qui était loin d'être ravie d'être de la partie.

Dane avait insisté pour qu'elle reste avec les Rochester, et ça ne lui plaisait pas. Ses yeux étaient noirs de colère et Beau avait entendu quelques jurons lui échapper. Mais lorsque Dane avait expliqué qu'il fallait au moins deux personnes pour protéger non seulement les Rochester mais aussi l'hélicoptère car s'il venait à être endommagé, ils seraient tous coincés au milieu du désert, Eliza avait capitulé, à contrecœur.

Toutefois, alors que Zach, Dane, Cap, Isaac et lui se dépêchaient de retourner dans l'ancienne prison, Beau sentit sur lui le regard glacial de sa collaboratrice.

Zach marchait devant aux côtés de Beau, tout en recherchant la position d'Ari et la localisation des autres sources de chaleur présentes dans l'immeuble. Beau écarquilla les yeux lorsqu'il vit les résultats sur l'écran.

– C'est quoi ce bordel ? demanda-t-il, incrédule.

Dane rattrapa Zach pour regarder l'écran puis il siffla.

– Apparemment, notre chaton n'a plus besoin de nous pour se défendre, dit Zach.

Alors que jusque-là il y avait presque une cinquantaine de sources de chaleur, il n'y en avait guère plus qu'une douzaine. Une source de chaleur équivalait à une vie. Ainsi, à moins que le matériel ait mal fonctionné, Ari avait descendu les trois quarts des hommes responsables de son enlèvement et de celui de ses parents.

– Ari est là, dit Zach en désignant une lumière clignotante au bout d'un long couloir. Comme vous pouvez le voir, il y a trois sources de chaleur à cet endroit, mais il n'y en a aucune entre elle et la cellule où ils étaient détenus tous les trois, ce qui signifie qu'elle a descendu tous ceux qu'elle a croisés sur son chemin.

– Et il n'y en a pas une seule de ce côté-là, murmura Dan en pointant du doigt l'un des couloirs dans lequel aucune source de chaleur n'était détectée.

– Ceux qui restent sont là.

Zach désigna un endroit où dix sources de chaleur se superposaient sur l'écran.

– Avec un peu de chance, on peut emprunter le couloir qui mène à Ari, buter les deux personnes qui sont avec elle, et déguerpir d'ici avant que les autres décident de venir nous chercher.

– Ça me va, murmura Beau.

En temps normal, Beau aurait été plus impliqué dans la planification de la mission, et ce jusqu'au moindre détail. Mais il savait que cela faisait longtemps qu'il avait perdu toute objectivité. Depuis qu'il avait rencontré Ari, en fait. Il avait donc laissé carte blanche à Zach, ce qui devait déplaire à Dane, mais si cela le gênait, ce dernier ne le montra pas. Il faisait preuve de la même détermination, et c'était un trait que Beau appréciait, aujourd'hui plus que jamais. Car cette mission était profondément personnelle, si elle échouait, Beau ne s'en remettrait jamais.

En approchant du mur extérieur des cellules, le toit au centre du bâtiment s'effondra et des flammes s'élevèrent dans le ciel. Une fumée noire et épaisse apparut. Des cendres, des braises et des débris brûlants commencèrent à tomber dans leur direction.

–Ta nana sème un sacré chaos, dit Zach d'une voix admirative. Je crois que je suis tombé amoureux !

Beau regardait tout autour de lui, plus inquiet que jamais, tandis qu'ils avançaient, accélérant de plus en plus vite, jusqu'à être lancés à pleine vitesse.

Ils passèrent par le trou dans le mur puis dans le couloir. Dane et Capshaw fermaient la marche et leur tournaient le dos pour protéger leurs arrières.

Lorsqu'ils arrivèrent à une arche donnant sur une grande pièce circulaire avec un dôme vitré, ils s'arrêtèrent pour s'assurer que la position d'Ari n'avait pas changé. À l'époque, cette pièce était probablement le bureau des infirmières ou un salon de réception pour les visiteurs. De nombreux couloirs en partaient, menant vers les différentes ailes du soi-disant hôpital. Sans doute les criminels les plus dangereux étaient-ils enfermés dans des cellules infestées de vermine semblables à celle où avaient été détenus Ari et ses parents. Comment pouvait-on traiter ainsi des êtres humains, fussent-ils les pires des criminels ? Cet endroit leur enlevait justement le peu d'humanité qui pouvait leur rester. La plupart des SPA et des prisons modernes offraient de meilleures conditions que celle-ci. Cela dit, les monstres qui avaient fait souffrir Ari méritaient bien pire.

–On a un problème, dit Zach d'une voix grave. (Il se tourna à moitié et regarda dans le couloir qui partait à leur droite.) On a du mouvement dans l'aile Nord. Ils viennent par ici.

Dane se raidit et saisit une arme dans chaque main, il hocha la tête en direction de Cap et Isaac. Puis il regarda Zach et Beau et leur dit :

–Allez chercher Ari. On vous couvre de ce côté pour qu'ils n'arrivent pas jusqu'à vous. En revanche, dites-nous quand vous revenez, histoire qu'on ne vous crible pas de balles.

–Merci, dit Zach sèchement. Je préférerais rester entier, si tu veux bien.

Ne pouvant attendre plus longtemps, Beau partit dans le couloir qui menait à Ari. Qui menait vers sa vie. Il n'allait pas attendre une seconde de plus. Il avait confiance en Dane et les autres pour faire leur travail et retenir les hommes qui venaient dans leur direction, suffisamment longtemps pour qu'ils puissent récupérer Ari et la sortir de cet endroit.

Ils avaient à peine fait quelques pas dans le couloir que le sol trembla. Les murs se fissurèrent Le plafond craqua à tel point que tout sembla sur le point de s'effondrer.

Se fiant à la technologie de Zach, Beau courut jusqu'au bout du couloir, vers la porte fermée derrière laquelle se tenait Ari, ne prêtant aucune attention aux pièces vides de chaque côté. Zach lui emboîtait le pas, une arme dans chaque main, les bras levés, prenant note de tout ce qui les entourait. Beau savait qu'il ne respectait aucune consigne, mais il faisait confiance à son partenaire pour protéger ses arrières. Zach ne l'avait jamais déçu, même s'ils se connaissaient depuis peu de temps.

Beau ralentit suffisamment pour que Zach le rattrape et qu'ils défoncent la porte ensemble. Mais avant qu'ils aient pu le faire, la porte se détacha de ses gongs et vola dans le couloir.

Les deux hommes se jetèrent au sol juste à temps pour ne pas se faire décapiter par la porte.

– À terre ! cria Zach en plaquant Beau au sol alors qu'il commençait à se relever.

Un *homme* suivit la porte, s'écrasant contre le mur au loin, y laissant un énorme trou.

– Putain de merde, s'écria Beau. Elle leur met une sacrée branlée !

– Euh, ouais, qu'est-ce qui te fait croire ça ? La trentaine de sources de chaleur qui disparaissent ? Ou bien l'énorme trou enflammé dans le toit ? Ou peut-être…

– C'est bon, j'ai compris, marmonna Beau, fais pas le malin.

Zach se mit à rire en se relevant, mais toute trace d'amusement disparut de son visage lorsqu'il regarda à l'intérieur de la pièce.

– Beau, chuchota-t-il. Viens ici. Tout de suite.

36

Sbire numéro un ne souriait plus. Il savait maintenant qu'il s'était trompé et qu'Ari n'hésiterait pas à le tuer. Il était mort de trouille.

Tant mieux.

Elle ne plaisantait plus. Elle n'avait plus peur d'éliminer les enfoirés qui avaient tué ses parents et les avaient traînés sur le sol comme de vulgaires déchets.

Sa rage bouillait dans ses veines au point que son corps était brûlant.

– Ou sont-ils ? demanda-t-elle d'un ton si glacial qu'elle sentit la température se refroidir dans la pièce.

Il eut l'air d'abord confus puis la douleur transforma ses traits car elle exerçait une pression sur sa gorge, l'empêchant de respirer. Il était fermement plaqué contre le plafond et ne pouvait pas bouger, complètement paralysé et incapable de faire le moindre mal.

– Dis-moi où tu les as emmenés ou je jure que ta mort sera lente et douloureuse et que tu me supplieras de te tuer pour abréger tes souffrances, dit-elle d'une voix à la fois calme et menaçante.

Elle réduisit la pression sur sa gorge, mais tordit ses testicules jusqu'à que son visage ne soit plus qu'un masque de douleur.

–Je ne sais pas de quoi tu parles, putain, grogna-t-il, la mâchoire contractée par la douleur. Tu as vu la même chose que moi. Ton tour de magie a fait rebondir les balles.

L'effort mental qu'elle exerçait commençait à avoir de sérieux effets secondaires. Son nez coulait en un flot continu et elle sentait le sang ruisseler sur son cou.

Elle essuya son nez du revers du bras et en étala sur ses lèvres. Elle sentit le goût métallique dans sa bouche alors que sous ses pieds, le sol réagissait à son énergie psychique et se remettait à trembler et à se fissurer, mais elle n'y prêta pas attention, ne quittant pas du regard l'homme qu'elle avait suspendu au-dessus d'elle.

Tout le bâtiment réagissait à l'énergie sauvage qui la traversait et l'enveloppait. Sa peau picotait comme si l'air était chargé de particules électriques.

Elle se sentait venue d'un autre monde. Comme dans un film de science-fiction, ou comme une sorcière. Elle se sentait si puissante que c'en était presque accablant et qu'elle manqua crouler sous le poids de sa propre force. Sa colonne vertébrale se raidit et elle se tint droite, déterminée à en finir avec l'assassin de ses parents.

Cependant, une douleur ahurissante transperçait son crâne et tout son corps et elle avait l'impression que ses os allaient se briser. Elle savait que tous les orifices de son visage saignaient et elle n'osait même pas imaginer à quoi elle devait ressembler. Elle espérait simplement foutre la trouille au petit enfoiré qui était plaqué au plafond.

Une partie de ce qu'elle ressentait dut se voir sur son visage car le sbire pâlit soudain et la dévisagea, comme s'il venait de comprendre ce qui l'attendait.

–C'est ça ouais, enfoiré ! Fais-toi à l'idée que tu vas mourir entre les mains d'une « petite garce », comme tu l'as si gentiment formulé. Eh bien, cette garce va te régler ton compte.

–Ari !

Elle tressaillit en entendant son nom et fit quelque pas en arrière avant de reconnaître la voix. Elle se tourna et se sentit tellement soulagée à la vue de Beau. Zach apparut à son tour et pointa immédiatement son pistolet sur l'homme.

–Il est à moi, dit Ari d'une voix qui claqua comme un fouet.

–Ari, ma belle, dit Beau d'une voix calme. Il faut qu'on te sorte d'ici avant que tout le bâtiment parte en fumée et s'écrase sur nous.

Ses yeux brûlèrent soudain et elle ne sut déterminer si c'était du sang ou de vraies larmes qui coulaient sur ses joues.

–Il les a tués, cracha-t-elle. Il a tué mes parents ! Il a donné l'ordre de les tuer devant moi. Mon Dieu, Beau, j'avais mis un bouclier autour d'eux, mais je me suis déconcentrée et le bouclier s'est brisé. J'ai vu leur sang !

Beau écarquilla les yeux. Lui et Zach échangèrent un regard furtif et Beau hurla.

–Ari, ils ne sont pas morts.

–Je l'ai vu ! cria-t-elle. N'essaie pas de me calmer. Ne me mens pas pour me faire venir avec vous. Je ne partirai pas tant que chacun de ces enfoirés ne sera pas mort.

–Ari, ils ne sont pas morts, dit Zach d'une voix ferme, moins calme que celle de Beau. (Il la dévisageait d'un air parfaitement sérieux.) On les a sortis de la cellule. Le sang que tu as vu était celui des deux gardes que ton père a tués. Beau a tué le troisième quand il s'en est pris à ta mère. Tes parents sont morts d'inquiétude pour toi, à l'idée que quelque chose te soit arrivé. Viens avec nous, tu constateras par toi-même qu'on ne te ment pas.

Ari cligna des yeux, et une partie de sa colère se dissipa tandis qu'elle évaluait la sincérité de Zach.

– Ils sont vivants ?

Beau fit un pas en avant et s'arrêta, comme s'il avait peur de la toucher. Comme s'il avait peur qu'elle s'effondre.

– Oui, ma belle, ils sont vivants, dit Beau d'une voix douce. Tu les as protégés. Ton bouclier a empêché les balles de les toucher. Et quand le bouclier s'est brisé, ton père a tué deux des hommes. Ils sont en sécurité, ils t'attendent, et comme Zach l'a dit, ils sont morts d'inquiétude. Parce que tu t'es sacrifiée pour eux. Alors, ne fais rien qui pourrait les faire souffrir jusqu'à la fin de leur vie. Et ne me fais pas souffrir moi non plus.

Il caressa son bras, remontant jusqu'à son épaule puis dans sa nuque, l'attirant délicatement contre lui.

– S'il te plaît, Ari, viens avec moi. Le bâtiment est détruit, on ne peut pas rester plus longtemps. Dane, Capshaw et Isaac s'occupent des quelques hommes que tu n'as pas tués. C'est fini. Tu as gagné et, grâce à toi, plus personne n'utilisera cet endroit pour faire le mal.

Elle s'accorda un bref instant de répit dans les bras de Beau, dans ses bras forts et réconfortants, avant de reculer à contrecœur, puis de regarder le sbire au plafond.

– Il en reste encore un, dit-elle froidement. Et il me tient tout particulièrement à cœur. C'est le connard qui a essayé de me droguer le jour où mes parents ont disparu.

Beau lui jeta un regard glacial.

Puis un nouveau tremblement parcourut le bâtiment, faisant vibrer les chaises, les meubles et les fondations même du complexe. Beau avait raison, tout était en train de s'effondrer sous l'effet de sa rage et de son énergie psychique.

–Laisse-le, dit Beau en prenant sa main. Laisse-le mourir étouffé sous les décombres, il ne mérite pas une mort rapide.

Mais Ari hésitait encore car sa soif de vengeance n'était pas apaisée.

Un vacarme assourdissant retentit, suivi du nom de Beau hurlé non loin d'eux.

–On se casse, aboya Zach. Ari, tu veux qu'on meure tous pour que tu puisses te venger ?

Beau lui lança un regard noir et Ari vit qu'il était sur le point de la défendre. Elle serra fort sa main.

–Il a raison, Beau. Je n'ai pas les idées claires. Pardonne-moi. Je ne veux pas que l'un d'entre nous meure à cause de ma haine et de ma soif de vengeance.

Beau passa un bras autour de sa taille et la guida vers la porte. Ou plutôt, ce qui restait de la porte.

Ari commençait à faiblir au fur et à mesure que l'adrénaline la quittait. Elle se mit à trembler des pieds à la tête, ses genoux cédèrent et Beau dut la plaquer contre lui pour éviter qu'elle s'effondre.

–Je vais bien, dit-elle en serrant les dents. Je peux marcher, tu as besoin de tes deux mains.

–Tu ne vas *pas* bien, aboya Beau. Tu ne t'es pas vue, Ari. J'ai cru mourir de peur quand je t'ai retrouvée tout à l'heure. Mon Dieu, j'ai cru que j'arrivais trop tard. Je n'arrive pas à croire que tu sois encore debout après avoir autant saigné. La première chose que l'on va faire, c'est t'emmener à l'hôpital dès qu'on sera sortis de cet enfer.

Ils marchèrent aussi vite que possible dans le couloir. Zach leur criait de se dépêcher. Ari savait qu'elle les ralentissait, mais Beau refusait de la lâcher.

Ils aperçurent Dane et ses deux hommes au moment où les murs de chaque côté du couloir s'écroulaient vers l'extérieur, des débris les frappèrent. Un craquement retentit et Ari fut projetée en arrière, atterrissant sous Beau qui voulait la protéger.

Le plafond et l'étage du dessus s'étaient effondrés et les empêchaient de rejoindre les autres.

–Zach ? cria Beau.

–Je suis là, je vais bien.

Beau prit le visage d'Ari dans ses mains :

–Est-ce que ça va ? Tu es blessée ?

Elle grimaça.

–J'ai mal partout, mais ça n'a rien à voir avec cette chute. Je vais bien, Beau.

–Il va falloir trouver une autre sortie, dit Zach d'une voix grave.

–Quoi ? s'écria Ari, incrédule. Je peux facilement nous faire sortir, j'ai fait des choses bien plus compliquées que ça.

Les deux hommes réagirent à l'unisson :

–Non !

Elle secoua la tête, certaine d'avoir raté quelque chose.

–Tu ne peux pas supporter beaucoup plus, Ari. N'importe qui pourrait le voir. Ça suffit. Tu en as fait assez. Si tu saignes encore, je n'ose pas imaginer ce qui va se passer, et si tu le veux bien, j'aimerais que tu ne sois pas un légume jusqu'à la fin de tes jours.

–Bon sang, murmura-t-elle. Et comment proposes-tu qu'on s'en sorte alors, si je ne peux pas utiliser mes pouvoirs ?

–On va faire exploser un des murs extérieurs, de cette façon le bâtiment ne s'effondrera pas sur nous, dit Beau patiemment.

Elle soupira.

–Comme vous voulez. Alors allons-y, je veux voir mes parents.

Ils se relevèrent. Zach passa en premier, Ari se retrouva ainsi entre les deux hommes. Elle aurait dû être devant. Cela n'avait *aucun* sens de laisser deux hommes vulnérables aux balles passer devant, mais elle n'allait pas se fatiguer à se disputer, parce qu'ils ne seraient jamais d'accord et ils perdraient du temps. Et puis, elle voulait en finir au plus vite pour pouvoir constater de ses propres yeux que ses parents allaient bien.

Au moins, Beau la laissait marcher toute seule. Déterminée à ne pas les ralentir, elle ignora la douleur atroce et l'extrême fatigue qui l'accablaient et marcha aussi vite que Zach.

Ils tournèrent à gauche et entrèrent dans la dernière pièce avant celle où le sbire jouait à Spiderman. Zach courut au mur du fond sur lequel il commença à placer les explosifs.

–Tu es sûr qu'on ne va pas juste se retrouver dans le couloir des cellules? demanda Beau en fronçant les sourcils.

Zach secoua la tête sans lever les yeux de son travail.

–Les trois dernières pièces de ce couloir vont plus loin que les cellules. Le trou dans le mur nous mènera directement à l'extérieur.

–Ça me va. Mais dépêche-toi, dit Beau.

–Planquez-vous et accroupissez-vous! ordonna Zach.

Beau s'accroupit derrière une vieille commode qui avait l'air solide. Ari, plus petite, eut simplement à se baisser un peu, à gauche de Beau, s'appuyant sur son épaule pour se stabiliser.

Un picotement étrange lui donna la chair de poule et un frisson parcourut son échine, nouant son estomac. Comme tout à l'heure lorsqu'elle avait senti la menace et qu'elle s'était accroupie en lançant un coup de pied circulaire, elle savait qu'un danger était imminent.

Elle se retourna vers le seul endroit d'où pouvait venir le danger. Elle se figea et le monde entier se mit à tourner au ralenti, comme dans un rêve étrange où elle n'était qu'une observatrice impuissante.

L'homme qu'elle avait collé au plafond était debout dans l'encadrement de la porte, un pistolet à la main, pointé sur Beau.

Ce n'était pas elle la cible, ce qui signifiait qu'un bouclier de protection ne se formerait pas automatiquement, il lui fallait le construire. Et elle savait qu'elle n'avait pas le temps de le faire, car elle était trop faible pour trouver la concentration nécessaire.

Un coup de feu retentit et elle fit la seule chose qu'elle pouvait faire. La seule chose qu'elle avait le temps de faire. Elle se plaça devant Beau, dos au tireur. Elle saisit la tête de Beau et la plaqua contre le haut de ses cuisses, le couvrant autant que possible, et elle ferma les yeux.

37

Beau sentit une main agripper sa tête et la tirer en arrière. Il cria en même temps qu'un coup de feu retentissait. Tout arriva si vite qu'il ne comprit pas ce qui se passait.

Ari tenait sa tête et son cou contre ses cuisses. Il la sentit se raidir et un cri aigu de douleur transperça son cœur, glaçant son sang.

Oh mon Dieu! Un coup de feu. Ari derrière lui. Elle tenait sa tête. Elle venait de crier de douleur. Non. Mon Dieu, non! Cela ne pouvait signifier qu'une seule chose. Elle s'était mise entre lui et celui qui avait tiré.

Zach s'était tourné dès qu'il avait entendu le tir, arme en main, et avait visé quelque chose derrière Beau. Avant que Beau n'ait pu se tourner pour voir d'où provenait la balle, Zach avait tiré deux coups rapides et avait bondi sur ses pieds.

–Ari est touchée, cria-t-il, bien que ce ne fût pas nécessaire.

Car Beau *savait* qu'Ari avait pris une balle à sa place, et il en eut la nausée. Il lui sembla qu'une éternité s'était écoulée avant qu'il puisse se tourner et l'attraper lorsqu'elle s'écroula au sol. Mais tout l'épisode n'avait duré que deux secondes. Il était paralysé par la peur de découvrir l'étendue de la blessure.

–Ari !

Son cri d'agonie brisa le silence pesant qui s'était installé après que Zach eut mis l'agresseur hors d'état de nuire. Son visage était blanc et ses yeux éteints et sans vie. Elle s'affaissa sur le côté et devint lourde dans ses bras.

– Oh mon Dieu, sanglota Beau. Ari, mon amour, pourquoi ? Pourquoi as-tu fait ça ? Pourquoi ?

Il n'attendait pas de réponse, il savait très bien pourquoi. C'était dans sa nature de protéger les autres, même lorsque c'était elle qui avait besoin de protection. Si elle mourait pour lui sauver la vie, cela n'aurait servi à rien car sa vie à lui ne valait rien sans elle.

Il la déposa délicatement sur le sol pour trouver où elle était blessée. Il ne s'était jamais senti aussi désespéré ni aussi seul. Il ne pouvait pas la perdre. Il ne pouvait pas vivre sans elle. Il ne se souvenait pas de ce qu'était sa vie avant de la rencontrer, et il ne voulait pas imaginer son avenir sans elle, sans qu'elle soit à ses côtés, dans son lit toutes les nuits. Il ne pouvait accepter qu'elle ne soit pas la mère de ses enfants, qu'ils ne forment pas une famille ensemble, qu'ils ne s'entourent pas d'amour. Un amour plus brillant que la plus scintillante des étoiles. Ari était sa seule lumière, son seul rayon de soleil.

Il fallait qu'elle vive. Pour lui. Sans elle, il serait perdu à jamais. Il vivrait dans le noir et n'aimerait plus jamais personne.

– Mon Dieu, murmura Zach, s'accroupissant à ses côtés. J'espère que la balle n'a pas touché l'artère fémorale, sinon elle mourra avant d'arriver à l'hôpital.

–Tais-toi bon sang ! aboya Beau. Elle ne va pas mourir. Je ne la laisserai pas mourir !

Il regarda de nouveau Ari qui cligna faiblement des yeux.

– Beau ?

Sa voix était faible et tremblante, ce qui décupla sa panique.

– Oui ma chérie, je suis là, dit-il en essayant de masquer son angoisse.

– Est-ce que tu es blessé ? Est-ce qu'il t'a touché ? murmura-t-elle.

Elle était à peine consciente et elle s'inquiétait pour lui ? Une larme coula sur sa joue.

Il caressa ses cheveux et embrassa son front, laissant ses lèvres contre sa peau un instant, le temps de se ressaisir. Il prit une longue inspiration, essayant de se calmer, pour être fort pour elle. Pour être aussi fort qu'elle. Il avait profondément honte qu'elle se soit sacrifiée pour le sauver. Mais ça n'arriverait plus jamais. Il la protègerait jusqu'à son dernier souffle.

– Je vais très bien, parvint-il à dire. Mais je te jure que si tu refais ça, je t'enferme dans ta chambre et je ne t'en laisse plus jamais sortir.

Elle esquissa un sourire douloureux et ferma les yeux. Son corps sembla se ramollir davantage.

– Ari ! cria-t-il. Ne meurs pas. Reste avec moi. Je t'en *supplie*, reste avec moi. Ne t'endors pas. Tiens encore un peu et tu pourras te reposer après. Je te le promets.

Il était assis par terre, couvert de sang, en train de la supplier, mais il s'en fichait. Sa fierté n'avait aucune importance. Il ne reculerait devant rien pour la sauver.

Zach parlait dans son micro, donnant des ordres aux autres d'une voix dure.

Sans quitter Ari des yeux, Beau s'adressa à Zach :

– Défonce le mur, qu'on puisse se casser d'ici. Il faut l'emmener à l'hôpital aussi vite que possible. Je me fiche du reste, sors-nous d'ici.

–Les explosifs sont prêts, j'ai juste à appuyer sur le détonateur. Tu protèges Ari ?

Zach n'attendit pas sa réponse. Il rejoignit Beau pour l'aider à protéger Ari puis il appuya sur le détonateur, baissant la tête pour protéger ses yeux des débris. Beau fit la même chose et enfouit le visage d'Ari contre son torse, s'assurant que rien ne puisse la toucher.

L'explosion secoua la pièce, les sols, les murs, les poutres, tout l'immeuble trembla.

–Merde ! s'écria Zach. Faut qu'on sorte d'ici *tout de suite*. Prends Ari !

Beau n'avait pas besoin que l'on le lui dise deux fois. Il serrait déjà Ari contre lui pour se lever, maintenant sa tête contre sa poitrine pour qu'elle ne respire pas la fumée et la poussière qui emplissaient la pièce.

Dès qu'ils furent passés par le trou dans le mur, le toit s'écroula et le bâtiment entier s'effondra comme un jeu de dominos. Un nouveau nuage de poussière les enveloppa.

L'air devenait plus frais et plus respirable au fur et à mesure qu'ils s'éloignaient du bâtiment. Beau inspira profondément pour nettoyer ses poumons, mais aussi sa tête. Son cœur était trop lourd d'angoisse, mais il lui fallait tous ses esprits tant qu'Ari ne serait pas loin d'ici et prise en charge à l'hôpital.

–Ils vont faire atterrir l'hélico ici, dit Zach. Ari ne survivra pas si on doit l'emmener au point de rendez-vous. Il n'y a pas la place pour tout le monde, alors Ari, toi et ses parents prendrez l'hélico. Nous autres, on fera venir une voiture et on arrivera aussi vite que possible.

–Je veux que tu viennes avec nous, dit Beau fermement.

Zach était le bras droit de Beau, de la même façon que Dane était celui de Caleb. Il avait confiance en Zach pour les protéger alors que lui-même n'était pas en état de réfléchir.

–Alors je viens, dit simplement Zach, sans hésitation, sans poser de question.

Une loyauté sans faille.

–Merci, dit Beau.

–Suffit de demander, mec.

–Je sais. Et j'apprécie.

Beau fut soulagé de voir apparaître l'hélicoptère. Il avança dans sa direction avant même qu'il n'ait atterri.

Dane, Capshaw et Isaac en sortirent en vitesse. Beau y grimpa avec Ari, suivi de près par Zach. Dès qu'ils furent à l'intérieur, la mère d'Ari hurla et son père lâcha une série de jurons.

–Qu'est-ce qui lui est arrivé ? aboya-t-il.

Avant que Beau n'ait pu répondre, Ari remua dans ses bras, ouvrant des yeux emplis de douleur et de confusion. Puis son regard s'éclaircit et ses yeux brillèrent de mille feux.

–Beau, attends, dit-elle d'une voix désormais plus forte.

–Non je ne vais pas *attendre*, cracha-t-il. Il faut t'emmener à l'hôpital tout de suite. Au cas où tu l'aurais oublié, on t'a tiré dessus !

–Quoi ? s'écria Ginger.

Ari luttait pour s'asseoir, empêchée par les bras de Beau. Lorsqu'il comprit qu'elle ne se reposerait pas et qu'elle se ferait plus de mal, il l'aida, prenant soin de soutenir son dos et sa taille.

Ses yeux se mirent à scintiller, électrifiés, tandis qu'elle regardait le bâtiment. Son visage se déforma sous la douleur et la concentration. C'est alors qu'il comprit ce qu'elle essayait de faire.

–Eh merde, Ari, non ! Ça suffit ! Je refuse que tu meures pour ça. Tu as déjà trop saigné avant même de prendre une balle. Tu vas faire un arrêt cardiaque ou un AVC.

Il tourna la tête vers ses parents, les suppliant en silence de le soutenir.

–Ari, quoi que tu aies l'intention de faire, je t'en supplie, ne le fais pas. S'il te plaît, rentre avec nous à la maison, supplia sa mère.

Ari secoua la tête, le regard toujours brillant. Son nez et ses oreilles se remirent à saigner tandis qu'elle fronçait davantage les sourcils.

La terre se mit à trembler sous l'hélicoptère, le faisant trembler à son tour. Les parents d'Ari regardèrent leur fille d'un air inquiet et Gavin se mit devant elle.

–Ari, stop. Je ne vais pas te laisser faire ça. Je refuse que tu te fasses encore plus de mal. Fais ça pour ta mère, pour moi. Arrête !

–Il faut que je le fasse. Je ne peux pas les laisser gagner. Je me le suis juré. Je dois aller jusqu'au bout. Je ne peux pas laisser d'autres innocents endurer la même souffrance que moi.

Puis elle ferma les yeux, oubliant tout ce qui l'entourait. Beau. Ses parents. Tout sauf sa mission.

Beau aboya l'ordre au pilote de décoller, espérant ainsi déconcentrer Ari.

Mais il aurait dû se douter que ça ne marcherait pas.

Alors que l'hélicoptère s'élevait dans les airs, faisant du surplace un instant avant d'accélérer en passant au-dessus du bâtiment pour s'éloigner aussi vite que possible, celui-ci explosa et un champignon de fumée apparut dans le ciel.

Dans l'hélicoptère, tous regardèrent la scène, ébahis.

Mais Beau ne regardait qu'Ari. Il regardait le sang couler à flots de son nez, de ses oreilles et de sa bouche. Il la serrait de plus en plus fort tout en prenant soin de ne pas bouger sa jambe blessée.

Ses yeux étaient de nouveau éteints et sans vie ; l'étincelle qui y brillait quelques secondes auparavant n'était plus qu'une minuscule flamme sur le point de s'éteindre.

Elle remua dans les bras de Beau, essayant faiblement de se relever. Mais elle ne pouvait pas même supporter son propre poids, et il la redressa pour qu'elle puisse voir ses parents. Son regard était vide. Elle regardait au-delà des passagers de l'hélicoptère, vers la boule de feu orange et la fumée noire qui s'élevaient dans le ciel.

Puis elle revint sur Beau et elle cligna difficilement des yeux, comme si elle luttait pour rester consciente.

– Est-ce que c'est bon ? demanda-t-elle d'une voix rauque. Est-ce qu'il est détruit ?

La gorge de Beau se serra et il ravala difficilement ses émotions.

– Oui, ma belle. C'est bon, tu l'as détruit comme tu l'avais promis.

– Et mes parents ? chuchota-t-elle.

Beau échangea un regard inquiet avec ses parents car ils étaient assis à côté d'elle. Ils l'avaient tenue. Ils lui avaient parlé. Et elle ne savait pas qu'ils étaient là ?

Beau embrassa son front.

– Tes parents vont bien. Plus que bien. Tu les as sauvés, ils sont ici avec toi. Tu veux les voir ?

Ari ferma les yeux et s'affaissa dans ses bras.

– C'est terminé, murmura-t-elle.

Beau la tint plus fort contre lui, paralysé par la peur. Il la tint aussi fort qu'il pouvait sans lui faire mal, comme s'il s'accrochait à son âme pour qu'elle ne lui échappe pas. Car il la voyait s'éteindre. C'était comme si elle avait trouvé juste assez de force pour accomplir son objectif et qu'elle lui échappait de seconde en seconde.

– Non, ce n'est pas fini, s'étouffa Beau. Pas toi et moi, Ari. C'est juste le début. Accroche-toi. Je t'interdis de baisser les bras, tu m'entends ? Ce n'est pas fini !

Il appuya ses lèvres sur sa tête et sentit les larmes sur ses joues.

– Ne me laisse pas, Ari. Ne pars pas. Je t'aime.

Sa tête tomba et il la prit contre lui en caressant son cou, cherchant son pouls. Elle avait tant saigné, elle était si fatiguée. Pouvait-on survivre à ça ?

Son souffle, si léger et irrégulier, s'arrêta soudain et elle inspira une dernière fois, avant de s'immobiliser dans ses bras. Sa poitrine ne se soulevait plus. Elle ne respirait plus. Il ne sentait plus son pouls. Plus rien.

– Non ! hurla Beau, refusant qu'elle meure, rejetant la rage qui envahissait son esprit, son cœur et son âme. Non, Ari, non ! Reviens-moi, Ari ! Tu ne peux pas me laisser ! Jamais !

Zach et Gavin parvinrent à extirper Ari de ses bras et ils l'allongèrent sur le sol pour la ranimer. Mais tout cela était trop loin. Comme si cela n'arrivait pas vraiment. Comme si Beau était un étranger observant simplement la scène.

Mais il n'était pas un étranger, et c'était Ari. Ari était tout pour lui. Sans elle, rien ne valait la peine d'être vécu.

Elle ne répondait pas aux efforts de Zach et de son père. C'était simplement trop pour Beau.

Il s'effondra au sol et prit Ari dans ses bras, se balançant d'avant en arrière, le visage enfoui dans ses cheveux.

– Ne me laisse pas, chuchota-t-il. Ne me laisse pas Ari, je t'en supplie. Reste. Bats-toi. Pour nous. Mais ne me laisse pas tout seul. J'ai mis trop de temps à trouver ma moitié.

38

Beau faisait les cent pas dans la salle d'attente des urgences, comme un lion en cage. Il était sur les nerfs, à bout, si stressé qu'il sursautait au moindre bruit. Chaque fois qu'un membre du personnel médical passait la porte, il tournait brusquement la tête, espérant que la personne leur apporte des nouvelles d'Ari.

Il n'avait pas voulu être séparé d'elle, pas même une minute. Mais les infirmières n'avaient pas cédé à ses exigences, à ses implorations, à sa colère. Même ses parents n'avaient pas eu le droit de rester avec elle pendant que les médecins et les infirmières faisaient de leur mieux pour la stabiliser. Cela ne l'avait rassuré en rien, car même s'il voulait être avec elle plus que tout, il souhaitait surtout qu'elle ne se réveille pas seule et effrayée.

Et à en juger aux visages tourmentés de ses parents, ils étaient dans le même état que lui.

Il ferma les yeux, se rappelant la prémonition de Tori. En vérité, peu de temps s'était écoulé depuis, mais tant de choses s'étaient passées qu'il lui semblait que le rêve de Tori datait de plusieurs années. Elle avait rêvé de lui, couvert de sang, allongé par terre. Elle avait eu raison sur un point. Sa sœur n'avait pas rêvé de son sang mais bien de celui d'Ari. Tori n'avait pas vu un souvenir du passé, elle avait vu le futur. Le destin d'Ari.

Dane, Eliza, Capshaw et Isaac étaient arrivés une heure et demie après que l'hélicoptère avait atterri sur le toit de l'hôpital. Si le personnel hospitalier avait été surpris par l'étrange objet volant, il n'en avait rien laissé paraître. Ils s'étaient dépêchés de faire leur travail et de s'occuper d'Ari.

Mais Beau était inquiet de la quantité de sang qu'elle avait perdu. Il lui semblait qu'elle avait perdu plus de la moitié de son volume, rien qu'avec ses saignements psychiques multiples et continus, sans compter la blessure par balle.

Son cœur avait cessé de battre et avait repris à plusieurs reprises sur le chemin de l'hôpital. Lorsqu'ils étaient arrivés, ils l'avaient mise sous ventilation et avaient recommencé la réanimation.

Mais cela faisait désormais des heures. Pourquoi était-ce aussi long ? Savaient-ils à quel point ils angoissaient tous de savoir si Ari était vivante ou non ? Est-ce que cela les tuerait de les tenir informés ?

Cependant, si elle n'avait pas survécu, ils leur auraient déjà dit, alors il se disait que si personne ne venait, c'était bon signe.

Beau avait téléphoné à Caleb et Ramie toutes les heures depuis leur arrivée. Ramie avait immédiatement voulu venir en jet privé, mais Beau l'avait convaincue de ne pas le faire. Elle ne pouvait pas les aider et Beau préférait qu'ils ne laissent pas Tori seule avec Quinn. Sa petite sœur était encore fragile et vulnérable, sujette à des crises d'angoisse lorsqu'elle restait seule plus de quelques heures.

Quin avait appelé, lui aussi, bien qu'il n'ait pas encore rencontré Ari. Apparemment, Caleb et Ramie lui avaient expliqué la situation et il était anxieux de connaître l'état de «sa future belle-sœur», avait-il dit.

Beau expira bruyamment. Avec un peu de chance, Ari aurait encore envie d'être avec lui, même s'il l'avait déçue tant de fois.

–Mec, assieds-toi deux minutes, dit Zach à voix basse.

Beau leva la tête et vit Zach devant lui. Il ne l'avait même pas vu approcher. Zach lui tendit un café qu'il accepta avec plaisir. Il était épuisé et une bonne dose de caféine allait lui faire du bien. Il avait refusé de dormir tant qu'il n'aurait pas vu de ses propres yeux qu'Ari était hors de danger.

–Tu es mort, dit Zach. Tu ne fais du bien à personne en faisant les cent pas ici, et surtout pas à Ari. Tu rends tout le monde nerveux et tu inquiètes sa mère. Toi, tu as vu Ari. Tu étais avec elle. Eux, non. Te voir aussi angoissé leur laisse supposer le pire.

Beau se sentit soudain coupable et il regarda en direction des parents d'Ari. Ginger avait appuyé sa tête sur l'épaule de son mari qui la tenait contre lui. Ses yeux étaient rouges et gonflés par les larmes. Il admit qu'il n'arrangeait pas la situation et il s'assit sur une chaise, s'appuyant lourdement sur le dossier. La fatigue l'assaillit, parcourant ses veines, manquant le faire s'effondrer. Il but une gorgée de café et grimaça de dégoût.

–Je n'ai jamais dit que c'était du *bon* café, dit Zach d'une voix amusée. Mais ça devrait te réveiller un peu. Même si je suis d'accord, c'est vraiment du jus de chaussette.

Beau regarda le contenu du gobelet et acquiesça. Puis il soupira et s'obligea à boire une deuxième gorgée.

Les minutes passaient avec une lenteur insupportable. Chaque minute semblait durer une heure. Beau regarda l'aiguille marquer chaque seconde sur la pendule suspendue au mur. La salle d'attente était plongée dans le silence.

Il y avait une demi-douzaine d'autres personnes dans la salle d'attente, mais elles avaient migré à l'autre bout de la salle lorsque Beau et les autres étaient arrivés. Et il ne pouvait pas leur en vouloir ; Beau était couvert du sang d'Ari, Gavin avait du sang sec sur ses vêtements suite à son altercation avec les deux hommes qu'il avait tués, et les autres avaient l'air furieux et morts d'angoisse.

Beau pencha la tête en arrière et fixa le plafond, s'obligeant à ne plus regarder la pendule. Il commençait à fermer les yeux lorsque la porte de la salle d'attente s'ouvrit.

Se préparant à une nouvelle déception, il bondit lorsque la femme en blouse chirurgicale appela le nom d'Ari. Il traversa la pièce, mais Gavin et Ginger étaient plus proches de la porte et ils avancèrent d'un pas rapide vers la femme.

L'infirmière fronça les sourcils lorsqu'elle vit autant de personnes se lever.

–Je suis désolée, mais il n'y a que la famille proche qui est autorisée à la voir.

Beau resta bouche bée, sous le choc. Ils n'allaient pas le laisser la voir ? Sérieusement ?

Il ferma les poings et les plaqua contre ses cuisses, une envie soudaine de frapper sur quelque chose le saisit. Sa patience avait vraiment atteint ses limites et il n'était pas certain de pouvoir se contenir.

Mais avant qu'il puisse dire quoi que ce soit, Gavin fit un geste de la main vers Beau.

–Viens, fils.

Ginger sourit à l'infirmière.

–C'est son mari. Notre gendre.

Beau eut envie de se jeter par terre et de baiser les pieds de sa « belle-mère », et il l'aurait fait s'il s'était cru capable de se relever. Des larmes gênantes embuèrent sa vue à l'idée qu'ils l'acceptent dans la vie d'Ari. Alors, ça ressemblait à ça d'avoir des parents qui aiment leurs enfants ? Qui se comportent comme de *vrais* parents ?

Il ne parvint pas même à leur dire merci en les suivant dans le couloir. Il fut encore plus surpris lorsque Ginger passa son bras sous le sien, pour suivre l'infirmière qui les menait vers une des chambres.

Elle le serra délicatement, comme si elle connaissait le poids de ses émotions et l'impact qu'avaient eu ses paroles. Beau faillit la prendre dans ses bras, mais l'infirmière hésita avant d'ouvrir la porte et son estomac se noua.

– Elle est endormie et sous antidouleurs, dit-elle. Elle ne souffre pas. Le médecin arrivera dans quelques minutes pour vous expliquer son état, mais je savais que vous voudriez la voir aussi vite que possible.

– C'est le moins qu'on puisse dire, dit Beau d'une voix rauque.

L'infirmière lui sourit.

– Alors, allez-y. Si elle devient nerveuse et qu'elle s'agite, appelez-moi. Tant qu'un chirurgien n'a pas été consulté pour décider si elle a besoin d'une opération, il faut qu'elle reste aussi immobile que possible car on n'a pas encore réparé sa jambe.

– Réparé ? Vous voulez dire qu'elle est cassée ? siffla Beau.

Ginger déglutit difficilement et Gavin pâlit.

– Son fémur est fracturé, mais la fracture n'est pas très grave. La puissance de la balle a déboîté son bassin, et le chirurgien orthopédique est en train de décider si la déchirure du cartilage a besoin d'être réparée par une opération ou si l'on peut lui remettre le bassin en place et laisser le cartilage se ressouder tout seul.

Beau vacilla. Tout cela avait l'air horriblement douloureux. Mais il hocha la tête, voulant qu'elle leur laisse la voie libre pour qu'il puisse voir Ari. Son cœur battait la chamade et il l'entendait résonner dans ses oreilles lorsqu'elle bougea enfin, leur libérant le passage. Les parents d'Ari et lui se dépêchèrent d'entrer dans la chambre.

Cependant, ses parents n'avaient pas été là lorsqu'elle avait pris la balle qui lui était destinée. Ils ne l'avaient pas tenue lorsqu'elle se vidait de son sang. Ils n'avaient pas eu la sensation horrible qu'elle était… morte.

Il inspira lentement et essaya de se débarrasser de ces souvenirs. Il se précipita à la tête de son lit et prit sa main endormie. Son autre main était reliée à une perfusion et tout un assortiment de machines l'entourait. Son sang se glaça lorsqu'il vit un chariot de réanimation à côté de son lit. Avait-elle fait un arrêt cardiaque ? Ils les auraient prévenus, non ? Ou bien s'étaient-ils simplement préparés au pire étant donné l'état dans lequel elle était arrivée ?

Il inspecta lentement Ari des pieds à la tête, observant chaque détail. Cette fois-ci, les larmes ne se contentèrent pas de lui brûler les yeux. Elles coulèrent abondamment, brouillant sa vue.

Elle était en vie. Ce constat, le fait qu'elle respirait et qu'elle guérirait, faillit le mettre à genoux. Et si Dieu le voulait, il serait à ses côtés tout au long de sa guérison.

Ses parents s'étaient placés de l'autre côté du lit et son père se baissa pour embrasser son front. Sa mère prit délicatement la main à laquelle était reliée la perfusion, et Beau remarqua qu'en cet instant, Ari était touchée par les trois personnes qui l'aimaient le plus au monde.

– Beau ? murmura Ari d'une voix endormie et confuse, mais qui n'indiquait aucune douleur.

– Oui ma belle, je suis là, dit Beau en essuyant ses larmes.

Il était hors de question qu'il pleure devant elle comme un enfant.

Elle se lécha les lèvres puis les pinça comme pour se débarrasser d'un goût désagréable. Mais non, ce n'était pas du tout ce qu'elle faisait.

– Embrasse-moi, chuchota-t-elle.

Zut. Dans son brouillard médicamenteux, elle ne se rendait pas compte que ses parents étaient là. Cela dit, il n'allait pas lui refuser ce qu'elle demandait, car il n'y avait rien au monde qu'il souhaitait plus que de l'embrasser.

Il se pencha et l'embrassa délicatement. Elle soupira contre ses lèvres puis il recula, à contrecœur, car il aurait voulu l'embrasser pendant des heures.

– Ma belle, il y a deux personnes ici qui ont hâte de te voir, dit Beau en caressant sa joue du revers de l'index.

Elle fronça les sourcils. Elle n'avait pas encore regardé du côté de ses parents, mais cela ne semblait pas les gêner. Ginger souriait malgré ses larmes, regardant l'échange entre Beau et sa fille. Son père fronçait légèrement les sourcils, mais il fallait s'y attendre. Quel père aimait tout de suite le petit ami de sa fille ?

– Qui ? Où ? demanda-t-elle, confuse.

– Ici, ma chérie, dit sa mère.

Ari tourna lentement la tête et poussa un petit cri lorsqu'elle vit parents.

– Vous allez bien, dit-elle. Vous n'êtes pas morts.

Gavin fronça les sourcils.

– Pour quelle raison penserais-tu une chose pareille ?

Conscient qu'il serait difficile et éprouvant pour Ari de tout expliquer, Beau raconta ce qu'Ari avait vu et supposé.

– Oh, ma chérie, je suis tellement désolée, dit Ginger. Tu n'as pas du tout échoué. Tu nous as sauvés, parce que ces hommes avaient la ferme intention de nous tuer. Ils ont *essayé* de nous tuer, mais tes pouvoirs les en ont empêchés. Et lorsqu'ils ont enfin compris que le bouclier avait disparu, c'était trop tard. Ton père était déjà sacrément en colère.

Le visage de Gavin s'assombrit.

– C'est un léger euphémisme.

Ginger éclata de rire et Ari sourit, faisant vaciller Beau. Mon Dieu, elle avait vraiment un sourire magnifique. Il illuminait la chambre entière et le réchauffait.

Et puis Ari redevint sérieuse et son expression s'assombrit.

– Maman, papa, je dois vous dire quelque chose.

Conscient de ce qu'Ari allait dire, Beau leva sa main vers elle et l'embrassa sur la paume.

– Est-ce que tu préfères être seule avec tes parents ? demanda-t-il doucement.

Elle écarquilla les yeux et secoua la tête.

– J'aimerais que tu restes. Si ça ne te gêne pas bien sûr. Si tu préfères partir…

Il posa son index sur ses lèvres, puis il l'embrassa.

– Rien ne pourrait me faire partir, Ari. J'ai toujours envie de rester avec toi. Toujours. Mais si vous voulez être en famille, je comprendrai.

Elle ne répondit pas, elle entrelaça simplement ses doigts avec les siens et se tourna vers ses parents.

– Qu'est-ce qu'il y a, ma puce ? demanda Ginger, l'air inquiète.

Ari prit une profonde inspiration avant de se lancer.

– Je connais la vérité. Je sais que papa et toi m'avez adoptée.

39

Les visages de ses parents exprimaient la même surprise. Les yeux de sa mère s'emplirent de peur et son père pâlit. Ari leva la main à laquelle était attachée la perfusion et la posa sur celles de ses parents qui étaient jointes sur le barreau du lit.

– Comment ?

Sa mère ne semblait pouvoir en dire davantage. Elle avait l'air tellement choquée, et terrifiée qu'Ari se demanda s'ils craignaient qu'elle les rejette, ou qu'elle soit en colère ou encore déçue. Mais elle ne ressentait rien de tout cela.

La seule chose qu'elle ressentait était son amour pour eux. Et elle voulait leur offrir sa loyauté, des rires, des petits-enfants… Elle jeta un œil en direction de Beau en y pensant. Elle s'imaginait très bien avec des petits garçons bruns qui ressembleraient à leur père. Et une petite fille blonde et angélique. Ou peut-être une petite fille avec les cheveux de son père. Les possibilités étaient sans limites. Ari voulait une famille nombreuse, et elle espérait que Beau aussi.

– C'est compliqué, dit Ari en soupirant. Et je vous raconterai tous les détails une autre fois. Ce qui compte, c'est que je sois au courant.

– On est vraiment désolés, Ari, commença son père, mais Ari lui coupa la parole.

– Mais ce n'est pas la seule chose qui compte; et d'ailleurs, la suite est la plus importante. Je vous aime tous les deux. Profondément. Et *vous* êtes mes parents; ma famille. Ce ne sont pas les liens du sang qui forment une famille. C'est l'amour.

Ces mots lui étaient venus dans les pires circonstances, et le fait de les exprimer à voix haute les rendait encore plus vrais.

Beau serra sa main plus fort en signe de soutien. Elle attendit que la surprise de ses parents soit passée avant d'aller plus loin. Lorsqu'ils semblèrent s'être remis, elle poursuivit.

– Tout d'abord, j'ai été blessée et accablée de tristesse. L'idée d'avoir été abandonnée, que quelqu'un ne m'ait pas aimée suffisamment et m'ait laissée devant la porte d'un étranger m'était insupportable.

Elle s'arrêta pour ravaler le nœud qui se formait dans sa gorge. Si elle s'était faite à son passé, il lui était encore difficile de parler de ses parents biologiques.

– Oh, mon bébé, nous t'aimons tellement, chuchota sa mère.

Beau se racla la gorge, il voulait parler mais hésitait à le faire. Puis il soupira et se passa sa main dans les cheveux en signe d'agitation.

– Ari, la nuit où tu as été kidnappée dans la chambre forte, quand on a tous quitté la maison pour se battre… j'ai… trébuché sur un corps. C'était un homme qui avait été tabassé à mort, et je ne pensais pas qu'il était vivant. Mais il m'a parlé et il m'a fait promettre de te transmettre ses dernières paroles.

Ari écarquilla les yeux, et ses parents le regardèrent d'un air aussi surpris que leur fille.

– À moi ? demanda-t-elle, interloquée.

Beau prit une profonde inspiration et serra sa main, hésitant encore.

– C'était ton père biologique.

– Quoi ?

– Oh mon Dieu, murmura sa mère.

Son père resta silencieux, ses traits étaient indéchiffrables. Il s'était figé dès l'instant où Beau avait prononcé les mots « père biologique ». Au moins, il avait insisté sur le « biologique », car il l'aurait ressenti comme une insulte, lui qui était son père à tous points de vue, sauf celui de la génétique.

– Il faut que je revienne un peu en arrière, avoua Beau. Il m'avait appelé quelques jours avant. Juste après que tu étais venue nous demander de l'aide. Et il m'a prévenu. Il m'a dit ce qu'ils avaient fait à ta mère biologique afin de savoir qui t'avait adoptée.

Ari lâcha la main de ses parents et plaqua sa main sur sa bouche.

– Je ne vais pas rentrer dans les détails, dit Beau d'une voix dégoûtée. Ça ne sert à rien. Ces gens sont – étaient – des animaux. Mais après ça, je n'ai plus eu de nouvelles et je ne l'ai vu que cette nuit-là, quand on l'a trouvé dehors. Et il m'a fait jurer de te donner ce message.

– Qu'a-t-il dit ? demanda Ari d'une voix tremblante.

– Qu'il t'aimait. Que ta mère biologique t'aimait. Et que lorsqu'ils ont découvert les vraies intentions de l'agence de mères porteuses qui avait financé la grossesse de ta mère biologique, ils se sont enfuis. Ils leur ont échappé à plusieurs reprises, alors après ta naissance, ils sont allés voir…

Il s'arrêta et ferma les yeux comme si la suite allait lui faire plus de mal qu'à elle.

– Ils sont allés voir mon père. Parce qu'il était un mécène et un dirigeant de la fondation, et ils l'ont supplié de te prendre et de t'élever. Pour que tu sois en sécurité.

Le père d'Ari ferma les yeux lorsque Beau prononça les dernières phrases, et Ari comprit que cette information n'était pas une découverte pour lui.

– Mon *père*, dit Beau d'une voix amère, a refusé et a renvoyé tes parents biologiques vers… eux.

Il fit un geste de la main en direction des parents adoptifs d'Ari.

– Et je suis ravie qu'il l'ait fait, dit-elle doucement.

Elle posa sa main dans le cou de Beau et lui caressa la mâchoire avec le pouce.

– Je déteste penser qu'on a failli être élevés comme frère et sœur. Ça gâcherait un peu notre relation, tu ne crois pas ?

Puis elle grogna.

– Oh mon Dieu ! Oublie que j'ai dit ça. Je ne voulais *pas* dire ça.

– Bon sang, Ari, marmonna Gavin en se couvrant les oreilles. Il y a des limites à ce qu'un père peut entendre.

Sa mère faisait de son mieux pour réprimer un sourire.

– Effectivement, ça compliquerait un peu votre relation, dit sa mère d'un air parfaitement sérieux.

– Ça suffit ! grogna son père.

Beau se raidit de nouveau et étudia Gavin un moment.

– Il y a une chose que je voudrais savoir, dit Beau d'une voix calme.

Gavin hocha la tête en regardant Beau.

– Vous êtes allé voir mon père la veille de sa mort. Ari avait environ deux ans à cette époque. Ma mère et mon père sont morts le lendemain. Assassinés.

Ari poussa un cri de surprise car il ne pouvait pas… Non, il ne pouvait pas… Pensait-il que son père était impliqué dans la mort de ses parents ?

Son père plongea son regard dans celui de Beau, sans cligner des yeux.

–Si tu me demandes si j'ai eu quelque chose à voir avec leur mort, la réponse est non. Cependant, il est vrai que je suis allé voir ton père. Pour le prévenir.

–De quoi ?

–Du fait que des enquêtes discrètes étaient menées sur ses affaires. En particulier celles qui concernaient le financement de SCA, Solutions Créatives d'Adoption. Et, avant que tu me poses la question, non, à l'époque je ne savais pas que Franklin avait quelque chose à voir avec le fait qu'on ait trouvé Ari sur le pas de notre porte. Il y avait un mot dans le couffin d'Ari nous suppliant de l'accueillir et de l'élever comme notre propre fille. Et c'est ce que nous avons fait. Ce n'est que quelques mois plus tard que l'on a déménagé à Houston. Quand Ari avait un an, Franklin est venu me voir pour me dire qu'il était impliqué dans notre adoption d'Ari. Je vais être honnête avec toi, fils, cet enfoiré a essayé de me faire chanter.

Beau tressaillit, mais il n'était pas vraiment surpris par ce que lui révélait Gavin.

–S'il a essayé de vous faire chanter, pourquoi vous l'avez prévenu par la suite ? demanda Beau.

Gavin soupira.

–Parce qu'il t'avait, toi. Et trois autres enfants. Il avait une famille dont n'importe qui serait fier, et ses enfants ne méritaient pas de souffrir pour ses péchés. Je suis content que celui qui les a tués ne vous ait pas tués aussi, toi et tes frères et sœur.

–Moi aussi, murmura Beau.

Cette fois-ci, ce fut Ari qui prit sa main pour le réconforter. Elle savait que le père de Beau et Caleb ne méritait pas d'être élu père de l'année, mais elle ne savait pas à quel point il était horrible.

Les deux hommes parlèrent encore un peu, mais la douleur d'Ari commençait à revenir et elle cessa d'écouter, essayant de trouver une position confortable sur le lit étroit d'hôpital. Le médecin n'était toujours pas venu et elle ne savait pas si elle allait devoir se faire opérer.

L'idée de ne pas pouvoir marcher pendant aussi longtemps l'agaçait, mais au moins elle pourrait se servir de ses pouvoirs pour se procurer à boire et à manger. Ou peut-être Beau accepterait-il d'être son assistant. L'idée était plutôt attrayante.

Elle était sur le point d'appuyer sur le bouton pour appeler l'infirmière, comprenant que sa douleur ne cesserait de croître, lorsqu'elle entendit quelqu'un appeler son nom. Elle sortit de ses pensées, leva la tête et vit les visages inquiets de Beau et de ses parents.

–Est-ce qu'il te faut des antidouleurs, ma belle? demande Beau.

Elle hocha la tête.

Beau saisit la manette et appela l'infirmière. Son père se pencha plus près d'Ari et posa sa main sur son front, caressant ses cheveux en arrière.

–Est-ce que tu es sûre que ça va? demanda-t-il d'une voix douce.

Elle savait qu'il ne parlait pas seulement de ses blessures physiques. Il voulait savoir si elle allait bien d'un point de vue émotionnel après avoir appris tant de nouvelles bouleversantes.

Elle ne répondit pas tout de suite, puis elle regarda ses parents, ressentant pour eux un amour profond et infini.

–Est-ce que vous pensez que c'est bête d'être triste de la mort de deux personnes que je n'ai jamais connues?

Ginger s'assit délicatement sur le lit, face à Ari.

–Ari, tu as toujours eu un cœur énorme. Je serais davantage choquée si tu ne ressentais pas la moindre tristesse pour la mort de ceux qui t'ont donné la vie. J'ai envers eux une dette que je ne pourrai jamais effacer. La seule chose qu'ils nous ont demandée en retour était de t'aimer comme notre propre fille, et, ma puce, ce fut la promesse la plus facile à tenir au monde. Mais ils n'avaient pas besoin de nous le demander, parce que l'on t'a aimée dès l'instant où l'on t'a vue. Donc non. Je ne pense pas que ce soit bête du tout. Tu es humaine. Tu es notre merveilleuse petite fille, magnifique à l'intérieur comme à l'extérieur, et on t'aime de tout notre cœur.

– Merci maman, dit Ari d'une voix pleine d'émotions. Je t'aime aussi.

Sa mère se pencha et embrassa son front.

– Je t'aime, mon bébé. Et tu seras toujours mon bébé. Quel que soit ton âge.

– Pareil pour moi, dit son père d'un ton sec.

La porte s'ouvrit et une infirmière entra avec un chariot contenant une sélection impressionnante des médicaments. Les parents d'Ari reculèrent pour lui laisser accès à la perfusion.

Après avoir vérifié son rythme cardiaque et sa tension, l'infirmière sortit une seringue qu'elle vida dans le tube de la perfusion.

Ari ressentit la chaleur désagréable du médicament qui entrait dans son sang, elle le sentit remonter dans son épaule, puis l'effet se dissipa et une sensation de flottement chaud et cotonneux l'envahit.

Elle se souvenait vaguement que la dernière fois qu'elle avait pris des antidouleurs, elle n'avait pas tenu cinq minutes avant de s'endormir. Cependant, elle n'était pas encore prête à quitter ses parents. Elle venait à peine de les récupérer. Cela faisait juste quelques heures qu'elle avait explosé de joie à l'idée que Beau n'était pas mort. Elle ne voulait pas le lâcher. Pas une minute.

Elle cligna des yeux plusieurs fois et lutta contre l'effet des médicaments, concentrée.

– Ne lutte pas, ma belle, dit Beau d'une voix tendre.

– Je ne veux pas que vous partiez, s'énerva-t-elle.

Il embrassa son front et mit sa main sur sa tête.

– On sera là. On ne va nulle part.

– Promis ?

Il caressa sa joue avec son pouce jusqu'à son menton.

– Promis.

40

La chambre d'Ari était plongée dans la pénombre. Beau, assis à la tête de son lit, les coudes appuyés sur ses genoux, se frottait les yeux pour se réveiller. Il refusait de dormir et de rater l'occasion de parler à Ari, seul à seul. Gavin avait emmené Ginger se reposer dans un hôtel près de l'hôpital.

Il ne pouvait attendre un jour de plus, ni même une minute de plus, sans savoir s'il avait un avenir avec Ari. Sans savoir si elle ressentait la même chose pour lui. Il se sentait fier, son ego d'homme était gonflé à l'idée qu'il avait été son premier amant. Et si ça ne tenait qu'à lui, il serait surtout son unique amant.

Il leva brusquement la tête lorsqu'il l'entendit remuer et soupirer. Il se rapprocha du lit immédiatement et prit sa main dans les siennes.

– Comment tu te sens, ma belle ?

Elle soupira.

– J'ai mal.

– Je vais appeler l'infirmière.

– Non, protesta Ari. Pas encore. Ça me fait dormir et je n'ai fait que ça. J'ai l'impression d'être un zombie.

Beau comprenait ce qu'elle ressentait, et pour être honnête, il était soulagé qu'elle ne veuille pas prendre les médicaments, ou du moins pas jusqu'à ce qu'il ait pu lui parler. Avec un peu de chance, elle mettrait fin à sa souffrance et il pourrait enfin respirer.

Elle avait été opérée le lendemain de son arrivée à l'hôpital et elle avait dormi tout le reste de la journée ainsi qu'une bonne partie du lendemain, et il faisait désormais nuit.

Elle allait porter un plâtre sur la hanche pendant six semaines et elle ne pourrait pas bouger. C'était comme porter un bloc de ciment. Du moins, c'était ce qu'elle avait grommelé.

–Je t'aime, dit-il brusquement.

Ari écarquilla les yeux en le regardant et il poussa un grognement, baissant la tête pour se frapper le front.

–Et merde, marmonna-t-il en continuant à se frapper. Quel romantisme ! Bon sang, ça fait une éternité que j'attends ce moment. Avec toi. Je l'ai imaginé des millions de fois. Je n'ai pensé qu'à ça. Et quand le moment arrive enfin, le moment où je te dis que tu représentes absolument tout pour moi et que je ne veux pas vivre sans toi, je perds mes moyens, et tout ce que j'arrive à dire c'est *trois mots*, sans préambule, sans contexte.

Il soupira, dégoûté.

–Je suis désolé, Ari. J'ai complètement merdé.

Elle sourit et ses yeux scintillèrent comme s'il lui avait fait le plus beau cadeau du monde. L'aimait-elle aussi ? Était-ce possible ? Avait-elle les mêmes rêves que lui ?

–Ce n'est peut-être pas la déclaration la plus éloquente de l'histoire, mais elle était *parfaite*, dit-elle sur un ton satisfait et émerveillé. Sans rire, qui peut se plaindre d'entendre ces trois mots? (Elle tapota le matelas à côté d'elle.) Viens !

Il s'assit délicatement sur le bord du lit, prenant soin de ne pas la bousculer.

–Est-ce qu'il y a quelque chose que tu voudrais me dire ? demanda-t-il sur un ton des plus sérieux.

Elle faillit rire, mais il avait l'air trop sensible pour le titiller. Elle avait même l'impression qu'il transpirait.

Du bout de l'index, elle lui demanda d'approcher jusqu'à ce que leurs yeux soient à quelques millimètres de distance. Puis elle passa ses bras autour de son cou et le tira à elle pour l'embrasser.

–Je t'aime aussi, chuchota-t-elle.

Tout son corps se détendit et il ferma les yeux. Il appuya son front contre le sien et son souffle s'accéléra. Il leva la main pour lui caresser la joue puis il la plongea dans ses cheveux.

–Dieu merci, chuchota-t-il. *Dieu merci*. J'ai cru que j'étais tout seul à ressentir ça et ce n'était vraiment pas très agréable.

Il déposa une série de petits baisers tout autour de sa bouche et sur ses lèvres.

–Est-ce que tu veux m'épouser ?

–Hmmm, ça dépend, dit-elle en attendant sa réaction.

Le pauvre, il était en nage et elle se moquait de lui, sans pitié.

–De quoi ?

Il avait l'air de trouver sa réponse scandaleuse.

Elle remua son annulaire en souriant.

–De la bague, bien sûr.

Il rit en secouant la tête.

–Je pense que ça devrait aller. Maintenant, si je promets de t'offrir la bague parfaite, est-ce que tu veux bien m'épouser ? S'il te plaît.

–Aaah, je suis intransigeante sur les « s'il te plaît » et la politesse.

–J'aurais préféré le savoir avant, dit-il sèchement.

–Oui, je veux t'épouser, Beau, dit-elle en redevenant sérieuse. Je ne peux pas m'imaginer sans toi. Je ne veux ni avoir à l'imaginer ni à le vivre. J'aime profondément mes parents, mais je ne vivais plus avec eux, même si je dépendais plus d'eux que je voulais bien l'admettre.

–Je vais nous construire la maison la plus incroyable que tu aies jamais vue.

–Combien d'enfants, euh… de chambres y aura-t-il?

Ses yeux se plissèrent un moment, comme s'il ne savait pas si elle plaisantait encore.

Il lui retourna la question:

–Combien en veux-tu?

–Au moins quatre, dit-elle en souriant et elle imagina une maison pleine d'enfants, ses parents qui venaient voir leurs petits-enfants, ses enfants qui se battaient avec leur père sur le tapis du salon.

Il haussa les sourcils.

–Quatre, euh… eh bien, on peut dire que j'ai du pain sur la planche.

Elle ouvrit la bouche, choquée.

– Du pain sur la planche? Les mecs n'ont rien à faire à part avoir un super orgasme! C'est la femme qui doit porter l'enfant pendant neuf mois et puis…

Elle s'arrêta, le dévisagea et comprit qu'il la menait en bateau.

–Rien que pour ça, tu seras de corvée de couche pendant les neufs premiers mois pour contrebalancer le fait que je doive les porter dans mon ventre.

Elle le regarda l'air satisfait, le défiant de renchérir. Ses traits s'adoucirent et il sourit jusqu'aux oreilles.

–Quand peut-on se marier?

Son cœur fondit en voyant le sourire de l'homme qu'elle aimait.

–Dès que je n'aurai plus de plâtre, dit-elle en regardant d'un air dégoûté le plâtre qui recouvrait sa hanche et sa cuisse. Je veux un vrai mariage, avec une lune de miel et tout le tralala, et ça va être difficile avec ce bloc de béton énorme qui me suit partout.

Son cœur explosa de joie, scintillant comme le plus beau des feux d'artifice, elle réalisait soudain le sens de leur conversation.

–Tu *m'aimes*, dit-elle d'une voix émerveillée. *Et* tu veux *m'épouser* !

Elle le dévisagea, ébahie, puis elle fondit en larmes. Beau, désemparé, chercha désespérément un mouchoir pour essuyer ses larmes.

–Ari, qu'est-ce qui ne va pas ? demanda-t-il.

–Je suis tellement heureuse, dit-elle en sanglotant.

Il fronça les sourcils.

–Tu as une drôle de façon de le montrer. Tu viens de me faire perdre dix ans de ma vie ! Ok, il faut qu'on établisse des règles de base tout de suite. Pour commencer, tu n'as jamais le droit de pleurer, parce que te voir pleurer, même de joie, me fout la trouille. Et tu n'as pas le droit non plus de t'en servir pour me manipuler, maintenant que tu sais l'effet que ça me fait.

Elle éclata de rire et essuya ses larmes, essayant d'arrêter de pleurer. Mais elle abandonna, se tourna vers lui et prit ses mains. Il les serra fermement.

–Je t'aime, dit-elle en le regardant derrière ses larmes scintillantes.

Il la regarda et ses yeux étaient aussi pleins d'amour que les siens.

–Promets-moi de ne jamais me quitter. Promets-moi de m'aimer pour toujours. De rester avec moi pour toujours.

–Jusqu'à ce que la mort nous sépare, murmura-t-elle. J'en connais déjà un bout, tu vois ?

Il sourit.

– Ouais, crois-le ou non, j'ai écouté au mariage de Caleb et Ramie. Enfin, les bons morceaux. Je me souviens de «jusqu'à ce que la mort nous sépare» et de «promettre de l'aimer et de la chérir». Ari, je promets de te chérir, tous les jours, jusqu'à la fin de ma vie. Tu seras la femme la plus chouchoutée, gâtée et vénérée qui n'ait jamais existé.

– Oh, je ne sais pas, dit Ari d'un air pensif. Mon père a placé la barre très haute dans ce domaine. C'est assez gênant, d'ailleurs, de voir ma grande gueule de père devenir une mauviette devant ma mère.

– C'est un défi ? Rien n'est trop gênant s'il s'agit de prendre soin de ma femme, de la rendre heureuse, de la faire sourire.

– Je suis heureuse que tu le penses. Je dois admettre que regarder mes parents me rendait jalouse parfois. Je n'ai jamais imaginé que je trouverais la même chose qu'eux, dit-elle d'une voix douce.

– Attends notre mariage. On verra qui est plus doué pour gâter sa femme.

– Je veux que mes parents soient là. Je veux que mon père me donne à toi, et je veux que ma mère me voie dans ma robe, qu'elle m'aide à ma coiffure et qu'elle me donne des conseils pour le mariage et la nuit de noce.

Il eut l'air horrifié.

– Bien sûr qu'ils seront là ! Qu'est-ce qui te ferait penser l'inverse ? Mais sérieusement, Ari, des conseils pour la nuit de noce ? Est-ce que je ne t'ai pas montré que je suis plus que compétent en la matière ?

Elle le regarda d'un air amusé.

– Peut-être que je pensais davantage à des conseils pour *moi*. Et puis, pour ce qui est du mariage, je n'étais pas sûre que tu n'essaierais pas de me sortir de l'hôpital pour m'emmener directement à Vegas pour qu'on se marie plus vite.

– C'est tentant, mais ta mère me tuerait.

– Pas mon père ?

– C'est un homme, ma belle, dit Beau en riant. Il nous paierait probablement nos billets d'avion si lui parlais de faire un mariage simple. Qui sait, il nous achèterait peut-être notre propre avion. Tu sais, les mecs n'aiment pas porter des costards, des nœuds papillons et avoir à danser devant des dizaines de personnes.

Elle leva les yeux au ciel.

– Bref.

Puis ses traits s'adoucirent avant de redevenir sérieux et elle se décala pour lui faire un peu de place sur le lit. Il comprit ce qu'elle voulait sans qu'elle ait besoin de le lui demander.

Prudemment, il allongea son corps imposant contre le sien, souleva sa tête pour passer un bras sous sa nuque, laissant l'autre libre pour se promener sur son corps.

– Tu crois que tu pourras supporter de vivre avec mes pouvoirs ? demanda-t-elle d'une voix minuscule.

Il se figea puis se tourna pour voir son visage. Du bout des doigts, il leva son menton pour plonger son regard dans le sien.

– Je t'aime, Ari. J'aime tout ce qui fait de toi la personne que tu es. J'aime tout de toi. Et si tu viens équipée avec de quoi se défendre d'une petite armée, alors je suppose qu'au moins je n'aurai jamais à m'inquiéter de me faire agresser dans la rue.

Ses yeux étincelèrent dans la pénombre de la chambre et elle caressa sa mâchoire.

– Je déteste ce plâtre, dit-elle d'une voix suave. Mais je suppose que ça fera de notre nuit de noce une nuit encore plus exceptionnelle.

– Chérie, je suis désolé de te le dire, mais après six semaines à dormir avec toi sans te toucher, je pense que je ne tiendrai pas trente secondes en toi avant d'avoir la plus énorme des éjaculations précoces.

Elle se redressa pour lui mordiller le menton, et un gémissement lui échappa.

– Mon plâtre m'empêche peut-être d'avoir des orgasmes, mais je ne vois pas pourquoi tu devrais en souffrir. Je n'ai pas de plâtre sur les mains ou… sur la bouche, finit-elle en ronronnant.

– Que Dieu ait pitié de moi, tu vas me tuer, ma belle, dit-il d'une voix rauque.

– Pitié ? dit-elle en riant. Je t'assure, Beau, que la dernière chose que tu me demanderas durant les prochaines semaines, c'est bien ma pitié.

Et elle s'attacha à le lui prouver.